A BIBLIOTECA
dos AMANTES
de LIVROS

MADELINE MARTIN

A BIBLIOTECA dos AMANTES de LIVROS

Tradução
Laura Folgueira

Rio de Janeiro, 2025

Copyright © 2024 por Madeline Martin. Todos os direitos reservados.
Copyright da tradução © 2025 por Casa dos Livros Editora LTDA.
Todos os direitos reservados.

Título original: The Booklover's Library

Todos os direitos desta publicação são reservados à Casa dos Livros Editora LTDA. Nenhuma parte desta obra pode ser apropriada e estocada em sistema de banco de dados ou processo similar, em qualquer forma ou meio, seja eletrônico, de fotocópia, gravação etc., sem a permissão dos detentores do copyright.

PRODUÇÃO EDITORIAL	Mariana Gomes
COPIDESQUE	Isadora Prospero
REVISÃO	Anna Gonçalves e
	Allanis Carolina Ferreira
DESIGN DE CAPA	Mary Luna
ADAPTAÇÃO DE CAPA	Guilherme Peres
IMAGEM DE CAPA	Lynne Morris/Arcangel
TRATAMENTO DA IMAGEM	Allan Davey
DIAGRAMAÇÃO	Abreu's System

Dados Internacionais de Catalogação na Publicação (CIP)
(Câmara Brasileira do Livro, SP, Brasil)

Martin, Madeline
A biblioteca dos amantes de livros / Madeline Martin; tradução Laura Folgueira. – Rio de Janeiro: HarperCollins Brasil, 2025.

Título original: The booklover's library.
ISBN 978-65-5511-816-2

1. Ficção norte-americana I. Título.

25-264382   CDD-813

Índice para catálogo sistemático:
1. Ficção : Literatura norte-americana   813
Bibliotecária responsável: Eliete Marques da Silva – CRB-8/9380

HarperCollins Brasil é uma marca licenciada à Casa dos Livros Editora Ltda.
Todos os direitos reservados à Casa dos Livros Editora LTDA.

Rua da Quitanda, 86, sala 601A – Centro
Rio de Janeiro/RJ – CEP 20091-005
Tel.: (21) 3175-1030
www.harpercollins.com.br

Para minhas meninas.
Obrigada por me tornarem mãe — é sinceramente o melhor
e mais lindo presente que já recebi. Amarei para sempre as lembranças
que criamos e continuamos a criar, de noites divertidas em família
às piadas internas bobas e, claro, as carinhas de café da manhã.

PROLOGO

PRÓLOGO

Nottingham, Inglaterra
Abril de 1931

Só mais um capítulo. Emma se demorava na área de depósito do segundo andar da livraria do pai, a Tower Bookshop, com *Emma*, de Jane Austen, no colo. Infelizmente, não era sua xará — os pais a batizaram de Emmaline em homenagem a uma tia, que ela nunca conhecera e que havia morrido no aniversário de 7 anos da garota, dez anos antes.

Ainda assim, o livro era um de seus favoritos.

— Emma. — A voz do pai se levantou de algum lugar na livraria, afiada de irritação.

A jovem franziu o cenho. O pai raramente se irritava com ela.

Talvez a fumaça do homem que, mais cedo, tinha entrado com um charuto ainda pairasse na loja.

Emma colocou um pedaço de papel no meio do livro.

— Emmaline!

Algo no segundo grito chamou a atenção dela, um tom brusco e frenético.

O pai nunca entrava em pânico.

Ela saltou da cadeira com tanta pressa que o livro caiu no chão com um baque.

— Estou no depósito — gritou em resposta, correndo para a porta.

A maçaneta estava escaldante. Ela deu um grito e se afastou. Foi então que viu a fumaça, entrando em fios por debaixo da porta, brilhando no facho de luz do sol.

Fogo.

Emma cobriu a mão com a saia e girou a maçaneta para abrir a porta. Nuvens grossas de fumaça entraram rodopiando, escuras e sufocantes.

Surpresa, ela inspirou com força, sem querer inalando uma lufada de ar incandescente. Ela começou a tossir e cambaleou para trás, com a mente girando enquanto se afastava da ameaça.

Mas para onde iria? Aquela era a única saída do depósito, exceto pela janela do segundo andar.

— Papai! — gritou ela, com terror na voz.

De repente, lá estava ele, embrulhando um cobertor ao redor dos dois, aquele que Emma guardava na loja para usar em manhãs frias antes que a fornalha conseguisse aquecer a construção antiga.

— Fique do meu lado.

A voz do pai estava séria embaixo do cobertor, com o qual cobrira a parte inferior do rosto. Mesmo enquanto a levava para longe, uma tosse intensa fez seu corpo magro tremer.

Para além da muralha de fumaça, havia uma visão saída diretamente de *Paraíso perdido*, de Milton, com chamas lambendo e subindo por enormes pilhas de livros, devorando uma vida inteira de curadoria minuciosa. Emma gritou, mas o som foi abafado pelo cobertor.

A mão do pai estava firme nas costas dela, empurrando-a à frente.

— Temos que correr.

Sem desacelerar, ele a guiou para a escada sinuosa de metal. Quando criança, ela amava descer fazendo barulho, ouvindo o metal ressoando ao redor.

— Está quente — alertou ele. — Não toque.

Emma o abraçou e os dois se espremeram nos degraus estreitos em que mal cabiam juntos. A escada balançou com o peso, já não tão resistente quanto era antes. O calor escaldante parecia criar bolhas na pele da garota. Quente demais. Perto demais. Intenso demais.

E eles estavam mergulhando ainda mais fundo nas profundezas ardentes.

As solas dos sapatos de Emma grudaram nos últimos dois degraus quando a borracha derreteu sobre o metal.

O que antes eram fileiras de estantes de livros havia se tornado um labirinto de chamas. Até o pai hesitou diante da conflagração aparentemente intransponível.

Mas não havia outro lugar para onde ir.

O fogo estava vivo. Crepitando e explodindo e sibilando e rugindo, rugindo, *rugindo* tão alto que parecia uma fera de verdade.

— Vamos! — gritou ele, e a segurou mais forte, puxando-a à frente.

Juntos, eles correram entre colunas incendiadas que antes haviam sido prateleiras de livros. Um som ensurdecedor de algo rachando veio de cima, fazendo-os correr mais rápido até a entrada enquanto o fogo e as faíscas choviam atrás.

Emma correu mais rápido do que nunca, mais do que sabia ser capaz. O pai a puxava para cá e para lá, abrindo caminho entre o caos ardente — até não ter para onde ir.

O homem rugiu mais alto que a fera de fogo e a soltou, correndo na direção da porta incandescente, que voou com o impacto, revelando a luz do sol limpa do lado de fora. Ele se virou para Emma, que já estava correndo atrás dele, a agarrou pelos ombros e a jogou na rua.

Emma engoliu o ar limpo, deleitando-se com a umidade fria que inundou seus pulmões torturados. Uma multidão tinha se reunido para olhar a Tower Bookshop. Alguns foram até os dois, perguntando, num frenesi de vozes, se estavam feridos.

O grito das sirenes de emergência surgiu ao longe. Sirenes que Emma ouvira a vida toda, mas de que ela mesma jamais precisara.

Até aquele momento.

Ela segurou a mão do pai e olhou o prédio atrás de si, que pertencia à família havia duas gerações e, um dia, seria dela. Emma subiu o olhar pela livraria até os dois andares superiores, onde antes ficava a casa deles.

A fera de fogo soltou um grande uivo arfante, e o andar de cima desmoronou.

Alguém a agarrou por trás, arrastando-a para longe enquanto o resto da estrutura colapsava, abruptamente separando a mão dela da do pai. Ela não o procurou de novo, pois não conseguia se mover, não conseguia pensar, com os olhos grudados no prédio que se desfazia em uma pilha flamejante. O ganha-pão deles. A casa deles.

Todas as fotos da mãe, que morrera após o nascimento de Emma, todos os livros que ela e o pai tinham amorosamente selecionado em livrarias de toda a Inglaterra nas viagens que faziam juntos, tudo o que já fora deles.

Destruído.

Emma se engasgou com um soluço ao se dar conta.

Tudo estava destruído.

— Precisamos de um médico.

A voz de um homem atravessou o horror dela, atraindo sua atenção para o pai.

Ele estava deitado no chão, imóvel. O lindo rosto esguio manchado de fuligem, e o espesso cabelo grisalho, antes cor de avelã, como o dela, exibia tufos chamuscados.

— Papai?

Ela caiu no chão ao lado dele.

O homem levantou os olhos azuis aquosos para ela, cheios de um amor que fez o coração de Emma inchar. Seu peito chiava como o apito de uma chaleira.

— Você está segura.

Quando as palavras saíram da boca dele, o corpo relaxou e ficou flácido.

— Papai? — gritou Emma.

Desta vez, os olhos dele não encontraram os dela — só a atravessaram. Cegos e vazios.

Ela estremeceu ao ver seu rosto tão pouco natural. Parecia o pai, ao mesmo tempo que não parecia.

— Papai?

O gemido das sirenes ainda estava longe demais.

— Eu sou médico.

Um homem ajoelhou-se do outro lado do pai dela e moveu os dedos para o pescoço dele, sujo de fuligem. Ele voltou os tristes olhos castanhos para a garota.

— Sinto muito, querida. Ele se foi.

Emma ficou encarando o homem, recusando-se a acreditar nos ouvidos mesmo com a verdade diante de si.

Sempre tinham sido apenas Emma e o pai, os dois contra o mundo, como ele gostava de dizer. Eles liam os mesmos livros para debaterem e trabalhavam na livraria juntos todos os dias, amigos e colegas tanto quanto pai e filha. Quando terminou a escola, Emma até começou a viajar com ele, fazendo curadoria de livros, como as primeiras edições que ainda estavam esperando chegar de Newcastle.

Mas aquela linda luz que brilhava nos olhos dele estava embotada. Inerte.

Já não eram mais o pai e ela contra o mundo.

Ele se fora.

A loja deles se fora.

A casa deles se fora.

Tudo o que ela conhecia e amava se fora.

1

Nottingham, Inglaterra
Agosto de 1939

Emma Taylor abraçou a primeira edição de *Alice no País das Maravilhas* junto ao peito e marchou determinada pela Pelham Street, enfim chegando à loja de penhores.

O livro era um dos cinco preciosos volumes enviados de Newcastle um mês após a morte do pai dela.

Oito anos haviam se passado desde então. Logo após o incêndio da loja, um jovem cavalheiro chamado Arthur, do escritório de advocacia que cuidava dos assuntos do pai de Emma, tinha se tornado seu protetor. Ela se permitira ser cuidada, atraída para Arthur pela solidão e pelo luto.

O casamento aconteceu rápido, cedo demais para perceberem que não eram compatíveis, ambos novos demais. Diferentes demais. Houve brigas, lágrimas, expectativas impossíveis de alcançar. E, depois de ceder à pressão ao redor, um bebê. Olivia nascera com os profundos olhos azuis de Emma e o cabelo ondulado cor de chocolate de Arthur. Linda, feliz e perfeita.

Mas todos estavam errados. Uma filha não havia consertado os problemas deles, mas sim os piorado. E quando Arthur não voltou para casa uma noite, cinco anos antes, Emma tinha imaginado que ele estaria de novo em um pub. E estava, mas, aparentemente, enquanto cambaleava de volta para casa, havia entrado no meio da rua e sido atingido por um carro.

A BIBLIOTECA DOS AMANTES DE LIVROS   13

Em todos os anos em que fora criada apenas pelo pai, Emma nunca antecipara que também criaria a filha sozinha.

Ela parou e olhou a placa com três bolas douradas anunciando a loja de penhores Pelham. A coragem vacilou.

O aluguel do pequeno apartamento em Radford estava atrasado, e Olivia precisava de sapatos novos antes do início das aulas no mês seguinte. Já tinha usado os do ano anterior por mais tempo do que deveria. Sem dúvida estavam apertando, embora ela só tivesse mencionado o desconforto uma vez.

Ver como a filha havia se adaptado com facilidade a uma vida tão pouco abastada fazia o peito de Emma doer.

É só um livro, Emma.

Com a determinação reforçada, ela empurrou a porta. Um sininho soou feliz acima de sua cabeça, e Emma não conseguiu deixar de se perguntar quantos outros à beira do desespero financeiro tinham sido submetidos àquele repique alegre e provocador.

Um homem atrás do balcão devorou com os olhos o pacote nas mãos dela antes de erguê-los até seu rosto.

— Posso ajudá-la?

A variedade de bens sob o vidro zombava dela, tesouros vendidos por uma ninharia sob a pressão do tempo e da necessidade. Entre as cintilantes pedras preciosas, havia várias alianças de ouro puro. Uma era dela, vendida apenas seis meses antes, ainda quente do dedo esquerdo. Uma aliança barata a substituíra, algo para mantê-la como uma mulher respeitável perante os olhos da sociedade.

O dinheiro tinha acabado rápido.

— Está interessada em comprar? — perguntou o homem, focando o livro nos braços de Emma. — Ou em vender?

Uma prateleira atrás dele mostrava um par de sapatinhos de couro, não muito diferentes do que Olivia precisava.

— Vender. — A voz dela falhou de leve.

As mãos de Emma tremiam quando ela colocou o livro sobre o balcão e, delicadamente — com reverência —, abriu o papel de embrulho.

Os olhos do penhorista brilharam de emoção antes de se apagarem com um desinteresse ensaiado.

— Que edição é essa? — perguntou em um tom arrastado, como se não soubesse.

Emma baixou os olhos para a capa vermelha, lembrando-se de como a lombada com relevo dourado tinha se destacado entre uma fileira de livros antigos na loja em Newcastle e de como o pai o segurara com as duas mãos, um tesouro magnífico e precioso. Perfeito para a coleção deles.

— Primeira edição.

— Bem...

Quando o homem pegou o livro, tudo em Emma gritou para tomá-lo de volta, protegê-lo junto ao peito e correr para casa.

Mas a atitude não manteria a eletricidade ligada, não colocaria comida na despensa e não as ajudaria a permanecer na casa decente que tinham conseguido encontrar por um valor tão acessível.

É só um livro, Emma.

Exceto que não era só um livro. Era parte do legado do pai, uma das poucas peças remanescentes, que não haviam sido consumidas numa explosão de fogo.

O homem examinou o livro com atenção — impecável, exceto por um amassado no canto da capa que ele fez questão de criticar com um "tsc".

— Queria poder dizer que meus clientes valorizam primeiras edições — murmurou ele, com um ar compassivo. — Mas não estarão dispostos a pagar o que vale, e eu *preciso* sobreviver.

Após uma rodada de negociação, Emma saiu da loja vários minutos depois com um quarto da soma que havia imaginado. As primeiras notas de uma dor de cabeça latejavam nas têmporas. Ela havia torcido para que o dinheiro da venda cobrisse os gastos de muitos meses. Aquilo duraria no máximo três, quem sabe quatro.

E depois?

Ela caminhou vários metros até finalmente parar, apoiando as costas na parede de vidro enquanto tentava respirar em meio à onda vertiginosa de ansiedade.

A pensão de viúva era de dez xelins por semana, que se somava ao auxílio governamental de Olivia, de cinco xelins. Apesar de serem só as duas e de viverem com a maior frugalidade possível, quinze xelins acabavam rápido.

A dor nas têmporas chegou ao fundo dos olhos. Um gemido rouco escapou da garganta quando Emma lembrou que os tabletes de aspirina tinham acabado vários dias antes.

Mais dinheiro a gastar.

A parca soma na bolsa já começava a ficar mais leve.

Pelo menos ela estava perto do farmacêutico. Desencostou-se da parede e tomou a direção da Boots, a farmácia grande que ocupava uma esquina inteira da Pelham Street. As letras pintadas à mão acima das amplas vitrines envidraçadas eram chiques, e lá dentro havia produtos pelos quais jamais poderia pagar. Emma entrou pela porta da esquina, logo abaixo do relógio ornamentado, e passou por várias mercadorias em armários reluzentes.

Uma variedade de itens estava exposta, de termômetros e medicamentos a frascos de perfume, artigos de papelaria e bolsas. Ignorando tudo, pegou uma lata de aspirina, fazendo os pequenos tabletes chacoalharem.

A mulher do caixa levantou as sobrancelhas finas.

— Isso é tudo? — Antes que Emma conseguisse responder, ela continuou, mexendo os ombros de animação: — O Departamento de Luxo está com bolsas em promoção, só hoje.

Emma escondeu a própria bolsa debaixo do balcão para que a mulher não visse seu estado deplorável. Os cantos outrora lustrosos estavam levemente arranhados e a coisa toda lembrava um saco de papel descartado.

— Por enquanto é só isso, mas obrigada.

Um trovão estrondeou do lado de fora, e a jovem deu um pulo, surpresa.

— Vem aí uma tempestade e tanto.

E uma sob a qual Emma talvez tivesse que caminhar. Afinal, ela estava a apenas doze quadras de casa, e assim economizava o custo da passagem de ônibus. Se corresse, talvez conseguisse...

Um raio brilhou do lado de fora, imediatamente seguido por uma chuva torrencial, um verdadeiro pé-d'água.

— Talvez um chazinho? — sugeriu a mulher, de olho na chuva que batia nas vitrines. — O café fica aqui em cima, ao lado da Booklover's Library.

Chá era mais dinheiro que Emma não precisava gastar. Por outro lado, gastar o que restava dos sapatos numa tempestade seria bem mais caro. Mesmo correr até o ônibus não adiantaria àquela altura. Pelo menos, Olivia veria a chuva e saberia por que a mãe estava atrasada.

Não havia nada a fazer, exceto esperar. E, pelo menos, uma xícara de chá significava que podia tomar a aspirina e receber o alívio mais cedo, não mais tarde.

Ela subiu as escadas e se virou na direção do café em frente à biblioteca exclusiva para assinantes, inalando o aroma reconfortante de bolinhos recém-saídos do forno e o cheiro terroso e condimentado de chá. Seu estômago roncou de vontade.

Assim que se sentou, um garçom se aproximou para anotar o pedido — uma única xícara de chá. Quando já tinha esfriado o bastante, Emma pegou de dentro da lata três tabletes de cinco gramas, engolindo o remédio amargo com um gole rápido.

O chá era divino, forte e revigorante, com um pouco de leite e açúcar.

Ela se recostou, analisando o local enquanto as mesas eram ocupadas por clientes ansiosos esperando a chuva passar.

Durante um breve período do casamento com Arthur, ela tinha vivido daquele jeito, desfrutando da renda de esposa de advogado. Sentava-se a mesas cobertas com toalhas de linho bem passadas e sobrepostas de porcelana fina sem nem pensar no custo de uma xícara de chá. Nem de um bolinho, aliás.

Mas dinheiro não comprava felicidade. Ela já sabia disso muito bem.

Podia não haver muito dinheiro no cofrinho em seu guarda-roupa, mas tinha a felicidade mais pura que existia. Tinha Olivia.

Sentada ali, Emma sentiu um aroma familiar no ar com cheiro de chá e bolinhos — a atração fragrante de papel e tinta, de livros.

Seu olhar viajou involuntariamente até a grande entrada da Booklover's Library a poucos passos do café, onde janelas de vitrais projetavam uma luz colorida e alegre em fileiras e mais fileiras de livros. A biblioteca era tão característica da Boots quanto os balcões de vidro exibindo as bolsas caras e a maquiagem no andar de baixo, e sua assinatura era igualmente cara e proibitiva.

Ela inspirou, com uma pontada de dor.

Livros costumavam ser um grande conforto, ajudando-a nos momentos difíceis da vida e nos sofrimentos de uma infância sem mãe. O pai e o amor pela literatura do qual compartilhavam estavam tão intimamente ligados que era impossível imaginar um sem o outro.

A chuva tinha diminuído e se transformado numa garoa suportável. Ela tomou o restante do chá, desesperada para fugir antes que as memórias se assentassem.

A dor de cabeça estava começando a melhorar, assim como seu ânimo após o chá. Emma se levantou e empurrou a cadeira para baixo da mesa com o quadril, até que a voz de uma mulher surgiu de uma porta entreaberta a vários metros dali.

— Você acabou de completar o treinamento.

— Eu sei e sinto muitíssimo — respondeu outra mulher, soando mais jovem e quase suplicante. — Tommy disse que, com a última guerra, os pais dele quase não se casaram por falta de pastor. Precisamos fazer nosso casamento antes de a guerra começar, para que seja do jeito que queremos.

Houve uma pausa.

— Eu entendo — disse a mulher mais velha, resignada. — Parabéns pelas bodas.

— Obrigada, srta. Bainbridge.

A porta se abriu por completo e uma ruiva bonita, usando o avental verde da biblioteca amarrado por cima do vestido, deslizou para fora da sala com um otimismo juvenil e a promessa de um belo futuro.

Coisas que Emma não havia tido antes do próprio casamento, tantos anos antes.

A mulher mais velha que emergiu do escritório tinha os pés firmemente plantados no chão e uma ruga de preocupação na testa. O cabelo era mais branco do que preto, impecavelmente penteado para longe da expressão austera.

Ela ficou mais tensa ao vê-la ali parada.

— Sinto muito por ter ouvido isso. Não vi que a porta estava aberta.

— Não precisa se preocupar. — Emma endireitou os ombros. — Mas imagino que isso signifique que a senhora tem uma vaga aberta.

A pergunta pairou no ar por tempo suficiente para obrigá-la a segurar a vontade de se contorcer.

— Talvez — respondeu a mulher, com cuidado. Srta. Bainbridge, como a jovem noiva a havia chamado. — Está buscando emprego?

Se ela estava buscando emprego?

A pergunta seria zombeteiramente engraçada se não fosse tão séria.

Emma estava procurando emprego havia quase dois anos, desde que o cofrinho ficara leve de forma perturbadora. No passado, a combinação das heranças do pai e de Arthur tinha parecido o tesouro de um rei. Mas, depois de cinco anos de gastos, a fortuna se transformara em pouco mais do que um bote salva-vidas de um indigente — que estava afundando rápido, por sinal.

A chamada "barreira matrimonial" impedia esposas de permanecerem empregadas ou procurarem emprego. Não deveria se estender a viúvas. A não ser, claro, que houvesse uma criança envolvida. Lojas respeitáveis recusavam-se a contratá-la. Ser mãe solo a tornava um risco grande demais.

Emma havia se candidatado em todos os lugares, incluindo fábricas, que, em geral, eram menos rigorosas com esse tipo de coisa, mas até então fora rejeitada. A indústria contratava meninas aos 14 anos, recém-saídas da escola, com mãos ágeis e olhos jovens e brilhantes. Uma mulher com mais de 20 anos e sem treinamento não valia o esforço. Aos 25, Emma era velha demais para começar um emprego fabril, mesmo que parecesse mais nova.

— Estou procurando emprego, sim.

Ela enfiou a mão esquerda no bolso e deslizou do dedo a aliança barata de latão.

A mulher a analisou por um longo momento.

— Muito bem, se tiver tempo, entre em meu escritório e conduzirei a entrevista agora mesmo. — Ela hesitou. — Senhorita...

Emma não pensou duas vezes ao tirar o *senhora* do nome.

— Srta. Taylor.

2

Emma ouviu pacientemente enquanto a srta. Bainbridge pontificava sobre os mínimos detalhes dos deveres envolvidos em ser bibliotecária da Booklover's Library. No começo do treinamento, incluiriam tirar pó dos livros e encerar os corrimões, mas depois ela ficaria no salão ajudando os clientes.

— Você terá que recomendar livros, principalmente para nossos assinantes da Classe A — acrescentou a srta. Bainbridge. — Embora os da Classe B possam receber uma sugestão de tempos em tempos, nossos assinantes Classe A pagam significativamente mais pelo prazer de terem uma curadoria de livros recomendados especialmente para eles. — Ela cruzou as mãos sobre a pilha de papéis organizada à sua frente. — Parece algo que você conseguiria fazer?

— Sim — respondeu Emma, com sinceridade. — Eu trabalhava numa livraria. A Tower Bookshop, em Beeston.

Uma dor familiar despontou quando falou da livraria do pai, mesmo tantos anos depois.

— Tower Bookshop? — Uma expressão inescrutável passou pelo rosto da mulher, mas logo sumiu. — Ela não existe mais há... o quê? Cinco anos?

— Oito.

Mas, às vezes, parecia ter sido no dia anterior, e, ao mesmo tempo, parecia uma vida vivida por outra pessoa.

— Então você não é tão jovem quanto eu havia suposto. — A srta. Bainbridge batucou com o dedo na mesa, pensativa.

Emma já esperava. Ela tinha um rosto juvenil como o da mãe, complementado pelos grandes olhos azuis do pai. O sujeito que a entrevistara na fábrica de meias a tinha aconselhado a tirar alguns anos na próxima entrevista e ninguém perceberia nada.

Só que Emma odiava mentir.

A srta. Bainbridge inclinou a cabeça para o lado.

— Por que não se casou?

Havia na srta. Bainbridge uma objetividade de que Emma gostava. Ela nunca entendia por que as mulheres enfeitavam a verdade e prevaricavam em vez de dizer o que pretendiam.

Emma apertou as mãos no colo e forçou-se a pensar em Olivia, que esperava pacientemente seu retorno. O apartamento alugado era pequeno, mas tinha um banheiro e uma sala de estar, além de uma cozinha aconchegante com espaço suficiente para uma mesa e algumas cadeiras.

Se não conseguisse um trabalho logo, elas não teriam dinheiro para continuar ali.

Ainda assim, sua língua se recusava a pronunciar a mentira.

— Eu fui casada — confessou, exalando. — Sou viúva.

A srta. Bainbridge assentiu.

— Entendo.

Emma engoliu em seco.

— E sou mãe.

A srta. Bainbridge fechou a cara, e o zumbido animado emudeceu no ar.

— Eu tenho experiência suficiente para o cargo — emendou, depressa. — Mais que suficiente. Meu pai era o dono da Tower Bookshop. Eu fui criada dentro daquela livraria e fiquei lá até ela pegar fogo.

A srta. Bainbridge se endireitou na cadeira.

— O sr. Williams era seu pai?

— Era. Eu me casei um ano após o incêndio e tive uma menininha. Mas meu marido foi atropelado por um carro, me deixando sozinha com Olivia, minha filha. Tentei em todos os lugares, mas ninguém quer contratar uma viúva com uma filha. Exceto pelas fábricas, mas sou velha demais...

O arrependimento já pairava nos olhos acinzentados da srta. Bainbridge, uma rejeição preliminar na ponta da língua.

— Por favor. — Emma inclinou-se mais à frente na cadeira. — Eu entendo de livros.

— Srta. Taylor. — A srta. Bainbridge fechou os olhos e se corrigiu: — Sra. Taylor, você deve entender que, tendo uma criança…

— Uma filha — corrigiu Emma, que não gostava da anonimidade da palavra genérica *criança*.

Olivia era bem mais que uma criança. Era todo o coração de Emma.

A srta. Bainbridge permaneceu em um silêncio pensativo por um momento. As finas rugas da testa eram mais pronunciadas que as dos cantos dos olhos, o que dizia muito sobre como a mulher percebia o mundo.

— Seu pai era um bom homem. Foi uma pena o que aconteceu com ele, com você.

Uma pena.

Palavras insuficientes para descrever o dia mais devastador da vida de Emma. Ela baixou os olhos, fitando o pequeno calo oval sob o dedo anelar então exposto e a leve descoloração da pele deixada pela aliança barata.

— Se fosse me recomendar um livro, qual sugeriria?

Emma levantou os olhos.

A srta. Bainbridge se recostou, fazendo a cadeira soltar um gemido baixinho.

— Não tenha pressa.

Emma mudou a perspectiva sobre a mulher mais velha, de potencial empregadora para leitora. Antigamente, era capaz de deduzir as preferências literárias de alguém em segundos, um sexto sentido que a guiava até a parte da alma que faltava, uma lacuna que podia ser preenchida pela história perfeita.

Ela mesma tivera por tempo demais uma lacuna na própria vida. Um abismo, na verdade. A capacidade de discernir a preferência de um leitor pareceu fraca enquanto tentava usar a habilidade anêmica. Em vez disso, observou a mulher à sua frente.

O peso do mundo descansava sobre os ombros retos da srta. Bainbridge, mas, apesar da expressão severa, ela tinha sido benevolente com a noiva que pedira demissão, mesmo que, ao fazê-lo, claramente tivesse ficado em maus lençóis. Sem contar o estilo, atemporal, com o penteado simples e o vestido preto bem cortado.

A srta. Bainbridge parecia do tipo que preferiria uma reimpressão clássica da editora Everyman's Library a um romance contemporâneo.

Antes de poder questionar a escolha, Emma respondeu:

— *Jane Eyre*.

A srta. Bainbridge piscou e apertou os olhos acinzentados.

— Por que sugeriria esse livro?

— Você parece uma pessoa pragmática — explicou Emma. — Inteligente, mas também gentil. Afinal, ainda está aqui conversando comigo, apesar de minhas circunstâncias.

Um sorriso se estendeu nos lábios da srta. Bainbridge.

— Por acaso, *Jane Eyre* é meu livro favorito. Você mora muito longe daqui?

A brusquidão da segunda pergunta foi atordoante.

— Um pouco. Moro na Moorgate Street, em Radford.

A srta. Bainbridge bateu uma unha curta e imaculada no queixo.

— É longe o suficiente... — murmurou para si mesma.

— Perdão?

Emma deslizou até a borda da cadeira, sem querer perder uma única palavra.

— Você está disposta a ser chamada de srta. Taylor e se referir à sua filha como sua irmã, caso o relacionamento de vocês seja questionado?

Emma piscou, incrédula. Ela estava mesmo lhe oferecendo o emprego?

— Sei que é uma grosseria perguntar, mas você conhece as regras... — explicou a srta. Bainbridge.

— Sim — disse Emma, rapidamente. — Quer dizer, sim, concordo com esses termos. Por favor, eu preciso desse emprego.

As rugas que atravessavam a testa da srta. Bainbridge se aprofundaram, e talvez ela estivesse questionando a decisão. Mesmo assim, falou:

— Bem-vinda à Booklover's Library da Boots, srta. Taylor — disse a mulher, dando ênfase ao pronome *senhorita*. — Chegue amanhã de manhã pontualmente às sete, pronta para iniciar o treinamento. Tenha em mente que seu emprego só estará garantido quando passar nos exames exigidos.

A advertência não anuviou em nada o ânimo de Emma. Afinal, ela sempre recebera excelente notas na escola.

— Não vou decepcioná-la.

3

Quando Emma saiu da Boots, a chuva tinha parado, deixando o ar pesado de umidade e com a ameaça de mais chuva por vir. Ela correu a pequena distância até o prédio residencial na Moorgate Street e destrancou a porta do apartamento no segundo andar.

Olivia estava exatamente onde a mãe a deixara: sentada à mesa de jantar com um monte de lápis de cor e uma série de obras-primas que iam de flores no jardim da frente a desenhos alegres de Tubby, o cachorrinho branco da senhoria delas. O sanduíche que Emma tinha feito antes de sair havia sido comido, e o prato cheio de migalhas encontrava-se ao lado dos desenhos de Olivia.

— Mãe! — A menina pulou da cadeira e correu até Emma, jogando os braços em torno da cintura dela num abraço apertado. — Você demorou tanto.

Ela sentiu uma pontada de culpa. Tinha *mesmo* demorado muito.

O tempo, porém, não seria nada em comparação aos períodos que Olivia teria que passar sozinha em casa enquanto Emma trabalhava. Pelo menos naquele último mês de verão antes da volta às aulas.

— Aconteceu um imprevisto.

Ela jogou o sedoso cabelo de Olivia para trás enquanto a filha começava a folhear os desenhos. A menina mostrou-os um a um, tomando o cuidado de apontar cada detalhe.

— Ainda está com fome? — perguntou Emma, depois de elogiar com entusiasmo a coleção de obras-primas, muito ciente de que o horário do almoço tinha passado havia algum tempo.

Olivia fez que sim e colocou os desenhos de lado.

Emma entrou na cozinha para fazer sanduíches para as duas.

— Como foi ficar sozinha hoje?

Olivia sentou-se numa banqueta à bancada e levantou os ombros estreitos.

— Não tão divertido quanto é com você.

Emma se concentrou nos sanduíches para que Olivia não visse o remorso em sua expressão. Aquele emprego infelizmente era necessário, uma dádiva divina pela qual sabia que devia agradecer. Mesmo assim, ela odiava o quanto teria que ficar longe de casa.

— Olive. — Ela tentou manter um tom leve, referindo-se à filha pelo apelido que usava quando ela era pequena. — Tenho uma novidade.

Olivia a observou com os grandes olhos azuis, tão parecidos com os da própria Emma. Era a mãe cuspida e escarrada, o pai teria dito.

— Eu fiz uma entrevista para um emprego na Boots.

Ela colocou o sanduíche na frente da filha.

— A farmácia?

Emma assentiu e pôs-se a preparar o próprio sanduíche.

— Vou trabalhar na biblioteca de lá.

Olivia ficou em silêncio por um momento.

— Quando?

— Começo amanhã. Vou trabalhar durante a semana e ter o sábado e o domingo de folga.

Folgar duas vezes por semana era mesmo um benefício, pois muitos empregadores não ofereciam descanso algum. Mais um aspecto do trabalho pelo qual ser grata.

Quando Olivia não respondeu, Emma levantou os olhos e viu a filha de cabeça baixa.

— Olivia? — chamou.

A menina continuou olhando o prato. Ela ficava daquele jeito quando ouvia notícias de que não gostava. Não dava chiliques como outras crianças nem se revoltava com a injustiça da vida. Não, Olivia abaixava a cabeça e processava os pensamentos internamente, escondendo da mãe qualquer opinião ou preocupação.

— Eu sei que você está chateada... — começou Emma.

Olivia levantou a cabeça.

— Ainda podemos ir ao cinema no sábado?

Emma colocou a mão na cintura.

— E eu lá perderia um encontro com você no cinema?

As exibições infantis matinais eram oferecidas a preço reduzido, tornando-se um luxo acessível do qual haviam começado a desfrutar quando as economias pareciam ilimitadas. Aquele emprego significaria que poderiam continuar com os filmes de sábado.

A menina abriu um grande sorriso, revelando uma janela onde o canino superior direito tinha caído recentemente.

— Vou sair antes de você acordar pela manhã e voltar à tarde — disse Emma. — E, quando as aulas voltarem, vou chegar em casa mais ou menos uma hora depois de você. Duvido que vá sentir minha falta.

Olivia soltou um arzinho pelo nariz.

— Eu sempre sinto sua falta quando você sai.

Lá estava a culpa de novo. Uma onda de calor na barriga dela.

Emma ficou feliz pelas atividades que as duas tinham feito naquele verão — pegar o ônibus até Forest Park para tomar sorvete sob a sombra salpicada de sol de vários elmos e carvalhos, ir a Highfields Lido para nadar na água gelada que vinha do lago e comer sanduíche de geleia na grama ou olhar os produtos das barraquinhas enquanto passeavam pelas ruas de paralelepípedo da Market Square.

— Ter esse emprego quer dizer mais idas ao cinema. — Emma piscou um olho. — E, nesse fim de semana, acho que devemos ir comprar um sapato novo para você.

— Ebaaaa! — Olivia pressionou a língua em cima dos dentes, deixando o ar passar pela abertura no sorriso.

Emma riu e bagunçou o cabelo da filha.

— O que eu faço com você, hein?

Olivia sorriu.

— Me leva para tomar sorvete?

— Numa quarta-feira?

A menina ergueu as sobrancelhas.

E conseguiu exatamente o que queria.

Na manhã seguinte, Emma acordou uma pilha de nervos. Olivia continuou dormindo tranquilamente enquanto a mãe lhe preparava um almoço, que guardou na despensa com um bilhete.

A ideia de deixar Olivia tanto tempo sozinha em casa não era agradável, mas não tinha escolha. Sem família nem amigos próximos em Nottingham, não havia a quem pedir ajuda. Não que Emma fosse de pedir ajuda.

Antes de sair, entrou uma última vez no quarto que dividiam e deu um beijo na testa de Olivia, quente de sono.

Os olhos da filha se abriram e se apertaram contra a luz que vinha da cozinha.

— Você já está indo?

— Sim, mas fiz almoço para você. Vê se abre as cortinas blecaute quando acordar.

Olivia assentiu.

— E se tiver outro ataque aéreo?

Emma se preocupava com a mesma coisa.

— O último foi só um teste.

A Inglaterra estava às portas da guerra. Por mais que quisesse ignorar o conflito iminente, estava óbvio na animação palpável dos homens que se preparavam para se alistar no exército, nos abrigos sendo construídos às pressas pela cidade e nos cartazes colados em todo lugar, convocando voluntários e, ao mesmo tempo, recomendando que as pessoas ficassem em segurança.

E na carta que recebera no mês anterior.

Não. Ela não pensaria naquilo.

Em vez disso, acariciou o cabelo cor de chocolate da filha, tirando-o do rosto, e deu mais um beijo em sua testa.

— Na época, eles colocaram os horários dos testes de ataque aéreo no jornal, lembra? — perguntou Emma. — Não mencionaram nada sobre isso hoje.

A tensão sumiu do rosto de Olivia, que assentiu.

— Eu te amo, Olive.

A BIBLIOTECA DOS AMANTES DE LIVROS

— Eu também te amo, mamãe.

Com as doces palavras na mente, Emma saiu do apartamento, certificando-se de ter trancado a porta antes de ir à Booklover's Library para seu primeiro dia.

Chegou quinze minutos depois, sem a aliança e com a pequena faixa cinza-esverdeada na pele coberta com o resto de um pó compacto comprado anos antes, quando usava maquiagem para os jantares de trabalho de Arthur.

A srta. Bainbridge a recebeu com uma xícara de chocolate quente.

— A sra. Boot já se aposentou há muito tempo, mas ainda gosta que todas as garotas recebam uma xícara de chocolate ou de chá todas as manhãs e o almoço todas as tardes. Nem todo mundo consegue pagar pelas duas coisas, e ela se recusa a deixar que passem fome.

De imediato, Emma calculou a economia que tal generosidade permitiria. Isso significava que o pagamento duraria ainda mais. Uma forma de repor rapidamente o dinheiro do cofrinho cada vez mais escasso.

Sem notar os cálculos mentais de Emma, a srta. Bainbridge continuou:

— Enquanto estiver em treinamento, você vai tirar o pó dos livros todos os dias pela manhã, depois assistir a aulas ao longo do dia até ser aprovada. Hoje teremos o curso Entendendo o Mercado Editorial, além de Conhecimento de Best-Sellers.

Ela acenou com os dedos em uma indicação silenciosa para que Emma a seguisse e a levou para a Booklover's Library.

Tudo o que lembrava uma farmácia ficou para trás, assim como a fachada de butique, as prateleiras de presentes à venda e até a cafeteria atrás delas. A biblioteca transportava os assinantes a um lugar aconchegante, com grandes janelas de vitral que davam para a rua abaixo, tapetes felpudos e o perfume de flores recém-cortadas, exalado por pequenos buquês em elegantes vasos de vidro espalhados por todo o espaço aberto.

E, claro, havia os livros. Estantes organizadas, perfeitamente arrumadas e impecáveis do ponto de vista de Emma, cada lombada perfurada com um pequeno ilhó no topo, pelo qual devia passar a identificação do assinante.

Era a primeira vez que Emma entrava numa biblioteca ou livraria desde a morte do pai. O cheiro familiar a atingiu como um soco no estômago.

Era a fragrância evocativa de livros, de papel e tinta, de pó e couro e encadernações de linho. Antigamente, aquele cheiro era o mundo dela. Um pedaço do passado, um que afastara, pretendendo deixá-lo adormecido.

Eis que ele começava a acordar, carregando um tom animado e o desejo surpreendente de passar os dedos pela fileira de lombadas organizadas.

Alheia às emoções complexas que abalavam a mais nova funcionária, a srta. Bainbridge foi até uma das duas mesas de madeira ornamentadas no salão, aquela que tinha *Classe B* escrito numa placa, e, de um pequeno armário embaixo da mesa, puxou um espanador de pó feito de penas. Entregou-o a Emma.

Então uma linda loira entrou no salão, exibindo juventude e confiança da forma como alguém exibiria um casaco de vison.

— Ah, srta. Avory, venha conhecer nossa mais nova bibliotecária, a srta. Taylor — disse a srta. Bainbridge, chamando-a com um aceno.

A srta. Avory caminhou tranquilamente até elas, com os lábios vermelhos se curvando para cima. Um pequeno anel de noivado de diamante reluzia na mão esquerda.

— É um prazer conhecê-la, srta. Taylor. Bem-vinda ao melhor emprego de toda a Inglaterra.

— A srta. Avory ama tanto o cargo aqui que está noiva há um ano e meio — disse a srta. Bainbridge, e estreitou os olhos, pensativa. — Deve ser um recorde.

— Tendemos a ter noivados notoriamente longos aqui na Booklover's Library — comentou a srta. Avory em tom de conspiração. — O amor por livros ou o amor por um homem... — Ela gesticulou as mãos como se fossem uma balança, e deu uma risada sem remorso.

— Pode fazer o favor de mostrar tudo a ela? — pediu a srta. Bainbridge à srta. Avory.

— Claro — respondeu, mas a srta. Bainbridge já estava se afastando com passos curtos.

— Ela só liga para a eficiência — alertou a srta. Avory. — Mas é muito gentil, na verdade.

Emma assentiu, bastante ciente de como a srta. Bainbridge podia ser magnânima.

A srta. Avory puxou um pó compacto e um batom da bolsa e passou o tubinho vermelho-escuro nos lábios, retocando o batom que nem tinha começado a desbotar. Aliás, não havia nenhuma parte dela que não fosse perfeita, da boca em formato de coração às altas maçãs do rosto e ao cabelo lustroso loiro preso num coque da moda.

Emma nunca gostara de maquiagem. Nem de moda. Talvez fosse consequência de crescer sem a mãe, mas o transtorno de viver retocando o batom parecia totalmente exaustivo e moroso.

Ainda assim, ela não queria perder a oportunidade de se conectar com uma colega de trabalho como havia feito com tantas chances de amizade na escola.

— Que cor linda, srta. Avory. — Emma torceu para o elogio parecer menos esquisito do que lhe soava.

— Chama-se Firefly. — Ela fechou o pó compacto com um estalo. — Da nossa coleção Number Seven.

Emma assentiu, mesmo sabendo muito pouco sobre a linha de cosméticos Number Seven que a Boots com frequência anunciava. Embora a ideia fosse oferecer um produto de luxo por um preço acessível à classe média, ela não conseguia conceber a ideia de gastar dinheiro com algo tão frívolo.

— E pode me chamar de Margaret — acrescentou a mulher, guardando a bolsa embaixo do balcão. — Vou lhe mostrar por onde começar. Anote onde ficam localizados os livros enquanto estiver tirando o pó, para saber onde devolvê-los depois.

Ela parou ao lado de um vaso e ajustou os caules grossos de várias dálias antes de assentir, satisfeita, e levar Emma até as estantes mais afastadas.

Quando Emma enfim foi liberada do trabalho naquela tarde, resolveu gastar com o bilhete de ônibus para chegar em casa o mais rápido possível. O frenesi do tour da biblioteca e uma litania de manuais e livretos de treinamento tinham enchido seu dia. Apesar de estar ocupada, Emma não tinha tirado Olivia dos pensamentos. Ela já ficara sozinha, claro. Mas não um dia inteiro. Não daquele jeito.

Com o coração acelerado, Emma entrou correndo no prédio. Assim que chegou à escada, a porta da senhoria se abriu com força. A mulher mais velha apoiou a perna na abertura ao fechá-la, para impedir que seu cachorrinho branco se apertasse e saísse junto.

Emma cumprimentou alegremente a sra. Pickering, ao mesmo tempo que torcia para a mulher não querer conversar. A senhoria também era viúva, e Emma imaginava que fosse bastante solitária.

A bem da verdade, elas provavelmente eram a amiga mais próxima uma da outra. A sra. Pickering porque fazia pouco mais que ir ao mercado ou passear com o cachorro, e Emma tinha uma vida ocupada demais com Olivia.

— Odeio me intrometer, mas não pude deixar de notar... — começou a sra. Pickering apertando os lábios, como se tentando unir as palavras na mente. — Você saiu bem cedo hoje de manhã e chegou bastante tarde.

Emma inclinou a cabeça, sem saber como responder a uma observação tão desconcertante de suas idas e vindas.

— E sua filha... — A sra. Pickering sorriu, como se pedisse desculpa.

— Bem, ela está aqui. No meu apartamento.

— Você está com Olivia?

Um alarme disparou em Emma, a mente girando ao pensar em tudo o que podia ter dado errado após deixar a filha sozinha em casa durante o dia inteiro.

4

— Por que ela está com você? — perguntou Emma, mal escondendo o medo na voz.

— Fiquei preocupada quando você não voltou por tanto tempo. — A sra. Pickering franziu a testa e ficou analisando uma pequena rachadura no canto de um azulejo no chão. — Com a guerra tão próxima, achei que talvez Olivia ficasse assustada e quis convidá-la para descer um pouquinho e brincar com Tubby. — Qualquer desconforto que tivesse passado por sua expressão virou um sorriso que fez seus olhos azuis-claros cintilarem. — Os dois passaram um dia e tanto fazendo bagunça no jardim. Depois ficaram acabados. Olivia está dormindo no meu sofá agora. E, até você entrar no prédio, Tubby estava deitado ao lado dela. Estavam uma coisa linda de se ver, os dois.

A sra. Pickering deu uma risadinha suave.

Talvez Emma devesse ter ficado chateada com a interferência, mas a ideia de Olivia brincando com Tubby em vez de ficar sentada sozinha o dia todo no apartamento a aliviou um pouco da culpa por ter que sair.

— Eu consegui um emprego — confessou. — Na Booklover's Library da Boots, na Pelham. Hoje foi meu primeiro dia.

O bom humor se esvaiu do rosto da sra. Pickering.

— Por causa do aluguel?

As bochechas de Emma ficaram quentes.

— Perdão?

A sra. Pickering apertou as mãos, ansiosa.

— O aluguel é alto demais?

Era. E não era.

A soma não era nada em comparação com o que a maior parte dos senhorios cobrava por lugares com metade do espaço e um banheiro compartilhado pelo prédio inteiro. Apesar disso, até o mínimo custo desgastava as economias de Emma, que não tinham meios de aumentá-las.

O fato de a sra. Pickering pressupor que ela não tinha como pagar o aluguel, porém, era inaceitável.

— De forma alguma! — exclamou em resposta, sentindo uma vergonha ardente. — A oportunidade se apresentou e as aulas logo vão começar, então eu sabia que teria um tempo livre.

A mentira era amarga na língua, mas a verdade era muito mais cáustica.

A sra. Pickering acenou para Emma entrar no apartamento. Desta vez, Tubby não tentou sair pela abertura da porta — o cãozinho estava no sofá, acomodado ao lado de uma Olivia que dormia com as bochechas rosadas e a boca aberta. A sala de estar da sra. Pickering era adorável, com móveis de mogno polido e duas poltronas estofadas em um veludo cor de ameixa ao lado de uma estante de livros. A casinha de cachorro resistente a gás de Tubby estava ao lado, junto à caixa da máscara de gás da sra. Pickering. O cômodo todo tinha uma delicada fragrância de rosas que Emma sempre associava à senhoria.

Um sorriso tomou os lábios dela. Fazia anos que Olivia não tirava sonecas. Claro, ela nunca tinha sido de brincar o dia todo ao ar livre, como claramente fizera com Tubby. Nunca havia se conectado com as outras crianças da escola a ponto de juntar-se às brincadeiras. Na verdade, ir à escola a tinha tornado mais contida. Quaisquer deleites irrestritos e despreocupados que apreciasse quando era menor tinham sumido pouco após o começo das aulas, deixando-a mais reservada quando estava fora de casa. Suas notas refletiam a mesma infelicidade com as aulas, mas a menina não podia simplesmente não ir à escola.

Emma seguiu a sra. Pickering até a alegre cozinha, com os armários e eletrodomésticos brancos destacados pelo papel de parede com estampa de rosas, que combinava com as cortinas nas janelas da sala. A cozinha do apartamento de Emma era quase idêntica, embora as paredes fossem amarelo-manteiga com uma borda verde que lembrava purê de ervilha. E os eletrodomésticos não eram nem de longe tão bons.

A sra. Pickering encheu a chaleira.

— Chá?

— Por favor.

— Ainda faltam pouco mais de duas semanas para voltarem as aulas de Olivia, acredito — comentou a sra. Pickering enquanto andava pela cozinha. — Quantos dias por semana você vai trabalhar?

Um calor voltou a queimar as bochechas de Emma, que soube que a mancha da culpa estava evidente em seu rosto.

— Cinco dias. Tenho os fins de semana de folga.

— Posso cuidar dela, se você quiser.

A sra. Pickering se ocupou pegando duas xícaras da prateleira; a porcelana fina era pintada com uma estampa de rosas similar à do papel de parede.

Emma dispensou a oferta com um gesto.

— Não é necessário.

Afinal, ela e Olivia tinham se virado sem ajuda nos sete anos que haviam se passado. O próprio pai nunca precisara de auxílio para cuidar dela. Eles haviam sido um time, como ela e Olivia eram.

As duas contra o mundo.

— Ah, ficar com a Olivia seria um grande favor para mim. — A sra. Pickering virou-se para Emma. — Tubby tem mais energia do que eu consigo gastar, aquele malandro. Fazia tempo que não o via tão feliz quanto hoje, brincando com Olivia. E ela seria uma companhia maravilhosa para uma velha.

Antes que Emma pudesse responder, a sra. Pickering levantou a mão para impedi-la de protestar.

— Não precisa me responder agora. Pense um pouco.

Na manhã seguinte, antes de sair do apartamento, Emma deixou um bilhete para Olivia, permitindo que fosse à casa da sra. Pickering se quisesse. Era melhor que a decisão fosse tomada por ela. Afinal, era quem seria mais impactada.

* * *

O curso da Booklover's Library era bem mais intenso do que Emma poderia ter imaginado. O que ela achou que provavelmente só levaria alguns dias se transformou em duas semanas de aulas, em que ela aprendeu a forma adequada de oferecer recomendações a membros da Classe A, que exigiam uma curadoria de livros personalizada, a lidar com clientes potencialmente difíceis, os procedimentos para encomendar livros de outras filiais e estoques da Boots e muito, muito mais.

Todas as tardes, ela chegava em casa e encontrava Olivia no apartamento da sra. Pickering, ou brincando com Tubby no chão, ou tomando um copo de limonada na cozinha com alguma nova iguaria saída do forno, o que deixava o elegante cômodo com cheiro de um paraíso da confeitaria.

Mas Emma não era de aceitar favores sem oferecer alguma forma de pagamento em troca. Neste caso em particular, custou-lhe um *penny* comprar um exemplar de *A proteção de sua casa contra ataques aéreos*. O manual de 36 páginas continha uma litania de precauções que a pessoa poderia tomar para evitar danos no caso de um ataque.

— Acha que temos areia suficiente no chão?

A sra. Pickering apertou as mãos na lombar e observou o chão do sótão vazio que, no fim daquela tarde de sexta, estava coberto por uma boa quantidade de areia peneirada.

Elas tinham passado os dias anteriores limpando o local segundo as instruções do manual depois de Emma chegar em casa do trabalho. As caixas, os baús e os móveis sobressalentes passaram a residir no apartamento da sra. Pickering, lotando o espaço antes organizado.

Uma vez que o sótão tinha sido despido de seu estoque, elas jogaram dois centímetros e meio de areia por cima das tábuas de madeira arranhadas. O manual sugeria cinco centímetros, mas o alerta de "se o piso for capaz de aguentar o peso" as fizera hesitar.

Olivia levantou a pá com um sorriso.

— Eu posso colocar mais.

Ela tinha sido uma fadinha da areia, correndo pelo cômodo enquanto salpicava os grãos como pó de pirlimpimpim. Seu comportamento exultante em casa passara a se estender a qualquer momento na presença da sra. Pickering e de Tubby, um vínculo de confiança forjado pelo tempo que passavam juntos.

— Colocar mais areia pode ser arriscado — advertiu Emma.

A sra. Pickering apertou os lábios e olhou nos olhos dela com preocupação.

— Acho que devemos deixar tudo como está. E duvido que vamos precisar dessa precaução, em todo caso. Com certeza nem haverá guerra e vamos ter que arrastar a mesa do sr. Pickering de volta para cá antes do Natal.

Emma deu um gemido brincalhão, apesar de realmente não estar ansiosa para arrastar o móvel pesado para cima outra vez, depois de quase ter se acabado para descê-lo.

A sra. Pickering riu, um som seco e rouco.

— Ou quem sabe eu ache um lugar para ele no meu apartamento. Permanentemente.

— Agora, podemos tomar limonada? — perguntou Olivia, esperançosa.

Embora a sra. Pickering não devesse nada a Emma por ajudá-la com a manutenção do prédio, tinha prometido limonada gelada depois de cada dia de trabalho. A tarefa de esvaziar o depósito de carvão embaixo da escada para transformá-lo num refúgio tinha sido a mais difícil de todas. O trabalho sujo deixara um leve rastro de pó preto. Emma ainda estava encontrando manchas escuras no apartamento todo. Uma boa cobertura de cal ajudou a deixar o local menos bagunçado, mas Emma não tinha interesse nenhum em repetir a tarefa.

Pelo menos, o espaço serviria como abrigo improvisado, numa emergência. Se a guerra viesse. Ou, como implicava a urgência das insistências do governo para as pessoas se prepararem, *quando* a guerra viesse.

Os braços de Emma ficaram arrepiados apesar do calor opressivo do sótão.

— Agora, sim, vamos tomar limonada. — A sra. Pickering passou a mão pelo cabelo branco, espanando grãos de areia. — Deixe um dos baldes. Vamos precisar colocar areia em todos os andares, por via das dúvidas.

Ela não acrescentou o motivo, mas tanto a mulher quanto Emma entendiam depois de terem lido o manual de cabo a rabo. No caso de uma bomba, haveria tantos necessitados que os limitados serviços de resgate ficariam sobrecarregados. Os residentes de Nottingham precisavam estar preparados para apagar os próprios incêndios. Literalmente.

A perspectiva era aterrorizante, mas tinham que estar preparadas para enfrentá-la.

Ao descer, a sra. Pickering parou no terceiro andar e colocou um balde de areia ao lado da porta do sr. Sanderson. Não que o homem tivesse feito algo para ajudá-las com seus esforços.

Enquanto estavam se virando para continuar a descida, a porta se abriu. O inquilino cutucou o balde pesado com a ponta do velho chinelo marrom.

— O que é isso?

— Areia para apagar chamas se necessário — respondeu a sra. Pickering, direta.

O sr. Sanderson bufou, o rosto cheio de profundas rugas sob o escasso cabelo branco.

— Num vai adiantar nada se uma bomba cair bem aqui.

— A chance de isso acontecer é muito pequena — respondeu Emma, rápido, e deu um sorriso para assegurar Olivia, que retribuiu cheia de confiança infantil.

O sr. Sanderson olhou de relance para Olivia e passou a mão na cabeça, onde a careca cor-de-rosa reluzia sob uma auréola de cabelo fino.

Bem quando abriu a boca para oferecer mais alguma diatribe, a sra. Pickering acrescentou rapidamente:

— Talvez eu deva lembrar ao senhor que este prédio me pertence, e eu gostaria de garantir a proteção do meu investimento.

As palavras fizeram o sr. Sanderson resmungar e fechar a porta na cara delas.

A mulher revirou os olhos e as levou escada abaixo até seu apartamento. O espaço, em geral arrumado, tinha se tornado uma visão e tanto, parecendo mais um sótão que o elegante lar de poucos dias antes. Embora provavelmente representasse um risco de incêndio, para Tubby a bagunça era um parque de diversões, e o cachorro corria entusiasmado entre as abundantes pernas de cadeiras e por cima de pilhas de caixas.

Olivia ficou de joelhos e foi atrás do cachorro.

— O que você planeja fazer com tudo isso? — perguntou Emma enquanto entrava na cozinha, atrás da sra. Pickering.

A escrivaninha do falecido sr. Pickering estava encostada na mesa de jantar como um apêndice extraviado, e várias caixas com *Harold Pickering* escrito em letras caprichadas ocupavam a superfície.

— Não faço a menor ideia.

A senhoria contornou a escrivaninha com facilidade, como se sempre tivesse estado lá, bloqueando a maior parte da cozinha, e abriu a despensa.

— Quer ajuda para avaliar as coisas? — ofereceu Emma.

— Confesso que não sei nem por onde começar — respondeu a sra. Pickering de trás da porta antes de aparecer com um jarro de limonada amarela opaca. — A maior parte é porcaria, mas não consigo me convencer a jogar tudo fora. Tipo os chinelos que ele usava todo dia, arrastando os pés pela casa. Eu sempre insistia para que levantasse os pés direito ao caminhar. Mas agora que ele se foi, eu daria qualquer coisa para ouvir aquele arrastar preguiçoso no piso outra vez.

O casamento dos Pickering tinha durado bons trinta anos, mas o homem se fora havia mais de uma década. Ela tinha vendido a casa em que moravam, optando por permanecer no pequeno prédio que ele comprara no início do casamento como um investimento. Emma suspeitava que o motivo para a mudança de residência tivesse sido evitar a solidão. Sem dúvidas, para a sra. Pickering, o ato de olhar as caixas seria tanto difícil quanto doloroso.

— Se precisar de ajuda, estou sempre aqui — falou Emma, pela última vez.

— Obrigada, querida.

A sra. Pickering serviu um copo de limonada, e Olivia apareceu correndo, como se chamada pelo som do líquido caindo no copo. Sua aparição repentina era um bom lembrete de que as crianças ouviam tudo.

— Por que você não vai tomar sua limonada lá fora com Tubby, Olivia? — sugeriu a sra. Pickering, obviamente tendo o mesmo pensamento.

Quando a porta se fechou, a senhoria ligou o rádio. Ela não gostava de ouvir o aparelho quando Olivia estava por perto, caso houvesse alguma notícia terrível da guerra.

Uma exatamente como a que estava sendo transmitida naquele momento. Sob o crepitar da estática, elas ouviram horrorizadas o apresentador declarar que a Alemanha tinha atacado a Polônia e bombardeado cidades e vilarejos.

— Pobrezinhos — sussurrou a sra. Pickering.

Pobrezinhos, de fato. Será que tinham se preparado para os bombardeios como Emma e a sra. Pickering, fazendo-o por obrigação, sem jamais esperar que seus esforços fossem testados de verdade?

E, com um aliado tão brutalmente atacado, o que significaria para a Inglaterra?

5

As lentes redondas de vidro miravam da caixa de papelão como algo alienígena. Emma levantou a máscara de gás, com o respirador volumoso e desajeitado pendendo da fina parte frontal. O forte odor de borracha e desinfetante dominou seus sentidos.

— Bem, que emocionante. — Ela ergueu a máscara, fazendo uma dancinha com o objeto na direção de Olivia. — Elas parecem muito… oficiais.

— A minha não parece oficial.

A menina tirou a máscara de gás da caixa de papelão, uma versão levemente menor que a da mãe.

O início das aulas tinha sido adiado, já que os prédios estavam sendo usados como centros de coordenação com propósitos diversos, como distribuir suprimentos e alistar soldados. Olivia estava animadíssima com o atraso, mas aqueles preparativos pairavam sobre Emma como uma nuvem pesada.

E ainda havia a carta.

Emma deixou as preocupações de lado e balançou a máscara, fazendo as lentes largas baterem uma na outra com um estalo.

— Isto não parece bem oficial para você?

Olivia deu uma risadinha e enrugou o nariz como o pai fazia.

— Não.

— Tem certeza? — insistiu Emma, sacudindo a máscara enfaticamente.

Olivia deu uma risadinha aguda e fez que não com a cabeça.

Aquelas risadinhas eram tudo o que Emma queria ouvir, sons de alegria para bloquear os horrores na Polônia sobre os quais lera. O *Evening Post* estava cheio de reportagens terríveis.

Pequenos vilarejos tinham sido bombardeados até desaparecerem, hospitais e escolas eram alvos em cidades grandes. Atrocidades demais das quais se esquecer.

Dizia-se que a Grã-Bretanha entraria na guerra se Hitler não saísse da Polônia. Mas um louco como aquele homem, que estava decidido a matar civis, provavelmente não se importaria com ameaças do outro lado do Canal.

Ela olhou para a janela de relance, e a luz do lado de fora estava embotada por uma tela bege grudada no vidro para evitar que, em caso de um bombardeio, ele estilhaçasse. O sol subia alto conforme a manhã virava tarde. Ainda havia tempo antes de o céu escurecer e cair a noite, trazendo intermináveis horas cheias de pesadelos com bombas e guerra.

— Vamos experimentar? — perguntou Emma. O sorriso dela era forçado, mas o de Olivia não, e só isso importava.

A menina levou a máscara ao rosto, parou e enrugou o nariz de novo.

— É fedida.

— Quando eu contar até três. — Emma levantou a máscara. — Respire fundo.

As duas inalaram, inflando o peito exageradamente. Juntas, pegaram as faixas da frente com o polegar e encaixaram o queixo na máscara, seguindo as instruções.

A borracha fria se grudou de forma desagradável no rosto de Emma, sugando a pele quando ela inalava. A coisa fedia tanto que seus olhos arderam. Através das lentes redondas, ela via claramente a filha com a própria máscara.

Olivia exalou e a máscara tremulou nas bochechas, imitando o som de flatulência. Emma fez o mesmo, produzindo um efeito ainda mais alto enquanto a borracha vibrava na pele. Ambas irromperam num ataque de risos. As inalações ofegantes faziam a borracha sugar a pele com mais força, e as exalações explosivas faziam as máscaras reverberarem. As lentes ficaram embaçadas.

Elas só conseguiram suportar aquelas máscaras terríveis por um momento antes de arrancá-las da cabeça, com os olhos úmidos de alegria e os efeitos colaterais do cheiro químico tóxico. O ar frio no rosto de Emma foi imediato e maravilhoso.

Olivia jogou a máscara na caixa e seu sorriso desapareceu.

— Foi engraçado, mas não gostei.

Emma também não.

— Que bom que só precisamos delas para emergências.

— Tipo o quê? — A filha levantou os olhos para ela, com uma evidente nota de desconfiança naquele azul insondável.

A inocência de uma criança era uma coisa tão frágil e efêmera, impossível de ser reconstruída depois de quebrada. Emma sabia disso muito bem devido à própria experiência com a morte do pai.

Era a parte da maternidade para a qual ela estava menos preparada. Como uma mãe ou um pai podia ser sincero com a filha e, ao mesmo tempo, salvaguardar aquela inocência preciosa?

Quando as aulas voltassem, os colegas de Olivia não seriam tão gentis ao compartilharem notícias sobre a guerra, em especial aqueles cujos pais ou irmãos mais velhos tinham sido honestos sobre os detalhes da brutal devastação da Polônia.

Por outro lado, nem todas as crianças eram tão sensíveis quanto Olivia.

— Há uma possibilidade de a Inglaterra entrar na guerra se a Alemanha não sair da Polônia — disse Emma, com cuidado. — Se isso acontecer, pode ser que a Alemanha tente atacar a gente com gás.

— Gás? — perguntou Olivia, com uma careta de nojo.

Emma assentiu.

— O gás deixa o ar difícil de respirar. É por isso que todos temos máscaras. Para ficarmos seguros.

Olivia deu uma olhada na pequena caixa de papelão contendo a máscara, como se analisando se estava de fato ao alcance.

— E por isso precisamos mantê-las sempre por perto. — Emma sorriu, tentando parecer tranquila com a situação embora decididamente não estivesse.

Houvera muitas publicações sobre os preparativos para a guerra, incluindo o que esperar. Ela lera todas, pensando que quanto mais soubesse, melhor poderia proteger a filha.

Mas encher a cabeça com aquele tipo de coisa também significava que, a cada noite deitada na cama com Olivia dormindo tranquila ao lado, ela era assombrada pelo que poderia acontecer. Ficava pensando no que um ataque de gás era capaz de fazer com o corpo, na carnificina causada por bombas, no terror do inimigo invadindo a ruazinha pacífica em que moravam.

Essas possibilidades eram horrendas demais e a faziam abraçar a filha mais forte. Como se o amor por si só pudesse proteger Olivia do perigo da guerra.

Não, Emma não estava tranquila com nada daquilo, mas podia ser forte pela filha.

Um grito soou no corredor, bem na frente do apartamento delas. Ela sabia que eram quase onze horas antes mesmo de olhar o relógio.

Aquele era o horário em que Chamberlain declararia guerra à Alemanha. O horário em que a vida mudaria para todos.

Um calafrio percorreu o corpo de Emma.

Ela precisava ouvir por si mesma, ter a solidez das palavras cimentando a verdade. Seu corpo se moveu por vontade própria, carregando-a na direção da porta e corredor afora. A voz da sra. Pickering voltou a encher a escada, desta vez chamando o sr. Sanderson, enquanto Emma descia correndo, atraída pelo balbuciante zumbido do rádio da sra. Pickering.

A mulher a chamou com um aceno para dentro do apartamento. Olivia foi correndo atrás de Emma, envolvida naquele momento de emoção.

Será que ela deveria estar lá?

Emma hesitou, presa mais uma vez na perpétua batalha maternal de tomar decisões em relação à filha. Um toque delicado da sra. Pickering em seu antebraço interrompeu o debate interno.

— Melhor ela ouvir a verdade por si mesma do que pela fofoca dos colegas de classe — argumentou, assentindo com sabedoria e inclinando a cabeça num convite silencioso a Olivia, que continuava esperando, ansiosa, na porta. — Mas fique quietinha, amor. Precisamos ouvir isso.

O sr. Sanderson entrou no apartamento com uma expressão irritada.

— Eu tenho meu próprio rádio.

— Isso não é o tipo de coisa que se deve ouvir sozinho — respondeu a sra. Pickering. — Agora ande logo e entre na cozinha.

Todos se espremeram para caber em torno da escrivaninha do sr. Pickering enquanto o rádio crepitava e emitia a voz distinta de Chamberlain. A Alemanha tinha recusado a ordem de se retirar da Polônia.

A Inglaterra estava oficialmente em guerra com a Alemanha.

O ar no cômodo quente de repente ficou pesado demais para respirar.

— Lá vamos nós de novo — murmurou o sr. Sanderson.

Emma afundou numa das poltronas estofadas, e Olivia se aconchegou junto a ela, num pedido silencioso que todas as mães conheciam bem. Apesar de Olivia ser grande demais para ficar no colo, Emma foi um pouco para trás, deixando a filha subir.

O calor confortável da menina acomodada e o cheiro limpo e familiar do cabelo ondulado e macio de Olivia foram quase insuportáveis. Emma queria abraçar a menina e nunca mais soltá-la.

Não quando estava enfrentando uma decisão tão terrível.

A sra. Pickering colocou as mãos na cintura.

— Nós superamos a Grande Guerra e vamos superar esta também.

Ela era de uma geração que tinha suportado racionamento, terror e perdas. Apesar do discurso determinado, o olhar da sra. Pickering parecia assombrado.

Um calafrio desceu pela coluna de Emma.

Ela havia nascido poucos dias antes da eclosão do conflito. Apesar de também ter vivido a Grande Guerra, tinha poucas lembranças da época. Talvez fosse melhor assim.

Emma abraçou Olivia mais forte. A garota estava quieta em meio à recepção de uma notícia tão indesejada, processando o que fora dito daquele jeito silencioso. Talvez Emma devesse oferecer palavras de conforto, uma explicação mais detalhada, algo para aliviar qualquer medo nascente.

Mas não conseguia falar, não quando a própria mente estava girando, não quando sabia que tinha chegado a hora de tomar a pior decisão que uma mãe precisava enfrentar.

— Com certeza todos ficaremos bem.

O sorriso trêmulo da sra. Pickering não era mais convincente que a incerteza de seu tom. Do chão, Tubby soltou uma lamúria baixa e se aproximou para descansar o focinho aos pés da dona. O sr. Sanderson resmungou algo baixinho, como se a declaração de guerra fosse uma afronta pessoal, e saiu da sala, fechando a porta com firmeza.

Emma se levantou da poltrona, puxando Olivia consigo e se deleitando com o peso da filha nos braços, o conforto da cabeça de Olivia descansando na curva de seu pescoço.

— Acho melhor a gente ir — disse suavemente.

A expressão da sra. Pickering encheu-se de pesar.

— A carta?

Emma respirou fundo, angustiada, e assentiu.

A carta que ela recebera em julho apontava que Olivia era elegível para realocação no país, dizendo que Nottingham era perigosa demais. Ela havia encontrado a imensamente perceptiva sra. Pickering pouco depois de ler a mensagem perturbadora e saber da escolha que teria que fazer.

O fato de Nottingham ser considerada um alvo potencial para a Alemanha parecia ridículo, sendo que estavam a mais de duas horas de trem de Londres, onde Hitler provavelmente fixaria as vistas. Por outro lado, havia as fábricas, aquelas como Raleigh, que tinham passado de fazer bicicletas a munições, e a Royal Ordinance Factory, fabricando explosivos e enormes canos de armas.

Sim, a tranquila cidadezinha delas, localizada praticamente no centro da Inglaterra, seria de fato um alvo.

Emma assentiu.

— Tenho um assado de domingo na cozinha — disse a sra. Pickering. — É grande demais para eu comer sozinha, caso queiram se juntar a mim. — Ela deu uma risada sem humor. — Talvez seja a única carne disponível por um tempo.

Emma ajustou o peso de Olivia nos braços.

— Nós adoraríamos, muito obrigada.

A sra. Pickering sorriu com tristeza e as levou até a porta.

Antes que o jantar pudesse ser servido, o *Evening Post* distribuiu um raro jornal de domingo com apenas quatro páginas, proclamando que a Grã-Bretanha estava em guerra com a Alemanha e avisando que todos os entretenimentos públicos haviam sido cancelados para evitar aglomerações. Não apenas as escolas estavam fechadas até segunda ordem como também havia uma nota sobre evacuações.

Emma agarrou o jornal com tanta força que as páginas se amarrotaram nas mãos. As evacuações começariam na terça-feira, com os detalhes a serem divulgados pela manhã.

Como prometido, no dia seguinte havia instruções no jornal, com uma mensagem agourenta: "Pais devem se decidir hoje se desejam que os filhos sejam ou não retirados da localidade".

Emma havia cogitado a possibilidade de mandar Olivia para longe, mas alguns dilemas eram tão terríveis que, por mais que alguém os revirasse na mente, nunca havia uma solução satisfatória.

Olivia podia ser enviada para longe, para algum lugar confidencial onde moraria com pessoas que Emma não conhecia por um período de tempo indefinido. Ou ela podia manter a filha por perto, em Nottingham, e colocá-la conscientemente em perigo.

Tinha chegado a hora de decidir.

6

Havia uma alternativa para Emma em relação à segurança de Olivia: enviá-la à área rural de Chester, onde os sogros moravam. Ela dispensou a ideia assim que cruzou sua mente.

O marido tinha sido filho único, louco para fugir das rígidas regras dos pais e do trabalho sofrido na fazenda. Emma e Olivia haviam morado brevemente com eles após a morte de Arthur e encontrado não apenas uma recepção fria, mas a mesma atitude indiferente e desaprovadora que Arthur suportara na vida com os dois.

Não, Olivia ficaria melhor com os colegas — crianças que ela já conhecia — do que morando com avós que jamais tinham se dado ao trabalho de criar um relacionamento com a única neta.

Mas se Emma mantivesse Olivia consigo em Nottingham...

Pensar nisso lhe trouxe tanto conforto que ela se aconchegou em torno da ideia e deixou o calor do corpo adormecido de Olivia a ninar até pegar no sono.

O lamento de uma sirene cortou a noite, arrancando-a de um sono profundo. O coração bateu forte.

Sirenes de ataque aéreo.

Eles iriam ser bombardeados.

Igual à Polônia.

O grito que subiu aos lábios dela foi ininteligível. Uma nova dose de adrenalina a percorreu enquanto agarrava Olivia no escuro, puxando a filha e parte da coberta na direção da porta do quarto.

— O que está acontecendo? — berrou Olivia, com uma nota rouca na voz que Emma jamais tinha ouvido.

Medo.

Ela se arrepiou.

— Precisamos ir ao depósito de carvão.

Embora tentasse falar calmamente, seu tom saiu levemente agudo.

Quanto tempo tinham antes do início do bombardeio?

Ela abriu a porta do quarto com força na escuridão regulada pelas cortinas de blecaute, sem se dar ao trabalho de acender as luzes.

Juntas, foram cambaleando até a porta da frente, arrastando o cobertor atrás de si.

O guincho infernal da sirene continuava, urgente, um alerta para correr, correr, *correr*. As duas saíram a toda velocidade do apartamento, tropeçando, na pressa de descer as escadas.

A sra. Pickering abriu a porta do depósito de carvão bem quando elas chegaram ao andar de baixo e fez um sinal para entrarem.

— Venham, venham.

Uma vela bruxuleava em um castiçal de latão no meio do espaço atulhado. Ao lado, havia uma caixa marcada com a caligrafia bonita da sra. Pickering: *Petiscos para o abrigo antibombas*, que Tubby farejava ansioso. A caixa tinha sido meio que uma piada, elas argumentaram que ficar presas no depósito de carvão seria uma desculpa lógica para comer alguns caramelos e batatinhas.

Na hora, Olivia havia ficado animada com a perspectiva.

Mas, naquele momento, ela nem estava olhando para a caixa de guloseimas. Em vez disso, com o corpo todo tremendo, agarrava-se a Emma, que puxou a coberta em torno das duas, numa tentativa de compartilhar calor corporal com a filha.

Dentro do pequeno depósito não havia janelas nem relógios. A sirene calou-se, enchendo o lugar com um silêncio pesado e agourento.

A apreensão escorreu como água gelada pela coluna de Emma. Ela suprimiu um tremor e deu uma risada nervosa.

— Não sei nem que horas são.

— Duas e meia da manhã — respondeu a sra. Pickering. — Pelo menos foi nesse horário que a sirene disparou.

Olivia choramingou e se apertou mais à mãe.

— Onde foi parar o sr. Sanderson? — perguntou a sra. Pickering, irritada, olhando para cima como se pudesse vê-lo através do teto. — Se as bombas caírem...

— O que não vai acontecer. — Emma se apressou a garantir.

A sra. Pickering arregalou os olhos ao perceber o que quase dissera na frente de Olivia.

— Tem razão. Não vai. Enquanto isso, irei eu mesma buscar o homem.

Bufando, ela tirou uma vela extra da caixa de guloseimas e saiu do cômodo.

— Tome cuidado — alertou Emma.

A sra. Pickering fez um som de desdém.

— Se eu morrer, vou voltar para assombrá-lo por me levar a fazer essa tolice.

A porta bateu e Olivia se afastou um pouco para olhar para Emma, com os olhos grandes e assustados à luz das velas.

— A gente vai morrer?

— Claro que não.

Porém, mesmo ao dizer as palavras, Emma se perguntou quantas mães polonesas tinham prometido a mesma coisa aos filhos.

Aquelas mentiras, percebeu de repente, eram frágeis. Por mais bem-intencionadas que fossem.

A ideia de serem bombardeadas também lhe trouxe à clareza o quanto estavam vulneráveis no porão. Sim, o cômodo sem janelas podia protegê-las de cacos de vidro ou destroços afiados numa explosão, mas, se sofressem um ataque direto, a casa seria obliterada. A estrutura inteira desabaria.

Em cima delas.

Seu coração pulou para a garganta.

— Se a gente morrer — disse Olivia baixinho —, vamos poder encontrar o papai.

As palavras pegaram Emma de surpresa. Olivia nunca falava de Arthur.

— A gente não vai morrer. — Emma colocou o braço em volta da filha, para que a cabeça dela descansasse em seu peito. — Agora, tente dormir um pouco. Vai saber quanto tempo vamos ficar aqui.

Olivia não dormiu, mas se acalmou, seu olhar ficando distante enquanto a mãe fazia círculos nas costas dela. Enquanto isso, Emma se esforçou para tentar ouvir o zumbido baixo de um motor, esperando a explosão de uma bomba.

O corpo ficou tenso com o silêncio, em temor e antecipação.

Quanto tempo até as bombas surgirem?

A porta se abriu rápido e a sra. Pickering entrou com Tubby. A cauda dele estava mais tremendo do que balançando em meio à energia nervosa que vibrava no ar estagnado.

— O sr. Sanderson se recusa a vir, aquele velhote teimoso — contou a sra. Pickering, com um gesto de desdém. — Eu não vou mais arriscar minha vida por ele.

— Por que ele não quer vir? — perguntou Emma.

A sra. Pickering bufou.

— Com aquele lá, vai saber. Sempre guardando segredos, murmurando isso ou aquilo.

Emma sentiu o corpo da filha relaxar.

— A senhora não sabe nada dele? — insistiu, encorajando a sra. Pickering para manter a distração da conversa.

— Na verdade, não — respondeu ela, acomodando-se no chão ao lado de Emma enquanto Tubby se aconchegava no meio das duas. — Só sei que ele mora aqui desde que o prédio foi construído; eu o herdei com a propriedade. O homem é parte do prédio tanto quanto a cerca de ferro lá na frente. Quem era eu para forçá-lo a ir embora?

Ela se calou e sorriu para Olivia, que estava enrodilhada no peito de Emma, em um sono exausto. Entre as duas, Tubby também dormia, expelindo ronquinhos roucos.

— Acho que a animação foi demais para esses dois.

— Melhor assim — respondeu Emma. — Sei que ela está tentando ser corajosa, mas está aterrorizada.

— E você? — perguntou a sra. Pickering, baixinho.

O chão era frio e duro embaixo de Emma, a cal suja com partículas de pó de carvão. Ela imaginou como seriam bombas caindo — uma possibilidade que ainda poderia se tornar realidade até que a sirene de fim do alerta as assegurasse de sua segurança.

Um arrepio a percorreu.

— Ainda estou aterrorizada — respondeu ela, devagar — de que algo como o que aconteceu na Polônia possa acontecer aqui.

Em vez de desconsiderar os medos dela, a sra. Pickering assentiu.

— Pode muito bem acontecer. Pelo menos, Olivia vai ficar segura se você mandá-la para longe. — Ela olhou Emma com atenção. — Você *vai* mandá-la para longe, certo?

Em resposta, a mulher baixou os olhos para a filha e, embora não desejasse, sabia que já havia se decidido. A reação da filha ao ataque aéreo tinha sido o fator decisivo.

Olivia precisaria ir embora.

7

No dia seguinte, Emma recebeu duas informações importantes. A primeira viu no jornal, informando a Nottingham que a sirene de ataque aéreo tinha sido uma precaução devido a um avião não identificado que, no fim, era da própria Grã-Bretanha.

A outra da professora de Olivia, que apareceu com uma etiqueta de mala, um cartão de identificação em um cordão para pendurar no pescoço e instruções para a evacuação iminente. Naquela noite, foi impossível dormir sabendo que a filha iria embora no dia seguinte. Desistindo de descansar, Emma acendeu uma vela e analisou o rosto da menina sob a luz vacilante.

O nariz de Olivia, que era redondo quando bebê, tinha se endireitado e ficado pontudo, como o de Emma. E o lábio inferior, muito parecido com o de Arthur, era espesso e tinha um ar levemente petulante, que ela usava para tirar vantagem quando fazia biquinho para conseguir alguma coisa. Algo que não acontecia com muita frequência.

Nesse sentido, Emma tinha sorte.

Olivia era uma garota obediente, com um sorriso sempre a postos e um coração inclinado a amar. Traços que a tornavam aberta à gentileza, mas também vulnerável. Considerando que estava prestes a ser enviada para viver com estranhos, era um pensamento aterrorizante.

* * *

Quando enfim amanheceu, a mente de Emma estava enevoada de exaustão e sobrecarregada com a tarefa impossível à frente delas. Ela levou a mão ao ombro da filha para acordá-la com delicadeza. Olivia despertou com um sobressalto, abrindo os olhos e imediatamente encontrando os da mãe.

— Já está na hora?

Emma confirmou, e os pequenos músculos do pescoço de Olivia ficaram tensos. Apesar da óbvia apreensão, ela, obediente, começou a rotina matinal, vestindo o suéter e a saia que a mãe tinha disposto e cuidando das ondas bagunçadas do cabelo com uma escova.

Criar uma filha envolvia muitas coisas difíceis. Punir os erros, dizer não quando queria desesperadamente dizer sim, obrigar a menina a fazer lição de casa mesmo chorando e muitas vezes agir como mãe e pai ao mesmo tempo. Preparar Olivia para ir embora por tempo indeterminado, porém, era de longe o momento da maternidade mais difícil e doloroso que Emma já enfrentara.

O escasso tempo que tinham juntas passou num borrão de atividades enquanto preparava uma bolsinha para Olivia contendo duas refeições prontas de pão com manteiga e geleia, vários doces e algumas sobras de torta de carne moída e purê — a favorita da filha. Não tinham permissão de incluir líquidos. Certamente, providenciariam algo para as crianças beberem no caminho.

Emma também separou duas libras do dinheiro que havia ganhado com a venda da primeira edição de *Alice no País das Maravilhas* para dar a Olivia. A quantia, tão importante para elas, era o máximo que as crianças tinham permissão para levar. Não importava o que Olivia encontrasse, o dinheiro sempre ajudaria.

Não era assim que o mundo funcionava?

Emma fez duas tranças no cabelo da filha para controlar as ondas e enfim colocou a mala na frente de Olivia, uma relíquia que já pertencera a Arthur. Dentro, havia itens essenciais preparados com cuidado: várias mudas de roupa, uma escova, até papel de carta pré-endereçado e envelopes com selo para a menina escrever para casa ao chegar e avisar a Emma onde estava.

Como era desconcertante enviar a filha para uma localização confidencial.

— Você consegue carregar? — perguntou Emma.

Olivia levantou a mala, com sua altura considerável lhe dando uma vantagem necessária.

— Consigo.

— Sua máscara de gás. — Emma tirou a caixa de um gancho de latão ao lado da porta.

Apenas dois dias haviam se passado desde que elas riram dos sons grosseiros feitos pelas máscaras? O momento doce de gargalhadas descontraídas parecia ter acontecido uma vida antes.

Olivia parou ao lado da porta, com os novos sapatos de couro brilhando. Felizmente, a renda do novo emprego de Emma forneceu o dinheiro extra necessário para comprar o calçado robusto, de modo que Olivia não precisasse ir para o interior com frágeis sapatos de lona.

Durante a ida às compras na Woolworths, a menina tinha parado para admirar um suéter vermelho lindamente tricotado — e com uma etiqueta de preço considerável. Olivia não pedia coisas que sabia que a mãe não podia comprar. Mas naquele momento Emma se arrependia de não ter levado.

Lágrimas arderam em seus olhos. Não por causa do suéter. Pela filha. Pela inegável dor no peito por ter que a mandar embora.

Quando a tarefa de reunir os itens acabou, só restou aceitar o que estava por vir. Emma teria preferido deixar as mãos ocupadas e os pensamentos disparando a se concentrar naquele momento congelado de dor inefável.

— Bom, é melhor a gente ir — declarou ela, sem jeito.

Olivia assentiu, os olhos grandes e luminosos no rosto pálido, mas não saiu direto do apartamento. Em vez disso, permitiu que o olhar percorresse a sala, absorvendo tudo com uma consideração lenta e metódica. Como se pudesse ser a última vez que veria a casa.

— Você vai voltar — disse Emma gentilmente, quase como um lembrete, tanto para si mesma quanto para a filha.

Ainda assim, esperou com paciência, dando a Olivia todo o tempo de que ela precisava.

Enfim, a menina assentiu com uma satisfação silenciosa antes de endireitar os ombros e sair com a determinação de um soldado indo para a batalha. E, de certa forma, era mesmo. Era o destino de uma criança frente à guerra. Doloroso e aterrorizante, apesar da fachada corajosa.

A porta da sra. Pickering se abriu quando elas chegaram ao primeiro andar.

O cabelo da mulher tinha sido preso às pressas, e um roupão azul estava amarrado com força por cima do que parecia ser uma camisola.

— Tubby queria ver você uma última vez. — Ela sorriu, embora lágrimas brilhassem em seus olhos. — E eu também.

Olivia abraçou a senhoria com toda a força que tinha, depois se ajoelhou diante de Tubby, lembrando-o solenemente de se comportar na ausência dela e fazendo o cachorrinho inclinar a cabeça em confusão. Enquanto os dois tinham sua breve, mas séria, conversa, a sra. Pickering apertou com delicadeza o braço de Emma — uma mostra de apoio muito necessária.

Olivia ficou de pé e alisou a saia já arrumada.

— Provavelmente voltarei em breve.

— Espero que sim, fofura. — A sra. Pickering deu um tapinha na bochecha da menina com afeto, e então mãe e filha se viraram para ir.

A caminhada até a escola foi feita em silêncio. Olivia fechou desesperadamente a mão úmida ao redor da de Emma, a apertando forte.

Como seria sua vida sem o calor dos dedos de Olivia nos dela? Como dormiria à noite sem a filha? Como voltaria ao apartamento sabendo que Olivia não estaria lá? O controle que Emma havia construído com cuidado começou a erodir sob a maré desses pensamentos, mas ela os afastou depressa.

Várias crianças perambulavam pela escola, esperando o ônibus que as levaria à estação de trem. Seriam transportadas apenas dez por vez, para garantir que amontoados de crianças não fossem impactados em caso de ataque. Mães ofereciam sorrisos brilhantes demais e faziam promessas de que voltariam em breve, sobre fim da guerra, de um segundo lar feliz, todas coisas sobre as quais não tinham controle. Alguns meninos e meninas continuavam grudadas à mãe, enquanto outras se divertiam brincando, ansiosas por uma aventura sem nem pensar nas ramificações.

— Não vai embora ainda. — Olivia agarrou-se a Emma, fazendo com que a etiqueta de identificação girasse no cordão do pescoço.

— Eu vou ficar até o ônibus chegar para levar você à estação — garantiu Emma, sem se importar com o atraso no trabalho naquele dia.

Ajoelhando-se na frente da filha, tentou achar as palavras certas. Queria dizer que ficaria solitária sem ela, que mandá-la embora era como arrancar o próprio coração ainda batendo, que a vida em sua ausência não teria cor nem luz. Mas eram palavras perigosas demais. Palavras que rachariam a frágil casca da força de Emma.

— Seja boazinha enquanto estiver lá — disse, em vez disso.

Olivia empinou um pouco mais o queixo, estufando o peito com uma bravata similar.

— Eu sempre sou boazinha.

— Eu sei disso — concordou ela. — Eu sei. Mas tente se esforçar um pouco mais na escola também, por mim.

A menina fez uma careta, dando a Emma um vislumbre de como as duas se divertiam juntas, depois levantou a mão, levando o indicador bem perto do polegar.

— Só um pouquinho.

— Essa é minha garota.

Emma lhe ofereceu seu sorriso mais largo, duro nos lábios, parecendo completamente errado. Aquele sorriso devia ser tão falso quanto o de todas as outras mães.

Olivia sorriu de volta, revelando a janela nos dentes da frente. Quantos mais cairiam no tempo que ficasse fora? Quantas outras pequenas peças da vida da filha seriam perdidas naquele período desconhecido?

O rugido de um motor soou do lado de fora e o coração de Emma ficou pequeno. Os ônibus tinham chegado. Cedo demais.

Aquele momento tinha chegado cedo demais.

Emma puxou Olivia em direção ao peito e embalou a filha, inspirando o cheiro limpo de sabonete do cabelo dela, um perfume fragrante de leite e mel, enquanto saboreava a sensação de tê-la nos braços.

Uma última vez.

— Eu te amo até o fim do mundo — disse Emma, com fervor.

Olivia estremeceu.

— Eu também te amo. Prometo que vou ser boazinha e deixar você orgulhosa. — O tremor em sua voz quase acabou com a mãe.

Uma professora chamou as crianças para embarcarem no ônibus, e a menina se soltou do abraço de Emma, com o maxilar apertado.

— Vou visitá-la assim que puder. — Ela pegou a bagagem, o almoço e a máscara de gás de Olivia.

A filha assentiu sem falar nada — o que Emma entendia, porque a própria garganta estava fechada demais para dizer qualquer outra coisa.

Do lado de fora, na manhã fresca de setembro, o sol nascia devagar acima da cidade. O amanhecer de um novo dia com novas possibilidades, que pareciam todas infinitamente desoladoras naquele momento.

As crianças foram separadas das mães, com cuidado e eficiência, por várias mulheres uniformizadas do Serviço Voluntário de Mulheres, o SVM, e colocadas em fila para entrarem no ônibus que as esperava desligado para economizar gasolina.

A mão de Olivia escorregou da de Emma, e ela levantou os olhos pela última vez.

— Eu te amo, mamãe.

De imediato, o ponto onde tinham estado os dedos da garotinha ficou gelado, deixando Emma absoluta e completamente desolada.

Por sua vez, Olivia permanecia intrépida. Não se agarrou a Emma com desespero, como algumas crianças estavam fazendo, nem chorou em protesto. Apenas reuniu a dignidade e o amor-próprio e seguiu em frente. As tranças gêmeas caíam paralelas pelas costas retas como uma vara. Mas Emma conhecia a filha. Suas ações eram só uma mostra de coragem. Pelo bem da mãe.

A mulher ao lado de Emma começou a chorar, desolada, e isso de algum modo fortaleceu a determinação dela. A fileira de rostinhos manchados de lágrimas avançou centímetro a centímetro. O olhar de Emma permanecia fixo na criança mais alta, com o cabelo trançado, observando Olivia arrastar os pés na direção da porta aberta do ônibus.

De repente, Olivia girou, fitando Emma com os olhos cheios de lágrimas.

— Mãe.

O rostinho dela se enrugou quando começou a chorar. Ela não saiu da fila, sempre seguidora de regras, mas falou "eu te amo" várias e várias vezes sem emitir som, até ser a próxima a desaparecer no ônibus.

Emma repetiu as mesmas palavras muito depois de Olivia já ter tomado um assento. Continuou parada onde estava, esperando para acenar para a filha uma última vez. O rosto da menina se apertou na janela, fazendo o vidro embaçar de imediato. O ônibus foi ligado com um ruído, expelindo um jato de fumaça, mas Emma mal notou, acenando freneticamente para a filha, como se a força por trás do gesto pudesse transmitir toda a extensão de seu amor.

O ônibus avançou com um solavanco e se pôs a caminho, carregando as crianças até a estação de trem. Para longe de casa.

As mães que antes tinham começado a chorar estavam soluçando abertamente enquanto pressionavam lenços úmidos nos olhos. Várias outras tinham segurado as lágrimas até aquele momento. E as outras permaneciam, como Emma, cuidadosamente contidas e sob controle. Ela sabia que, se relaxasse, mesmo que um pouquinho, se despedaçaria por completo.

Em vez disso, correu para casa, sabendo que precisava se arrumar para o trabalho. Quanto mais ocupada mantivesse a cabeça, menores eram as chances de ser consumida pelo coração partido. Sua determinação não vacilou nem uma vez. Foi só depois daquela caminhada rápida para casa, quando empurrou a porta do apartamento vazio e solitário, que a represa realmente rompeu.

Ela já tinha estado sozinha muitas vezes, desfrutando de um fragmento de paz e tranquilidade enquanto Olivia estava na escola. Mas aquilo era diferente. Não haveria volta animada para casa juntas quando as aulas terminassem. Não haveria uma companhia tagarela no jantar. Não haveria o conforto de uma criança dormindo ao seu lado.

A solidão no apartamento soava e ressoava no fundo de Emma, soltando algo que ela conseguira manter controlado até aquele momento.

A força daquele vazio, daquela solidão, daquela perda, atingiu Emma como o soco de um pugilista. A dor a dobrou ao meio, fazendo-a cair encurvada no chão, enfim chorando miseravelmente.

Olivia se fora.

8

Quando finalmente conseguiu conter as lágrimas, Emma estava quase uma hora atrasada para o trabalho. Ela nem sabia como tinha conseguido se levantar daquela poça patética no chão.

Apesar do rosto inchado e dos olhos vermelhos, pelo menos o vestido *chemisier* estava bem passado e o cabelo suficientemente arrumado num coque alto.

Por sorte, não encontrou nenhum cliente ao entrar na Booklover's Library, mas quase esbarrou na srta. Bainbridge enquanto corria para guardar os pertences na sala dos fundos e amarrar o avental verde por cima do vestido.

— Acredito que a senhorita devia estar aqui uma hora atrás, srta. Taylor. — O olhar da gerente percorreu Emma, emanando desaprovação.

Emma baixou os olhos para a ponta dos sapatos arranhados de modo que a chefe não visse seu sofrimento.

— Perdão, eu...

As palavras ficaram presas na garganta. Ela não podia simplesmente falar que tinha acabado de mandar a filha embora. Alguém podia ouvir.

E não devia ter uma filha.

— Entre no meu escritório agora mesmo — ordenou a srta. Bainbridge, num tom ríspido.

A BIBLIOTECA DOS AMANTES DE LIVROS

Resignada, Emma se virou e a obedeceu, passando por Margaret no caminho. Apesar de não levantar a cabeça para a colega, a outra estendeu a mão e apertou seu braço com delicadeza.

— Ela ladra, mas não morde — sussurrou Margaret.

Uma vez no escritório, Emma se jogou na cadeira de madeira dura na frente da mesa da srta. Bainbridge, esperando para ouvir seu destino.

Se o que Margaret disse era verdade, com sorte receberia apenas uma bronca, em vez de ser demitida.

O que faria se perdesse o emprego? Se não conseguisse pagar os seis xelins por semana que o governo cobrava para alojar Olivia em um local seguro? Se não tivesse dinheiro para ir visitar a filha?

Ela venderia os últimos quatro livros da escassa coleção de amadas primeiras edições antes de deixar acontecer. Mas o dinheiro dos livros não duraria tanto tempo.

Não, Emma não podia perder aquele emprego.

Esperou pelo que pareceu ser um tempo interminável, presa numa mescla estonteante de expectativa e infelicidade.

Finalmente, a porta se abriu e a srta. Bainbridge entrou, sua expressão se suavizando.

— Srta. Taylor, eu fiquei sabendo. Das crianças, quer dizer.

— Sinto muito por me atrasar — disse Emma, e engoliu em seco. — Precisei levar Olivia para poder me despedir...

A dor voltou à garganta, ameaçando engasgá-la.

— Imagino que mandá-la embora não tenha sido fácil. — A srta. Bainbridge foi até a cadeira e sentou-se. — Você parece ter se acalmado. Está bem?

Ela abriu os lábios, mas percebeu que não sabia bem como responder.

Podia mentir, claro, e dizer que estava tudo perfeitamente bem, obrigada. Ou então dizer a verdade: admitir que um abismo havia se aberto em seu peito e a agonia era tanta que até respirar doía. Que cada parte dela temia voltar para casa à noite, encontrar um apartamento vazio e suportar a terrível enormidade da solidão.

— Que pergunta tola. — A srta. Bainbridge abaixou os olhos para a mesa. — Claro que não está. Se precisar tirar o dia...

— Não — respondeu ela, depressa. — Por favor, o trabalho vai ser uma boa distração.

A srta. Bainbridge a analisou por um momento, com os olhos cinza afiados. Por fim, deu um suspiro.

— Muito bem, mas, se ficar perturbada, você precisa sair do atendimento imediatamente. Nossos assinantes não podem testemunhar seu sofrimento. E garanta que, a partir de agora, chegará no horário. Entendido?

— Claro.

— E, pelo amor de Deus, distraia-se.

A mulher se debruçou sobre uma caixa na beirada da mesa e tirou um livro, que colocou diante de Emma.

Um rosto cinza a encarava de uma capa azul e preta. *A máscara de Dimitrios*, de Eric Ambler. Emma levantou os olhos para a gerente.

A srta. Bainbridge lhe deu um sorriso afetuoso.

— Um dos benefícios de trabalhar na Booklover's Library é a oportunidade de ler livros recém-chegados antes que fiquem disponíveis para nossos assinantes Classe A.

Os assinantes Classe B teriam que esperar um ano inteiro antes de poderem pegar aquele livro emprestado, e Emma podia lê-lo antes mesmo da clientela mais exclusiva da livraria.

Mesmo assim, hesitou. Após a morte do pai, não tinha lido um único livro. Tinha tentado, claro. Muitas vezes antes de Olivia nascer. E depois, quando a filha era muito pequena, só conseguia terminar as histórias para crianças pequenas que lia para ela.

Já depois do nascimento de Olivia e após a morte de Arthur, não havia tempo para se entregar ao passatempo da leitura — não que Emma tivesse conseguido recuperar o desejo.

Não com os livros a lembrando tanto do pai. Das conversas sobre leituras compartilhadas, das recomendações que faziam um ao outro, de como podiam se sentar num silêncio agradável, cada um perdido no próprio mundo literário. A perda e a mágoa ainda eram recentes.

Se antes a leitura era um grande conforto, tinha se tornado dolorosa demais.

Sentindo a hesitação de Emma, a gerente estalou a língua.

— Ah, por favor, srta. Taylor. Você precisa ler estes livros para recomendá-los.

De fato, precisava. Era algo que não havia lhe ocorrido até aquele momento. Ela levantou o livro e o abraçou junto ao peito, grata, ao levantar-se da cadeira.

A srta. Bainbridge abriu um livro de registros e levantou os olhos de novo.

— Na Sala de Encomendas tem uma caixa nova para ser organizada. A tarefa vai lhe dar a oportunidade de se recuperar por completo.

No salão, Emma passou por uma mulher mais velha que conversava atentamente com Margaret.

— Ah, ela era mesmo escandalosa, não é?

— De fato — respondeu Margaret em tom conspiratório. — A forma como manipulava os homens e fazia o necessário para sobreviver...

— Scarlett O'Hara era uma mulher deplorável, mas eu mal conseguia esperar para descobrir o que iria acontecer. — A mulher deu uma risadinha indulgente. — Mas eu convidaria aquela Melanie Hamilton para um chá a qualquer dia da semana. Que boa alma.

Apesar de não ter lido *E o vento levou*, Emma teria precisado viver numa caverna nos últimos vários anos para ignorar sua existência. A conversa sobre os personagens a lembrava do pai, da forma como falava sobre eles como se fossem pessoas reais, incluindo a lista contínua daqueles com quem tomaria uma cerveja.

Fazia anos que não pensava nisso.

Mas a sensação suscitada pela lembrança não era dolorosa. Não, a recordação daqueles preciosos momentos era quente e reconfortante, um calor suave, relaxante, que recobria seu coração machucado como um bálsamo.

Fortalecida para a tarefa à espera, Emma entrou na sala pronta para lidar com a caixa que a esperava.

Assinantes Classe A tinham permissão de encomendar certos títulos, alguns dos quais precisavam ser obtidos em outras Booklover's Libraries por toda a Inglaterra. Na chegada, os livros esperavam na Sala de Encomendas para serem entregues aos assinantes que os haviam solicitado.

A porta se abriu e Margaret apareceu.

— A srta. Bainbridge não foi tão ruim, né?

Emma prendeu um bilhete em um exemplar de *Um conto de duas cidades* e, com cuidado, escreveu nele o nome do assinante que o havia solicitado.

— Sim, você tinha razão.

— Então, não tem mais por que ficar tão melancólica. — Margaret enfiou a mão no bolso e tirou o pó compacto dourado, que estendeu para Emma. — Dê um jeito nessa cara e ninguém vai saber que você andou chorando.

Ela queria protestar que não andara chorando, mas não adiantava negar — especialmente quando viu os olhos vermelhos e o nariz rosado no espelhinho. Então seguiu a sugestão de Margaret e passou um pouco de pó no rosto manchado. O resultado foi impressionante: o característico rubor deixado pelas lágrimas praticamente desapareceu.

Dando à colega um sorriso grato, Emma devolveu a maquiagem.

— Obrigada.

Margaret o guardou no bolso do avental.

— Você tem um filho ou uma filha?

— Perdão?

— Desde que começou a trabalhar aqui, você sempre chega pelo menos quinze minutos antes do expediente. Para atrasar-se mais de uma hora pela primeira vez deve ter acontecido algo drástico, especialmente considerando o quanto você está chateada. Algo como mandar uma criança para o interior, como aconteceu com todas elas hoje de manhã. — Margaret indicou a estreita faixa de pele marcada na mão esquerda de Emma, onde estivera a aliança barata ainda naquela manhã. — Ou você era noiva ou era casada.

A implicação pairou no ar entre elas, silenciosa e sem julgamento.

Emma mudou levemente de posição, sem saber como responder. Talvez devesse contornar a questão com prudência. Mas uma parte dela queria Margaret como amiga, e uma amizade verdadeira exigia confiança.

— Casada — respondeu, enfim. — Sou viúva há mais de cinco anos. Tenho uma filha. Olivia.

— E não podemos contratar mulheres casadas ou viúvas com filhos. — Margaret desdenhou. — Eu teria me casado com meu Jeffrey há um ano se pudesse ficar com ele e manter meu emprego. É um absurdo termos que escolher.

— É mesmo.

Emma tirou outro livro da caixa e encontrou o título na lista para designá-lo ao cliente solicitante.

— Com certeza sua menina volta logo. — Margaret espiou a caixa na frente de Emma. — Ah, é *O amante de Lady Chatterley*?

— O... o que de Lady Chatterley?

— *Amante*. — Margaret se debruçou sobre os livros e pegou um deles. — Com certeza você ouviu falar *deste* livro, não é?

Emma abriu a boca, mas não tinha uma resposta. Não esperavam que conhecesse *todos* os livros do estoque, certamente?

Margaret riu, mas o som era caloroso e amigável, não zombeteiro.

— Na verdade, eu vim justamente pegar um para um dos nossos assinantes Classe A. Livros assim só podem ser conseguidos por meio de um pedido especial, como você deve saber bem.

Ela virou a capa, revelando uma etiqueta vermelha na lombada, e deu uma batidinha nela com uma unha pintada de esmalte vermelho. Emma engoliu o arquejo bem a tempo de não parecer pudica.

Livros com etiquetas vermelhas eram ousados demais para serem expostos no salão. Uma quantidade considerável de material no treinamento de Emma tratava desses livros sensíveis de "etiqueta vermelha". Ficavam trancados no depósito da sede principal e só eram retirados por pedido especial, depois esperavam na Sala de Encomendas até o cliente ir retirá-los. Emma considerou *O amante de Lady Chatterley* com interesse renovado.

— Ah, é muito bom — disse Margaret, com uma risada maliciosa. — Me fez ficar tão vermelha que não precisei usar maquiagem por uma semana. Mesmo assim, toda mulher que entrava aqui perguntava qual era a cor de ruge que eu estava usando. — Ela riu.

As assinantes de meia-idade tinham tendiam a ir atrás de Margaret por sua curadoria de livros românticos e os sábios conselhos cosméticos. Era algo que Emma notava nos clientes da Booklover's Library: eles eram atraídos por bibliotecárias específicas por certos motivos. Por exemplo, alguns assinantes mais estudiosos preferiam a srta. Crane, a colega mal-humorada delas, que era vários anos mais velha e frequentemente recomendava clássicos.

— As mulheres pelo jeito gostam das suas dicas de beleza — elogiou Emma.

Margaret deu de ombros.

— Meu pai dizia que eu não era boa em muita coisa, fora beleza e livros. Só estou usando meus pontos fortes. — Ela piscou um olho. — Quer que eu separe *O amante de Lady Chatterley* para você levar depois que for devolvido?

— Ele precisa ser colocado na Sala de Encomendas assim que voltar, para ser devolvido à sede — disse Emma, e franziu a testa, mais por causa do pai terrível de Margaret do que pela ideia de quebrar uma regra.

— Isso é para assinantes normais. — Margaret balançou o livro no ar, o quadrado vermelho na lombada provocante da capa de tecido sem mais atrativos. — O que me diz?

A srta. Bainbridge tinha mesmo sugerido que Emma se entregasse à distração, e aquela indulgência sem dúvida se encaixaria na definição.

— Tudo bem.

Margaret assentiu com a cabeça, num reconhecimento silencioso de sua vitória, depois deu meia-volta e partiu com o livro lascivo em mãos.

Já que estava ali, ia aproveitar a oportunidade.

Caso contrário, Emma ficaria entregue à própria sorte, sentindo a preocupação com Olivia como um cobertor pesado sobre os ombros e revirando dentro de si os piores cenários possíveis, como pedras, até ficarem lisas.

Ainda assim, os pensamentos incômodos no fundo da mente a fizeram parar na Woolworths a caminho de casa para comprar o suéter vermelho, apesar de ser tão caro. Só que o item não estava mais disponível.

Em vez disso, num ato de desespero extremo, ela selecionou um novelo de lã vermelha e brilhante. Suas habilidades de tricô sempre tinham sido um pouco medíocres, mas ela vira uma cesta ao lado da poltrona da sra. Pickering com várias agulhas enfiadas em novelos variados. Ela poderia ajudar Emma com as partes mais difíceis.

Talvez até a tempo do Natal.

Como Olivia ficaria surpresa ao finalmente ganhar aquele suéter vermelho que tanto desejara.

Pensar na alegria da filha com o presente manteve a escuridão afastada quando Emma entrou no apartamento, carregando a sacola com a lã para o suéter e o exemplar de *A máscara de Dimitrios*. Ela puxou o livro da bolsa e observou a capa impecável antes de colocá-lo de lado na bancada.

Seria a primeira vez que leria um livro desde a morte do pai. Sem dúvida, exigia algo pungente, algo precioso para guiá-la de volta ao caminho da leitura. Seus batimentos cardíacos se aceleraram com uma inesperada ânsia de voltar ao mundo que abandonara por tempo demais — o mundo da leitura.

E ela soube exatamente qual livro a chamaria com a voz mais alta e clara.

Emma foi até o guarda-roupa, puxou a pequena caixa de livros preciosos que tinha chegado depois do incêndio na livraria e retirou dela a primeira edição de *Emma*.

Com muito cuidado, levou o livro ao sofá, se acomodou e passou os dedos pela capa dura de couro. Apoiando a cabeça na palma da mão, como fizera por tantos anos, deitou-se sobre o lado esquerdo do corpo para ler. A ação ainda era um hábito consolidado, mesmo que tivesse ficado dormente por anos. Então, ela abriu a capa e começou a ler.

9

Emma se deixou levar noite adentro ao entrar na história que sempre lhe fora uma obra fundamental da literatura. A protagonista de *Emma* era uma jovem que crescera sem mãe, com um pai que lhe dava todos os afetos. Será que era surpresa uma heroína assim ter tanto apelo para uma jovem Emmaline?

A leitura era completamente diferente ao ser lida com o olhar de mãe, em vez de filha. O fascínio pela nova compreensão da narrativa, combinado com a familiaridade de uma história que ela no passado conseguia recitar de cor, a manteve virando as páginas até não conseguir mais ficar de olhos abertos.

O que tinha sido exatamente o objetivo — ficar cansada a ponto de não notar que Olivia não estava lá com ela. Mas, quando as luzes se apagaram e o mundo do vilarejo de Highbury durante a Regência encheu seus pensamentos, logo foram afastados pela preocupação com a filha.

Será que ela estava dormindo bem na nova casa? Estaria terrivelmente solitária? Talvez tivesse sido levada para um alojamento especial, onde as camas eram confortáveis, e estivesse feliz. Foi a esse último pensamento a que Emma se apegou para poder finalmente ser levada pelo sono.

* * *

Na manhã seguinte, acordou no horário de sempre, com os olhos arenosos e uma névoa mental de exaustão. O travesseiro de Olivia estava em seus braços, um triste substituto para a filha.

Enquanto se preparava para o trabalho, os pensamentos voltaram a se fixar em Olivia. Em onde, na vastidão da Inglaterra, ela poderia estar. E por quanto tempo ficaria lá.

Emma inspirou dolorosamente, um som audível no estranho silêncio do apartamento. Era esse o problema — sem a filha, tudo era grande demais, quieto demais. Ela ousaria até a dizer... limpo demais.

Não havia nenhum rastro no caminho da porta da frente até a mesa, ao longo do qual Olivia tirava os sapatos, o suéter e a mochila. Nenhuma meia perdida jogada na cadeira nem enfiada no meio das almofadas do sofá. Nenhum prato com migalhas largado sobre a bancada.

Emma tinha passado boa parte da vida limpando a bagunça de Olivia e sonhando com uma casa mais organizada e ordeira quando ela crescesse.

Naquele momento, daria qualquer coisa para tropeçar num sapato tirado às pressas.

O silêncio, o apartamento imaculado e a intensa ausência de Olivia eram mais do que conseguia suportar. Ela enfiou os pés nos sapatos e vestiu a jaqueta antes de sair às pressas, sem conseguir aguentar mais um segundo de solidão.

Chegou ao trabalho uma hora mais cedo naquele dia.

A srta. Bainbridge arqueou as sobrancelhas quando Emma entrou na salinha para funcionários nos fundos da Booklover's Library.

— Eu falei para não se atrasar, mas não quis dizer que tinha que chegar assim tão cedo.

— Eu precisava de uma distração.

Emma pendurou a bolsa e a máscara de gás no gancho e trocou a jaqueta pelo avental verde de funcionária, amarrando com cuidado a cobertura semelhante a um casaco por cima do vestido amarelo.

A gerente pegou um bule azul.

— Quer um pouco de chá?

O aroma de folhas infundidas encheu o ar, uma fragrância úmida e agradável de especiarias. E, com a oferta da mulher, Emma percebeu que tinha *de fato* saído do apartamento com tanta pressa que nem pensara em chá.

— Sim, por favor.

A srta. Bainbridge pegou mais uma xícara e a colocou na frente de Emma.

— Eu estava pensando que hoje seria o dia ideal para você começar no salão. Não só organizando, como fez até agora, mas ajudando os clientes com suas seleções. Conhecendo-os para um dia poder auxiliar assinantes Classe A.

Ser designada a tal grupo era a aspiração de todas as bibliotecárias da Booklover's Library. Emma sabia que estava sendo colocada no salão como favor especial da srta. Bainbridge, outra maneira de distraí-la da dor da ausência de Olivia — e ficou imensamente grata por isso.

Depois de terminarem o chá, a mulher foi para sua sala e Emma começou a rotina matinal de sempre, tirando pó e polindo.

Margaret chegou com um sorriso maior que o normal pouco depois de Emma terminar as tarefas.

— A srta. Bainbridge me disse que devo guiá-la no salão hoje e apresentá-la aos clientes. Está pronta? — perguntou ela, fez uma pausa e estalou a língua. — Ah, coitadinha, você está com cara de que não pregou os olhos. Isso vai ser bom para você. Vem cá.

Margaret pegou o pó compacto de sempre e passou um pouco sob os olhos inchados de Emma, então pôs um pouco de batom nas pontas dos dedos e passou a substância cerosa nas bochechas da colega, explicando:

— Numa emergência, funciona como ruge.

Margaret deu um passo para trás e assentiu em aprovação à obra.

Antes de os clientes começarem a chegar, ela mostrou a Emma como ficar à parte até um deles parecer estar com dificuldade de achar um livro.

— Estamos aqui para responder às perguntas e dar sugestões gerais aos nossos assinantes Classe B. Dá para ver quem é Classe A pelas etiquetas verdes e Classe B pelas vermelhas. Ou porque os assinantes Classe A só ficam parados esperando serem servidos. — Ela revirou os olhos de forma brincalhona. — Por enquanto, você ainda não vai ficar com essa tarefa, mas todos os assinantes Classe A precisam ser cumprimentados pelo nome, e aí você deve pegar o caderno pessoal na mesa destinada a eles, para que possam registrar os livros que querem retirar.

Assim, a biblioteca foi aberta e várias pessoas começaram a entrar aos poucos, olhando as prateleiras com interesse. Um senhor vestindo jaqueta de tweed com retalhos nos cotovelos chegou e inclinou a cabeça, pensativo, ao parar ao lado de um grupo de mulheres.

— Bom dia, sr. Beard. — Margaret sorriu para ele e completou, baixinho: — Ele é um assinante Classe A que gosta de mistérios, apesar do que alega.

— O que ele alega? — perguntou Emma.

Margaret deu uma risadinha.

— Você vai ver quando lidar com ele. É só lembrar que ele gosta de mistérios.

O homem puxou um bloco de notas do bolso da jaqueta, depois tirou um pequeno lápis de dentro, lambeu a ponta e começou a escrever.

— Ele está sempre com esse negócio, escrevendo furiosamente como se registrasse nossas conversas — acrescentou, no mesmo tom confidencial.

— Parece falta de educação — comentou Emma.

Margaret deu de ombros.

— Ele é assinante Classe A. Eles só não se safariam de assassinato, mas podem fazer basicamente todo o resto.

Ela inclinou a cabeça na direção de uma mulher de meia-idade que pegou o diário com a srta. Crane e, com uma cesta pendurada no cotovelo, parou para considerar uma seção de livros. Dentro da cesta, havia um cachorrinho terrier escocês aconchegado numa almofada.

— Entende o que eu quis dizer?

— Ela traz o cachorro junto?

— Assinante Classe A — disse Margaret como explicação. — Esses são a sra. Chatsworth e Pip.

— Como você consegue lembrar de todos esses nomes?

Mas, mesmo enquanto perguntava, Emma sabia precisamente a resposta graças às lembranças de quando trabalhava na Tower Bookshop. A vida na época era tão mais simples, quando sua cabeça não estava cheia da incessante preocupação materna e de uma lista de tarefas infinita.

— Lembrar todos os nomes é fácil. É só brincar com as palavras. — O olhar de Margaret foi para o senhor de jaqueta de tweed com o bloco. — O nome dele é sr. Beard, mas ele não tem barba, o que é bem irônico, considerando que "beard" significa barba em inglês.

E, de fato, apesar do espesso cabelo branco penteado com elegância para trás com pomada, o rosto dele estava barbeado.

— E a mulher com o cachorro? — perguntou Emma. — Como é mesmo o nome dela?

— Sra. Chatsworth. — Margaret deu um sorriso indulgente. — O nome dela também é fácil de lembrar. Você vai ver. Venha comigo, mas não diga nada. — Ela seguiu em frente com aquela confiança invejável. — Bom dia, sra. Chatsworth — disse, e se virou para o cachorro — e Pip.

Um rosnado antipático emanou da cesta enquanto o lábio superior de Pip se enrolava para trás, revelando uma fileira de dentes afiados.

— Ele é tão charmoso — elogiou Margaret. — Posso ajudá-los com alguma coisa hoje?

A sra. Chatsworth levantou o queixo com prazer, fazendo a pena cor de ameixa do chapéu tremular.

— Bem, eu estava querendo saber de um livro novo que vi no catálogo da Classe A e que vai ser publicado em breve, *A máscara de Dimitrios*...

O que começou como uma pergunta de algum modo se transformou num lamento sobre os vigias de ataques aéreos e suas atitudes obtusas em relação a vitrines da moda, o que rapidamente virou uma reminiscência sobre a feira de diversões Goose Fair quando a sra. Chatsworth era criança. A isso seguiu-se uma história sobre a filha da vizinha e como as crianças hoje em dia eram muito indisciplinadas.

Trinta minutos se passaram muito devagar enquanto a sra. Chatsworth tagarelava sem parar, mal permitindo a Margaret emitir um educado som de reconhecimento nas raríssimas pausas.

Depois de cinco minutos da conversa unilateral, Pip tinha deitado a cabeça e começado a roncar baixinho.

Da parte de Emma, a exaustão de duas noites maldormidas deixou as pálpebras pesadas, e ela se viu invejando o cachorro na cestinha almofadada.

Enquanto a sra. Chatsworth se mostrava, de fato, uma chata de tanto que falava, os pensamentos de Emma vagaram para onde costumavam ir com tanta frequência naquela época — Olivia. Quanto tempo mais demoraria até que tivesse notícias da filha?

— Vou buscar para a senhora. — O sorriso de Margaret estava tão largo e simpático quanto no começo da conversa, mas esmoreceu assim que entraram na Sala de Encomendas.

Apesar de toda a preocupação, Emma não conseguiu evitar uma risadinha.

— Agora entendo por que é fácil lembrar a sra. Chatsworth e sua chatice.

Margaret deu um suspiro exasperado.

— Acho que ela nem respira entre as frases.

As duas riram baixinho. Aquele tipo de alegria era um alívio da tristeza de Emma, ainda que durasse tão pouco.

— Mas, na verdade, ela é muito gentil. Imagino que seja apenas solitária.

Margaret pegou o livro que a sra. Chatsworth havia encomendado — já que *A máscara de Dimitrios* ainda não estava disponível, nem para assinantes Classe A — e Emma a seguiu de volta ao salão principal.

— Você pode praticar com um assinante Classe B se quiser. — Margaret apontou com a cabeça para uma jovem na seção de clássicos.

— Posso ajudá-la a achar alguma coisa? — perguntou.

A mulher levantou a cabeça, piscando com cílios que pareciam de vison e grandes olhos castanhos como os de um cervo.

— Estou querendo um clássico, mas não sei bem qual. Algo gótico, talvez. Prefiro autoras, já que homens às vezes são depreciativos demais com suas heroínas. Algo emocionante e... — Ela mordeu o lábio, pensando. — Passional.

A cada descrição, o catálogo mental na cabeça de Emma atendia ao pedido, filtrando aqueles que já não atendiam aos critérios da mulher, até a última palavra ser dita.

— Que tal *O morro dos ventos uivantes*, de Emily Brontë?

Enquanto falava, Emma já sabia que o livro era exatamente o que a cliente queria.

Os olhos da mulher se iluminaram, animados.

— Ah, faz anos que não o leio. Sim, parece perfeito.

Emma puxou o livro da prateleira e o entregou à assinante, que o abraçou como se fosse um presente adorado.

— Eu amo reler livros quando já faz um tempo desde a última vez que os li — comentou, contente, ao seguir Emma e Margaret até o balcão de registros. — Não é incrível como a mesma história pode ser tão diferente dependendo do momento em que a lemos?

No dia anterior, Emma talvez não tivesse compreendido o que a mulher queria dizer. Mas naquele momento, depois de ter passado a noite toda perdida em sua redescoberta de *Emma*, de Jane Austen, aquelas palavras tocaram um lugar especial no coração dela.

— É incrível, de fato — respondeu, sincera.

Conforme o dia progredia, Emma entrou no ritmo da interação com clientes. Suas conversas e sugestões traziam à mente aquelas primeiras vezes trabalhando ao lado do pai na Tower Bookshop, como se fossem peças de um quebra-cabeça se encaixando entre o amontoado caótico de sua vida.

A familiaridade de lidar com leitores trouxe uma conexão com o pai que ela não sentia havia tempo demais.

A srta. Crane se aproximou de Emma com a carranca e os lábios franzidos de sempre.

— Gostaria de falar com você imediatamente, na Sala de Encomendas.

Ela não disse nada até a porta da sala estar fechada, isolando-as dos clientes.

— *The Death of the Heart* estava na seção de mistérios.

Emma nem tinha visto *The Death of the Heart* enquanto devolvia os livros às prateleiras mais cedo.

— Eu não…

— Eu sei que o título, falando de morte, faz parecer um mistério, mas não é.

Não havia um pingo de paciência no tom da srta. Crane.

Embora Emma estivesse bastante ciente de que o livro não era um mistério, só assentiu.

— Não podemos catalogar livros incorretamente, srta. Taylor. — A srta. Crane cruzou os braços e se endireitou alguns centímetros, como se fazer Emma sentir-se pequena não fosse o bastante. — Isto aqui não é uma biblioteca de porão que nem a W. H. Smith's ou a Mudie's. Somos uma biblioteca de elite e seguir um conjunto de diretrizes estrito é a forma de nos diferenciarmos. Somos a Booklover's Library da Boots. — A mulher sibilou a última parte.

— Não vai se repetir — disse Emma, como pedido de desculpa.

Aparentemente, sua aquiescência foi suficiente para aplacar a srta. Crane, que bufou baixinho antes de se virar e sair da sala.

Naquela tarde, já em casa, Emma ainda não tinha recebido nenhuma carta de Olivia. Encostou-se na parede, decepcionada. Seu olhar caiu no novelo vermelho e no velho par de agulhas de tricô que havia pegado de uma caixa de costura havia muito abandonada. Tanto tempo se passara desde as últimas tentativas naquela atividade que nem conseguia lembrar por onde começar.

Provavelmente a sra. Pickering saberia. Talvez até tivesse uma receita para o suéter. Emma pegou a lã e as agulhas da bancada e saiu do apartamento em busca da senhoria.

Na descida, quase bateu de frente com o sr. Sanderson, que respondeu ao pedido de desculpa apressado dela com um resmungo.

Emma hesitou.

— O senhor por acaso recebeu uma carta para mim?

O sr. Sanderson levantou uma firme sobrancelha grisalha.

— Olivia foi mandada para o interior para ficar em segurança. Sei que é um pouco cedo, mas estava torcendo para ter chegado uma carta me dizendo onde ela está. Para onde eu possa escrever.

O sr. Sanderson franziu a testa, marcando ainda mais suas rugas profundas.

— Você a mandou embora?

A resposta foi tão desarmante que Emma só conseguiu gaguejar.

— Para a própria segurança dela, por causa de todas as fábricas de Nottingham... Eu fiz isso por ela.

O homem apertou de leve os olhos, mas a emoção que os cruzou sumiu num instante, enterrada sob a cara feia de sempre.

— Não recebi carta nenhuma.

Mesmo assim, Emma o agradeceu quando ele continuou escada acima. Segundos depois, estava sendo recebida no apartamento atulhado da sra. Pickering.

— O que é isto? — A senhoria indicou o novelo.

— Quero fazer um suéter, mas faz tanto tempo que não tricoto que não sei por onde começar. É para Olivia. O suéter que ela queria não está mais disponível na Woolworths. Eu devia ter comprado logo quando vi da primeira vez... — Emma estava divagando, a dor transparecendo naquela explanação excessivamente longa. — Quero que ela tenha algo especial porque...

As palavras ficaram engasgadas na garganta.

Porque sentia saudade da filha. Emma a amava. Queria desesperadamente que ela estivesse em casa, embora tivesse acabado de ir embora. O apartamento não era a única coisa diferente sem Olivia — toda a sua vida não era igual.

A sra. Pickering pôs a mão no ombro de Emma.

— Vamos dar um jeito, querida. — Ela deixou Emma entrar em meio aos animados latidos de Tubby e fechou a porta. — E você não poderia ter vindo num momento melhor. Acabei de colocar a chaleira para ferver.

As caixas, os baús e os móveis aleatórios continuavam atravancando cada espaço disponível lá dentro. A sra. Pickering ponderou sobre a estante de livros, mas então balançou a cabeça e foi até uma cômoda, precisando se espremer entre uma pilha de caixas para chegar até lá.

— Tenho um padrão aqui em algum lugar — falou consigo mesma.

Emma cuidou do chá enquanto a senhoria desenterrava um padrão exatamente como o que ela queria.

Juntas, sentaram-se no sofá com o chá e, sob a orientação cuidadosa da outra, Emma começou a tricotar o suéter de Olivia.

A adorável distração durou mais ou menos uma hora, com cada ponto ficando mais fácil. Talvez a vida sem a filha fosse ser daquele jeito também: difícil no começo, mas mais suportável conforme Emma seguisse em frente.

Pelo menos, era o que ela esperava. Por enquanto, apesar do entretenimento fornecido por amigos, livros e — sim — até pelo tricô, a saudade da filha parecia impossivelmente dolorosa.

10

Uma semana depois, Emma entrou na Booklover's Library ansiosa para começar o turno. A vida sem Olivia não havia ficado mais fácil, mas ela conseguia superar um dia de cada vez.

Após terminar uma releitura muito satisfatória de *Emma*, *A máscara de Dimitrios* tinha sido uma excelente maneira de tirar a mente da vida real. Ela havia lido o novo mistério em poucos dias, perdendo-se nas páginas. Durante aqueles poucos momentos preciosos, não precisava pensar. Não precisava sentir.

O suéter para Olivia, porém, não estava dando tão certo. O novelo de lã e o modesto início da roupa estavam numa sacola na sala de funcionários, embrulhados com a frágil promessa de ser trabalhado durante as pausas.

As recentes tentativas de tricotar, porém, a lembraram exatamente por que havia desistido em primeiro lugar. Havia pontos soltos, outros apertados demais quando ela esquecia de relaxar a mão, e até duas vezes que começara a trabalhar na direção errada por acidente. Emma era mesmo muito ruim no tricô.

Mesmo assim, toda vez que deixava o projeto de lado, irritada, ela via o rosto de Olivia na mente. A forma como os olhos da filha tinham brilhado de desejo, como a menina, obediente, não pedia nada que soubesse que não podiam pagar. O coração de Emma se torcia outra vez e ela retomava o trabalho com mais cuidado, enterrando a frustração e, em vez disso, imbuindo de amor a complicada tarefa.

Emma registrou o exemplar de *A máscara de Dimitrios* na mesa dos assinantes Classe A e fez uma anotação mental para agradecer a srta. Bainbridge pela sugestão maravilhosa. Do outro lado do salão, falando com uma cliente de meia-idade, Margaret acariciava a própria bochecha para demonstrar como a pele era macia.

A srta. Crane parou ao lado de Emma e olhou irritada para a mulher.

— Ela é tão tonta, sempre caindo nos últimos anúncios de beleza. — Ao ver a cara de choque de Emma, a srta. Crane completou: — Mas é uma tonta bonita, isso eu admito.

— Ela não é nada tonta — retorquiu Emma, afiada. — Na verdade, é bem inteligente. O que Margaret fala para essas mulheres constrói confiança entre elas. As clientes vêm contar a ela os problemas que gostariam de resolver, ela oferece conselhos e, quando recomenda livros, as mulheres aceitam de imediato as sugestões. As assinantes a amam, e os conselhos de beleza fazem parte desse afeto. — Emma deu um olhar sério à colega, cuja irritação tinha se voltado a ela. — E a Boots também é inteligente de contratar alguém tão eficaz em vender maquiagens. Quando vão embora, várias dessas mulheres param no balcão de cosméticos na saída.

A srta. Crane lhe deu um sorriso afetado.

— Bom, com certeza a loja aprecia os esforços dela, mas estamos aqui para fornecer livros a nossos clientes. Mais nada.

Emma queria retrucar que, com as recomendações, forneciam bem mais do que apenas livros, mas a srta. Crane já estava seguindo na direção de um homem alto com ombros largos e cabelo escuro um pouco comprido demais.

Margaret terminou de conversar com a assinante, que saiu com um livro na mão e um sorriso no rosto.

A biblioteca estava relativamente vazia, exceto pelo homem com quem a srta. Crane falava. Margaret parou ao lado de Emma e, de forma casual, mexeu no arranjo de margaridas.

— Aquele é o sr. Fisk. Nenhuma mulher que vem aqui consegue tirar os olhos dele.

— Você é noiva — provocou Emma.

— Mas não sou cega. — Margaret deu uma piscadela. — Só não sei bem por que ele não está alistado como os outros homens. — Ela deu de ombros, como se lhe fosse indiferente. — A coitada da srta. Crane fica toda atrapalhada cada vez que ele vem.

Na mesma hora, o livro que a srta. Crane estava puxando da prateleira caiu no chão. O sr. Fisk se abaixou e pegou para ela, devolvendo-o à bibliotecária corada.

Quando o homem enfim foi embora com sua sugestão de livro, fez contato visual com Emma e lhe deu um sorriso casual que a atingiu em algum lugar do peito. Sim, era fácil entender por que todas as mulheres da Booklover's Library eram atraídas pelo sr. Fisk.

A sensação causada por aquele sorriso era algo que ela não sentia havia muito tempo. Não que Emma quisesse ficar pensando nesse tipo de emoção trivial.

Em vez disso, selecionou para si mesma *The Lady of Red Gables*, de Elizabeth Carfrae, preferindo relegar qualquer romance de sua vida aos livros, não às pessoas.

Durante o restante do dia, Emma não deixou de notar como a srta. Crane olhava para as mulheres que saíam da Booklover's Library após falar com Margaret — e quantas delas realmente paravam no balcão de cosméticos.

Naquela noite — para seu grande alívio —, Emma viu que tinha recebido não apenas um cartão-postal de Olivia, contendo sua localização em algum lugar na Ânglia Oriental, mas também uma carta. Abriu-a com mãos trêmulas, tirando os papéis do envelope com movimentos desastrados. Correu os olhos pelas páginas, absorvendo o que provavelmente era a carta mais longa que a filha já havia escrito, toda em sua escrita bagunçada. Os erros de ortografia e deslizes gramaticais de sempre, numa letra de forma grande, fizeram Emma sorrir pela familiaridade.

Enquanto lia, o laço que havia se formado em torno de seu peito apertou-se cada vez mais, causando uma dor que apenas uma mãe ou um pai poderiam conhecer.

Olivia descrevia como as crianças tinham ficado um tempo considerável no trem, o bastante para algumas das mais novas terem molhado os bancos. Receberam uma laranja, chocolate e um pouco de leite, e ela tinha gostado muito.

Quando finalmente chegaram, mandaram as crianças se enfileirarem na estação enquanto homens e mulheres escolhiam quais queriam levar para casa.

Havia uma tímida nota de vergonha na carta quando Olivia confessou não ter sido selecionada.

Todas as meninas bonitas com cachos loiros foram escolhidas. Mas você sabe que eu não sou loira. Nem bonita.

A última frase fez Emma soltar uma expiração intensa.

Era revoltante as pessoas avaliarem crianças como se estivessem selecionando as melhores cabeças de gado, mas a baixa autoestima da menina foi o golpe mais pesado.

Toda mãe achava os filhos lindos. E Olivia *era* linda, com os olhos azul-oceano expressivos e cílios compridos e grossos, especialmente quando combinados com o entusiasmado sorriso de dentes separados. Embora fosse mais alta que a maioria das crianças e ainda estivesse aprendendo a ser graciosa com braços e pernas compridos, sua pequena era encantadora e amável, e tinha o melhor tipo de beleza que existia no mundo.

Como aquela gente ousava rejeitá-la como se não fosse perfeita?

Com o coração na garganta, Emma continuou lendo.

Uma mulher tinha ido ao prédio mais tarde e, ao descobrir que ninguém mais a queria, abordara Olivia.

Ninguém mais a queria.

As palavras foram um golpe em seu âmago.

A mulher — a quem Olivia se referia como tia Bess — se ofereceu para acolhê-la, assim ela havia passado a morar numa casa grande com um galpão de animais no quintal.

O restante da carta contava o quanto Olivia sentia saudade da mãe, da sra. Pickering e de Tubby, e que esperava que Emma escrevesse em breve. Havia uma cadência feliz nas palavras que infundia na carta uma alegria tranquila que acalmava os piores temores de uma mãe.

Ela escreveu de volta de imediato, enchendo páginas com palavras sobre o quanto Olivia era amada e como estava grata pela "tia Bess". E, embora terminasse a carta com *Estou morrendo de saudade*, não mergulhou na profundeza de sua solidão.

Se Olivia soubesse o quanto a separação era de fato difícil para Emma, provavelmente lutaria para voltar a Nottingham.

Alguns dias depois, Emma recebeu do governo um formulário para preencher com informações de cada membro da família, a ser entregue perto do fim do mês, numa data batizada de Dia Nacional do Registro. Apesar de Olivia não estar em casa com ela, Emma precisava declarar as informações da filha para tia Bess poder receber o cartão de identificação e os cupons de racionamento de Olivia.

O que significava que, após o Natal, logo haveria o racionamento.

11

Orgulho e preconceito estava teimosamente guardado na seção de mistério, com a lombada camuflada entre os outros livros, alinhado com tanta perfeição que ninguém jamais suspeitaria de um erro de catalogação até ler o título.

Cada parte de Emma formigava de vontade de tirar o livro do local incorreto e escondê-lo atrás das costas para colocá-lo em outra prateleira. Mas ela não podia arriscar que o sr. Beard, ao seu lado, percebesse o erro.

— Mistérios são a maldição do mundo literário — disse o homem, com uma leve vermelhidão nas bochechas, e continuou sua invectiva: — E não vou nem mencionar os romances, que estão deturpando as expectativas amorosas de todas as mulheres da Grã-Bretanha.

E, apesar de dizer que não ia mencionar os romances, seguiu menosprezando o gênero por mais cinco minutos. Enquanto isso, Emma só conseguia pensar em um romance específico: *Orgulho e preconceito* na localização errada.

— O que precisamos é de clássicos — continuou o sr. Beard. — Literatura de verdade escrita pela elite, pelos cultos. Com esses romances levianos que só querem entreter, o intelecto de nosso país está decaindo. — O rosto dele ficou um tom mais sombrio. — Decaindo, é o que eu digo.

— Este aqui é realmente terrível — disse Emma, e puxou o livro logo ao lado de *Orgulho e preconceito*. O espaço vazio fez o livro se inclinar meio torto, provocando-a.

O sr. Beard examinou o livro com olhos afiados.

— Será que ouso perguntar do que se trata essa atrocidade?

— *Morte no Nilo*, de Agatha Christie, é sobre um assassinato que precisa ser resolvido em um navio a vapor no rio Nilo antes que o assassino consiga atacar novamente.

O sr. Beard analisou o livro mais de perto.

— Parece realmente tenebroso.

— Eu mal dormi porque não conseguia parar de ler.

— Não me diga.

— Ah, digo, sim. Com certeza o senhor detestaria.

Ele estendeu a mão enrugada pela idade.

— Gostaria de ver por mim mesmo.

— Claro.

Emma lhe passou o livro.

— Por motivos de pesquisa — completou o sr. Beard, ríspido.

— Claro — repetiu Emma, com um sorriso.

Ela conhecia o jogo. Eles o jogavam a cada uma ou duas semanas. Da primeira vez que o sr. Beard tinha aparecido todo cheio de si, Emma tolamente o levara à seção de clássicos, onde o homem declarou que não havia clássico que já não tivesse lido e que queria algo novo. Quanto mais censurava os mistérios, mais seu olhar vagava na direção da seção, como uma criança de olho numa loja de doces. Desde então, ela era a única bibliotecária que ele abordava.

— Devo registrar este para sua retirada, sr. Beard? — perguntou.

— Sim, mas ande logo. Tenho muito a fazer hoje e preciso ler esta baboseira antes.

Sem esperar a resposta, o sr. Beard foi para o balcão de assinantes Classe A e lhe apresentou a ficha.

A ficha de metal estava conectada a uma fita que era passada pelo ilhó no topo da lombada, com a intenção de virar um marcador de páginas.

Emma anotou as informações dele, pendurou a ficha no buraco e lhe entregou o livro.

— Darei um relatório completo quando terminar.

O sr. Beard colocou o livro na bolsa de couro macia que carregava ao lado do corpo. Ao fazê-lo, olhou desconfiado ao redor, como se achasse que sua seleção seria julgada publicamente.

— Eu ficaria decepcionada se o senhor não fizesse isso — respondeu Emma com tranquilidade, mas ele já estava dando meia-volta e saindo pela porta.

— Por que ele não admite logo que ama mistérios? — perguntou Margaret depois que o homem se foi.

Emma balançou a cabeça como em uma negativa, com o próprio mistério na cabeça. Quem estava mudando os livros de lugar?

A srta. Crane passou rapidamente pela seção de mistério. Emma ficou tensa, mas, por sorte, a mulher não parou para olhar de perto a prateleira onde *Orgulho e preconceito* continuava inclinado num ângulo chamativo, zombando alegremente de Emma.

Margaret pegou uma pilha de livros de baixo do balcão, onde tinham sido colocados depois de serem devolvidos.

— Você vai ao evento mês que vem?

Pelo que Emma ficara sabendo, as outras confraternizações de um dia inteiro para os funcionários da Boots e da Booklover's Library tinham sido excursões para cidades costeiras. Mas em meio à guerra, com a gasolina sendo racionada e os trens precisando ser usados para tropas, uma viagem assim não seria patriótica. Felizmente, a Boots ainda queria que os funcionários soubessem que eram valorizados e, no lugar, planejara um piquenique às margens do rio Trent, com a promessa de comidas deliciosas antes que o racionamento fosse instaurado.

— Acho que seria uma boa distração — respondeu Emma.

O rosto de Margaret se suavizou de imediato.

— Como você está?

— Finalmente recebi uma carta de Olivia. Ela parece bem.

Emma não contou que as crianças tinham sido selecionadas por adultos, nem como a filha havia sido negligenciada, embora ainda fervesse de raiva com o incidente.

— Acho que também vou precisar de uma distração — disse Margaret, e baixou os olhos para o chão. — Jeffrey se alistou e em breve vai para o treinamento.

Ela pressionou um dedo nos cantos dos olhos, para secar as lágrimas sem manchar a maquiagem.

A srta. Crane passou pela área principal da biblioteca mais uma vez, seguindo na direção dos mistérios. No caminho, parou o olhar em Margaret.

Embora fosse ótimo que a srta. Crane não tivesse visto o livro na prateleira errada, provavelmente denunciaria o arroubo emotivo de Margaret à srta. Bainbridge. Dando as costas para a mulher, Emma entrou na frente da amiga, colocando-se entre ela e a funcionária com olhos de lince antes que esta pudesse testemunhar uma única lágrima.

— Jeffrey disse que quer se casar antes de ir. — Margaret fungou e secou os olhos de novo.

A srta. Crane mudou de direção, seguindo diretamente para a seção de mistérios.

Maldição.

— Vamos para a Sala de Encomendas. — Emma segurou o cotovelo de Margaret e a levou para a sala privada.

— Se me casar com ele, vou ter que pedir demissão e não terei nadinha para ocupar meu tempo. — Margaret cobriu o rosto com as mãos. — Emma, não posso.

Antes que pudesse responder, a porta se escancarou e a srta. Crane entrou brandindo *Orgulho e preconceito.*

— Na prateleira errada de novo! — explodiu. — Isso nunca acontecia antes de a senhorita começar a trabalhar aqui, srta. Taylor.

Margaret pigarreou.

— Ah, céus. Foi culpa minha. Guardei hoje de manhã e poderia jurar que o coloquei na seção de clássicos.

— Você? — O olhar feio da srta. Crane perdeu um pouco da intensidade. — Claramente isto não é um mistério.

Ela deu uma encarada de alerta para Emma, mostrando que suspeitava que Margaret estava mentindo, antes de dar as costas e ir embora.

— Obrigada — disse Emma. — Eu nem me lembro de ter visto esse livro na pilha de devoluções hoje de manhã.

Margaret deu de ombros.

— Acontece. A srta. Crane vive procurando algo de que reclamar. Acho que a vida dela é infeliz, por isso trata os outros desse jeito.

Nenhum outro livro apareceu no local errado durante o restante do dia, embora isso não tenha poupado Emma das carrancas da srta. Crane. Ela ficou até mais tarde para arrumar as coisas e voltou para casa com pressa, a fim de evitar o blecaute. Outubro estava chegando, encurtando os dias e esfriando-os com a promessa de um inverno difícil.

Pelos muros e colunas de anúncios, havia cartazes mobilizando o apoio britânico para a guerra. Pedia-se aos homens que se alistassem no exército; às mulheres que virassem membros do Serviço Voluntário de Mulheres. E dizia-se para as mães manterem os filhos seguros no interior. A imagem de Hitler cochichando no ouvido de uma mãe que envolvia os filhos nos braços abalou Emma — como se uma mãe que mantivesse as crianças em casa estivesse recebendo o tirano nas praias do país.

Alguns dias depois, outra carta de Olivia chegou. E detalhava a vida na fazenda da tia Bess, contando que havia galinhas com ovos para pegar toda manhã, uma vaca-leiteira e uma cabra que pulava como se os cascos fossem molas. A casa era grande e imponente, com um piano que elas tocavam todas as noites, depois de uma ótima sobremesa com *clotted cream*.

Não houve mais cartas nas semanas seguintes.

Quando a preocupação de Emma virou uma distração insistente, ela se sentou para escrever uma carta à tia Bess. Primeiro, agradeceu-lhe por ter acolhido Olivia, depois perguntou sobre a possibilidade de uma visita. Era falta de educação se convidar para ir à casa de alguém, sim, mas certamente se tratava de uma situação extraordinária em que tais formalidades podiam ser deixadas de lado.

Na ausência de cartas para ler, o novelo de lã vermelha e as agulhas de tricô na mesinha ao lado do sofá chamaram Emma. Quase um terço do corpo do suéter estava feito, a maior parte com a ajuda da sra. Pickering. Quanto mais repetia a ação de girar a lã por cima das agulhas, mais proficientes ficavam seus dedos lentos e desajeitados. Ela nunca seria tão hábil quanto a sra. Pickering, cujas agulhas se moviam tão rápido que ficavam borradas, fazendo cliques rítmicos como os de uma máquina, mas ainda estava satisfeita com seu progresso.

Com o entusiasmo compartilhado das duas, o suéter estaria pronto a tempo do Natal, um presente perfeito para Olivia.

12

Havia bolinhos de vários sabores dispostos num padrão de estrela — baunilha, com pontinhos pretos, mirtilo, salpicado de grumos roxos, e até um de gengibre e abóbora, evidenciado pelo tom de caqui. Estavam empilhados com cuidado em torno de um grande recipiente de *clotted cream*, batido à perfeição. Ao lado deles, havia uma garrafa de chá e uma jarra de limonada.

O calor aconchegante da apresentação, porém, era varrido pelo vento vigoroso do rio Trent.

Não era um dia ideal para piqueniques, mas tinham se esforçado bastante.

Uma música jovial se erguia no ar antes de ser levada pela brisa forte, carregada para longe da banda contratada para tocar. Em torno de Emma, outros funcionários da Boots e suas famílias curtiam as festividades.

Apesar das frivolidades, ela estava dolorosamente ciente da distinta ausência de crianças no evento familiar.

— Você está planejando se inscrever para o Serviço Voluntário de Mulheres? — perguntou Margaret, fechando o casaco cinza-carvão mais apertado em torno do corpo esguio e apontando a cabeça na direção da mesa pintada de vermelho, branco e azul.

As mulheres sentadas lá estavam abraçando pranchetas e usando casacos verde-acinzentados com padrão espinha de peixe e chapéus com faixas vermelhas.

A tentativa de Margaret de soar alegre não escondeu o tom melancólico da voz. Seu sorriso estava, de certa maneira, sombrio, uma distância no olhar, e uma vez ou outra escapava um suspiro profundo demais, como se arrancado do fundo da alma dela.

Era para Jeffrey ter lhe acompanhado, mas fora convocado mais cedo do que o esperado.

— Considerei entrar... — admitiu Emma.

E tinha mesmo, desde que vira as mulheres do serviço acompanhando as crianças na escola durante a evacuação. Desde então, sempre via cartazes pedindo voluntários, como se falassem com ela.

Se trabalhasse junto àquelas mulheres, Emma talvez compreendesse melhor a evacuação das crianças. Talvez fosse avisada com antecedência sobre quando voltariam para casa.

Ao lado de Emma, Margaret olhava a aliança de noivado com pesar. O diamante pertencera à avó de Jeffrey e a pedra antiga reluzia no fraco feixe de luz do sol que lutava para atravessar as nuvens pesadas.

Emma pôs a mão no antebraço da amiga para confortá-la.

Margaret levantou a cabeça e sorriu.

— Ele queria tanto já estar casado. Mas não posso só ficar sentada em casa o dia inteiro com meu enxoval desfeito e nada melhor a fazer do que esperar o correio entregar uma nova carta à qual responder.

Emma assentiu, entendendo num nível mais profundo do que queria confessar.

— Por que mulheres casadas não podem trabalhar? É ridículo — continuou Margaret, com as bochechas ficando de uma cor que não tinha nada a ver com o ar frio. — Se não têm crianças de quem cuidar, por que precisam dedicar sua energia a limpar uma casa vazia e arrumar uma mesa de jantar solitária? E, mesmo se tiver filhos, por que uma mulher não pode trabalhar? Não podemos sentir alegria com nossa carreira, assim como os homens?

Várias pessoas se viraram para olhá-las.

Margaret piscou e encarou Emma com os olhos castanhos suaves.

— Mas você sabe perfeitamente bem como eu me sinto, dada sua própria situação. Perdão por ter sido tão insensível.

— Acho que o SVM vai ser uma boa distração — disse Emma, e levou Margaret na direção da mesa colorida.

A última coisa de que precisava eram outros funcionários da Boots se perguntando o que Margaret queria dizer com a "situação" de Emma.

As mulheres do SVM vestidas com elegância as viram indo lá e se endireitaram em antecipação, os sorrisos se alargando à medida que as duas se aproximavam.

— Vamos trazer nossos entes queridos para casa mais cedo — disse Emma, tomando o braço de Margaret —, fazendo nossa parte pela Grã-Bretanha e ajudando a acabar com esta guerra terrível.

Margaret concordou com a cabeça, fazendo os cachos loiros quicarem do casaco chique.

— Vamos.

As mulheres da mesa estavam mais do que ansiosas para anotar o nome e o endereço delas.

— Vamos nos encontrar hoje à tarde na casa de habitação social para montar pacotes de itens necessários para os soldados — falou a mais baixa entre elas, com um sorriso que levantava as bochechas cor de maçã. — Até lá, estamos fazendo todo o possível para promover o Fundo de Conforto, que vai fornecer cigarros, chocolate e outras coisinhas a cada soldado.

— Também estamos coletando alumínio — comentou a outra mulher, que parecia profissional e pouco dada a gentilezas.

— Transforme sua torradeira num avião de caça *Spitfire* — completou a de bochechas vermelhas, sorrindo.

A ideia era curiosa, mas Emma estava disposta a qualquer coisa para ajudar.

Margaret aceitou o panfleto que lhe entregaram. Atrás delas, a banda começou uma canção alegre.

Quando deram as costas para o SVM, o sorriso da amiga sumiu de novo.

— Acho que prefiro passar o restante da tarde em casa.

— Você vai ficar bem? — Emma a olhou com preocupação.

— Só preciso de um ou dois dias para me recompor. — Margaret levantou um ombro. — Eu sempre fui assim. A torta de rim da minha mãe também vai ajudar. A comida dela resolve qualquer problema ou sofrimento.

Seu olhar otimista pareceu sincero.

Emma nunca teve o consolo da torta de rim de uma mãe, nem qualquer conforto ou conselho de mãe, na verdade. Afinal, a dela tinha morrido dias após seu nascimento, e os pais de Arthur nunca se dispuseram a lhe demonstrar qualquer carinho.

Por outro lado, Emma tivera um pai compreensivo e amoroso, e era eternamente grata pelo tempo que haviam passado juntos, pelas lindas lembranças que haviam criado.

Ela abraçou a amiga e sentiu-se reconfortada também.

Depois que Margaret se afastou do gramado, Emma continuou em frente, olhando ao redor, desconfortável, e debatendo o que fazer, como costuma acontecer quando alguém de repente se encontra sozinho numa multidão. Bem quando estava considerando ir embora também, espiou a srta. Crane parada a certa distância e parecendo tão deslocada quanto Emma.

Todo mundo merecia uma chance. Era o que o pai dizia.

Emma se juntou à outra, cuja expressão sobressaltada com a aproximação se transformou em algo agradável. A srta. Crane na verdade era bem bonita quando não estava com o rosto tão enrugado em desaprovação.

— Eventos de grupo como este tendem a me deixar bem desconfortável — disse ela, exalando uma risada nervosa. — Fico tão deslocada.

Emma olhou o rosto de outros homens e mulheres que trabalhavam na Boots, ao redor delas.

— Pelo menos quase todo mundo é conhecido.

— Ajuda mesmo ver um rosto amigável.

O comentário da srta. Crane soou tão sincero que a pegou de surpresa. Será que ela achava que Emma era amigável?

Sua atitude nas interações anteriores sugeria que não.

— Sei que não sou tão acolhedora quanto as outras na Boots — disse a srta. Crane, como se lesse a mente dela. — As mulheres gostam de Margaret, que faz todo mundo derreter que nem manteiga na palma da mão dela. Ou de alguém como você, que exala tanta gentileza que as pessoas não conseguem deixar de apreciá-la.

— Imagina — gaguejou Emma, sem saber como responder a tal afirmação.

— Eu vejo como os clientes reagem a vocês duas — continuou a srta. Crane — e como reagem a mim. Garanto a você que estou ciente de minhas deficiências.

— Você não deveria dizer esse tipo de coisa — repreendeu Emma, seu lado maternal protestando contra a ideia de qualquer pessoa resignada a tal derrota.

A srta. Crane sorriu, embora parecesse que fazer isso era doloroso.

— Você é mesmo gentil, srta. Taylor.

Então a conversa foi interrompida por um dos farmacêuticos-chefes, agradecendo a todos pela presença, incitando-os a levarem vários bolinhos para casa e garantindo que estavam fazendo sua parte para ajudar nos esforços de guerra. Depois de um olhar afiado da mulher mais séria do SVM, ele acrescentou às pressas um lembrete para contribuírem com o Fundo de Conforto e reunirem alumínio sobressalente para doação.

Quando o discurso terminou, Emma se virou para a srta. Crane, mas ela tinha ido embora.

Durante todo o caminho para casa, pensou no que a outra havia dito, percebendo que talvez, aquele tempo todo, não tivesse dado uma chance de verdade à outra mulher.

Uma vez dentro do prédio, Emma parou no apartamento da sra. Pickering. A senhoria apareceu na porta com Tubby arranhando o chão, ansioso, ao lado.

— Tenho uma ideia para algumas daquelas caixas — disse Emma. — O SVM está coletando alumínio. Fiquei pensando... será que há alguma coisa nas posses do sr. Pickering que contenha alumínio?

A sra. Pickering ficou um momento sem falar, apertando um cardigã azul em torno do corpo, claramente cautelosa com a ideia.

— Eu posso ajudar. E você estaria contribuindo com o esforço de guerra... — encorajou Emma. — Transforme sua torradeira num avião de caça *Spitfire*.

A fala fez a sra. Pickering rir.

— Um *Spitfire*, hein? Muito bem. Quando quer começar?

— Estou livre agora. Você sabe que não tenho nada para fazer exceto tricotar aquele suéter todo errado.

A sra. Pickering riu de novo e abriu mais a porta, empurrando, com delicadeza, Tubby para trás com a panturrilha enquanto Emma entrava. Levando-a até uma torre de caixas à direita da sala de estar e apoiou as mãos na cintura enquanto o cachorro olhava de uma para outra.

— Agora, por onde começar?

13

Elas levaram bem mais de uma semana para vasculhar as caixas do sr. Pickering, mas tiveram sucesso em escavar itens para doação. Da mesma forma, Emma tinha juntado uma caixa dos próprios itens domésticos, incluindo uma velha chaleira com um lado amassado, uma frigideira grande demais para ser prática e que, portanto, nunca era usada, e vários outros utensílios de cozinha que faziam pouco mais que ocupar espaço.

As doações estavam empilhadas numa caixa ao lado da porta para que, com a sra. Pickering, Emma as levasse ao SVM na casa de habitação social na sexta.

No dia seguinte, na Booklover's Library, Margaret parecia ter recuperado a animação de sempre.

— Foi a torta de rim da mamãe — disse ela, com o sorriso largo de costume. — Isso e uma caneca de leite sempre me fazem melhorar.

Enquanto conversavam, a srta. Crane passou e fez cara feia para Margaret, dizendo:

— Você é velha demais para ficar sendo mimada assim.

A pele sob o ruge de Margaret corou.

— Eu acho muito bacana — disse Emma, e quase acrescentou que torcia para Olivia sempre procurá-la para ser confortada, como Margaret fazia com a mãe. — É o que uma boa mãe faz, certo?

— Eu não teria como saber — disse a srta. Crane, com frieza.

Margaret deu um olhar de gratidão a Emma.

— Qual era sua comida favorita que sua mãe fazia?

Emma ficou quieta por um momento, a mente correndo atrás de uma resposta antes de enfim admitir a verdade.

— Minha mãe morreu quando eu era bebê. Éramos só meu pai e eu.

Margaret cobriu a boca com uma expressão arrependida.

— Seu pai criou você? Imagino que vocês sejam carne e unha hoje em dia.

— Sim...

Emma ficou sem palavras. Era curioso como se podia ter um vocabulário tão extenso, incluindo o conhecimento de como unir uma palavra a outra de modo apropriado, mas ainda ficar completamente perdida em momentos como aquele.

— Sinto muito por você também não ter conhecido sua mãe — ofereceu Emma à srta. Crane, em consolo.

— Ah, eu a conheço. — Ela fez um som de desdém. — E ela ainda está perfeitamente viva. — De repente, a mulher se endireitou, mais uma vez mostrando o sorriso engessado que oferecia aos clientes. — Sr. Fisk. Posso ajudá-lo?

Antes que o homem respondesse, uma mulher ousada que estivera apreciando a aparência dele se manifestou.

— Ah, você deveria achar um bom romance para este homem.

O sr. Beard estava por perto e bufou.

— Um homem lendo romance. Que absurdo.

Ele foi até lá, completamente envolvido na conversa, enquanto guardava o bloco e o lápis no bolso da frente da jaqueta.

O sr. Fisk pareceu absolutamente imperturbado.

— Eu já fui pego lendo um romance ou outro.

— Você? Lendo romance? — O sr. Beard bufou outra vez, olhando incrédulo para o outro homem, que era pelo menos três cabeças mais alto.

— Acho que o melhor jeito de entender a mente de uma mulher é mergulhar nos livros que elas mais amam — explicou o sr. Fisk, de imediato e sem hesitação.

Aquilo provavelmente fez o coração de cada uma das presentes bater mais forte.

— Ah, um homem que quer agradar as damas. — O sr. Beard deu um sorrisinho, satisfeito consigo mesmo por ter deduzido o cerne da questão.

— Na verdade, é para entender minha mãe e minha tia.

O rosto do sr. Fisk permaneceu impassível.

— Sua mãe e sua tia? — zombou o sr. Beard, e uma risada irrompeu dele, que olhou ao redor numa óbvia tentativa de encontrar alguém que também achasse a situação ridícula.

— A forma como você diz isso sugere que nunca teve um relacionamento com as mulheres da sua família — falou o sr. Fisk. — Elas podem parecer muito volúveis...

— Elas *são* volúveis! — exclamou o sr. Beard, interrompendo-o, grosseiro.

— A não ser que você entenda quem são e por que a vida as afeta do jeito que afeta — disse o sr. Fisk, e deu de ombros, como se fosse uma resposta perfeitamente óbvia. — Com esse conhecimento, podemos ajudar a diminuir os fatores que lhes causam estresse e oferecer apoio adequado para o que precisarem.

— De fato. — O sr. Beard deu uma risadinha, olhando o sr. Fisk como se esperando que o outro terminasse a piada.

Não houve piada.

A srta. Crane pigarreou.

— Infelizmente, romances não são o meu forte.

— O senhor poderia tentar *The Death of the Heart* — sugeriu Emma. — Eu li recentemente e gostei muito.

— Por que não *O amante de Lady Chatterley*? — murmurou o sr. Beard com desdém.

— Acredito que esse será o próximo que receberei, certo? — perguntou o sr. Fisk, aceitando o desafio jogado a seus pés.

Emma apertou o maxilar para que o queixo não caísse enquanto se lembrava do livro escandaloso de etiqueta vermelha. Nem ela tinha reunido a temeridade de ler.

— Eu... não me lembro de estar na sua lista — gaguejou ela.

Os assinantes Classe A recebiam um catálogo de títulos disponíveis, a partir do qual compunham, no diário que mantinham na biblioteca, a lista de livros que pretendiam ler. Até livros de etiqueta vermelha escritos nos diários eram ignorados em favor de leituras mais socialmente aceitáveis — ao menos era o que o treinamento de Emma tinha indicado.

— Por favor, insira-o na minha lista, então. — O sr. Fisk lhe deu um sorriso charmoso.

— Tem certeza? — perguntou a srta. Crane, com as bochechas tão escarlates que Emma praticamente sentia o calor que irradiava delas. — É um livro que precisa ser encomendado especialmente... porque... porque...

— Sem dúvida. — O sr. Fisk assentiu e esperou que Emma lhe trouxesse *The Death of the Heart*.

Ela sempre havia admirado leitores que se aventuravam fora dos gêneros que lhes eram mais naturais. Com frequência, eram as pessoas mais empáticas e compreensivas com os outros ao seu redor e que tinham o entendimento do mundo mais amplo.

O sr. Beard puxou o bloco de anotações e lambeu o lápis antes de escrever furiosamente, pausando de tempos em tempos para dar uma risadinha e balançar a cabeça.

— Ele tem mais algum livro na lista? — perguntou Emma.

A srta. Crane fez que não, sem conseguir tirar os olhos do sr. Fisk.

Então, era isso. Não haveria nada para impedir que o homem recebesse o livro de etiqueta vermelha.

O incidente pareceu suscitar a ira da srta. Crane, estragando qualquer boa vontade que houvesse começado a fechar o abismo entre ela e Emma. Como a srta. Bainbridge tinha saído para um compromisso naquele dia, a outra estava no comando e deu a Emma tarefas incessantes, fazendo-a trabalhar além do horário, noite adentro.

Livros foram catalogados; corrimões, encerados até ficarem tinindo; balcões imaculados, espanados — duas vezes; e a água em todos os vasos foi trocada, com os caules das flores cortados para garantir a longevidade dos frágeis botões. Quando terminou tudo, estava exausta.

Na hora que saiu do grandioso prédio na Pelham Street, o sol já tinha se posto e as ruas estavam escuras com o efeito total do blecaute. Ela tinha uma lanterna exatamente para esse tipo de ocasião, que já incluía um conjunto novinho de pilhas AA obtidas de uma entrega na Boots naquela mesma manhã.

A BIBLIOTECA DOS AMANTES DE LIVROS

Não que a lanterna fosse particularmente útil. A cobertura inclinada por cima da lente, em formato triangular, mal permitia luz suficiente para enxergar. Ela deixou a jaqueta aberta para garantir que o suéter branco embaixo aparecesse e a mantivesse visível, em especial para carros que passassem.

Embora o limite de velocidade dos veículos tivesse sido abaixado, o *Evening Post* fazia muitos relatos de pessoas atropeladas por motoristas que só haviam visto as vítimas quando era tarde demais.

Felizmente, os meios-fios recém-pintados de branco a ajudaram a encontrar o caminho de casa. Emma tinha acabado de virar na Mooregate Street quando um carro passou disparado, quase a acertando na calçada.

O vento que deixou em seu rastro fez sua saia girar ao redor dos tornozelos e o coração bater nas costelas, enquanto o veículo subia sem controle na calçada e corrigia a direção de volta para a rua, cantando pneu.

Emma pôs a mão no peito para acalmar o coração e se recompor.

Podia ter sido trágico.

O coração acelerado parou num momento de medo petrificante. Se algo acontecesse com ela, o que seria de Olivia?

Antes que o pensamento pudesse atormentá-la mais, a escassa luz da lanterna captou uma forma escura na calçada.

Uma pessoa.

O carro *havia* atingido alguém, e o som provavelmente fora abafado pelo guincho dos pneus.

Emma foi correndo até lá.

— O senhor está ferido?

Ela se agachou enquanto o homem se sentava, murmurando confuso.

Foi então que percebeu que o conhecia. Não pela aparência — mal conseguia vê-lo com a lanterna —, mas pelo resmungo irascível que soltou.

Era o sr. Sanderson.

14

— Sr. Sanderson, está ferido?

Emma o ajudou a ficar de pé, e ele apoiou todo o peso nela. Segurando o corpo pesado para que o homem não desmoronasse no chão, ela o guiou pelo caminho curto que levava até o prédio e pelos três degraus até a porta da frente.

Então parou no apartamento da sra. Pickering e bateu. O som reverberou pela escada. O latido agudo de Tubby surgiu do outro lado. Emma esperou o que pareceram vários longos minutos, mas os ganidos de Tubby não foram interrompidos pela sra. Pickering caminhando ou mandando-o ficar quieto.

Emma hesitou por mais um momento até ficar óbvio que a senhoria não estava em casa.

O peso do sr. Sanderson pareceu aumentar, e a mão dela escorregou. Ele se apoiou nela com mais força, gemendo.

— Eu consigo andar.

— Não se esforce demais. — Ela tentou deixar a voz tranquila e casual, apesar do esforço para mantê-lo de pé.

Não havia o que fazer, exceto carregá-lo escada acima. Qualquer ideia que tivesse de levá-lo ao próprio apartamento, porém, foi esmagada quando enfim conseguiu ajudá-lo a subir um único lance. Seus músculos doíam com o esforço, e ele estava cambaleando perigosamente.

Se tentasse mais um andar, talvez os dois se estabacassem no chão.

— Vamos entrar na minha casa um pouquinho para recuperar o fôlego — disse Emma, entre arquejos de fadiga.

O Sr. Sanderson não reclamou enquanto ela se atrapalhava com a fechadura e conseguia abrir a porta antes de entrarem.

Emma acendeu a luz sem pensar. Na rua, um apito agudo do guarda da PAA, a unidade de Proteção contra Ataques Aéreos, a lembrou de fechar as cortinas.

— Por favor, sente-se.

Ela o guiou rapidamente para a cadeira mais próxima à mesa de jantar e correu pelo apartamento, fechando as cortinas por completo para garantir que nem um fiapo de luz aparecesse em nenhuma das janelas.

Uma vez que a casa estava selada o suficiente para garantir que o guarda da PAA não fosse atrás dela, enchendo-a de ameaças de multa, ela cuidou do sr. Sanderson. Encheu um copo com água da torneira e o entregou.

O homem estava com os cotovelos apoiados sobre a mesa, descansando a cabeça na palma das mãos. A auréola de cabelo ralo estava desgrenhada, espetada em algumas partes, e Emma precisou se segurar para não alisar com cuidado as mechas e colocá-las no lugar.

— O senhor está machucado, sr. Sanderson? — perguntou ela de novo. — Quer que eu veja se tem alguém na estação da Cruz Vermelha?

As estações de atendimento médico tinham começado a aparecer pela cidade em preparação para a guerra, no caso de um bombardeio. Várias delas podiam ser alcançadas a pé.

Embora não tivesse havido bombardeios nem ataques, a proximidade dos primeiros socorros tinha sido benéfica e usada por muitos habitantes de Nottingham para tratar ferimentos aleatórios, especialmente sofridos durante os blecautes. As pessoas batiam em muros e umas nas outras. Caíam de meios-fios e docas. Carros atingiam outros veículos e — como naquele dia — pessoas.

O sr. Sanderson passou as mãos pelo rosto e pelo topo da cabeça, fazendo o cabelo esparso ficar ainda mais espetado. Quando a encarou, estava com os olhos vermelhos.

— Só tomei uma boa pancada. Tirou meu fôlego, isso, sim. — Ele abaixou as mãos e piscou, atordoado. — A porcaria do carro veio do nada.

— Ele quase me atropelou também. — Emma sentou-se ao lado dele e empurrou a água mais para perto. — O senhor chegou a bater a cabeça?

O sr. Sanderson arqueou as sobrancelhas de uma forma que pareceu encher todo o rosto envelhecido, puxando para baixo até as rugas da testa.

— Num sei. — Ele levantou a mão e, com delicadeza, cutucou a careca com a ponta dos dedos. — Nada dói. Só tomei um susto com a queda.

— Tem certeza? — questionou Emma. — Posso chamar o guarda da PAA.

Além de mandar as pessoas de Nottingham apagarem as luzes, os guardas eram treinados em primeiros socorros e já tinham ajudado algumas pessoas da vizinhança. Embora, em geral, fossem bastante incômodos.

O sr. Sanderson soltou um resmungo.

— Não fica me olhando assim, como se eu fosse um velho frágil que precisa ser paparicado.

— Claro que não — apressou-se Emma em dizer, embora estivesse, sim, preocupada com o bem-estar dele devido à idade e aparente fragilidade.

Ele abriu bem as narinas e respirou fundo, analisando o apartamento ao redor. A irritação de repente se derreteu em seu rosto.

— Você tem uma casa linda, sra. Taylor.

— Ah — disse Emma, e observou a sala com o sofá usado que um dia fora elegante, comprado logo após o casamento com Arthur.

O tapete azul desbotado por baixo só servia para proteger o piso de madeira e impedir que cada movimento delas ecoasse nas paredes amarelas. Os desenhos de Olivia estavam pendurados por todo o apartamento, tortos e presos com pedaços de fita telada. Uma das interpretações artísticas mostrava as duas na Goose Fair em um ano; outra era delas numa loja de doces, quando ela deixara Olivia escolher o que queria em seu último aniversário; várias as mostravam no cinema, e havia até algumas de Olivia e Tubby no jardim da frente. Realmente, havia pouca coisa a elogiar no local, em especial porque o layout do dele, acima, provavelmente era um espelho daquele.

— Bem, obrigada — respondeu.

Um sorriso tocou o rosto dele, fazendo os cantos dos lábios subirem minimamente.

— Eu sei que sua menina está no interior, mas este... — Ele assentiu, como se confirmasse algo para si mesmo. — Este é um lar onde vive uma família. Você é uma mulher de sorte, sra. Taylor.

A sinceridade do elogio aqueceu o coração de Emma, tornando o agradecimento tão genuíno quanto as palavras dele.

O sr. Sanderson puxou o copo d'água mais para perto e deu um gole barulhento antes de colocá-lo na mesa com um baque surdo.

— Acho que, na minha idade, melhor que isso eu não fico. Pode deixar que subo sozinho. — Ele se ergueu. — Obrigado pela hospitalidade, sra. Taylor.

Emma se levantou depressa.

— Eu subo com o senhor.

— Vou ficar bem.

— Por favor. Vou me sentir melhor se garantir que o senhor chegou bem em casa.

O sr. Sanderson acenou a mão para dispensá-la.

— Argh... tá, tá, tá...

Emma o acompanhou, ansiosa, não se sentindo pronta para liberá-lo de seus cuidados até que estivesse no andar de cima com uma xícara de chá quente. Felizmente, ele não havia mentido sobre conseguir andar e foi capaz de subir a escada sem ter que se apoiar nela. Emma esperou enquanto o homem destrancava a porta.

Ele hesitou.

— Quer entrar?

— Gostaria de garantir que o senhor esteja bem acomodado e não precise de nada.

— Estou bem.

Ela inclinou a cabeça, uma indicação silenciosa de que não tinha planos de ir embora.

Com um suspiro, ele entrou no apartamento escuro e acendeu as luzes. As cortinas blecaute já haviam sido fechadas, poupando-lhes de outro lembrete do apito e provavelmente de uma visita do guarda. Duas infrações numa noite só com certeza mereceriam uma advertência séria.

Emma entrou atrás do sr. Sanderson e ficou chocada com a escassez de móveis. Ele morava no prédio havia tanto tempo que a sra. Pickering o considerava uma presença fixa, então imaginara que o espaço estaria explodindo com o conteúdo de uma vida toda: livros e fotos e quinquilharias de férias e momentos memoráveis com amigos e tudo o mais.

Parecia que o sr. Sanderson tinha acabado de se mudar para o apartamento.

Ela piscou, surpresa com a falta de personalidade da casa. Havia um tapete pardo embaixo de um sofá marrom funcional, uma mesa de jantar de madeira com duas cadeiras e um exemplar de *David Copperfield* descansando ao lado de um par de óculos. E o infinito branco insosso das paredes vazias.

Era o apartamento de um homem cuja vida não estava sendo vivida.

O sr. Sanderson pigarreou.

— Não é nada de mais, eu sei.

— É muito limpo — comentou Emma, rapidamente, com um sorriso pronto. — Eu sempre gosto de uma casa organizada, em especial porque a minha parece nunca estar. — Ela riu, e o som saiu tão nervoso quanto o falatório. — Sente-se, eu faço um pouco de chá para o senhor.

— Não precisa se preocupar.

— Por favor, me deixe fazer isso pelo senhor.

Ele suspirou.

— Eu não tenho chaleira.

Emma piscou. Todo mundo na Inglaterra tinha uma chaleira, não? Só a ideia de não ter uma era... bem, não era nada inglesa.

O sr. Sanderson batucava de leve na mesa à sua frente com os dedos arredondados.

— Eu tomo meu chá fora.

De repente, Emma se lembrou da chaleira que estava planejando doar para que o SVM transformasse em sucata.

— Eu tenho uma sobrando. Volto em um segundinho.

A BIBLIOTECA DOS AMANTES DE LIVROS   101

Antes que ele pudesse protestar, ela tinha saído do apartamento impecável e estava descendo a escada às pressas.

Em comparação, a própria casa parecia atulhada. A capa de chuva, as galochas e os sapatos de lona de Olivia estavam empilhados na entrada ao lado do casaco e da bolsa de Emma. Uma abundância de pratos e eletrodomésticos cobriam as bancadas da cozinha, devido ao espaço limitado nos armários. Ela foi até a pilha de doação de alumínio para recuperar a chaleira amassada, mas parou.

O sr. Sanderson não tinha nada. Nem uma chaleira. E lá estava ela, prestes a levar para ele um item danificado. Emma deu meia-volta na direção do fogão e pegou a chaleira mais nova, com o corpo arredondado reluzindo. Em poucos segundos, tinha voltado ao terceiro andar com ela e uma lata de chá, aliviada de encontrar a porta do vizinho destrancada.

— Pode ficar com esta — disse ela enquanto se movia pela cozinha, colocando a água para ferver e preparando o chá. — E com o que sobrar do chá também. Caso queira tomar de manhã sem ter que sair.

O sr. Sanderson assentiu em agradecimento e não disse mais nada, exceto para concordar com um torrão de açúcar e resmungar para o pedido dela de chamá-la caso precisasse de alguma coisa.

Tranquilizada por saber que ele estava bem, Emma voltou para casa mais uma vez. Só então percebeu como tinha sido agradável ser necessária — mesmo que só por um momento.

A vida naqueles sete anos tinha girado em torno de cuidar de Olivia — costurar e lavar roupas, preparar refeições, reconfortá-la, escutá-la, adorá-la.

Ela pousou o olhar no suéter vermelho, quase pela metade. E, como estavam em novembro, já não era sem tempo. Ela precisava correr para terminar o presente até o Natal.

Mas, primeiro, gostaria de uma xícara de chá também. Recuperou a chaleira amassada da pilha de doações e a encheu de água.

Um fluxo contínuo pingava da borda inferior.

Franzindo a testa, Emma levantou a chaleira para investigar. De fato, corria um fio d'água de um buraco onde o fundo de alumínio devia ter sido selado.

Com um suspiro, ela pôs a chaleira sobre a pia, lembrando que o motivo para ter comprado uma nova não era o amassado, mas sim o vazamento.

Sua xícara de chá naquela noite teria que ser fervida numa panela, um acompanhamento perfeito para seus lentos esforços no tricô.

15

Era uma sorte Emma poder tomar o chá no trabalho na manhã seguinte, de modo a não ser forçada a começar o dia sem a bebida. Depois de uma xícara forte, começou a rotina tranquila em que havia se acomodado, tirando pó das prateleiras para garantir que estivesse tudo em ordem antes do horário de abertura. Enquanto fazia isso, prestava atenção especial à colocação dos livros, garantindo que não houvesse um único fora de lugar. Não deixou de notar que a srta. Bainbridge a observava durante a tarefa.

Quando a gerente foi na direção de Emma, um nó desconfortável se formou no fundo de seu estômago.

A srta. Bainbridge parou diante de Emma e cruzou as mãos na frente do corpo.

— A srta. Crane me informou que tem havido erros no posicionamento dos livros.

— Dois, que eu saiba — disse Emma.

— Eu só fiquei sabendo de um. — A srta. Bainbridge fechou a boca numa linha dura. — Temos um certo padrão aqui na Booklover's Library, e nossos assinantes esperam que ele seja mantido. — Ela parou de falar por um momento, até ver que tinha a total atenção de Emma. — Srta. Taylor, se houve mesmo dois, é simplesmente inaceitável.

— Eu não sei o que está acontecendo — confessou Emma. — Nem me lembro de ter guardado os livros que acabaram no local errado.

— Se estiver sofrendo com a ausência de sua filha…

— Não é o caso — apressou-se Emma, interrompendo a outra.

A srta. Bainbridge abaixou o queixo, evidentemente irritada.

— Tome cuidado, srta. Taylor. Eu corri um grande risco com você. Espero que se prove digna dessa oportunidade.

A emoção fez a garganta de Emma doer, e ela ficou envergonhada ao sentir lágrimas ardendo nos olhos. Abaixou a cabeça para esconder a reação.

— Sim, senhorita.

Afinal, o que poderia dizer? Defender-se não tinha adiantado nada. Como poderia provar que os livros nas prateleiras erradas não eram culpa dela?

Depois do trabalho, Emma parou na porta da sra. Pickering com a caixa de alumínio para irem juntas à sua primeira reunião do SVM. A contribuição da sra. Pickering não tivera muito impacto na bagunça da casa, mas pelo menos as doações significavam uma caixa a menos.

Margaret já estava na casa de habitação social, sentada numa das cadeiras dobráveis com a bolsa e o casaco em duas outras ao seu lado, claramente guardando os assentos. Olhando a sala lotada, Emma ficou grata pela perspicácia da amiga. Ela e a sra. Pickering depositaram as caixas ao lado de uma torre de itens de alumínio reluzentes emolduradas por cartazes de esplêndidos *Spitfires* em ação, e então Emma apresentou as duas amigas enquanto o resto das mulheres entravam e achavam seus lugares.

Aparentemente, todas as donas de casa de Nottingham tinham atendido ao chamado por voluntárias.

A mulher de postura ereta que estava à mesa do SVM no piquenique da Boots estava na frente da sala e bateu as mãos uma vez. As conversas silenciaram.

— Obrigada por virem esta noite. Eu sou a sra. Stark.

Ela fez uma pausa, como se esperando que as pessoas a reconhecessem. Muitas assentiram, mas Emma não fazia ideia de quem se tratava.

— Nottingham agradece seus esforços em juntar-se ao Serviço Voluntário de Mulheres — continuou a sra. Stark.

Havia na voz da sra. Stark uma nota de austeridade, muito diferente do dialeto relaxado da maioria dos moradores de Nottingham. Se ela não era uma pessoa importante, claramente achava que era.

A sra. Stark andou de um lado para o outro na frente da sala, olhando o salão enquanto falava.

— Vocês notarão que o cartaz que usávamos para chamar as mulheres ao SVM já não está sendo utilizado, apesar de ser tão bonito. Foi removido porque a modelo é alemã.

Houve um arquejo coletivo na sala.

A modelo era a coisa mais chamativa no cartaz, com um brilho determinado no olhar e uma beleza clássica.

— Aqui no Serviço Voluntário de Mulheres, gostamos de enfrentar qualquer polêmica de frente — anunciou a sra. Stark acima do murmúrio de vozes femininas, que se calaram mais uma vez. — Vocês sempre podem esperar ouvir a verdade de mim. Temos um trabalho importante a fazer aqui, senhoras. Fico feliz por tê-las ao meu lado.

Ela continuou a palestra, sugerindo várias formas como cada mulher poderia ajudar. O uniforme foi apresentado, uma linda jaqueta com padrão espinha de peixe, seis botões nas lapelas e um chapéu de feltro verde-acinzentado com uma faixa vermelha. Não só parecia, mas *era* caro — e as voluntárias deveriam pagar a taxa sozinhas.

O custo decerto estava fora do orçamento de Emma.

Como muitas outras mulheres naquela noite, ela comprou apenas a braçadeira, que custava um valor razoável.

— Dá para acreditar que estão fazendo a gente pagar pelos uniformes? — cochichou Margaret, enquanto guardava no bolso a própria braçadeira.

Pouquíssimas mulheres fizeram fila para comprar a jaqueta e o chapéu, a sra. Pickering entre elas. Vários minutos depois, saiu com ambos nas mãos e um sorriso largo no rosto.

— Vocês já preencheram as posições em que estão dispostas a ajudar? — perguntou ela, animada. — Confesso que marquei todas, exceto a que envolve dirigir.

Margaret estava debruçada sobre uma prancheta, preenchendo as informações, como Emma acabara de fazer.

Havia um quadradinho para indicar se elas sabiam dirigir. Emma havia dirigido o Austin 7 comprado por Arthur depois do segundo ano de casamento. Ele tinha economizado por mais de um mês para o "Baby Austin" e insistido que Emma aprendesse a guiar.

— Eu preenchi, sim — respondeu ela. — E marquei todas as caixas, menos a de tricotar.

Várias horas se passaram antes de a reunião acabar. No fim, todas foram para casa com vários panfletos e instruções detalhadas para a reunião na sexta à noite seguinte, em que montariam pacotes a serem enviados aos garotos no front. Emma e a sra. Pickering se despediram de Margaret, que foi para casa a pé, na direção contrária.

— Bem, foi encantador. — Os olhos da sra. Pickering brilhavam e as bochechas estavam coradas. — Obrigada por me convidar para vir junto. Confesso que não achei que gostaria de me envolver com um bando de mulheres enxeridas, mas me diverti muitíssimo. Mal posso esperar pela próxima reunião.

— É bom fazer algo para ajudar — concordou Emma.

— E se elas virem o trabalho que você está fazendo naquele suéter para Olivia, pode ser que lhe peçam para tricotar, afinal. — A sra. Pickering cutucou o cotovelo de Emma.

Ela riu, sentindo-se mais animada do que estivera desde a partida da filha. Como se a sororidade entre mulheres que tinham enviado os filhos para o interior, além de filhos e maridos para a guerra, de algum modo relaxasse o tenso elástico que em geral ficava preso em torno de seu peito.

— É sério. — A mulher mais velha se aproximou, abrindo caminho para um jovem casal que caminhava na direção delas. — Você é muito boa.

— É porque estou fazendo com amor. — Emma sorriu, o prazer esquentando suas bochechas.

— Bem, nossos garotos na guerra precisam de todo o amor que pudermos mandar. Só continue tricotando com o coração.

Elas viraram na rua do prédio, passando pelas estruturas grandes e parcialmente construídas em forma de caixote que seriam usadas como abrigos no caso de um ataque aéreo.

A BIBLIOTECA DOS AMANTES DE LIVROS **107**

Os latidos animados de Tubby as recebeu ao subirem pela entrada. Emma enfiou a chave na porta principal, enquanto a sra. Pickering esfregava as mãos nas mangas do casaco.

— O inverno vai ser frio. Mal posso esperar por um golinho de chá. Chá. Emma quase gemeu.

— Minha chaleira quebrou. Com toda essa história da reunião do SVM, esqueci de comprar outra.

A sra. Pickering acenou.

— Então entre para tomar uma xícara comigo.

Emma murmurou um agradecimento e abriu a porta para a senhoria. Antes de segui-la, colocou a mão na caixa de correio e puxou a correspondência do dia. Havia um envelope de um remetente que ela não conhecia, uma tal Elizabeth Mason.

Franzindo a testa, Emma passou pela soleira. Mas moveu-se devagar demais, e a porta bateu impacientemente atrás dela, empurrando-a para a escada.

Deslizando o dedo por baixo da aba selada, abriu o envelope com delicadeza e curiosidade.

Uma rápida passada de olhos no fim da carta revelou a elegante assinatura da mulher chamada Elizabeth Mason, também conhecida como tia Bess.

Ah, então era isso.

— O que é? — perguntou a sra. Pickering enquanto Emma entrava no apartamento atrás dela.

— Uma carta da mulher que está cuidando de Olivia no interior. Eu estava ansiosa para ter notícias dela. As cartas não vêm com frequência, mas, quando chegam, estão cheias de coisas maravilhosas. Eu queria ver se poderia ir visitar e conhecer a mulher que ela chama de tia Bess.

A senhoria contornou a mesa no meio da cozinha com um giro dos quadris e deu um tapinha numa cadeira a caminho do fogão.

— Bem, sente-se aqui e leia enquanto eu coloco a chaleira no fogo.

Com um sorriso grato, Emma sentou-se onde a sra. Pickering havia indicado e fez exatamente o que ela instruíra.

Tia Bess tinha lindos elogios para fazer a Olivia. Ela era comportada, perceptiva — sem ser tagarela demais — e a lembrava de si mesma quando menina. Emma franziu a testa ao chegar à parte da carta em que tia Bess citava alguma preocupação com a educação de Olivia e sua falta de foco durante as lições. Mas, fora isso, tudo ia bem.

Para completar, havia um convite generoso para Emma passar o Natal daquele ano com as duas na casa dela.

O convite a encheu de alívio. Ela estivera preocupada com o Natal. Na carta anterior, Olivia tinha demonstrado animação por decorar a árvore da tia Bess e participar do coral natalino na praça. Mas Emma esperava ter a filha em casa, em especial porque a guerra não tinha se mostrado algo a se temer — fora aquele único alerta de ataque aéreo equivocado pelo qual elas haviam passado.

Àquela altura, o maior perigo era o blecaute. Isso e uma multa do guarda da PAA por violá-lo.

Pelo menos Emma poderia aproveitar o Natal com Olivia sem obrigar a filha a abandonar tudo o que estava ansiosa para fazer.

— Você está sorrindo, minha querida. — A sra. Pickering colocou a bandeja de chá na frente de Emma.

— Sim. — A jovem se recostou e abriu um sorriso largo para a outra. — Eu vou para Ânglia Oriental no Natal. Para ver Olivia.

A mulher apoiou a mão na cintura.

— Bom, então é melhor garantirmos que aquele suéter fique pronto a tempo, não é mesmo?

16

Na manhã seguinte, enquanto Emma se aprontava às pressas para o trabalho, uma batida ressoou pelo apartamento.

Ela tinha acabado de fechar a saia simples de tweed e ainda estava ajeitando a blusa para garantir que o tecido não estivesse torcido, quando abriu a porta e encontrou a sra. Pickering de roupão e bobes no cabelo, com Tubby sentado ao lado.

— Queríamos garantir que você viesse tomar o chá da manhã. Não é mesmo, Tubs?

O cachorro abanou o rabo e abriu a boca num sorriso com a língua de fora.

Emma pensara em tomar chá na Boots antes de iniciar o trabalho, mas aquilo certamente era preferível.

— Deixe-me terminar aqui e eu desço em um momento.

A sra. Pickering assentiu com finalidade, como se fazia quando tudo estava bem no mundo.

— Um momento é do que eu preciso.

Emma prendeu o cabelo, pegou a bolsa e calçou os mocassins de salto baixo. Quando entrou no apartamento da senhoria, encontrou-a ainda de roupão e bobes.

— Não conte para ninguém que me viu assim.

— Claro que não.

Emma aceitou uma xícara de chá, decidindo não informá-la de que recebia chá antes do trabalho. Porque, em vez de chegar mais cedo lá e sentar-se numa sala vazia depois de passar a noite numa casa vazia, ela queria desfrutar de cada momento da companhia tagarela da sra. Pickering, até a última gota. Afinal, chá era melhor com uma amiga.

Porque era o que a mulher havia se tornado nos últimos meses, com o cuidado com Olivia, a ajuda com o tricô e aquelas adoráveis conversas acompanhadas de uma xícara escaldante de chá perfeitamente infundido: uma amiga.

Com o Natal chegando, a biblioteca estava cheia de maneira incomum. Não apenas havia mais assinantes do que nunca deixando o nome para pegar *Um cântico de Natal*, de Charles Dickens como as pessoas estavam comprando assinaturas como presente. Uma assinatura anual era cara, mesmo para assinantes Classe B — dez xelins e seis *penny* para retirar um livro de cada vez —, especialmente com todo mundo economizando por causa da guerra.

Embora Emma e as outras bibliotecárias recebessem um desconto, ainda precisavam pagar uma taxa de assinatura.

Com a escuridão do inverno se aproximando, os dias ficavam mais curtos e os turnos pareciam passar voando. A ágil passagem do tempo era bem-vinda, aproximando-a cada vez mais do encontro com Olivia.

Se as primeiras horas de Emma eram consumidas pelo trabalho, as tardes eram cheias do que quer que o SVM precisasse dela — coletar alumínio dos vizinhos, enrolar ataduras, montar uma caixa atrás da outra para soldados britânicos longe de casa terem um pacote natalino para abrir e, sim, até tricotar um cachecol de tempos em tempos. Para ser justa, cachecóis *eram* bem mais fáceis de fazer do que suéteres.

Ainda assim, ela aceitou o conselho da sra. Pickering e infundiu todo seu amor nos itens que fez.

Uma semana antes do Natal, ela estava sentada na cozinha atulhada da vizinha para tomar a costumeira xícara de chá, com o suéter vermelho na mesa entre elas. Após acrescentar os últimos detalhes na barra e no colarinho, o presente de Olivia finalmente estava completo.

A senhoria examinou a peça com um aceno de aprovação.

— Você foi bem, sra. Taylor. Suspeito que sua filha ficará imensamente feliz com o resultado.

— Espero que sim.

Emma analisou a peça com um olhar crítico.

Os muitos erros que ocorreram durante a criação estavam imperceptíveis, perfeitamente mesclados à peça. O suéter parecia idêntico ao da Woolworths — pelo menos até onde se lembrava.

— Mal posso esperar para ouvir de sua visita à Ânglia Oriental. — A sra. Pickering apertou mais o cardigã cor de vinho que usava sobre o vestido liso de lã.

Todas estavam com frio ultimamente, com o inverno tão brutal quanto se havia imaginado.

A senhoria entregou um pacotinho a Emma.

— Pode dar isso a Olivia por mim? É só um pouco de chocolate. Para ela saber que estamos pensando nela.

Amarrado ao papel marrom, havia um bilhete anunciando que o presente era da sra. Pickering e de Tubby.

Emma colocou o item ao lado do suéter.

— Ela vai ficar felicíssima. Obrigada pela consideração.

— Não tem um dia que eu não sinta saudade da sua menina.

Emma também não parava de pensar em Olivia. A semana anterior à visita em que enfim a veria passou com a lentidão de uma tartaruga, apesar do trabalho caótico na Booklover's Library. As pessoas estavam retirando livros para as férias, já que podiam ser devolvidos em qualquer filial da Boots, e em preparação para o fechamento da biblioteca durante as festas. Ninguém queria ficar sem um livro, em especial porque a maioria das casas naquele ano estava sem um dos membros da família.

Enquanto fazia a mala para a viagem, Emma cantarolava a nova música de Vera Lynn, "We'll Meet Again". Embora aparentemente escrita para casais como Margaret e o noivo, separados por quilômetros, colocados entre eles pela guerra, a letra tinha um significado diferente para ela. As palavras sobre sentir saudade de quem se amava, sobre não saber quando ou onde se veria a pessoa de novo, mergulhavam fundo na alma de Emma e tocavam a angústia que sentia desde a evacuação de Olivia.

Porém, embora não soubesse quando a filha voltaria para casa, pelo menos sabia quando e onde a veria novamente. O dia seguinte era véspera de Natal e ela estaria na Ânglia Oriental com a filha, enfim conhecendo a tão mencionada tia Bess.

O jornal publicara alertas de que os trens estariam lentos, devido aos civis e soldados tentando chegar em casa para ver os entes queridos, mesmo assim Emma foi pega de surpresa. As pessoas corriam para lá e para cá, enormes multidões lembrando muito um formigueiro que tinha acabado de ser chutado por crianças bagunceiras.

Homens de uniforme passavam apressados com pesados kits nas costas. Mulheres e crianças se aglomeravam nas plataformas, algumas gritando encantadas ao verem os entes queridos voltando para passar as festas em casa e outras com malas para ir a outro lugar. E mulheres — mães — esperavam ansiosamente por crianças que chegavam sozinhas, de volta para o Natal.

As últimas faziam doer um local já machucado em Emma. Talvez ela estivesse errada em concordar com a visita à tia Bess. Talvez fosse melhor Olivia voltar para casa e continuar em Nottingham dali para a frente.

Não estava acontecendo nada por conta da guerra — uma "guerra falsa", como chamavam. Não havia ameaças, ataques, nenhum motivo para manter a filha longe.

O coração de Emma ansiava dolorosamente por ter a filha de volta no apartamento, o baque de seus pés voando pelo piso de madeira — apesar de sempre mandar que não corresse —, o doce som de sua risada quando as duas faziam piadas juntas, a forma como Olivia desenhava e falava sem parar enquanto a mãe preparava o jantar. Como Emma ansiava por ter tudo de volta outra vez.

Na plataforma, um homem de uniforme se aproximava de cada pessoa que tinha um bilhete na mão. Todas balançavam a cabeça em negação e ele passava para a próxima.

Até enfim parar na frente dela.

Ao pousar os olhos no bilhete que Emma segurava, ele arregalou os olhos em desespero.

— Por favor, senhora, posso ficar com seu bilhete?

O estômago dela se revirou.

— Por favor — implorou ele, com a voz grave em um tom de súplica. — Eu recebi uma licença especial para ver minha mãe. Ela está no hospital, muitíssimo doente.

Emma engoliu, com o "não" preso na garganta.

Os olhos do homem ficaram cheios d'água e ele mexeu os músculos do maxilar, como se estivesse apertando os dentes para segurar as lágrimas.

— Não sei se vou ter uma chance de me despedir — falou ele, e estendeu um bilhete, o fino pedaço de papel tremendo na mão. — O mais perto que consegui encontrar foi um bilhete para esta tarde, mas, a cada momento que passa, pode ser tarde demais.

Emma pegou o bilhete dele, examinando o que dizia. O horário de partida listado era quatro e meia, o que atrasaria a chegada dela em várias horas, especialmente por ter que fazer uma baldeação no meio do caminho.

— Por favor — disse o homem, com a voz falhando.

Ele era jovem, cerca de 20 anos, se muito. Pronto para sacrificar a vida para manter a Inglaterra segura em tempos de guerra.

Emma conhecia o impacto de ter uma filha longe. Como devia ser mandar um filho para a guerra, sabendo que ele estava indo para um lugar de pesadelos — de perigo, terror e morte? Sabendo que talvez nunca voltasse para casa?

Aquele jovem na frente dela era filho dessa mãe.

Como podia lhe dizer não? Especialmente ela, que jamais conhecera a mãe, que dirá teve a chance de lhe dar um adeus apropriado.

Estendeu o bilhete para ele.

O jovem piscou, incrédulo, então fungou alto e passou a base da mão nos olhos cheios d'água.

— Obrigado — disse, com a voz embargada. — Obrigado.

O trem chegou, e ele lhe desejou um feliz Natal apressado, embarcando com o restante dos passageiros. Pelo menos, um indivíduo da onda de gente que ia embora liberou um assento para ela na plataforma.

Emma se acomodou e abriu o último romance de Barbara Cartland, *Love in Pity*, sabendo que ficaria ali por mais quatro horas.

Mas, com atrasos imprevistos, quatro horas viraram cinco. E cinco viraram seis.

A barriga roncando a fez comprar de um vendedor um sanduíche empapado de ovo e endro, além de um pouco de chá morno. Ela comeu rapidamente a triste refeição, para garantir que não perdesse o trem.

Não perdeu.

A sinalização indicava um atraso de mais uma hora. Pelo menos.

Quando a locomotiva finalmente parou na estação, o relógio mostrava quase meia-noite. A jornada provavelmente demoraria cerca de cinco horas, se o que ela tinha ouvido de outros passageiros estivesse certo, mas Emma se recusava a permitir que seu ânimo piorasse. Ao menos, ainda chegaria a tempo da manhã de Natal.

Ela pegou a mala, mantendo-a bem ao lado enquanto se unia à multidão de passageiros que embarcava. Várias pessoas, que em outras circunstâncias seriam educadas, se empurraram, espremendo-se para passar à frente de outras.

Até Emma, que em geral era calma, viu-se com a paciência estirada como uma corda tensa, pronta para estourar — em especial quando enfim entrou no vagão e percebeu que não havia assentos disponíveis. Com um suspiro, ficou de pé nos fundos, com a mala apoiada entre os pés.

O trem avançou aos solavancos, lançando-os na escuridão do blecaute. Uma luzinha azul tinha sido instalada no interior, oferecendo visibilidade limitada e jogando uma luz azul-acinzentada nos passageiros.

Emma começou a pegar no sono, acordando abruptamente com a cabeça pendendo à frente ou os joelhos cedendo. Cinco horas haviam se passado e eles ainda não estavam na estação de baldeação.

Finalmente, o trem começou a desacelerar, mas era impossível discernir a estação com todos os nomes dos locais apagados. Algo que a princípio tinha sido feito para evitar espionagem alemã naquele momento criava um pesadelo para viajantes.

— O senhor sabe onde estamos? — perguntou Emma para o homem ao lado.

Mesmo enquanto fazia isso, a pergunta ecoou pelo vagão. Ninguém parecia saber onde estavam, até que um condutor subiu no trem e anunciou o local em voz alta.

A tensão nos ombros de Emma relaxou um pouco. Estavam no meio do caminho. Ainda daria tempo de chegar para o Natal.

Havia um lugar disponível na estação, liberado após uma onda de homens e mulheres embarcarem no trem do qual ela acabara de descer. Antes de conseguir desabar nele, cansada, um homem sentou-se e inclinou a cabeça para trás, fechando os olhos.

Não que importasse, na verdade. Ela precisava ir até a bilheteria mesmo. Exausta, seguiu as placas. Cada passo a fazia se arrepender dos saltos baixos que havia escolhido para a viagem. Por algum motivo, seu par de sapatos mais confortável tinha virado o mais terrivelmente torturante, até que os ossos dos pés pareciam estar raspando no chão duro.

Ela virou a esquina na direção da bilheteria e parou de repente. As janelas estavam fechadas.

Um homem ao lado virou-se para Emma.

— A bilheteria está fechada — afirmou ela, estupidamente.

— Claro que está, querida. — Ele a olhou com curiosidade. — É manhã de Natal.

Um nó cresceu em sua garganta. Ela queria gritar que sabia que era manhã de Natal, que estava com saudade da filha depois de quase quatro meses e que, depois de sete anos vivendo só com Olivia, aquela era sua primeira manhã de Natal sem ela. Emma queria reclamar do quanto estava exausta e amarrotada e como os pés doíam horrivelmente após ficar em pé por tanto tempo.

Em vez disso, engoliu a ira e a frustração junto ao nó na garganta e assentiu em agradecimento.

O homem levantou o chapéu e lhe deu um sorriso incerto.

— Feliz Natal.

Pelo menos as cadeiras perto da bilheteria estavam abençoadamente vazias. Ela se jogou em uma, apoiou a bagagem no colo, a abraçou e descansou a cabeça no conforto de suas mangas. Não tinha nada a fazer exceto dormir e esperar a bilheteria abrir.

Um som crepitante arrancou Emma do sono. Ela se endireitou num sobressalto, a coluna protestando com o movimento abrupto. A janela da bilheteria estava aberta, revelando um homem que mexia com um rádio sem fio.

Várias pessoas estavam reunidas em torno da janela. Emma se levantou, com as pernas formigando.

Quanto tempo ela tinha dormido?

Não importava. A única coisa que importava era comprar um novo bilhete. Entrar num trem. Reencontrar Olivia.

Ela correu até o balcão, batendo os saltos no chão com força. Uma mulher de casaco vermelho virou-se para ela e colocou o dedo na frente dos lábios para silenciar Emma.

— O rei está prestes a falar conosco.

Junto aos concidadãos, Emma ouviu com atenção o discurso de Natal do novo rei, que contrapunha a incerteza deles com inspiração e esperança por meio da fé e do amor. A mulher de casaco vermelho secou os olhos com um lenço. Talvez Emma também tivesse chorado se não estivesse tão desesperada para estar na Ânglia Oriental com Olivia.

A multidão se dispersou, e ela pegou a mala, arrastando o peso até a janela.

— Posso trocar meu bilhete por um novo horário, por favor?

O tom de seu desespero estava tão pungente quanto o do soldado que ajudara.

O homem atrás do balcão lhe deu um sorriso largo por baixo do bigode aparado com perfeição.

— Mas é claro, senhora, o que quiser. Afinal, é Natal.

Emma quase chorou ao receber o novo bilhete com uma partida à tarde — o que significava que talvez ainda chegasse a tempo do Natal, no fim das contas.

Os trens, porém, estavam desesperadamente atrasados, e, quando o horário do dela chegou e passou, Emma não tinha nada a fazer exceto descansar o corpo exausto numa cadeira e esperar.

17

O sol da manhã começou a se erguer no horizonte, lembrando-a de que já não era mais Natal.

Sua respiração surgia em sopros gelados enquanto caminhava por um tempo que parecia infinito. As instruções de tia Bess até a propriedade faziam o local parecer próximo à estação de trem.

Não era.

O nariz e a ponta dos dedos de Emma estavam quase congelados, embora o corpo estivesse desconfortavelmente quente e molhado de suor dentro do casaco. Se os pés doíam antes, naquele momento estavam gritando de dor.

O plano era chegar vestida com elegância, com um sorriso e um enorme abraço, uma mãe que deixaria Olivia orgulhosa. Em vez disso, ela subiu cambaleando mais uma porcaria de morro, tendo perdido o feriado mais importante do ano, suja da viagem e miseravelmente exaurida.

A casa apareceu à vista, uma construção caiada de dois andares com um telhado cinza de ardósia, acompanhada de um pequeno galpão vermelho. Pelo menos sabia que estava no lugar certo.

Graças aos céus por aquela misericórdia.

Olivia estava naquela casa. A passos de distância. Emma acelerou o ritmo, impulsionada pelo desespero de uma mãe por se reunir com a filha.

Uma enxurrada de emoções se agitou dentro dela, transformando a fadiga em expectativa — a saudade de Olivia, a animação de vê-la em breve, o vazio de perceber que o tempo delas juntas seria curto demais. Emma precisou piscar várias vezes para recuperar a compostura antes de bater à porta da frente.

Quando ninguém atendeu de imediato, ela hesitou antes de voltar a bater. Era mesmo muito cedo.

Apesar disso, aquela porta de madeira era a única coisa que a separava da filha. Emma bateu outra vez, com mais força.

Enfim, passos soaram no piso, e ela foi inundada de energia, que a fez se aprumar. A fechadura fez um clique e a porta se abriu, revelando uma mulher de cabelo branco preso para trás numa trança curta, da grossura do dedinho de Emma.

Olhos cinza se apertaram em desaprovação.

— É cedo demais para visitas.

A mulher já estava vestida com uma blusa e saia azuis, além de um avental por cima de ambas. Claramente, não era cedo demais para ela estar acordada e ativa. Só cedo demais para ter atendido a porta.

Emma afastou o pensamento irritado.

— Sinto muitíssimo. — Ela olhou atrás da mulher enquanto falava, meio que esperando, e torcendo, que Olivia descesse correndo pela escada de madeira reluzente. — Eu sou a sra. Taylor, mãe de Olivia. Houve um problema na estação de trem. Acabei de chegar.

A outra a analisou de uma forma que parecia sem nenhuma compaixão.

— Você perdeu o Natal.

— Como falei, infelizmente fiquei presa numa estação de trem, sem meios de chegar antes.

— Olivia ficou muito decepcionada.

As palavras, ditas de forma tão direta e sem um escudo de gentileza, atingiram Emma na parte mais sensível do peito.

— Eu gostaria de vê-la. — A voz vacilando com a necessidade avassaladora de encontrar a filha. — Por favor, deixe-me ir até minha menina.

— Ela está dormindo.

Mesmo enquanto falava, a mulher abriu a porta no que, em outras circunstâncias, seria um gesto de boas-vindas.

Os nervos de Emma zumbiram de ansiedade. Se a porta não tivesse sido aberta, ela a teria empurrado. Uma mãe jamais deveria ter que implorar para ver a própria filha.

— Lá em cima? — perguntou, para confirmar.

O aceno de cabeça da mulher mal foi perceptível, e Emma subiu correndo.

— Olivia?

Uma porta se abriu com tudo e a garotinha saiu correndo, usando uma camisola de manga comprida que Emma nunca vira antes, o cabelo um insano emaranhado de ondas.

— Mamãe!

Ela correu, encontrando Olivia no meio do caminho, puxando-a para os braços e segurando a filha pela primeira vez em quase quatro meses. Cada terminação nervosa em seu corpo cantou de alívio. A sensação do corpinho esguio de Olivia ainda quente de sono em seus braços, o cabelo macio da filha, saber que ela estava segura e que as duas estavam juntas de novo — tudo aquilo era mais do que Emma conseguia suportar, do jeito mais lindo.

Lágrimas queimaram em seus olhos enquanto ela afastava um pouco a filha.

— Deixe-me ver você.

Olivia piscou para segurar as próprias lágrimas e ergueu o olhar com tanto amor que Emma achou que seu coração fosse explodir. Quando um sorriso se espalhou pelo rosto da filha, ela percebeu que já não havia um espaço vazio no canino superior.

— Seu dente praticamente já cresceu! — exclamou Emma.

— Agora tem outro mole. — Olivia passou a língua por cima do dente, que balançou precariamente, expondo uma parte da gengiva vermelho-rubi.

Emma estremeceu com exagero e a menina riu, sabendo que a mãe ficava toda nervosa com dentes molengos.

— Olivia, querida, por que não se veste enquanto eu faço o café da manhã? — disse a mulher atrás de Emma. — Você pode ver sua mãe lá embaixo quando estiver pronta.

Olivia olhou por cima do ombro de Emma.

— Tá bom, tia Bess.

Então, a senhora *era* tia Bess. Dada a grosseria, Emma estava torcendo para ser só uma parente ou — devido ao refinamento dos móveis da casa — talvez até uma empregada. Só o segundo andar era duas vezes maior que o pequeno apartamento de Emma em Nottingham.

Será que eram mesmo só as duas morando ali?

— A senhora desce comigo, sra. Taylor? — perguntou tia Bess.

Emma deu as costas à filha com relutância, desejando apenas abraçá-la forte de novo e nunca mais soltá-la.

Mas haveria tempo de sobra para isso nos próximos dois dias da visita. Emma beijou Olivia na testa e seguiu tia Bess.

— Perdão por minha grosseria na sua chegada — disse a mulher enquanto a guiava a uma cozinha com um grande fogão de ferro, que provavelmente era a fonte do agradável calor que fazia arderem o nariz e os dedos gelados de Emma. As bancadas estavam bem-arrumadas e as cortinas marfim abertas em cima da pia larga revelavam um trecho de terra até onde os olhos alcançavam. — Sabe, Olivia ficou muito chateada ontem. Acho que acabo sendo protetora em excesso com ela.

Um pouco da tensão que se acumulava nos ombros de Emma relaxou e ela puxou uma cadeira da pequena mesa de jantar.

— Fico feliz de saber que Olivia está sendo tão bem cuidada.

O sorriso de tia Bess quase chegou aos olhos.

— O que você disse mesmo que aconteceu com seu trem?

Uma rigidez desconfiada tensionou mais uma vez a nuca de Emma. Ela não tinha dito o que acontecera para o trem se atrasar, como aquela mulher afiada sabia muito bem. Enquanto tia Bess andava pela cozinha, Emma explicou com paciência o que havia acontecido com o soldado com a mãe doente, além dos eventos inesperados subsequentes.

No fim da história, tia Bess deu um sorrisinho.

— Ele passou a perna em você direitinho, não foi?

Emma ficou tensa.

— Como assim?

A mulher mais velha colocou uma caneca de chá fumegante na frente de Emma. A infusão era rica e escura, exatamente o que ela precisava depois do calvário da viagem. Quase a fez gostar de tia Bess.

Quase.

— O camarada provavelmente estava indo se casar com a namorada ou se encontrar com uma daquelas safadas que estão oferecendo uma boa despedida aos nossos garotos.

A risadinha de tia Bess demonstrava claramente o quanto ela menosprezava a inteligência de Emma.

Apesar de estar convencida de ter feito a coisa certa, a conversa a deixou com as bochechas queimando de vergonha. Mesmo que tivesse sido enganada, gostava de pensar que seu sacrifício valera a pena.

De repente, Olivia entrou correndo na cozinha e se jogou no colo de Emma, colocando a cabeça em seu ombro.

O cabelo dela tinha um cheiro diferente — não mais a sutil fragrância de leite e mel, mas algo herbal, como lavanda ou alecrim. O aroma não era desagradável, mas também não era familiar.

— Estou feliz de você estar aqui.

Olivia levantou os olhos e sorriu, revelando mais uma vez aquele dente todo crescido, fazendo Emma se perguntar o que mais havia mudado na filha desde que ela subira no ônibus com os outros evacuados.

— Depois do café da manhã, você pode mostrar todos os seus presentes para sua mãe — disse tia Bess, e quebrou alguns ovos numa frigideira, dando a Emma um olhar conspiratório por cima do ombro. — Vários evacuados por aqui andaram ganhando suéteres de tricô e coisas assim. Não é um presente de verdade, na minha opinião. Eu queria garantir que minha Olivia tivesse um Natal adorável.

Emma sentiu o ânimo cair até os pés doloridos e cheios de bolhas.

— Ah, que gentil de sua parte — balbuciou. — Obrigada.

Ela não deixou de notar que tia Bess se referiu à sua filha como "minha Olivia" e ficou irritada.

Olivia era filha *dela*. Nenhuma parte da menina pertencia àquela mulher, que claramente achava que Emma era deficiente em inúmeros aspectos.

O café da manhã continha uma farta variedade de linguiça, ovos, bacon, torrada grossa com um naco de manteiga fresca derretendo por cima do pão dourado e todo o chá que Emma aguentou tomar. Após uma refeição tão substanciosa, percebeu que o peso da exaustão estava fazendo as pálpebras se fecharem.

Segurou um bocejo.

— Perdão, acho que preciso ir me deitar.

— Depois que Olivia mostrar os presentes dela. — Tia Bess deu um aceno de cabeça para a criança. — Eu sei como ela andou animada para isso.

— Sim, por favor, mãe, só mais um pouquinho.

Olivia puxou o braço de Emma para ela se levantar.

Já sorrindo com o entusiasmo da menina, permitiu-se ser puxada para o quarto da filha no andar de cima. Era grandioso, com uma cama de latão enfeitada com uma coberta branca impecável e um papel de parede floral que fazia as pinturas de peônias na parede se destacarem com seu lindo cor-de-rosa vibrante.

— Ela me deu uma casa de bonecas de verdade, com móveis e bonecas e tudo — disse Olivia, e se ajoelhou, lançando a Emma um olhar de súplica. — Brinca comigo, mãe?

— Sua mãe precisa descansar — disse tia Bess da porta.

Emma se virou, surpresa. Nem tinha ouvido a mulher se aproximar.

— Mas você não quer entregar o presente dela primeiro? — Tia Bess apontou a cabeça para Emma.

A euforia de presentear Olivia com o suéter vermelho que tinha passado tanto tempo tricotando despencou após a crítica leviana feita por tia Bess.

Emma tentou dispensar a ideia.

— Não é necessário e…

— Imagine. Você quer seu presente, não quer, Olivia?

— Por favor, mãe. — A menina virou os olhos grandes para Emma. — Posso ganhar meu presente agora?

O estômago cheio de Emma se revirou. Tudo o que tinha era o suéter vermelho que havia tricotado. O que antes sentira ser um presente tão perfeito, naquele momento parecia insignificante. Pelo menos o chocolate da sra. Pickering seria bem recebido.

Ela sentiu um vazio doer dentro de si e deu um sorriso tenso.

— Está na minha mala, lá na porta.

Emma ficou de pé, com as pernas duras e os pés doendo, e foi buscar o pacote embrulhado em papel.

Demorou-se a voltar para o andar de cima com o presente simples.

Mas Olivia bateu palmas ao ver o pacote e ficou se balançando para a frente e para trás, animada, ainda sentada na frente da casa de bonecas.

— Muito obrigada, mamãe. Eu sei que vou amar.

Tia Bess provavelmente daria um sorrisinho arrogante quando Olivia abrisse o presente. Mas Emma não estava olhando para a velha enquanto a filha abria com cuidado o papel estampado; observava-a, o deleite nos olhos azuis e a expectativa no rosto dela.

Quando um pedaço de tecido vermelho ficou à vista, Olivia ofegou. O suéter saiu do embrulho, a parte dos ombros erguida pela filha.

— Você comprou o suéter da Woolworths — guinchou Olivia.

— Não — confessou Emma. — Eu fui comprar e tinha acabado. Então, eu mesma tricotei.

Olivia abaixou o suéter e piscou.

— Você odeia tricotar.

— Mas eu amo você — respondeu Emma, com ternura. — Sabia o quanto você o queria.

Lágrimas brilharam nos olhos de Olivia, que abraçou o suéter junto ao peito como se fosse algo precioso.

— Obrigada. — Ela se ergueu com um pulo e correu até Emma, quase a derrubando com a força do abraço. No ouvido da mãe, cochichou, talvez um pouco alto demais: — É o melhor presente que já ganhei.

Então segurou a filha com força, grata por cada ponto árduo feito e refeito no suéter, e grata por Olivia estar num lugar amoroso e acolhedor.

Só torcia para não ser por muito mais tempo e para que sua menina voltasse logo para casa.

18

Os dois dias com Olivia passaram rápido demais para o gosto de Emma. Antes que se desse conta, começou a lenta jornada de volta a Nottingham, em trens iluminados com aquela estranha luz azul e passando por estações com nomes escondidos. A cada quilômetro colocado entre elas, a dor no coração ficava mais palpável.

Ver a filha tinha sido extasiante e doloroso ao mesmo tempo. Não por causa de tia Bess, embora as interações da mulher com Emma tivessem sido de fato indelicadas. Mas ter que ir embora tão rápido depois de se reencontrarem reabriu a ferida no peito de Emma. O que havia parecido uma vida tolerável enquanto esperava a volta de Olivia prometia ser mais uma vez excruciante.

O temor a seguiu no primeiro trem, depois no segundo e durante a caminhada até o prédio da Mooregate Street. Estava tarde por causa dos atrasos, e ela tinha apenas a lanterna para guiar a solitária caminhada para casa. O apartamento escuro a esperava como um monstro à espreita, um enorme vazio pronto para engoli-la inteira.

Os pés de Emma ecoaram no piso de madeira quando ela entrou e seguiu praticamente no escuro, fechando as cortinas blecaute com uma precisão criada por meses repetindo o gesto. Ela acendeu as luzes e ficou boquiaberta.

A BIBLIOTECA DOS AMANTES DE LIVROS   125

Lá, na mesa de jantar, estava um arranjo feito de ramos de pinheiro e fitas douradas, junto a três pacotes embrulhados. Um bilhete apoiado na frente da exibição alegre tinha seu nome escrito na letra cuidadosa da sra. Pickering.

Sra. Taylor,
    Espero que sua viagem tenha sido encantadora e mal posso esperar para ouvir cada detalhe. Sentimos sua falta no Natal, e Margaret e eu queríamos que soubesse que estávamos pensando em você. Bem-vinda de volta.
    Chá amanhã?
    Com muito carinho,
    Sra. Pickering
    P.S.: O sr. Sanderson questionou por que estávamos entrando no seu apartamento e insistiu em acrescentar algo.

O sr. Sanderson também tinha lhe dado um presente? Emma sorriu para si mesma, comovida pela consideração dos amigos.

Pegou cada pacote, virando-os nas mãos antes de enfim abrir o papel, saboreando cada momento.

Margaret lhe dera um novo livro — um exemplar novinho de *O amante de Lady Chatterley*, com um bilhete atrevido afirmando que, se era bom o suficiente para alguém como o sr. Fisk, era mais do que bom o suficiente para Emma.

O pacote do sr. Sanderson era grande e pesado. Emma não o levantou da mesa por medo de que o papel rasgasse e o item escorregasse por baixo. Ela abriu o embrulho e ofegou, surpresa.

Um rádio.

Era um modelo mais antigo, com a frente levemente arranhada, mas, quando o ligou e devagar ajustou o botão gasto, a estática que crepitava no alto-falante sumiu e virou o som de um piano sendo tocado num estúdio em algum lugar, nítido.

A música preencheu o silêncio do apartamento enquanto Emma puxava o presente da sra. Pickering. Outro livro, pelo peso e formato.

O bilhete em cima dizia que ela teria comprado uma chaleira, mas gostava demais de tomarem chá juntas. Além disso, explicava que aquela havia sido uma sugestão de Olivia.

Quando elas haviam conspirado aquela ideia?

Emma abriu o papel e segurou um soluço.

Era a primeira edição de *Alice no País das Maravilhas*, impecável, exceto por um amassado na parte de baixo da capa.

Aquele era o exemplar *dela*, que ela havia comprado com o pai antes de sua morte, um dos poucos livros que haviam sobrado do legado dele. O mesmíssimo que tinha penhorado.

Emma abraçou o livro junto ao peito e acolheu todas as lembranças do pai — não só de quando ele tinha achado o livro, mas todas as anteriores, desde quando conseguia se lembrar.

Emma observou mais uma vez o rádio. Um presente como aquele era realmente um tesouro — e demais para aceitar de alguém que ela não conhecia muito bem. Além disso, embora o sr. Sanderson alegasse já ter um rádio, ela não tinha visto um no apartamento espartano dele.

No dia seguinte, subiu as escadas e bateu à porta do vizinho, que foi aberta revelando o rosto enrugado dele, com os olhos estreitados de desconfiança.

— O que você quer?

— Queria agradecer pelo presente, sr. Sanderson. Foi imensamente generoso de sua parte, mas realmente não posso aceitar algo tão caro.

Ele resmungou.

— Era lixo. Alguém tinha largado na calçada para jogar fora. Eu só consertei para você. Não gastei nem meio centavo.

Ele tinha feito aquilo por ela?

— Que gentileza a sua. E o senhor já tem um rádio?

Ela olhou ao redor para confirmar. Não podia ficar com o aparelho e deixá-lo sem.

O sr. Sanderson mudou de lugar para bloquear a visão dela.

— Ouvir o rádio lá embaixo vai ser melhor do que ouvir você chorar a noite toda.

As palavras foram como um tapa, ardendo tanto que Emma teve que piscar.

— Sinto muitíssimo, eu não sabia que... — Ela buscou palavras no ar como se a coisa certa a dizer pudesse se apresentar de repente.

Não aconteceu, então só o encarou perplexa por um momento.

A BIBLIOTECA DOS AMANTES DE LIVROS 127

— Bem. Fico feliz que tenha gostado do rádio. Pode ficar com ele. Bom dia. — O sr. Sanderson fez uma pausa. — Cuidado com o que fala. O governo usa essas coisas malditas para gravar tudo o que a gente diz.

Ele bateu com o dedo na têmpora e aí fechou a porta. Não com agressividade, mas com firmeza o bastante para mostrar a Emma que não era bem-vinda.

No entanto, mesmo enquanto o fazia, ela não pôde deixar de notar que a corrente de ar criada pela porta se fechando tão rápido carregava o aroma distinto de chá fresco.

Emma não ficou aborrecida por não ter sido convidada para tomar chá com o sr. Sanderson, já que tinha um compromisso fixo com a sra. Pickering todas as manhãs e depois do trabalho. E, embora as palavras dele tivessem sido duras, havia pouca verdade nelas. Sim, tinha chorado terrivelmente naquele primeiro mês depois da evacuação de Olivia, mas, conforme a vida seguia em frente — e quando soube que a filha estava feliz —, a tristeza melancólica suavizou-se.

Ele só dissera aquilo… por quê?

Para ser rude? Para manter o coração espinhoso protegido?

Provavelmente a segunda opção, considerando a generosidade do presente.

Decidida a ficar com o aparelho, por lei ela precisaria registrá-lo com o governo, como todos os proprietários de um rádio.

Ainda estava confusa com as palavras do sr. Sanderson quando desceu até o apartamento da sra. Pickering.

— Obrigada pelo presente generoso. É de fato muito precioso para mim. — Ela abraçou a amiga na porta. — Sua surpresa tornou meu retorno solitário bem menos desolador.

A voz dela falhou, e a sra. Pickering a apertou com ainda mais força, envolvendo-a no familiar perfume de rosas.

Tubby correu para os pés de Emma no corredor enquanto a sra. Pickering se virava para a cozinha.

Como sempre fizera antes, ela abriu a porta do prédio para o cachorrinho correr no jardim cercado enquanto tomavam chá.

Quando entrou na cozinha, a senhoria afundou numa cadeira com uma xícara fumegante à frente, apoiando os cotovelos sobre a mesa e o queixo na palma das mãos.

— Agora, me conte tudo.

Emma fez exatamente isso, compartilhando como Olivia tinha amado o suéter e, claro, tudo sobre tia Bess.

— Mas que mulher infeliz. — A sra. Pickering apoiou a xícara vazia na mesa com um tilintar ríspido. — Que bom que ela cuida bem de Olivia, senão eu mesma iria lá dizer uma ou duas coisinhas.

A campainha do prédio tocou com notas agudas.

A senhoria franziu o cenho.

— Quem poderia ser?

Juntas, elas se levantaram da mesa e correram até a porta da frente.

A sra. Mott, que morava ao lado, estava parada na porta com Tubby no colo e uma carranca.

— Seu cachorro fugiu de novo.

Ela enfiou Tubby nos braços da sra. Pickering. Sem saber o que tinha feito, ele abanou o rabo como um chicote, dando lambidinhas animadas no rosto da dona, que tentou se afastar do ataque de afeto.

— Não sei como ele conseguiu sair do apartamento.

— Eu o soltei, não percebi que o portão estava aberto... — começou Emma, mas parou de falar quando olhou atrás da mulher, para onde o portão estava não aberto, mas completamente desaparecido. — O que aconteceu com o portão?

— *Spitfires* e munição. — A sra. Pickering suspirou. — Eles vieram enquanto você estava visitando Olivia e levaram o portão.

— E desde então seu cachorro não para de vagar pelo bairro — disse a sra. Mott, em tom de reprimenda. — Não sei por que você não o sacrificou quando mandaram que os donos de animais de estimação fizessem isso.

A sra. Pickering empalideceu. A ordem chocante, emitida vários meses antes, alegava que fornecer comida para humanos era mais importante do que manter animais em casa. A sra. Pickering jogara a missiva no lixo, com os olhos em chamas ao declarar que preferia passar fome antes de deixar alguém fazer mal a Tubby.

Emma interveio.

— Obrigada por trazê-lo de volta, sra. Mott. A culpa é inteiramente minha. Vou me certificar de não repetir o erro.

— Por favor, faça isso. — A outra fungou e deu meia-volta.

Emma ficou olhando a mulher. De todas as crianças que Olivia mencionava que eram cruéis com ela na escola, Edmund, filho da sra. Mott, era a mais citada. Emma sentiu o peito queimar de frustração e raiva.

Mas ela deu as costas para a mulher e pôs a mão no ombro da sra. Pickering, levando a amiga de volta para casa e pedindo desculpa de novo.

Na manhã seguinte, a caminho da Boots, Emma passou por uma mulher que empurrava um carrinho e segurava a mão de uma garotinha. Na rua seguinte, dois meninos estavam sendo empurrados porta afora pela mãe, com instruções do que comprar na padaria. Uma mulher mais velha se sentava num degrau próximo com várias crianças ao redor. Estavam todas agasalhadas para se protegerem do ar gelado da manhã de fim de dezembro enquanto a ouviam atentamente.

Nem todo mundo tinha mandado os filhos para a evacuação, mas o suficiente para que ver tantos pestinhas pela cidade fosse incomum. O Natal já havia passado e o novo ano se aproximava. Talvez os pais estivessem esperando para mandá-los de volta depois das festas.

Ou talvez as crianças não fossem ser mandadas de volta.

Talvez Olivia não precisasse ficar mais com tia Bess. Afinal, até então a guerra não tinha dado em nada. A luta estava relegada à Polônia, coitados, e a Inglaterra fora deixada incólume. Já tinham se passado quatro meses desde a declaração de guerra e não se ouvira nem um sussurro de retaliação de Hitler.

Mais uma mulher passou, segurando a mão enluvada de uma garota que era a cara dela e tagarelava animada, como faziam as meninas pequenas.

A saudade da filha atingiu Emma com uma dor visceral — da forma como falava sem parar, tão rápido que quase tropeçava nas próprias palavras, como se estivessem prestes a fugir sem ela.

Emma sorriu para si mesma.

Quem sabe tivesse chegado a hora de Olivia voltar para casa.

19

Janeiro chegou com temperaturas mais baixas num inverno já frígido, além do início do racionamento. Emma observou o livro de cupons com um suspiro.

O Dia Nacional dos Cupons fazia a segunda-feira em questão parecer um evento divertido. Seria qualquer coisa menos isso, já que ela só poderia fazer compras no mercado de esquina perto do trabalho, onde havia se registrado. Se fosse seguir as regras, não poderia trocar de loja, e Emma sempre fora cumpridora de regras.

O chá matinal não seria o mesmo com a ração de açúcar, mas graças aos céus o governo não tinha racionado o chá. A perspectiva era realmente aterradora.

Ela passou na mercearia a caminho do trabalho naquela manhã e achou uma fila de mulheres já esperando pela cota da primeira semana. Com sorte, a multidão teria se dispersado à tarde, quando estivesse a caminho de casa.

Quando Emma chegou, Margaret já estava na biblioteca e lhe deu um sorriso gentil.

— Como foram as coisas na Ânglia Oriental?

A saudade de Olivia arrebatou Emma novamente, tão intensa que roubou seu fôlego por um momento perturbador. Ela assentiu, sem conseguir falar.

— Eu sei. É mais difícil deixá-los depois que os vemos.

Margaret baixou os olhos para a mão fina onde o anel de diamante reluzia no dedo.

— Eu estive com Jeffrey, ele nos surpreendeu voltando para passar o Natal em casa. Disse que queria marcar uma data.

Emma suspirou, entendendo a hesitação da amiga.

— Sinto muito.

— É tão frustrante — disse Margaret, e seus olhos ficaram cheios de lágrimas. — Eu o amo, juro...

— Já explicou para ele que não quer abrir mão do seu trabalho aqui?

Margaret secou uma lágrima errante e espiou rapidamente a sala da srta. Bainbridge para garantir que o ato não tivesse sido visto.

— Eu tentei, mas ele diz que quer garantir que eu seja bem-cuidada se... — Ela engoliu em seco. — Se ele morrer.

Ela cobriu a parte inferior do rosto, como se os soluços pudessem ser fisicamente contidos.

O governo cuidava das viúvas de guerra de uma forma que não fazia com as viúvas de homens atropelados por carros. Jeffrey tinha razão em dizer que Margaret estaria segura caso ele morresse após o casamento. Apesar disso, para conseguir tal segurança, ela teria que abrir mão de um emprego que também a manteria financeiramente estável.

A injustiça do que as mulheres tinham que suportar ardeu em Emma — que tivessem que sacrificar carreiras de que gostavam, sendo obrigadas a ficar em casa apenas por causa do casamento. Ou que as empresas se recusassem a contratá-las porque eram mães e viúvas, mulheres que tinham feito o que a sociedade pedia e se casado, pedido demissão e tido filhos, só para serem punidas no fim.

Os homens não eram sufocados por tais restrições, nem forçados a mentir sobre o casamento ou filhos para garantir um emprego e conseguir dinheiro para pôr comida na mesa.

Mas Emma não disse nada disso. Margaret precisava de apoio, não de um desabafo.

— Nós morreríamos de saudades aqui, mas você sabe que eu apoiarei qualquer decisão que tomar.

Em algum lugar distante, uma porta se fechou e Margaret se endireitou rapidamente enquanto secava as lágrimas.

A srta. Bainbridge entrou no salão da biblioteca e as convocou com um aceno de mão.

— Quero falar com todas vocês.

Ao lado de Emma, Margaret ficou um pouco tensa, claramente achando que estava encrencada.

A srta. Crane se juntou a elas, e as três se reuniram em torno da mesa dos assinantes Classe A.

— Preciso discutir algo muito sério. — A gerente fez uma pausa para olhar cada uma nos olhos.

Quando pousou os olhos acinzentados nos de Emma, um pequeno arrepio desceu por sua coluna como uma gotícula de água fria escorrendo pelas costas. Talvez a gerente tivesse visto Margaret à beira das lágrimas, ou talvez tivesse percebido o sofrimento silencioso da própria Emma e temesse que os assinantes não gostariam de ser atendidos pelas bibliotecárias mais tristes da Inglaterra.

— Os detetives de biblioteca da Boots virão mais tarde — anunciou a srta. Bainbridge. — Vão investigar um incidente recente.

— É por causa de todos os livros em prateleiras erradas? — questionou a srta. Crane.

Emma não tinha que se virar para saber que a mulher estava olhando para ela com desprezo. O escárnio era evidente no tom de voz maldoso da voz.

— Livros em prateleiras erradas…? — repetiu a srta. Bainbridge devagar, um pouco perplexa. Então a confusão sumiu de seu rosto num lampejo de compreensão. — Ah, céus, não. Nada do tipo. Não, houve uma invasão no depósito. Os detetives querem investigar para garantir que não esteja acontecendo nada inadequado na biblioteca também. Como eu disse, eles chegarão hoje à tarde, vestidos à paisana para se misturarem aos clientes — continuou a srta. Bainbridge. — O objetivo é permitir que conduzam a investigação sem causar alarde ou chatear nossos assinantes. Acredito que vão falar com cada uma de vocês separadamente, então, por favor, cooperem e respondam a todas as perguntas. Entendido?

Elas assentiram com a cabeça.

— Ótimo. Podem voltar às suas tarefas matinais.

Quando os detetives finalmente chegaram, foi impossível distingui--los dos assinantes comuns. Emma só conseguiu reconhecer um deles

— um homem alto e magro com um bigode pesado — porque chegou naquela manhã e reapareceu à tarde.

Será que deveria abordá-lo? Era para fingir que ele era invisível e ignorá-lo? Ou tratá-lo como qualquer outro cliente e ajudá-lo a se misturar?

Havia acontecido um crime, e aqueles detetives estavam esmiuçando os detalhes. Investigadores que iriam interrogá-la. Era bem emocionante, para falar a verdade. Como fazer parte de um dos muitos livros de mistério que lia.

Ela analisou o homem com cuidado ao se aproximar.

— Posso ajudá-lo, senhor? — perguntou, tentando parecer casual.

— Estou só dando uma olhada, obrigado.

Atrás dele, o sr. Beard puxou o bloco de anotações e lambeu o lápis antes de anotar algo.

O detetive olhou desconfiado para o sr. Beard antes de parar na estante seguinte para inspecionar os livros. Mas, por mais eletrizante que a presença tivesse sido no começo, não pareceu render nada.

Pelo menos até o fim da tarde, quando Emma estava se preparando para ir embora e o homem de bigode entrou na área reservada para funcionários.

— Srta. Taylor, posso falar com você por um momento?

Emma sentiu um frio na barriga, ansiosa e insegura ao ser destacada dessa forma.

Ele devia ter lido o nervosismo em seu rosto, pois lhe ofereceu um sorriso gentil.

— Só preciso perguntar sobre alguns assinantes. Meu nome é sr. Gibbs, detetive de biblioteca da Boots.

Detetive de biblioteca, que título empolgante.

Emma permitiu que ele a levasse até a sala da srta. Bainbridge. O homem tomou o lugar da gerente e indicou a cadeira à frente. Ela se acomodou na superfície dura e familiar do assento de madeira.

O sr. Gibbs abriu um caderninho não muito diferente daquele do sr. Beard.

— A senhorita notou algo diferente na biblioteca?

— Sempre aparecem pessoas diferentes de tempos em tempos... — falou Emma, sem se comprometer, pensando na sra. Chatsworth carregando Pip numa cesta no braço.

A risadinha calorosa do sr. Gibbs a surpreendeu. Detetives não deviam ser terrivelmente sérios? Ele parecia muito simpático.

— E o homem com o bloco de anotações? — perguntou ele.

— É o sr. Beard. Ele escreve naquilo desde que o conheci.

— A senhorita sabe o porquê?

Era uma ótima pergunta. Emma hesitou, tentando se lembrar das vezes em que vira o sr. Beard escrever e tentara adivinhar o que ele podia estar fazendo.

— Não tenho certeza. Pode ser pesquisa sobre livros. Mas acredito que ele também registre as conversas das pessoas.

O sr. Gibbs ergueu as sobrancelhas grossas e escuras como o bigode.

— Ele registra as conversas das pessoas?

— Talvez — respondeu Emma, sem se comprometer. — Eu nunca perguntei.

O sr. Gibbs escreveu algo no caderno e levantou os olhos.

— Acha que poderia fazer isso?

Será que ele suspeitava que era o sr. Beard quem tinha invadido o depósito? Emma não conseguia imaginá-lo, com as jaquetas de tweed e barriga a redonda, se infiltrando ali.

Ela assentiu.

— Claro, eu falo com ele na próxima oportunidade que tiver. Qualquer coisa para ajudar.

Depois do trabalho, Emma parou na mercearia com o novo livro de racionamento, mas, apesar de ter os cupons e o dinheiro para pagar pelos itens, não havia açúcar nem carne para comprar. Com uma lata de peixe na cesta de compras e um pão do dia anterior, ela foi para casa.

O sr. Beard não voltou à biblioteca durante vários dias. Sem dúvida, tempo suficiente para ler o último mistério que tinha sido prontamente importunado a levar.

Quando Emma enfim o viu, foi até ele da maneira mais casual que conseguiu.

— Imagino que vocês tenham recebido mais dessas leituras que apodrecem o cérebro. — Ele fez um gesto desdenhoso para a seção de mistérios, com os olhos brilhando de interesse.

— Tem um da Agatha Christie que li recentemente, *Assassinato no Expresso do Oriente*. — Ela tirou o livro do lugar na prateleira. — Acontece um assassinato em um trem, aí eles ficam presos quando o motor explode e começa uma nevasca.

— E precisam achar o assassino antes que ele mate novamente, imagino?

Emma sorriu.

— Precisamente.

O sr. Beard se inclinou para mais perto do livro.

— Parece terrível.

— Tão terrível que eu li em um dia. — Ela estalou a língua.

Ele estendeu a mão para o exemplar, mas Emma o puxou um pouco para trás.

— O senhor registra todos os livros que leu em seu bloco? É por isso que está sempre escrevendo nele?

O sr. Beard franziu a testa e baixou os olhos para o bolso da jaqueta, onde o bloquinho estava enfiado.

— Eu... hum... na verdade, faço parte do projeto Observação em Massa.

— Observação em Massa?

— Sim. Devo registrar o mundo como o vejo como forma de mapear a vida durante a guerra. Escrevo os preços dos itens, o humor geral das pessoas em relação aos acontecimentos... e, claro, sobre o clima.

A sra. Chatsworth estava por perto e se virou de repente.

— É por isso que você ouve as conversas alheias?

O sr. Beard pigarreou.

— Bem, sim.

— Para mim, parece uma invasão de privacidade. — Ela fungou.

Era uma acusação e tanto, sendo que a maioria de suas divagações tinha a ver com a vida de quem convivia com ela e de vizinhos que nem conhecia.

— Você faz isso todos os dias? — insistiu.

O sr. Beard a fitou com sinceridade.

— Sem falha, senhora.

Secretamente, Emma ficou contente com a intervenção da sra. Chatsworth na conversa, significava que teria menos perguntas a fazer.

No mínimo, a interferência da mulher ajudava a absolver Emma de qualquer suspeita que o sr. Beard pudesse ter com as perguntas aleatórias.

— E por que, em nome dos céus, você gastaria seu tempo registrando as discussões dos outros e todos esses acontecimentos nesta... nesta guerra falsa? — A sra. Chatsworth ajustou a cesta de um braço para o outro, e Pip continuou dormindo tranquilamente.

— Historiadores um dia vão olhar isso com interesse — disse o sr. Beard, e inflou o peito.

A mulher deu uma risadinha, e o cachorro na cesta ergueu as orelhas com a interrupção de seu descanso.

— Você acha que vão se interessar pelo seu diário?

O rosto do sr. Beard ficou vermelho.

— Na verdade, acho, sim.

— Sem dúvida as informações serão valiosas no futuro — disse Emma, e sorriu para o sr. Beard, sentindo um pouco de pena do homem sob ataque. — Quem sabe até um autor escrevendo um dia sobre esta época?

— Por que diabos alguém iria querer fazer isso? — perguntou o sr. Beard.

Emma só deu de ombros e lhe mostrou *Assassinato no Expresso do Oriente*.

— Vamos lá registrar este aqui para o senhor.

Naquela noite, em casa, Emma encontrou uma carta de aparência oficial do sr. Boydell, o oficial de evacuação de Nottingham, que também atuava como tesoureiro da cidade. Emma não tivera notícias de Olivia na semana que havia passado, nem recebera nada de tia Bess desde a visita no Natal. A última carta da filha não indicara nada com que se preocupar.

O sr. Boydell não podia estar respondendo ao pedido para trazer Olivia de volta para casa, já que Emma ainda não havia terminado de escrever a carta.

Qualquer que fosse a informação contida naquela missiva, a sensação pesada no âmago lhe disse que a chegada da carta era, sim, uma má notícia.

20

Emma colocou um pouco do açúcar racionado no chá e mexeu, batendo a colher em uma das xícaras cor-de-rosa da sra. Pickering.

— Pelo jeito, tia Bess recebeu um pouco do que merecia — disse a sra. Pickering, com amargura, ao colocar um torrão de açúcar extra no próprio chá.

Por algum motivo, o racionamento tinha dado à senhoria um gosto por açúcar que ela não tinha antes. Como se a escassez tornasse a mercadoria mais desejável.

— Ah, sra. Pickering — ralhou Emma. — A mulher está gravemente doente. Temos que lhe desejar coisas boas.

— Que nada. — A amiga acenou com uma mão. — Ela é uma pessoa ruim cujo corpo finalmente chegou ao mesmo estado do espírito. Enfim, a mulher é a última de minhas preocupações. O que você vai fazer com Olivia?

Emma passou o dedo pela carta.

— Vou trazê-la para casa.

A sra. Pickering abaixou o chá um segundo antes de dar um gole, e sorriu.

— Vai ser bom tê-la de volta. E, de todo modo, não está acontecendo nada com esta guerra.

* * *

Depois de relatar as descobertas sobre o sr. Beard para o detetive de biblioteca da Boots, Emma notificou o oficial de evacuação de que iria trazer Olivia de volta a Nottingham e pediu vários dias de folga do trabalho para ir buscar a filha.

Por sorte, os trens não estavam tão atrasados quanto no Natal, embora ainda fosse possível observar mais soldados do que civis indo e vindo. Desta vez, Emma não se deu ao trabalho de se vestir de maneira elegante, optando por um sapato convencional sem salto, em vez dos saltos baixos que havia arruinado na última viagem.

Quando bateu à porta de tia Bess, uma mulher de meia-idade com o mesmo rosto emaciado atendeu.

— Você é a mãe da garota? — questionou ela.

— De Olivia? Sim, sou a mãe dela.

A mulher abriu a porta.

— Chegou bem a tempo. Não podemos ficar com ela, você entende. Não agora que tenho que cuidar da minha mãe.

Duas crianças passaram correndo pela sala de estar, pisando tão forte que um abajur chacoalhou sobre a mesinha de madeira ao lado do sofá.

— Já chega! — gritou a mulher para as crianças, que se perseguiram até um cômodo diferente em vez de obedecer. Com um suspiro, ela mudou o foco para as escadas e berrou: — Olivia!

A menina desceu com uma expressão solene. Estava vestindo o suéter vermelho que Emma tricotara para ela, com os braços cruzados como se para abraçá-lo mais perto do corpo. Seu rosto se iluminou assim que viu Emma.

As duas se encontraram no meio da escada, onde Olivia se agarrou a ela com uma ferocidade que partiria o coração de qualquer mãe. Um tremor percorreu seu corpinho, e Emma percebeu que a filha havia começado a chorar.

Ela abraçou a menina por mais tempo do que o necessário e perguntou alegremente:

— Que tal você me levar até seu quarto para guardarmos suas coisas na mala?

Sem esperar resposta, Emma a levou para o andar de cima. Olivia manteve o rosto pressionado nela, claramente envergonhada pelas lágrimas.

Como as crianças tinham sido instruídas a levar poucos pertences na evacuação, foi fácil refazer a mala.

— Ela não pode levar a casa de bonecas.

Emma levantou a cabeça e encontrou a filha de tia Bess parada na porta com os braços cruzados.

— Preciso dela para meus filhos.

Olivia não protestou, claramente resignada à injustiça.

— Fique à vontade — respondeu Emma, com o máximo de educação que conseguiu.

Olivia foi até a mulher e levantou a cabeça em súplica.

— Posso me despedir da tia Bess?

— Ela não é sua tia, mas pode, sim — respondeu a mulher.

Emma pegou a mala e saiu do quarto para o corredor atrás de Olivia.

Tia Bess estava sentada numa cadeira de rodas, com um roupão por cima da camisola. O cabelo branco estava solto e caía como fios de algodão em torno dos ombros. A mulher que tinha oferecido julgamentos tão afiados e reprimendas tão duras havia se suavizado com a doença. Parecia velha. Débil.

De repente sentiu compaixão pela mulher mais velha, que havia aberto a casa a uma garotinha que ninguém mais queria e feito com que ela se sentisse amada.

Olivia foi falar suavemente com tia Bess antes de lhe dar um abraço delicado. Emma se ajoelhou ao lado da cadeira para ficar na altura dos olhos da mulher. Havia uma palidez doentia no rosto enrugado da senhora, e os olhos estavam úmidos de lágrimas.

Emma segurou a mão macia e ressequida de tia Bess.

— Obrigada por cuidar de Olivia tão bem. Ela amou o tempo com você e sempre terá lembranças felizes de sua linda casa.

A mulher sorriu e fechou os olhos. Uma lágrima escorreu pela bochecha.

Emma deu um tapinha em sua mão e se levantou para ir embora. Olhando para trás pela última vez, deu a mão a Olivia e as duas saíram da casa para ir à estação de trem.

Felizmente, o trajeto de volta passou rápido. Quando chegaram à rua de casa, Olivia parou na calçada, o olhar fixo nos grandes prédios retangulares construídos para servirem de abrigo no caso de um bombardeio. As paredes eram feitas com duas camadas de tijolo, e os telhados eram uma grossa laje de concreto. O que quer que tivesse feito a menina hesitar não durou, e ela passou correndo pelos abrigos, mal reparando que o edifício estava sem portão antes de subir os três degraus correndo.

Lá dentro, os latidos agudos de Tubby transmitiam uma alegria absoluta. Em segundos, elas estavam na casa da sra. Pickering, desfrutando de um reencontro lacrimoso salpicado de exclamações sobre como o suéter tinha ficado lindo em Olivia. Depois de ter dado abraços suficientes — por enquanto — e de ter feito promessas de ir jantar lá naquela noite, Emma subiu com a filha.

Finalmente, Olivia estava em casa.

Ela parou por um momento no batente, olhando o apartamento, três vezes menor do que a casa em que estivera morando.

Emma teve um momento de apreensão. Pensou que talvez o pequeno apartamento delas fosse decepcionante em comparação. Que talvez Olivia estivesse chateada por ter que abrir mão dos belos móveis e brinquedos chiques.

A filha fungou, e Emma viu que ela estava chorando.

— Desculpe, meu amor — disse, com gentileza. — Sei que nossa casa não é tão grandiosa...

Mas Olivia balançou a cabeça.

— Está com o mesmo cheiro, de torrada e geleia. Está tudo igualzinho a como eu lembro. — Ela deu uma risadinha, mesmo enquanto chorava. — É perfeito, mãe, e é muito, muito bom estar em casa.

Emma abraçou a filha. Porém, ao mesmo tempo, um medo incômodo a preocupava lá no fundo.

O que havia sido um início tranquilo da guerra ainda podia muito bem ficar perigoso. Só lhe restava torcer para que levar Olivia de volta para casa tivesse sido a decisão correta.

21

Com mais um dia de folga do trabalho à disposição, Emma levou Olivia consigo para a fila do racionamento. Chegando mais cedo, conseguiu garantir açúcar e carne para ambas nos dias seguintes.

Enquanto estavam na rua, porém, Emma não conseguiu deixar de notar como várias mulheres a encaravam, com uma atenção cheia de desprezo.

Olivia, felizmente, não percebeu nada, mas Emma estava muito ciente de cada mãe sem filhos que olhava feio na direção das duas. Em vez de permitir que a raiva a afetasse, ela segurou a mão quente de Olivia, desfrutando do conhecimento de que a filha enfim estava em casa.

Para desgosto de Olivia, ela voltaria à escola no dia seguinte. Pelo menos durante a manhã. Os professores ainda estavam no interior com os alunos evacuados, o que deixara na cidade poucos remanescentes para instruir as crianças. O resultado era que os alunos só estudavam por meio-período, alguns pela manhã e outros à tarde.

O que significava que Olivia teria que ir a pé sozinha da nova escola para casa depois das aulas, e ficaria sem companhia à tarde, já que a sra. Pickering tinha se envolvido tanto com o SVM.

Na manhã seguinte, Emma foi a pé com a filha para a escola antes do trabalho e lhe mostrou alguns marcos na rua para garantir que ela encontrasse o caminho com facilidade depois. Apesar das orientações cuidadosas e de Olivia parecer ter prestado atenção, uma série de temores passou pela mente de Emma enquanto ia apressada ao trabalho.

A srta. Bainbridge recebeu todas as funcionárias com o bule de chá e chocolate quente de sempre, que Emma tomou a fim de acalmar os nervos desgastados.

— Gostaria de informá-las que os detetives da biblioteca já foram embora — disse a srta. Bainbridge.

— Eles descobriram o que aconteceu? — perguntou Margaret, mexendo no anel de diamante com o polegar.

A gerente suspirou.

— O culpado era um homem ansioso demais para ler um novo lançamento de mistério e que não conseguia esperar mais uma semana para pôr as mãos no livro.

— Que pena que não podemos colocar isso numa propaganda — brincou Margaret. — "Tão bom que você vai invadir a biblioteca para ler."

A srta. Crane revirou os olhos, mas Emma riu e até a srta. Bainbridge deu uma risadinha.

— Mesmo assim — repreendeu a gerente. — Precisamos ficar de olho na Sala de Encomendas e no depósito para garantir que nenhum assinante fanático tente dar uma espiadinha antes dos outros.

Com mais assinantes de quem cuidar nos últimos tempos e muitos rostos novos, o pedido era inteiramente válido. A biblioteca tinha estado especialmente cheia após o Natal, com tanta gente recebendo assinaturas como presente.

Mesmo com o trabalho atribulado, metade do foco de Emma estava no relógio. Quando meio-dia chegou e passou, a mente dela girava de preocupação. Será que Olivia tinha voltado para casa em segurança? Havia muitas esquinas a dobrar a caminho da escola. Teria se lembrado de todas?

Enquanto a preocupação de Emma girava em torno de Olivia, seu corpo se movia automaticamente, guardando livros em prateleiras quase sem pensar. Pelo menos até perceber que o livro de etiqueta vermelha que estivera em sua cesta de itens devolvidos já não estava mais lá, e ela não havia entrado na Sala de Encomendas.

O coração dela deu um pulo.

Um livro de etiqueta vermelha nunca devia estar no salão, sob nenhuma circunstância.

Emma refez os passos, procurando desesperadamente pelo item perdido. Não adiantou.

— Você está bem, minha querida?

Ela levantou os olhos e viu a sra. Chatsworth a olhando preocupada. Pip dormia profundamente em sua almofada azul na cesta.

Pelo canto do olho, Emma ficou aliviada de ver a etiqueta vermelho-vivo destacando-se na fileira de lombadas verdes.

— Só um livro fora do lugar.

Na seção dos clássicos, ainda por cima. Emma tirou depressa o livro da localização incorreta.

Graças aos céus o sr. Beard não tinha visto, senão ela nunca mais terminaria de ouvir o sermão.

— Um livro fora do lugar? — A sra. Chatsworth arregalou os olhos, e a pena de seu chapéu *pillbox* escarlate tremulou. — Como algo como um livro fora do lugar poderia acontecer na Booklover's Library?

Emma escondeu o exemplar atrás das costas e abriu a boca mesmo antes de achar uma resposta.

Não que fosse necessário. A cliente já estava respondendo à própria pergunta com uma erguida imponente do queixo.

— Ouso dizer que a infração provavelmente foi culpa de um assinante.

Emma ficou alarmada. Assinantes deviam ser tratados com cuidado excepcional, não condenados por deixarem prateleiras desorganizadas.

— Não, acredito que…

— Não sei como alguém faria isso. — A sra. Chatsworth estalou a língua nos dentes. — Todos amamos uma biblioteca organizada onde podemos achar os livros que queremos.

— Acho que não…

A sra. Chatsworth deu um tapinha no ombro de Emma, num gesto de conforto que deixou um cheiro de pó em seu rastro.

— Você está fazendo um excelente trabalho, srta. Taylor. Não deixe que ninguém lhe diga o contrário.

Tendo reconfortado a bibliotecária, mulher e cachorro lhe deram as costas, indo na direção da mesa de assinantes Classe A com um livro na mão.

Pelo menos desta vez, Emma sabia que o livro colocado na prateleira errada era totalmente culpa dela.

Poderia ter sido um desastre.

Pelo resto do dia, ela se forçou a se concentrar para garantir que não houvesse mais erros. Embora não precisasse mais pagar ao governo o estipêndio do alojamento de Olivia — um xelim por semana a mais do que Emma recebia de pensão para a filha —, elas ainda precisavam do dinheiro daquele emprego.

Quando finalmente foi liberada do turno do dia, saiu da farmácia correndo tão rápido que quase se esqueceu de tirar o avental verde de cima do vestido.

Embora o dia invernal estivesse bonito, com um pouco de sol para amenizar o frio gélido de janeiro, ela pegou o ônibus para chegar logo em casa. Uma energia acumulada vibrava em seu corpo, e a mente ia de lá para cá entre a certeza de que Olivia estava perfeitamente bem e a criação de cenários catastróficos.

E se ela tivesse caído e estivesse sangrando, precisando de ajuda?

E se alguém tivesse entrado à força no prédio e estivesse tentando invadir o apartamento?

O sangue de Emma gelou e a perna que estava balançando sem querer ficou imóvel.

E se houvesse um incêndio? E se Olivia tivesse passado tempo demais num prédio em chamas, respirando fumaça demais? Como o avô.

Se Emma não estivesse dentro do ônibus, teria corrido o resto do caminho para casa. Por ora, estava presa, obrigada a enfrentar uma espera brutal.

O ônibus parou na Mooregate Street e, de tanto alívio, Emma expeliu todo o ar nos pulmões. O prédio continuava de pé. Nenhuma nuvem de fumaça preta rodopiava da construção antiga, nenhuma sirene soava à distância.

Que tolice, o jeito como alimentava aqueles medos.

Emma nunca fora de visualizar cada cenário horrível que podia acontecer. Não até se tornar mãe. Não até amar alguém tão completa, inteira e maravilhosamente como amava Olivia.

Uma criança virava o mundo da mãe, enchendo os dias e, ao mesmo tempo, seu coração. Alimentar, vestir, brincar, rir, viver, adorar, amar.

A BIBLIOTECA DOS AMANTES DE LIVROS   145

Ela desceu do ônibus sentindo um pouco de vergonha das preocupações e entrou no prédio perfeitamente seguro. O estalo dos sapatos no piso ecoou na escada ao redor enquanto subia para o segundo andar e destrancava a porta.

— Olive — cantarolou, com um sorriso nos lábios.

Não houve resposta.

Apesar da autoflagelação pelos medos infrutíferos, o terror mais uma vez fechou os dedos gelados ao redor do coração dela. A luz do sol entrava pelas telas translúcidas que cobriam as janelas, destacando partículas de poeira que flutuavam preguiçosamente na sala de estar silenciosa e imóvel.

Não havia mochila de escola deixada no chão, nenhum sapato jogado de qualquer jeito na frente da porta, nenhum casaco pendurado no sofá.

— Olivia, acho bom não ser uma brincadeira.

Mas a filha não brincava. Não daquele jeito. Não sabendo o quanto Emma ficaria aterrorizada.

Dois anos antes, elas estavam na Market Square quando Olivia saiu correndo para olhar uma vitrine com uma boneca que estava querendo. Emma não viu que ela tinha se afastado e correu pela praça toda, gritando o nome da menina como uma louca. Quando enfim se reencontraram, Emma estava tão perturbada que Olivia prometeu nunca mais assustá-la daquele jeito.

Emma entrou apressada no quarto que compartilhavam, a pulsação se acelerando ao vê-lo vazio. Chamando a filha sem parar, ela correu de cômodo em cômodo no pequeno apartamento, o coração estrondeando à medida que cada espaço a recebia com silêncio. Até que a compreensão aterrorizante chegou: Olivia não estava em casa.

22

Emma procurou nas ruas ao redor do prédio num ritmo frenético, torcendo para encontrar Olivia — torcendo para que talvez ela tivesse decidido brincar com algumas das crianças vizinhas. Com tantas voltando para casa após a evacuação e a escola funcionando apenas em meio-período, elas tinham passado a ocupar as ruas.

Quem sabe tivessem convencido a menina a ficar com elas.

Mas o instinto a lembrou que seria completamente atípico da filha.

Depois de uma hora de busca infrutífera e do desespero pairando sobre sua cabeça como uma nuvem agourenta, ela voltou correndo ao prédio para ver se a sra. Pickering tinha voltado para casa e pedir sua ajuda. E possivelmente também a do sr. Sanderson.

Talvez até implorasse assistência da sra. Mott.

O coração de Emma bateu mais forte e decidido.

Ela pediria ajuda até ao próprio diabo para encontrar Olivia.

Quando abriu a porta do prédio, o som de vozes ecoou escada abaixo.

— Quando você acha que ela vai voltar? — perguntou uma mulher, a voz melosa mal escondendo a impaciência, como por vezes os adultos faziam ao falarem com crianças.

— Logo. — A resposta incerta era de Olivia.

Emma se lançou escada acima. A filha estava parada na porta do apartamento, os ombros curvados mostrando claramente o desconforto.

Uma mulher mais velha que Emma nunca tinha visto estava debruçada sobre a filha dela.

— Mãe! — Olivia correu para Emma, o eco de seus pés ressoando no espaço estreito.

Seria medo?

Ela abraçou a filha de forma protetora e olhou para a mulher.

— O que aconteceu?

— O que aconteceu? — A mulher tinha um leve prognatismo que projetava o queixo para a frente, com um ar de aparente desaprovação. — Você trouxe sua filha de volta do interior contra as recomendações do governo e não consegue nem cuidar dela direito. Encontrei esta menina vagando pelo distrito das rendas, com os olhos grandes como pires e cheios de lágrimas. Quase partiu meu coração, isso sim. Não tive escolha a não ser levá-la para minha casa e tentar descobrir onde a mãe dela estava. E aqui está você, voltando só agora.

As bochechas de Emma queimaram.

— Eu estava procurando por ela.

— Fico surpresa por ela não estar correndo por aí com as outras crianças que os pais negligentes mantiveram aqui em Nottingham. Aquele bando de pirralhos selvagens. — A mulher apoiou as mãos na cintura. — Por que não estava na escola para buscá-la como uma boa mãe deve fazer?

Como uma boa mãe deve fazer.

As palavras cortaram mais fundo do que Emma gostaria de admitir.

— Em vez disso, deixou essa pequena vagando pelas ruas, perdida e sozinha — continuou a mulher. — Podia ter acontecido qualquer coisa com ela. Qualquer coisa. Você não se importa com a segurança dela?

Emma abriu a boca, mas a defesa ficou presa na garganta.

Qual era sua desculpa? Que estava trabalhando? Mães não deveriam trabalhar. Deveriam ficar em casa com os filhos.

Para protegê-los.

— Mas o que é isso? — questionou uma voz masculina rude.

O sr. Sanderson desceu os últimos degraus até o segundo andar com dificuldade.

O que quer que estivesse rugindo nos ouvidos de Emma claramente havia bloqueado o som de seus passos.

— Isso — a mulher apontou para Emma — é uma mãe inepta.

Emma prendeu a respiração. A mulher tinha ido longe demais.

O homem deu um passo na direção da desconhecida.

— Esse falatório todo é por causa disso? A porcaria do seu julgamento?

As bochechas da mulher ficaram vermelhas e o queixo ficou ainda mais proeminente, empinado em desafio com teimosia.

— Ela não devia estar com a filha aqui sendo que as crianças deviam ter sido enviadas para longe. Não é patriótico.

O sr. Sanderson deu mais um passo para a frente. Apesar da idade, ele tinha uma figura intimidadora, sendo mais alto do que a mulher em bem mais de uma cabeça e tendo um rosto avermelhado como o de um jogador de rúgbi.

— Sua falta de apoio para uma vizinha em tempos de guerra é que não é patriótica. Agora, suma daqui.

A mulher abriu a boca para protestar.

— Vá embora! — berrou o sr. Sanderson. — Senão vou chamar a polícia para expulsá-la.

— Que belo agradecimento. — A mulher se aprumou com um resmungo e olhou feio para Emma ao passar. — E que bela mãe.

Emma retribuiu o olhar, recusando-se a abaixar a cabeça. Mas queria. De mágoa. De vergonha.

O vizinho esperou até a porta do prédio se abrir e bater de novo.

— Já vai tarde essa bruxa velha.

Ele desfez a postura ameaçadora e se curvou para a frente, os ombros caindo. De repente, pareceu um velho cansado, derrotado pelo que quer que a vida lhe houvesse apresentado.

— Obrigada, sr. Sanderson. — Emma ofereceu um sorriso que pareceu vacilar nos lábios. — Eu...

O homem abanou uma mão e resmungou, interrompendo-a:

— Vou terminar minha soneca.

Emma sabia que era melhor não discutir nem tentar convencê-lo a ficar. Em vez disso, acompanhou a filha para dentro de casa e a abraçou mais uma vez, assegurando-se de que Olivia estava mesmo lá. Em casa e segura.

— Por que a mulher disse aquelas coisas horríveis para você, mãe? — Os olhos azuis de Olivia estavam tristes, com uma mágoa dolorida que apertou o coração de Emma.

Ela se ajoelhou para ficar na mesma altura da filha.

— Algumas pessoas têm opiniões muito fortes sobre o que as outras devem fazer com os filhos. E nem sempre são gentis.

Olivia assentiu, embora Emma percebesse que ela não compreendia.

E como podia explicar o que ela mesma não era capaz de entender por completo: como alguém podia julgar o outro tão cruelmente sem saber as circunstâncias?

Emma estava fazendo o melhor que podia.

Mas e se seu melhor não fosse o suficiente? E se *ela* não fosse o suficiente?

— Como foi a escola? — perguntou, desesperada por uma distração.

— Edmund não estava lá, então isso foi bom. — Olivia deu de ombros.

Edmund.

Só o nome fez Emma ranger os dentes. O filho da sra. Mott. O flagelo da existência de Olivia na escola. Houve dias demais em que ela chegara soluçando por coisas que aquele menino tinha feito. Mas cada vez que Emma decidia ir à casa ao lado falar com a sra. Mott, a menina ficava pálida e implorava para ela não fazer isso.

As crianças às vezes eram tão cruéis, de maneira brutal, umas com as outras, e a incapacidade de impedir que a filha sofresse criava uma sensação horrível de impotência.

Várias vezes Emma vira Edmund brincando na rua, chutando a bola em outras crianças forte demais e rindo quando elas caíam, e ficara terrivelmente tentada a correr lá e repreendê-lo pelo comportamento grosseiro. Era mais uma coisa para a qual jamais se sentira completamente preparada como mãe: como lidar com quem machucava a filha.

— O que você fez hoje? — perguntou Emma, pegando com cuidado o casaco que a filha havia largado ao lado do sofá e o pendurando no gancho ao lado da porta.

Olivia se animou.

— A gente fugiu da escola.

— Fugiu da escola? — Emma congelou enquanto se agachava para endireitar os sapatos de Olivia.

— Se uma bomba vier, não temos porão lá e também não tem nenhum abrigo por perto, então temos que correr.

Emma se ergueu, prestando total atenção à filha.

— Como é que é?

Olivia tirou um copo do escorredor ao lado da pia e foi até o armário de comidas.

— Temos que correr até uma casa que tenha porão. Os professores gritam "espalhem-se" bem alto e todos nós corremos que nem formigas.

Os olhos de Olivia brilhavam de prazer, mas o medo corria nas veias de Emma. Eles estavam transformando a guerra em brincadeira.

E se uma bomba viesse mesmo e não houvesse tempo suficiente para as crianças "se espalharem" direito? E quem garantiria a segurança delas se chegassem a um abrigo ou à casa de alguém, longe da supervisão de um professor?

— Que bom que foi tão divertido.

Emma tentou mascarar a preocupação com uma alegria forçada enquanto abria o armário para pegar uma panela. Elas iam comer empadão feito com purê de batata e a carne que Emma tinha comprado no dia anterior.

Não só era o jantar favorito de Olivia como a receita era a primeira que Emma aprendera a cozinhar e uma das três que o pai sabia fazer. Depois de mais de uma década de empadão, salsicha com purê e peixe com batata frita comprado numa barraca de esquina — o pai insistia que contava como refeição —, Emma havia assumido o papel de cozinheira na casa.

Porém, mesmo enquanto seguia o fluxo para preparar um jantar que seria capaz de fazer dormindo, as palavras daquela mulher giravam em sua cabeça. Mesclavam-se com os olhares de desdém de outras mulheres e o chocante método de "se espalhar" das crianças em busca de segurança, numa escola que não estava preparada para um ataque aéreo.

E, pela primeira vez desde que Olivia voltara para casa, seu estômago se revirou num nó tenso de arrependimento.

23

Um livro tinha sumido.

Emma passou os olhos pelas lombadas à frente. O novo mistério tinha sido colocado na prateleira no dia anterior. Havia cinco exemplares. Consultando o registro, ela tinha visto que quatro estavam emprestados.

Também tinha certeza de não haver colocado o título na prateleira errada. Nas últimas semanas, tinha ficado vigilante, chegando até mesmo a registrar os títulos de cada livro que recebia para devolver ao salão. Verdade seja dita, lembrava a si mesma um pouco do sr. Beard, com um caderninho guardado no bolso e um toco de lápis que exigia uma rápida lambida para escrever.

— Pensando bem, acredito que a senhora talvez goste de um livro diferente. — disse, e abriu um sorriso conspiratório para a jovem. — Já leu *A máscara de Dimitrios*?

A mulher negou com a cabeça, fazendo as pontas onduladas do cabelo loiro e curto roçarem nos brincos de pérola.

— É uma aventura delirante — elogiou Emma. — Não necessariamente um mistério, mas ainda assim de tirar o fôlego. Eu li já faz um tempo e até hoje não consegui parar de pensar na história.

Só de pensar no romance de espionagem e em toda sua ação eletrizante seu coração acelerava. Um bom livro era capaz disso, e era uma das muitas coisas que ela estava grata de ter redescoberto com o amor pela leitura desde que começara a trabalhar na biblioteca.

— Ah, é? — A mulher esticou o pescoço com interesse ao ver Emma pegando o livro.

Na prateleira apropriada e disponível, graças aos céus.

A cliente aceitou o item e passou a mão pela capa.

— Eu me casei recentemente, sabe. Mal ficamos três dias juntos antes de meu marido ser enviado para algum lugar que não podia divulgar. Ouvi falar que o correio demora para vir e não sei quando vou receber uma carta. — Ela baixou os olhos para o livro de novo e engoliu em seco. — Eu era secretária na fábrica da Player.

Emma assentiu, reconhecendo o nome da fabricante de cigarros. A Player era uma das fábricas mais importantes de Nottingham.

— Mas você sabe, eu não podia ficar no trabalho... — A mulher olhou de relance a aliança de casamento na mão esquerda, com o ouro impossivelmente reluzente, imaculado pelas marcas do tempo e do uso cotidiano. — Foi por isso que meu marido me deu esta assinatura como presente de Natal. Ele sabia que eu ficaria entediada.

Ecoou uma risada nervosa que não alcançou os olhos grandes e tristes.

— Acho que você vai gostar muito deste. — Emma sorriu. — Para mim, foi uma distração perfeita quando eu mais precisava.

A mulher se animou, e a magia de encontrar o livro certo para a pessoa certa a tomou mais uma vez. Ela registrou o livro para a jovem recém-casada, parando para pendurar a ficha de assinante Classe A no pequeno ilhó furado no topo da lombada.

— Boa leitura.

Assentindo em agradecimento, a assinante colocou o livro dentro da bolsa antes de partir.

Do outro lado do salão, Margaret observava a mulher solenemente, e Emma não precisava perguntar para saber o que a amiga estava pensando.

Aquela jovem podia ter sido Margaret.

Casada e mais sozinha do que nunca.

Depois que a recém-casada foi embora, Emma vasculhou as prateleiras com discrição, procurando o livro perdido. Em vão.

A BIBLIOTECA DOS AMANTES DE LIVROS

Havia algo errado na biblioteca. Nada digno de convocar os detetives, mas certamente valia investigar. Emma iria descobrir o que estava acontecendo.

No caminho de casa, ela ainda estava ponderando sobre o mistério do livro desaparecido quando virou a esquina e encontrou um caminhão de bombeiros na frente do seu prédio.

O medo agarrou a garganta dela.

Havia um bombeiro debruçado sobre alguém e, ao se endireitar, ela viu a filha ao lado dele.

— Olivia! — gritou Emma, correndo até a filha.

Olivia caiu em prantos.

— Desculpa, mãe. Desculpa. Eu... só queria fazer pão frito. Eu não sabia...

— Está tudo bem, meu amor. — Emma examinou a filha rapidamente, depois a abraçou com força, dissipando os próprios medos. — Está tudo bem.

Ela não ligava para a torrada nem para a cozinha, nem mesmo para a porcaria do prédio inteiro. Naquele momento, a única coisa que importava era Olivia estar do lado de fora. Longe do fogo.

Segura.

O homem do corpo de bombeiros virou-se para Emma.

— Não houve muitos danos, senhora...

Emma levantou os olhos da filha, dando de cara com o lindo rosto de ninguém menos que o sr. Fisk.

— Srta. Taylor? — perguntou ele, de repente parecendo hesitante.

Ela não encontrou nenhuma palavra ou explicação rápida. Nunca pensara que encontraria um dos assinantes da biblioteca em sua rua, considerando que a clientela era do tipo que podia pagar por um lugar bem longe de um bairro como Radford.

— Sra. Taylor — corrigiu Olivia, de forma afetada. — Meu pai está morto.

O sr. Fisk piscou, incapaz de esconder a surpresa.

— Meus pêsames.

— Aconteceu há muitos anos.

Emma não sabia bem por que se apressou em explicar. Os detalhes não eram da conta do sr. Fisk. Apesar disso, a gentileza nos olhos castanhos dele levou às bochechas de Emma um calor inexplicável e a fez querer que ele pensasse bem dela.

— A barreira matrimonial se aplica a viúvas no que diz respeito a achar emprego... — Emma olhou de soslaio para Olivia, indicando viúvas com filhos, mas terminou a frase apenas com: — Viúvas como eu.

— A senhora não vai ouvir nenhum julgamento vindo de mim. — Ele ajustou a aba do chapéu, numa ação que também funcionava como um leve cumprimento. — Cada um tem suas razões para fazer o que faz.

Essas palavras de conforto aliviaram um pouco da tensão nos ombros dela.

— O senhor disse que não houve muitos danos?

— Só uma pequena queimadura na parede de trás. Um pouco de tinta e vai ficar novinha em folha. — O sr. Fisk olhou para as duas. — Posso passar aqui se a senhora precisar...

— Não. — A resposta rápida dispensou a oferta gentil dele. — Não, não será necessário. Sou perfeitamente capaz de aplicar um pouco de tinta.

Ele não pareceu incomodado com a alegação abrupta. E era mesmo apenas uma alegação — Emma jamais havia segurado um pincel na vida. Mas não podia ser tão difícil assim pintar um trecho da parede, certo?

O sr. Fisk sorriu.

— Não duvido nem um pouco de sua habilidade, sra. Taylor. A senhora me parece o tipo de mulher capaz de qualquer coisa. Estão liberadas para subir.

Ele abaixou mais uma vez o chapéu na direção dela e foi em direção ao para o caminhão.

Os vizinhos que estavam espreitando a comoção na rua também voltaram para casa.

Emma deu a mão para Olivia enquanto elas entravam às pressas no prédio, pegando a correspondência do dia ao passar. O odor acre de fumaça queimou as narinas dela e se infiltrou em lembranças que deveriam ser deixadas no passado.

Uma neblina enfumaçada pairava no apartamento, fazendo a visão de Emma parecer anuviada. Ela abriu as janelas antigas, que guincharam em protesto, e foi examinar a área perto do fogão enquanto o cômodo era arejado. Havia uma frigideira com um pedaço de pão frito queimado em uma das bocas.

Como o sr. Fisk alertara, a parede traseira estava chamuscada num tom de preto amarronzado que de fato exigiria várias camadas de tinta para ser restaurado ao amarelo-claro original.

— Desculpa, mãe — disse Olivia, com a voz estrangulada. — Eu não queria colocar fogo no prédio.

— Eu sei. — Emma mordeu o lábio.

Olivia não devia ter ficado em casa sozinha sem alguém para cuidar dela. Não por tanto tempo.

Não era seguro.

Se as bombas de fato caíssem, a menina estaria sozinha. E, se estivesse na escola, só poderia "se espalhar" para se salvar. E ainda havia ocorrências aleatórias como aquela, em que ela podia ter incendiado o prédio todo.

Depois de jogar a comida estragada no lixo e colocar a frigideira de molho na pia, Emma sentou-se à mesa de jantar e folheou a pequena pilha de correspondências. O Escritório de Evacuação tinha enviado outro aviso.

O estômago dela se apertou. Provavelmente era outro apelo para que mandasse Olivia de volta ao interior. Ela já havia recebido um apenas uma semana depois da volta da filha para casa.

Emma tirou a carta do envelope e fechou os olhos devagar após ler as palavras. Lá, em preto e branco gritantes, estava uma segunda convocação para as crianças evacuarem em 17 de fevereiro, válida para a cidade inteira.

E, desta vez, Emma soube que não vacilaria na decisão de enviar Olivia ou não. Desta vez, a prudência ditava a necessidade de mandar a filha embora de novo. Para a própria segurança.

24

Uma semana depois, Emma andava apática entre as estantes da Book-lover's Library.

Mandar Olivia embora pela segunda vez não tinha sido mais fácil. Não com os grandes olhos azuis se enchendo de lágrimas enquanto implorava a Emma que a deixasse ficar, prometendo se comportar. Mas aquela não era a questão. A questão era segurança. A questão era a insistência do governo de que, se Olivia continuasse em Nottingham, correria perigo.

Se as ameaças se mostrassem válidas, o risco não valeria a pena. Emma jamais se perdoaria se algo acontecesse a Olivia, especialmente se tivesse mantido a filha em casa por egoísmo.

A sra. Pickering estivera na escola com o SVM durante a segunda evacuação e segurara a mão de Olivia, levando-a ao ônibus. Tinha se oferecido para garantir a Emma um lugar entre as mulheres que ajudavam com a evacuação, mas ela não tinha coragem de afastar filhos das mães — mesmo que fosse pela segurança das crianças.

Não quando sabia em primeira mão como era profunda a dor dessa separação.

Uma assinante se aproximou de Emma, estendendo um livro e interrompendo seus pensamentos.

— Com licença.

— Gostaria de registrar esse para levar? — Emma fez menção de pegar o item.

— Já registrei. — A mulher deu um sorriso tímido. — Amei tanto que gostaria de comprá-lo.

— Sinto muito, mas só estão disponíveis para empréstimo. — Ela acenou para que a mulher a seguisse. — Mas temos alguns livros à venda, que foram retirados de circulação. Quem sabe conseguimos achar um exemplar.

A Booklover's Library oferecia livros para serem emprestados enquanto estavam em boa condição. Quando retornavam danificados, eram imediatamente tirados de circulação e postos à venda. A seleção não era muito grande, mas havia pérolas de tempos em tempos.

Em vez de segui-la, a mulher ficou para trás.

— Eu quero este exato exemplar. Não um dos usados.

Emma se segurou para não mencionar que, tecnicamente, todos os livros da biblioteca eram usados, incluindo o que estava na mão da mulher.

— Sinto muito, mas este livro específico não está disponível para compra. A senhora pode colocar seu nome numa lista para ser considerada quando ele já não estiver mais qualificado para as prateleiras de empréstimos.

— Aí ele estaria usado demais. — As bochechas da mulher ficaram coradas. — Eu sou assinante Classe A.

— Posso ajudá-la a escolher outro livro, um que tenha um apelo similar.

— Bem, se é assim que as coisas são... — disse, mal-humorada, abrindo mão do exemplar de *E o vento levou*.

Emma passou os olhos pelo título popular e assentiu.

— Me conte do que mais gostou na história e eu acho outra obra que a senhora vai amar.

A tarefa não foi fácil, mas, depois de quase meia hora rejeitando a maior parte das sugestões de Emma, a mulher saiu com um livro novo, mais ou menos apaziguada.

Que irônico as pessoas numa biblioteca quererem comprar livros. Quando Emma trabalhava na livraria do pai, as pessoas com frequência perguntavam se podiam pegar os livros emprestados.

Uma lembrança voltou à mente de Emma: como o olhar do pai ia para o teto com um revirar de olhos sofrido, depois voltava para ela piscando. A dor de perdê-lo apertou seu peito. Mas o desconforto foi fugidio, substituído por um sentimento caloroso e um leve toque de júbilo com a lembrança.

Em muitos sentidos, estar na Booklover's Library havia trazido o pai de volta à vida no coração dela. As recordações doíam, sim, mas também eram um conforto, pois lembranças enterradas subiam à superfície e a abraçavam. Emma tinha deixado de pensar nele por tempo demais.

De várias formas, ele estava lá com ela, na biblioteca, convencendo-a a apreciar como era certo voltar àquela comunidade. Uma centrada em livros, em ser arrebatado por uma história e ficar acordado até tarde da noite nas asas de uma narrativa. No mundo, era com essas pessoas que mais se sentia conectada. E, nessa camaradagem, estava o amor que sentia pelo pai e a personificação de seu espírito.

Emma não havia percebido quanta saudade sentia da companhia de outros leitores, o quanto precisava dos livros em sua vida, até aquele momento.

Embora a carta inicial de Olivia com a localização do alojamento tivesse chegado rápido após a primeira evacuação, desta vez as notícias demoravam a chegar. Enfim, Emma acabou cedendo e pediu ajuda à sra. Pickering enquanto tomavam chá uma manhã, antes que a senhoria desaparecesse para ajudar o SVM. Mas nem a sra. Pickering conseguiu arrancar qualquer informação do paradeiro de Olivia, pois os detalhes estavam sendo escondidos para proteger as crianças evacuadas de algum ataque alemão.

Finalmente, duas semanas após a partida de Olivia, Emma recebeu um cartão-postal com um endereço em Kent — mais uma localização distante que, antes da guerra, teria estado a fáceis três horas de trem. No entanto, àquela altura Emma sabia muito bem o quanto uma jornada ferroviária poderia demorar.

Mas não foi a distância que mais a preocupou. A falta de personalização era perturbadora. Da última vez que Olivia mandara um cartão-postal com o endereço, estava acompanhado por uma longa carta. Este não tinha nem sido escrito pela filha, como evidenciado pela caligrafia cursiva ágil e eficiente em vez da letra de forma de tamanhos variados de Olivia, que subia e descia pela página.

Mesmo assim, Emma escreveu de imediato uma carta, perguntando da nova casa e da nova vida, torcendo por uma resposta rápida para tranquilizar os pensamentos atribulados.

Emma cutucava a cutícula do polegar com a unha, um hábito nervoso do qual nunca conseguira se livrar por completo. Uma gota de sangue brotou onde estava mexendo. Sem perder tempo, ela a enxugou com o lenço antes de por acidente manchar algum dos livros que estava separando.

No mês que havia se passado, não tinha recebido nada de Olivia, apesar de ter escrito várias cartas. Será que a filha as estava recebendo?

Emma estava tão desesperada por alguma notícia de Olivia que tinha tentado entrar em contato com as pessoas que a alojavam, gente cujo nome ela nem sabia.

Margaret, saída da sala dos fundos, franziu o cenho assim que viu Emma.

— Ainda sem notícias de Olivia?

Ela fez que não.

— Da última vez ela estava se divertindo tanto com tia Bess que se esquecia de escrever. Só posso torcer para que essa demora tenha um motivo similar.

Exceto que havia um desconforto de preocupação se agitando e se apertando bem no fundo de suas entranhas. A intuição de uma mãe.

Uma sensação que Emma não podia ignorar.

— Vai colocar esses livros de volta na prateleira. — Margaret lhe entregou uma caixa. — O sr. Fisk está por lá. Talvez seja uma boa distração.

Ela deu uma piscadinha.

Emma aceitou os livros com uma expressão neutra.

— Eu vou lá pelos livros, não pelo sr. Fisk.

Margaret resmungou como se não acreditasse, mas assentiu e retomou a tarefa de Emma de selecionar os livros encomendados.

O lenço tinha parado o sangramento e a cutícula de Emma não estava mais sangrando. Ela o guardou no bolso do avental verde e foi até o salão principal da biblioteca.

O olhar do sr. Fisk imediatamente a encontrou, prendendo-a por um momento de suspensão no calor dos olhos castanho-escuros. Eles não se viam desde o incêndio no apartamento de Emma.

E se ele mencionasse Olivia?

Uma palpitação nervosa que não tinha nada a ver com a aparência do sr. Fisk criou redemoinhos no estômago de Emma.

Em vez de se aproximar, ela foi na direção oposta com a caixa de livros. Cuidaria primeiro da seção infantil, sabendo que provavelmente ele não iria àquela área.

Quando terminou o gênero, ela foi à seção de romances.

— Boa tarde, srta. Taylor. — O timbre grave da voz grave dele era suficiente para qualquer mulher parar o que estava fazendo. — Tenho um livro para devolver.

Srta. Taylor.

Graças aos céus.

O sr. Fisk estendeu nada menos que o livro de etiqueta vermelha cuja lombada dizia *O amante de Lady Chatterley*. Um rubor subiu pelas bochechas do homem.

— Foi… — começou ele, e pigarreou. — Esclarecedor.

Emma tinha lido a obra logo depois de ganhá-la de Margaret no Natal, e suas bochechas queimaram na vergonha compartilhada de quem sabia *exatamente* o que o homem havia lido. Ao mesmo tempo, ficou tentando achar algo — *qualquer coisa* — para dizer.

— Como foi a pintura? — perguntou ele primeiro.

Pintura? Emma franziu a testa.

O sr. Fisk sorriu, como se pedisse desculpa.

— Sua cozinha.

— Ah, sim. — Ela quase suspirou de alívio por ter outra coisa de que falar. — Está um belo amarelo amarronzado irregular. — Emma deu uma leve risada. — Acho que precisa de mais umas camadas.

— Me avise se eu puder ajudar em algo. — Ele esfregou a nuca. — Meus irmãos estão todos longe, na guerra, então meu pai e eu aprendemos a fazer todo o trabalho manual em casa.

Que estranho os irmãos terem se alistado, mas ele não. Esse não foi, porém, o ponto que ela questionou.

— Irmãos? Quantos o senhor tem?

— Três. — disse, sorrindo. — Minha pobre mãe sempre teve que lidar com uma casa cheia de meninos.

Como devia ser crescer numa casa tão cheia? Emma sorriu com a imagem que lhe veio à mente: uma cena cheia de conversas animadas e risadas.

— Não consigo imaginar tantos irmãos. Vocês devem ser muito próximos.

— Somos, sim. Eu sou o mais velho, então sempre cuidei deles. Em especial do mais novo. Ele acabou de fazer 18 anos e imediatamente se alistou na Força Aérea Real. Minha mãe ficou atordoada ao descobrir que ele estaria num avião sob ataque dos nazistas.

De novo, Emma se perguntou brevemente por que o sr. Fisk também não havia se alistado ou por quê, àquela altura, ainda não fora convocado.

— Com certeza ficou — respondeu Emma, entendendo perfeitamente os medos de uma mãe pelos filhos. — Então, o que o senhor gostaria de ler agora?

— Acho que, desta vez, gostaria de um mistério — respondeu ele, e sorriu, fazendo uma covinha aparecer na bochecha direita.

Claro que um homem bonito como o sr. Fisk tinha uma covinha.

Ela o levou à seção de mistérios e pegou um livro que lera recentemente: *The Nine Taylors*, de Dorothy Sayers.

— Este me deixou em dúvida até o finalzinho.

— É o melhor tipo de livro. Vou levá-lo com base na sua recomendação entusiasmada.

O homem estendeu a mão grande, e ela lhe entregou o livro.

De repente, a srta. Crane apareceu ao lado deles, mexendo na prateleira de livros de viagem uma fileira atrás. Um cheiro floral encheu o ar, por causa de uma aplicação de perfume tão pesada que a fragrância forte deixou os olhos de Emma ardendo.

O sr. Fisk pareceu não notar a srta. Crane e seu perfume. Olhava Emma com uma expressão hesitante.

— Tem certeza de que é do seu gosto? — perguntou Emma. — Sempre posso achar outro.

— Está perfeito. — Ele baixou os olhos para o livro, como se surpreso de ainda o ver nas mãos. — Na verdade, eu queria perguntar se você estaria interessada em me encontrar algum dia para uma cerveja — falou o sr. Fisk, e inclinou a cabeça, pensativo. — Ou um chá. — A pele em torno dos olhos escuros se enrugou enquanto a avaliava. — Provavelmente chá.

Emma congelou. Ele a estava convidando para um encontro?

— Eu sou mais de tomar chá, mas...

A srta. Crane olhou feio para Emma por trás do ombro do sr. Fisk, antes de sair batendo o pé.

— ...mas infelizmente estou muito ocupada — terminou Emma. — É difícil conseguir tempo... Sinto muitíssimo.

Ela pretendera recusar a oferta mesmo antes do óbvio ciúme da srta. Crane se manifestar. O sr. Fisk era um homem bonito, claro, mas Emma tinha coisas suficientes com as quais preencher o tempo entre o trabalho e o SVM. E a preocupação com Olivia.

O homem assentiu.

— Claro, eu entendo. — E a pungência de seu olhar mostrou que entendia, de fato.

Mas Emma odiou a compaixão nos olhos dele. Ninguém a mirava com uma expressão normal depois de descobrir que ela era mãe solo. Com frequência havia julgamento ou então um olhar avaliador para a aliança, tentando verificar a autenticidade. Com homens, havia até uma aparente suspeita de que Emma tinha uma necessidade precisando ser atendida.

Ela não tinha.

E, quando não havia desprezo ou interesse óbvio, havia pena. Uma mulher sozinha com uma filha e sem marido para cuidar das duas — como é que ela conseguia?

Não era fácil.

O mundo não era um lugar acolhedor para uma mãe solo. Emma havia aprendido isso da forma mais dura.

A própria situação era bem diferente de como crescera, com um pai solo que era elogiado pelos esforços de seguir em frente sem uma esposa para fazer o jantar e criar a filha.

Aos olhos de todos, ele era um herói.

Mas, como mãe solo, ou ela era digna de pena ou era uma pária.

— É só isso? — perguntou Emma.

A mágoa de todos aqueles anos de pena e escárnio imbuiu suas palavras de uma frieza não intencional.

— Me desculpe. — O sr. Fisk sacudiu a cabeça para si mesmo, e Emma imediatamente sentiu-se culpada pelo tom afiado.

Ela sorriu, tentando parecer mais suave e calorosa.

— Não precisa se desculpar. Fico lisonjeada, mesmo. É que minha vida é... complicada.

Ele assentiu, a tensão se aliviando no rosto e sendo substituída pelo que Emma esperava que fosse compreensão.

— Obrigado pelo livro.

Então, o homem deu meia-volta e se aproximou do balcão, onde a srta. Crane esperava para registrar o livro em meio a uma nuvem de perfume.

— É preciso se perguntar por que um homem tão robusto como ele não se alistou — comentou com amargura uma mulher na seção de ficção lá perto, com veemência o bastante para Emma ouvir.

Provavelmente alto o suficiente para o sr. Fisk ouvir também.

— Nem todos os nossos garotos são corajosos como seu George e meu William, que se alistaram antes mesmo de a guerra ser declarada — completou outra mulher.

O sr. Fisk endireitou os ombros.

Tinha de fato ouvido.

Quando a guerra foi declarada, os homens começaram a ser convocados. Embora fosse incomum o sr. Fisk não ter se alistado, Emma lembrava como ele tinha lidado com a descoberta sobre Olivia. *Cada um tem suas razões para fazer o que faz.*

O sr. Fisk tinha uma razão e, qualquer que fosse, não era da conta de ninguém.

— Posso ajudá-las a encontrar algo? — perguntou Emma às mulheres, desesperada para interromper aquela discussão e cortar o veneno do ataque mordaz delas.

Havia sido permitido a Emma que lhes oferecesse um serviço de Classe A, apesar de serem assinantes Classe B, algo que ela ficou mais do que feliz em fazer, desde que deixassem o homem em paz.

No tempo que levou para ajudar as mulheres, a srta. Crane tinha desaparecido do salão principal da biblioteca e só reapareceu depois que Emma terminou de ser submetida à conversa unilateral da sra. Chatsworth. A srta. Crane passou direto por Emma, a boca com o arco de cupido apertado o suficiente para disparar uma flecha.

Segundos depois, a srta. Bainbridge entrou na biblioteca com uma expressão séria e aproximou-se de Emma.

— Srta. Taylor, gostaria de dar uma palavrinha.

25

Emma sentiu um nó no estômago enquanto seguia a srta. Bainbridge até o escritório. Será que ser chamada para uma conversa com a gerente podia ser algo bom?

A mulher indicou a cadeira na frente da mesa, enquanto se acomodava no próprio assento de espaldar alto.

— Estou orgulhosa do trabalho que você tem feito aqui.

A confusão puxou as rédeas da ansiedade de Emma. Pelo jeito como a srta. Crane a olhara, ela havia antecipado uma reprimenda da gerente.

— Ah, bem, muito obrigada.

— Especialmente dadas as suas circunstâncias — completou a srta. Bainbridge, com um sorriso que aliviou a seriedade costumeira de seu semblante. — Quando nossas funcionárias recebem treinamento suficiente, em geral, continuam sua educação numa filial diferente, para garantir que sejam capazes de lidar com quaisquer desafios que nossos assinantes apresentem. É temporário, claro. Estou pensando em Londres.

— Você vai me mandar embora? — perguntou Emma. — Para Londres?

A cidade ficava quase no meio do caminho entre Nottingham e Kent. Ela ficaria mais perto de Olivia.

A gerente estalou a língua.

— Não tem por que se preocupar, seria por apenas duas semanas. Sua filha está no interior de novo, correto?

— Isso — respondeu Emma, hesitante.

A mulher se recostou na cadeira, satisfeita.

— A srta. Crane veio me lembrar que provavelmente era hora de você ir fazer o treinamento em outra filial. Ela tinha razão, e acho que é o momento ideal.

— Mas e se Olivia tentar me enviar uma carta?

— São só duas semanas — repetiu a srta. Bainbridge, com uma paciência polida. — E podemos encaminhar qualquer correspondência.

— Não acho que o correio chegaria a Londres antes de eu voltar para casa.

A frustração abriu um buraco incandescente em seu peito.

Quem dera a maternidade fosse tão simples quanto imaginavam as pessoas sem filhos.

Não havia como desligar as preocupações nem o medo do que poderia acontecer naquelas duas semanas.

— Vamos pensar em algo. — A gerente ajustou um arquivo sobre a mesa, sinal claro de que a conversa tinha acabado. — Você vai em uma semana. Os detalhes chegarão em breve, assim como seu bilhete de trem, e você só precisará fazer as malas.

Emma hesitou em levantar-se da cadeira, e a srta. Bainbridge levantou os olhos para ela com sinceridade.

— Todas as nossas garotas fazem isso, srta. Taylor.

— Claro. — Ela assentiu e, lentamente, ficou de pé.

Era quase abril. Quando chegasse a Londres, só faltaria um mês para o aniversário de Olivia. Quem sabe pudesse tirar uma tarde para ir a Kent e visitar a filha para uma comemoração adiantada. Com a viagem levando só uma hora para o sudeste da cidade, decerto ela conseguiria encontrar tempo.

O pensamento ajudou a relaxar a tensão que apertava sua nuca. Uma nova perspectiva realmente fazia toda a diferença.

Encorajada pela ideia de uma comemoração adiantada do aniversário de Olivia com ela em Kent, Emma voltou ao salão principal da Booklover's Library. Margaret se aproximou e olhou ao redor para o espaço incomumente vazio, soltando um assovio baixo.

— Nunca vi aqui tão parado assim — comentou Emma, concordando.

— Não é por isso que estou impressionada. — Margaret abaixou a cabeça, com uma expressão maliciosa. — O sr. Fisk chamou você para um encontro.

As notícias corriam rápido.

Antes que Emma pudesse formular uma resposta, a outra continuou:

— Acho que nunca vi a srta. Crane tão rabugenta. — Margaret riu e olhou em volta para garantir que a outra não estivesse por perto. — Por favor, me diga que você aceitou. Eu não tive a oportunidade de ouvir o resto da história. Ou, melhor dizendo, quem contou não quis falar sua resposta.

— Não pude.

O rosto de Margaret mostrou a decepção. Bem naquele momento, um assinante entrou no salão e Emma foi abordá-lo, mas a amiga a agarrou pelo braço e a puxou para a Sala de Encomendas vazia.

— Você disse não? É o *sr. Fisk*, um homem tão deliciosamente tentador que até mesmo eu talvez reconsiderasse meu Jeffrey. — Ela se calou, pensativa, e um sorriso caprichoso levantou seus lábios vermelhos. — Não, não, eu nunca faria isso. Mas é o sr. Fisk, Emma!

Apesar dos protestos de Margaret, Emma só balançou a cabeça em negativa.

— Minha vida não precisa de mais complicações.

— A vida não seria mais fácil com um marido?

Seria. Quanto a isso, não havia dúvidas. Só pensar em estarem livres dos julgamentos, em ter apoio para passar pelas dificuldades ou auxílio em questões comerciais em que as mulheres eram tão limitadas... Tarefas como ir ao banco ou trabalhar com qualquer organização formal que considerava as mulheres completamente incapazes de pensar ou ter responsabilidades...

Margaret cruzou os braços, aparentemente se declarando vitoriosa.

Emma fez que não com a cabeça.

— Se eu me casar de novo, não vai ser porque *preciso*, mas porque eu *quero*.

Quando as palavras saíram de sua boca, a ideia do casamento com Arthur deixou de ser um pensamento amorfo do passado e assumiu uma forma definida.

Ela nunca se dera ao trabalho de considerar por que tinha sido tão facilmente convencida a casar-se, mas o relacionamento fora inteiramente baseado no quanto dependia dele, na *necessidade* de proteção, de orientação na ausência do pai, que antes cuidava dos detalhes do dia a dia que ela era ingênua demais para compreender. Todas eram coisas nas quais Emma tinha se tornado habilidosa — fazer orçamentos, pagar contas, negociar contratos de aluguel de apartamento. Questões que as mulheres deveriam deixar para os homens. Após a morte de Arthur, ela havia se obrigado a aprender.

Talvez mesmo na época ela soubesse que não queria precisar de alguém novamente como tinha achado que precisava de Arthur.

Margaret colocou a mão no ombro de Emma e piscou para ela com os cílios escurecidos por maquiagem.

— Só estou dizendo que você é viúva há anos, Emma. Seu marido já não está neste mundo, mas você, sim. Não se esqueça de viver nele.

Emma assentiu e forçou um sorriso. Afinal, ela *estava* vivendo a vida. Não estava?

A caminho de casa, a pergunta se revirou em sua mente. O ar de fim de março estava agradavelmente frio, o sol lutando com as nuvens no céu para ver quem iria vencer. Às vezes, ele até conseguia, lançando um calor dourado nas árvores e queimando as novas folhas verde-claras.

Ela notava aquelas coisas simples com frequência suficiente? Ou tinha passado tanto tempo só tentando sobreviver que se esquecera de saborear a experiência?

Entrou no prédio, parando na casa da sra. Pickering para soltar Tubby para um passeio rápido, como tinha virado rotina nos últimos tempos. A sra. Pickering tinha mergulhado de cabeça em suas funções no SVM. Não importava do que a organização precisasse, estava pronta para atender, com os olhos brilhando e os ombros eretos, cheia de propósito.

Usando a própria chave, Emma entrou no apartamento da sra. Pickering, para o êxtase de um Tubby animadíssimo. Ele começou a dar pulinhos, girando o torso na expectativa de um passeio, tornando a tarefa de prender a coleira quase impossível. O ato exigiu várias tentativas, tamanha era a ferocidade com que o corpo do cachorro balançava junto à cauda frenética.

— Pronto para um passeio? — perguntou Emma.

Ele ganiu uma confirmação impaciente e a puxou do apartamento. Como de hábito, ela parou na caixa de correio e pegou as correspondências do dia para organizá-las enquanto perambulavam pela calçada.

Tubby saiu à frente, as orelhas balançando alegremente com o trote feliz, enquanto Emma colocava mais um panfleto sobre a campanha Jardins da Vitória atrás de uma carta.

Ela não reconheceu o nome do remetente, mas reconheceu o endereço. *Kent.*

Emma parou de repente, rasgou o envelope e arrancou a carta de dentro. Tubby puxou a coleira e ela o seguiu cegamente, com os olhos fixos na mensagem, o coração mais pesado a cada frase que lia e confirmava suas suposições.

Estivera certa. Olivia não estava bem.

26

Emma leu a carta do casal que alojava Olivia, desacreditando de alguns argumentos enquanto outros deixavam seu coração em pedaços.

Havia a alegação ofensiva de que a educação da menina era deficiente, sugerindo que ela não estava apta a ir à mesma escola das crianças locais. De fato, Olivia não era uma pupila muito dedicada e precisava ser incentivada a fazer as lições, em especial de matemática, mas também não era ignorante. E era bem-comportada, com desejo de agradar, o que fazia com que aceitasse completar as tarefas e os estudos necessários.

Mas a alegação de que ela fazia xixi na cama… era completamente ridícula. Olivia não sofria de incontinência desde que era mais nova.

Sempre houvera uma parte da filha que desejara ser o mais adulta possível. Fazer xixi na cama aos quase 8 anos era simplesmente impossível.

A pior notícia, porém, era da infecção que se instalara no peito da filha. Ela tossia tanto que, segundo a carta, ninguém na casa conseguia dormir à noite, provavelmente porque Emma não mandara roupas suficientes — pelo menos era o que afirmavam. Na verdade, enviara roupas mais que suficientes para Olivia passar não só pelos meses mais frios, mas também os quentes, se necessário.

A carta exigia dinheiro, mais do que a taxa de alojamento paga para eles pelo governo a partir do estipêndio de Emma. Havia necessidade de medicação e roupas que servissem direito, pois citavam que a filha tinha crescido rápido e suas peças estavam pequenas demais.

Emma respondeu assim que entrou na própria cozinha, pedindo que a notificassem de imediato se a doença de Olivia piorasse. Dentro do envelope, incluiu mais dinheiro que o pedido, uma boa soma tirada da caixinha onde ela guardava cada meio centavo que conseguia. Se precisassem de mais remédio, não queria que perdessem tempo escrevendo novamente.

Em especial se estivesse em Londres e não pudesse ver o pedido.

No fim da carta, mencionou a intenção de visitá-los, a assinou e selou o envelope.

Uma semana depois de enviar a carta, Emma recebeu instruções para a viagem à filial da Booklover's Library em Aldgate, Londres, com o telefone de onde ficaria hospedada. Este último, passou à sra. Pickering, que recentemente instalara um telefone no apartamento e prometeu ligar caso chegasse alguma carta de Olivia ou sobre ela.

Na véspera da partida, Emma seguiu a usual rotina de levar Tubby para passear. Em sua ausência, enquanto estivesse em Londres, uma jovem do SVM ajudaria com o cachorro.

— Vou sentir saudade, garoto. — Ela bagunçou a cabeça sedosa de Tubby.

Ele ofegou, a língua rosa pendendo no canto do sorriso largo. Ela o levou para fora e pegou a correspondência.

Dois envelopes chamaram sua atenção de imediato: um do casal que alojava a filha e um de Olivia.

Mais uma vez, Emma cambaleou cegamente atrás de Tubby, que a puxava pela calçada, e abriu às pressas o envelope de Olivia.

A letra familiar descia pela página. Ela leu rápido e achou que a carta era completamente... estéril.

Foi a palavra que veio à mente. Estéril. Curta e grossa. Eficiente, exceto pelos erros ortográficos e gramaticais. Mas uma última frase chamou sua atenção.

Estou tão triste que queria estar com a vovó e o vovô Williams.

O nome de solteira de Emma era Williams. Olivia estava se referindo aos pais de Emma, desejando estar com eles.

E ambos estavam mortos.

Um soluço engasgado irrompeu de Emma. À sua frente, Tubby parou e virou-se para olhá-la, levantando as sobrancelhas numa demonstração expressiva de preocupação.

— Vai lá — encorajou Emma.

O cachorro hesitou, então seguiu num ritmo mais lento. Com as mãos trêmulas, ela abriu a segunda carta. Dentro, a mulher que mantinha Olivia em casa menosprezava a quantia enviada, dizendo que seria bom receberem mais e, ao mesmo tempo, alertando Emma para não ir visitá-los.

Quando os pais visitam, as crianças ficam infelizes ao vê-los partirem.

Mas sua menina já estava terrivelmente infeliz.

Algo frio e molhado cutucou a canela de Emma. Ela baixou o olhar e viu Tubby sentado aos seus pés, encarando-a com os olhos castanhos líquidos. Ele bateu mais uma vez o focinho na perna dela.

O coração de Emma se encheu de amor pelo cachorrinho. Ela o pegou no colo, apertando-o ao peito apesar das patas enlameadas, e roçou o nariz no pelo cor de neve. Tubby acomodou a cabeça no ombro dela, devolvendo o abraço de uma forma que, de algum jeito, fez Emma sentir-se levemente melhor, apesar da carta desoladora de Olivia.

— Você é o menino mais bonzinho — murmurou.

Depois da caminhada, ela levou Tubby para o próprio apartamento em vez de devolvê-lo à sra. Pickering e lhe deixou um bilhete informando seu paradeiro. No andar de cima, preparou a mala com Tubby perseguindo seus calcanhares. Só que não estava mais fazendo as malas para ir a Londres. Ela iria a Kent.

E, independentemente do que acontecesse, não voltaria para casa sem Olivia.

Mesmo com apenas alguns atrasos nos trens, a viagem levou um tempo considerável. Mais do que teria levado antes da guerra, sem dúvida.

A srta. Bainbridge não havia ficado feliz com a abrupta mudança de planos de Emma, mas consentira após a promessa de que, no futuro,

Emma ainda iria trabalhar na filial londrina. Ela não sabia quando, mas mesmo assim concordou.

Concordaria com qualquer coisa para buscar Olivia.

E estava perto de fazê-lo, a passos de uma casa decrépita no meio de um campo enlameado com nuvens de tempestade reunindo-se a distância como um alerta.

Um tremor desceu por sua coluna e ela acelerou o passo.

De dentro da casa, ouviu gritos, e uma garotinha de cabelo loiro bagunçado emergiu do celeiro próximo, segurando um balde com metade de seu tamanho. Ela arregalou os olhos no rosto sujo.

— Eu pego isso. — Emma tomou o balde da criança, surpresa com o peso, e o leite quase entornou.

A garota correu para a casa, olhando para trás em silêncio, como se para confirmar que era seguida.

Emma empurrou a frágil porta atrás da criança e quase de imediato foi atingida pelo odor úmido de roupa suja.

— Eu disse para você limpar os estábulos — disparou a voz estridente de uma mulher, atravessando o ar estagnado. — O que está fazendo aí vadiando? Anda, sai logo daqui.

— Olivia? — chamou Emma.

A garota na frente dela ficou tensa e a casa toda pareceu silenciar.

Houve um estrondo metálico no outro cômodo, o bater errático de pés no piso de ripas de madeira. Emma correu na direção do som, passando por uma porta aberta que revelou uma sala de estar com um sofá murcho e móveis descombinados enquanto Olivia emergia de uma porta do lado oposto.

O coração de Emma pulou para a boca.

As ondas antes brilhosas da filha estavam escorridas e sujas, o rosto, imundo, as roupas tão manchadas quanto o rosto e parecendo grandes demais.

Um grito de raiva e indignação explodiu de Emma. Ela derrubou o balde e correu para a filha, envolvendo-a na proteção de um abraço materno.

Havia uma magreza nova no corpo já esguio de Olivia. Seus cotovelos pressionados na barriga de Emma tinham pontas afiadas, e as bochechas, em geral rechonchudas, estavam encovadas.

Uma mulher com cabelo grisalho extremamente espesso que parecia estar tentando sair de qualquer jeito de um lenço amarelo encardido emergiu da mesma porta que Olivia. Ela a encarou feio, com olhos pequenos e cruéis.

— O que você está fazendo na minha casa?

A menina se encolheu.

Emma ergueu-se rápido e colocou a filha atrás de si.

— Eu sou a mãe dela. O que *você* está fazendo com estas crianças?

A mulher apoiou os punhos na cintura quadrada.

— Eu falei para você não vir.

— Você não tem direito de...

— Esta é minha casa.

— E esta é minha filha — retrucou Emma, com veemência.

A mulher não pareceu nem um pouco envergonhada pelo estado da criança confiada a seus cuidados.

Olivia tossiu, um som rouco e cheio de catarro que tocou o lugar mais sensível do coração de uma mãe.

— Eu vou levá-la comigo. — Emma engoliu a raiva que subia pela garganta. Raiva não adiantaria nada naquele momento. A única coisa que importava era resgatar Olivia. — E vou passar no SVM no caminho para a estação de trem e denunciar você.

A mulher revirou os olhos para a ameaça e saiu marchando. Do outro cômodo, surgiu o barulho de pratos enquanto ela murmurava invectivas sobre pais que não sabiam deixar as coisas para lá.

Emma virou-se para sua menina, novamente chocada ao ver como a filha parecia encolhida e imunda.

— Vamos fazer suas malas. Vamos embora agora.

O rosto de Olivia se enrugou todo e ela pegou a mão de Emma, a apertando como se fosse um bote salva-vidas.

O quarto onde ela dormia era um espaço pequeno com mais uma cama, se é que dava para chamá-las de camas. Na verdade, eram mais paletes no chão, com cobertores finos. Havia um odor azedo no cômodo, além de um frio que o pano enfiado na base da janela não conseguia bloquear.

A visão de Emma ficou borrada com lágrimas de raiva enquanto pegava a mala de Olivia. Quando a abriu, encontrou o suéter vermelho dobrado com cuidado lá dentro.

Olivia levantou os olhos para Emma, com o queixo tremendo.

— Eu não queria que estragasse.

Emma precisou de um segundo para controlar as emoções antes de entregar o suéter à filha.

— Não precisa mais se preocupar com isso.

Enquanto a garota vestia o suéter, ela enfiou os pertences dela na mala surrada.

A menininha que Emma tinha visto antes subira atrás delas e estava olhando, em silêncio, do canto.

Olivia a olhou com empatia e falou:

— Ela é minha mãe, Gertie. Pode confiar nela.

— Ela também é evacuada? — perguntou Emma.

Olivia fez que sim.

— Por favor, não deixa ela aqui.

— Pegue suas coisas — disse Emma à garota, com gentileza. — Eu vou levar você comigo até o SVM. Elas vão cuidar de você e encontrar um novo lugar para você ficar. Um lugar bom.

Provavelmente havia uma mulher como a sra. Pickering no SVM de Kent, que aceitaria cuidar daquela criança com alegria.

Gertie foi arrastando os pés e continuou muda enquanto empilhava o que pareciam ser alguns panos dentro de um lençol, amarrando os cantos num grande nó. Emma pegou a bola disforme que eram os pertences da outra menina e a mala de Olivia e desceu com as garotas. A sala principal estava vazia, então ela falou alto:

— Vou levar Gertie ao SVM. Gostaria do livro de racionamento das duas, por favor.

Do outro cômodo, houve o barulho de coisas caindo, e as duas garotas deram um pulo. O coração de Emma acelerou junto aos pensamentos. Se a mulher fosse agressiva, ela precisaria fazer o que fosse necessário para as meninas ficarem seguras. Colocou as malas no chão, liberando as mãos, e tensionou o corpo, parada na frente das crianças.

Passos estrondearam na direção delas e Emma afastou os pés, preparando-se. A mulher irrompeu na sala e enfiou dois livros de racionamento na cara de Emma.

— Pega estas porcarias.

Emma os aceitou, acenando com a cabeça para indicar o agradecimento que se recusava a vocalizar, e então disse a Olivia e Gertie:

— Venham, garotas.

Uma vez na cidade, Emma localizou com facilidade o escritório principal do SVM, onde uma mulher com uma jaqueta com padrão espinha de peixe idêntica à da sra. Pickering abaixou-se para receber Gertie, estalando a língua em desaprovação enquanto ordenava às colegas ao redor que preparassem leite com biscoitos e trouxessem roupas limpas.

Sim, Gertie estaria em boas mãos com o SVM.

Olivia se manteve agarrada a Emma no caminho de volta a Nottingham e continuou repetindo como estava grata de voltar para casa. Elas chegaram à cidade já tarde da noite, com pouca coisa para jantar.

A menina parou na porta do apartamento enquanto Emma abria e fechava cada armário na esperança de que alguma comida aparecesse magicamente nas prateleiras vazias. Não tivera motivo para abastecer se ela planejava passar duas semanas em Londres.

— Será que você pode me fazer uma carinha de café da manhã? — pediu Olivia, com a voz baixinha e esperançosa.

Emma virou-se e viu um sorrisinho puxando os lábios da filha para cima. O primeiro que via desde que a tirara daquele alojamento terrível.

Mas, claro, carinhas de café da manhã sempre conseguiam inspirar um sorriso.

A refeição especial tinha sido criada anos antes, quando Olivia estava à beira do quarto aniversário. Ao acordar naquela manhã, Emma percebeu que não tinha mais pão e que a geleia estava quase no fim. Certamente nada com que fazer um café da manhã de verdade. Além do mais, era impossível sair para o mercado enquanto Olivia dormia, já que ela era pequena demais para ficar sozinha.

Num momento de desespero, Emma reunira tudo o que conseguira encontrar e montara no prato uma refeição disposta em formato de carinha, com uma faixa de queijo como o sorriso, os olhos e o nariz de frutas vermelhas, e algumas batatinhas quebradas como cabelo. A menina havia dado gritinhos de animação ao vê-la. Na manhã seguinte, pedira mais uma carinha de café da manhã, apesar de terem bastante geleia e pão.

Emma ferveu o único ovo que tinha para cortá-lo ao meio e fazer os olhos enquanto procurava o que mais estava disponível para o restante da carinha. Alguns biscoitos completaram um sorriso torto, um nozinho de queijo virou o nariz, e pedaços de pão dormido se tornaram um cabelo que parecia ter sido enrolado em cachos com grampos. A carinha não era lá muito bonita, mas ainda assim deu ao rosto de Olivia uma leveza que acertou sua mãe em um lugar que parecia em carne viva.

Naquele momento, Emma torceu desesperadamente para a guerra não dar em nada e Olivia poder ficar para sempre com ela.

27

Emma deu a mão para Olivia enquanto caminhavam alguns quarteirões até a escola para onde ela voltaria — mais uma vez. As idas e vindas da educação da menina tinham sido vertiginosas para as duas, deixando Emma com uma séria preocupação em relação à instrução geral da filha.

Aparentemente, a cidade tinha convencido vários professores a voltarem da aposentadoria, permitindo que os turnos escolares fossem mais longos. Isso significava que Olivia não ficaria sozinha em casa por muito tempo à tarde, embora fosse ter um conjunto de regras estritas para seguir — especialmente relacionadas ao uso de forno e fogão, além de qualquer outra coisa que fosse ou pudesse ser inflamável.

Algumas ruas além, algo bateu com um estrondo, e Olivia se encolheu. Ela andava fazendo muito isso.

— Você me promete que eles nunca bateram em você? — perguntou Emma, indagando pela milésima vez sobre a hostilidade do antigo alojamento de Olivia.

A filha balançou a cabeça.

— Eles só gritavam muito e jogavam coisas. — Ela apertou a mão de Emma mais forte. — Eles me davam medo.

Sem dúvida. Até se lembrar da breve interação com aquela mulher deixava Emma abalada.

Quanto mais perto da escola chegavam, mais crianças apareciam. Algumas de mãos dadas com a mãe, como Olivia, outras em grupinhos de irmãos e vizinhos caminhando juntos.

Emma levou Olivia à sala dela e encontrou um senhor mais velho de cabelo branco de costas para elas. Era sempre bom conhecer os professores, em especial à luz das circunstâncias. Emma se aproximou para se apresentar.

O professor se virou e ela conseguiu por pouco engolir o arquejo de surpresa.

— Sr. Beard.

Ele observou Emma, depois abaixo o frio olhar para Olivia antes de voltar o foco para a mulher.

— Srta. Taylor?

— Sra. Taylor — corrigiu Olivia. — Meu pai está morto. — Ela olhou para Emma com a testa franzida. — Todo mundo fica confuso sobre como chamar você, mamãe.

A expressão perplexa de Olivia fez Emma se sentir culpada. Ela não tinha dito à menina que não podia trabalhar na Booklover's Library se tivesse uma filha por medo de que ela se sentisse um fardo. Emma concordava com as exigências do trabalho por Olivia, para poderem ter uma vida melhor, que lhes garantisse os itens necessários e quem sabe um pouco mais.

— Parece que estou mesmo confuso com o título dela. — O sr. Beard arqueou a sobrancelha para Emma, numa pergunta silenciosa.

Ela endireitou-se ao máximo.

— O ajuste no meu título foi necessário, e a biblioteca está mais que ciente da minha situação.

A explicação era mais do que ele merecia e tudo o que ela estava disposta a oferecer.

Apesar da bravata, um calor revelador subiu por suas bochechas, como sempre ocorria enquanto esperava as suposições que provavelmente seriam feitas sobre si.

— Esta é Olivia. — Emma colocou as mãos em ombros magros demais. — Minha filha.

Certo alívio a dominou por outra pessoa saber que ela era viúva e tinha uma filha. Não tinha percebido o quanto a mentira pesava até aquele momento.

O sr. Beard teve a presença de espírito de ao menos oferecer um incomum sorriso benevolente ao instruir Olivia a sentar-se.

— Obrigada por recebê-la — disse Emma. — Ela anda um pouco ansiosa por voltar para a escola e nem sempre vai bem nas aulas.

O sr. Beard, mais uma vez, arqueou as sobrancelhas.

— Ter somente a mãe causa estragos mesmo.

Se a afirmação era uma farpa, decerto atingiu o alvo.

Uma réplica afiada ficou presa na garganta de Emma, mas com ele sabendo de seu segredo, tinha algum poder sobre ela. Uma palavra às pessoas certas e ela podia ser mandada embora caso alguém reclamasse. A srta. Bainbridge conhecia a situação, sim, mas os superiores talvez não fossem tão gentis com o dilema delicado de Emma.

— Nós damos um jeito — disse ela, na defensiva, em vez disso.

Afinal, não podia deixar uma afirmação daquelas passar sem se defender.

O sr. Beard a analisou por um momento.

— Mas será que Olivia está se desenvolvendo *da melhor forma* possível? — Antes que Emma pudesse se dar ao trabalho de responder, ele puxou o caderninho do bolso e o abriu. — Com certeza vou vê-la novamente, *srta*. Taylor. — Ele destacou o "senhorita" na frase e lambeu o lápis para começar a escrever.

Enquanto dava meia-volta para ir embora, ele já estava rabiscando furiosamente. Com certeza sobre ela.

Olivia deu à mãe um aceno nervoso, e Emma saiu para o corredor, mas, enquanto se afastava da escola, algo se contorcia no fundo do peito.

Será que Olivia estava se desenvolvendo da melhor forma possível?

Elas sempre tinham tido um lar e bastante comida, além de roupas suficientes, por mais que a estação estivesse chuvosa ou fria. Havia até dinheiro para ir ao cinema nas manhãs de sábado, quando passava a programação infantil, e presentes nos aniversários e no Natal.

Não importava o que o sr. Beard dissesse, Emma estava fazendo o melhor que podia, e não era isso tudo o que qualquer mãe ou pai podia fazer — que estivessem sozinhos ou sendo parte de um time?

Olivia estava, sim, se desenvolvendo o melhor possível, em todos os sentidos exceto talvez pela educação. Mas isso certamente poderia ser remediado — para provar que o sr. Beard estava errado, bem como todos os outros que a viam enfrentando tudo sozinha e achavam seus esforços insuficientes.

Os preparativos para a guerra em solo inglês continuavam, apesar da tranquilidade. E o SVM não ficaria para trás em seus esforços.

Então, quando a PAA decidiu fazer um exercício para mostrar como estavam preparados para tudo o que Hitler pudesse jogar em cima deles, a brigada anti-incêndio e o SVM estavam lá para ajudar.

Emma corria pela grande cozinha da casa de habitação social com as colegas do SVM, cada uma usando um avental com a braçadeira e distintivos da instituição à mostra enquanto preparavam comida para as centenas de pessoas que estariam no evento. Quando não estava cortando os inúmeros vegetais que usavam para dar volume aos alimentos racionados, ia mexer várias panelas grandes ou adicionar pitadas de sal aqui e ali.

— Você viu a manteiga? — perguntou Margaret, com o cabelo loiro e bem-penteado de sempre, parecendo um pouco com uma nuvem na cozinha cheia de vapor.

Emma olhou de lado para a amiga.

— Você acha mesmo que a sra. Pickering deixaria um produto desses longe dela?

Manteiga era necessária para as tortas, ou pelo menos era o que a mulher alegava. Por algum milagre — ou, mais precisamente, pelo tanto que ela tinha falado na orelha de algum oficial —, uma inestimável caixinha de manteiga racionada tinha sido entregue ao SVM. *Para o moral dos moradores do distrito de Radford*, dizia a etiqueta.

— Bem, é melhor ela se apressar — disse Margaret, e olhou o relógio elegante em seu pulso. — Ela deve ir ajudar o exercício da PAA daqui a meia hora.

— Com certeza não vai se atrasar — disse Emma, e debruçou-se sobre uma jovem que estava colocando alguma coisa no forno. — Tente cozinhar vários itens ao mesmo tempo, para economizar energia.

A mulher assentiu, com as bochechas coradas pelo calor.

— Mãe — chamou Olivia.

Emma se virou.

— Achei que você estivesse com a sra. Pickering.

— Eu estava, mas perguntaram se eu posso ajudar com o exercício. Posso? — Ela abriu um sorriso, revelando mais um dente perdido. Outro canino.

Era impossível resistir à animação em seu rosto — especialmente quando ajudar a sra. Pickering garantiria que Olivia não atrapalhasse ninguém na cozinha.

— Pode ir, mas tome cuidado e não atrapalhe.

A menina abriu um sorrisão e se lançou porta afora. Do outro lado da cozinha, um estrondo de metal soou quando a jovem que estivera no forno derrubou uma panela cheia de vegetais.

Emma foi ajudar e não pensou mais no pedido de Olivia.

Várias horas depois, a comida estava exposta em mesas dobráveis cobertas com toalhas brancas e limpas. Algumas mulheres ficaram para afastar quem chegava mais cedo e cuidar de detalhes de última hora, como dispor utensílios e preparar o chá.

Emma pretendia ficar com elas para ajudar, mas Margaret puxou seu braço.

— Vamos lá ver o exercício.

Placas na área ao redor alertavam para fumaça, fogo e barulhos altos. O que a deixou relutante, mas Margaret pareceu notar e acabou com sua hesitação.

— Você sabe que Olivia vai querer você lá para ver como ela ajudou.

Com um suspiro, Emma deixou a amiga afastá-la das mesas de comida, levando-a na direção de uma plateia que esperava em torno de uma seção da rua isolada por fitas. O gelo da ansiedade se alojou na barriga dela, mas Emma lutou contra a advertência no fundo da mente que pedia que fosse embora.

— Estamos prestes a começar — disse uma voz num alto-falante. — Os explosivos que se seguirão não são um ataque, mas um exercício pensado para demonstrar a prontidão dos serviços de resgate locais em Nottingham.

A voz tinha acabado de silenciar quando uma explosão alta soou no meio da rua. Emma pulou e ergueu os braços na frente do peito, como se isso fosse capaz de segurá-la fisicamente ali. O fogo irrompeu do pequeno cilindro jogado ali e ergueu-se mais alto que o caminhão de bombeiros atrás, uma coluna de fumaça preta expelida no céu.

O odor acre queimou suas narinas e chamuscou a parte mais profunda dela, que revivia sem parar o pesadelo daquele dia fatídico. A livraria pegando fogo. O labirinto de chamas. O calor escaldante e o ar abrasador e sufocante. O pai deitado, imóvel. Morto.

Corra.

Ela apertou os braços, mantendo os pés fincados no chão enquanto as outras pessoas se aproximavam da simulação, embasbacadas.

A pele de Emma se arrepiou inteira.

Mais uma explosão foi disparada, dessa vez uma conflagração violenta. O ar estava quente com a fumaça, que deixou um gosto familiar no fundo da garganta de Emma e fez seu coração se apertar.

— Fogo! — gritou alguém a distância, com a voz cheia de um terror fingido.

Emma.

A lembrança da voz do pai encheu a cabeça dela.

Emmaline.

Aquela nota primitiva e desesperada no tom do pai era o som do verdadeiro terror. E a agarrou naquele momento como uma prensa, tirando o fôlego de seus pulmões, atingindo seu coração e o fazendo bater, bater, *bater.*

Corra.

O mundo girou e ela se abraçou mais forte, tentando se manter calma, os braços trêmulos com o esforço.

Ao longe, os gritos continuavam, os sons trinados e distorcidos como se ela estivesse submersa.

Corra.

Um jato de água foi disparado em algum lugar no centro do incêndio, onde não se podia ver. Vários homens usando capacetes de metal com as letras PAA pintadas em tinta branca correram à frente, arrastando sacos de areia para jogar nas chamas.

Seus esforços dominaram a selvageria do fogo, que cedeu com um grande chiado, e um suspiro de vapor substituiu a destrutiva nuvem preta.

A areia naqueles sacos tinha saído das camadas de calcário embaixo de Nottingham, onde havia cavernas escavadas como bolsos subterrâneos.

Emma inspirou fundo para se recompor e concentrou-se nesses fatos para recuperar o controle das emoções. Lembrou-se de como ela e

Olivia tinham visto grandes caminhões arranhando a pedra para coletar a areia necessária para os sacos que naquele momento formavam barreiras de proteção em torno da casa de habitação social e de outros prédios importantes.

A distração funcionou, e sua respiração lentamente começou a voltar ao normal, assim como a visão.

Homens usando camadas de roupas pesadas avançaram com tranquilidade para limpar os destroços, enquanto guardas da PAA conferiam checklists e pegavam kits de primeiros socorros.

— A cada incidente, deve-se esperar vítimas — anunciou a voz no alto-falante. — Nossa equipe da PAA foi treinada especialmente para esse tipo de ocorrência.

Enquanto a fumaça se desfazia, uma nova cena foi revelada. Detritos estavam espalhados como se um prédio tivesse desabado. Entre os tijolos quebrados e móveis inclinados, havia pessoas. Algumas estavam imóveis; outras se apoiavam em algum lugar, segurando membros cobertos por uma tinta nojenta enquanto soltavam gemidos teatrais.

A sra. Pickering era uma das atrizes mais perto de Emma, com um "ferimento" na perna. O que quer que tivessem sido feito para que parecesse real era convincente a ponto de fazê-la desviar os olhos. A sra. Pickering viu a reação dela e deu uma piscadela alegre antes de soltar um grito de agonia bem ensaiado.

Várias pessoas ao seu redor estavam inertes, fingindo-se de mortas.

Só que não estavam sem se mexer por completo. Um homem levantou a mão rapidamente para coçar o nariz. Uma mulher mudou de posição, ajustando a saia timidamente. Várias pessoas abriram um ou os dois olhos para tentar ver o que acontecia ao redor.

Na verdade, a cena era quase engraçada, com todos tentando ficar perfeitamente imóveis.

Então, o olhar de Emma caiu sobre o corpo de uma criança, um corpo perfeitamente imóvel, uma garotinha com o cabelo ondulado preso em duas tranças gêmeas. Seu rosto parecia estar meramente adormecido, uma expressão que Emma conhecia das inúmeras vezes que havia estudado aquele exato semblante.

Olivia.

Seu coração subiu de novo para a boca e, desta vez, ficou preso ali.

Olivia jazia de barriga para cima nos escombros, como se estivesse realmente morta.

Um tremor começou em algum lugar dentro de Emma e sacudiu seus membros, ameaçando destroçá-la. Ela não podia estar ali. Não podia ficar parada enquanto se desfazia em pedacinhos. Não considerando que isso iria envergonhar Olivia e arruinar o evento inteiro.

A produção tinha se excedido.

Muito real. Real demais.

E, então, quando aquela voz no fundo da mente gritou para Emma correr, foi exatamente o que ela fez.

28

A multidão se abriu em torno de Emma, a plateia tão ansiosa para ver o espetáculo à frente quanto ela para se livrar do horror de testemunhar a filha fingindo ser vítima de um bombardeio.

Seu pior pesadelo tinha se realizado.

Se Emma achava que seria mais fácil respirar quando estivesse livre daquela cena terrível, estava errada. O ar continuou igualmente espesso e ainda era difícil puxá-lo para os pulmões.

O mundo estava girando, tirando dela o equilíbrio, escurecendo as bordas da visão. Ela foi na direção do prédio à direita, apoiando o peso do corpo na superfície sólida, e deixou os olhos se fecharem.

A mente lhe mostrou o corpo imóvel de Olivia, escurecido de fuligem. As narinas de Emma voltaram a se encher com o ardor de fumaça.

Demais, demais, demais.

Ela sentiu os joelhos amolecerem, e começou a escorregar.

Braços fortes agarraram seus ombros, segurando-a de pé.

Papai?

Não. Ela sabia que não era ele, mas o pânico em que estava presa borrava os limites entre o que era real, presente, e o que ficara no passado.

— Pode se apoiar em mim, srta. Taylor.

Srta. Taylor?

Ela piscou em confusão e encontrou os olhos castanhos do sr. Fisk a mirando com preocupação. Pontinhos verdes e âmbar eram visíveis na cor de chocolate de suas íris. Ela os focou, firmando-se o suficiente para tentar falar.

— Eu... estou bem... me desculpe — falou, ofegando. Mas não estava. Não quando o ar continuava pesado demais para respirar e os pensamentos selvagens demais para controlar. — Eu não preciso de ajuda.

A força voltou às pernas e ela se debateu por um breve segundo numa tentativa de se sustentar sozinha.

O sr. Fisk ajudou a estabilizá-la, mas fazendo questão de deixar a parede de tijolos firme às suas costas.

— Olhe para mim — falou ele.

Emma deixou os olhos fitarem os dele, centrando-se mais uma vez naqueles pontinhos verdes e âmbar.

— Respire devagar. — Ele acenou para si mesmo, o peito se expandindo sob a jaqueta pesada do corpo de bombeiros em uma demonstração.

Emma tentou ir além dos arquejos curtos e inspirou fundo.

— Agora expire. — O sr. Fisk esticou a mão enquanto soprava delicadamente.

Ela seguiu a instrução enquanto ele repetia a diretiva várias vezes, até a visão clarear e a pulsação voltar a um ritmo regular.

Enquanto o corpo se acalmava, Emma de repente percebeu exatamente o quanto estava perto do sr. Fisk — o suficiente para ver uma barba quase imperceptível em seu maxilar e uma boca que parecia macia em comparação.

Também notou como devia estar olhando para ele que nem uma idiota.

Ela voltou a atenção para o chão, onde as botas grossas dele flanqueavam as pontas estreitas dos mocassins dela, enquanto o sr. Fisk a ajudava a continuar de pé.

— Sinto muito. Normalmente eu não sou tão...

— Eu sei.

As botas deram um passo atrás, abrindo espaço, e ele soltou seus ombros.

Morrendo de vergonha, ela levantou os olhos de novo e o viu encarando-a com preocupação.

— É normal se sentir desorientada com esses exercícios — disse ele. — Tem certeza de que está se sentindo melhor?

— Sim, obrigada. — A vergonha queimava suas bochechas. — Achei que me afastar ajudaria. Que eu poderia limpar a mente.

— Minha mãe sempre diz que ninguém consegue viver sem uma comunidade ao redor — comentou o sr. Fisk, e sorriu. — Não foi nada.

— É melhor eu voltar — falou Emma. — Minha filha era uma das... Das vítimas.

Deus, ela não conseguia nem pronunciar a palavra.

Ele deu um meio-sorriso de compaixão.

— Ela interpretou o papel um pouco bem demais, imagino.

Emma exalou algo entre uma bufada de desdém e uma risada.

— Bem demais para um coração de mãe.

— Posso acompanhá-la de volta, srta. Taylor?

Ele ofereceu o braço.

E, embora chegarem juntos sem dúvida fosse suscitar uma miríade de perguntas entre os observadores, ela deslizou a mão pelo tecido grosso da jaqueta dele e encontrou força na robustez do homem ao seu lado.

Margaret estava vasculhando a multidão quando dobraram a esquina. O olhar frenético da amiga sobre Emma imediatamente, e Margaret correu até ela.

— Ah, Emma, eu não sabia, eu... — A mulher reparou no sr. Fisk, e a preocupação em seu rosto virou timidez enquanto olhava Emma de soslaio. — Obrigada por ajudá-la, sr. Fisk. Temos mesmo sorte de ter homens tão corajosos para nos salvar.

— Ela se recuperou sozinha — respondeu, tranquilo. — Só precisava de ar. Mas eu insisti em acompanhá-la de volta para encontrar a senhorita.

Ele deu uma piscadela e deixou Emma aos cuidados de Margaret.

Enquanto o homem se afastava, a amiga ficou boquiaberta, com todo seu choque e encantamento à mostra.

— Eu quero saber *tudo*.

— Mamãe, você me viu? — Olivia apareceu correndo entre a multidão, com o rosto ainda manchado de fuligem e poeira e um pouco de sangue falso esfregado na linha do couro cabeludo. — Eu estava me fingindo de morta e não me mexi nem um pouquinho!

Emma se ajoelhou no chão, sem ligar para a meia-calça enquanto puxava a filha para si. Olivia cheirava a cinzas e carvão, mas por baixo havia a familiar fragrância limpa de leite e mel que sempre tocava o coração de Emma.

— Eu vi, sim — disse ela, o rosto escondido no cabelo da filha.

— Não me mexi nem um pouquinho — repetiu Olivia, orgulhosa. — Eu fui ótima.

— Foi mesmo. — Emma a apertou mais uma vez antes de soltá-la. — Agora, vamos lá cuidar da comida. Me garantiram que a massa das tortas é feita com manteiga de verdade.

Por mais que tentasse, ao longo da semana seguinte, Emma não conseguiu tirar da cabeça a imagem de Olivia deitada nos escombros, imóvel, coberta de fuligem e daquela maquiagem convincente demais.

Especialmente porque o comportamento estagnado da "guerra falsa" acabou, com Hitler abrindo à força caminho pela Europa. Seu ataque o lançou contra a Holanda, Bélgica, Luxemburgo e, no fim, França.

Essa última invasão era a que mais aterrorizava Emma. Se ele conseguisse que os franceses se submetessem tão facilmente quanto fizera na Polônia, a única coisa que o impediria de invadir o solo britânico era o Canal.

Como consequência da guerra que fazia a Europa sangrar, a Booklover's Library estava lotada de assinantes desesperados por um pouco de romance e mistério para afastar as preocupações.

O tempo na biblioteca passava num piscar de olhos, com um borrão de novos rostos, uma infinidade de livros sendo retirados e devolvidos, e prateleiras impossíveis de manter cheias. Numa das manhãs mais tranquilas, antes do horário do rush, Emma estava parada na mesa polida dos assinantes Classe A, registrando a retirada de um exemplar impecável de *Jane Eyre* para a sra. Chatsworth. Quando lhe entregou o livro, a mulher o aceitou, desajeitada, com a mão esquerda, já que a direita estava encaixada na cesta onde Pip dormia profundamente na almofada de veludo azul.

— É um dos meus favoritos — comentou Emma.

— Ah, meu também!

Os olhos da sra. Chatsworth brilharam de animação, e ela soube que estava prestes a aguentar uma longa discussão sobre os méritos de *Jane Eyre*. Mas, naquele momento, viu-se genuinamente animada com a ideia.

Por mais que a outra mulher gostasse de jogar conversa fora, quando mencionava livros os argumentos em geral eram bem-pensados e intrigantes. E livros eram um assunto bem melhor do que a guerra, responsável por criar um burburinho discreto na biblioteca.

O sr. Beard, porém, tinha ficado encantado com essa fonte de citações para seu caderninho, e ficava vagando pelo salão assim que acabavam as aulas, escrevendo com uma urgência feroz.

Pelo menos, os novos detalhes do confronto enterrariam o que quer que tivesse escrito sobre Emma.

Ele parou ao vê-la passar, oferecendo um leve sorriso. As interações entre os dois eram assim desde que o sr. Beard descobrira que ela era uma mãe viúva — gentis e respeitosas. E sem nenhum tom de ameaça, graças aos céus.

Como forma de agradecê-lo, ela se certificava de mantê-lo bem abastecido de novos mistérios de que sabia que ele gostaria, apesar dos protestos.

Ao entrar na Sala de Encomendas com uma nova entrega, Emma encontrou Margaret já ali, mudando vários itens de lugar. Os lábios dela estavam quase sem batom, o que deixava seu semblante mais embotado em comparação ao sorriso vermelho brilhante de sempre, e os ombros, sempre elevados com confiança, estavam caídos.

— Está tudo bem? — perguntou Emma.

Margaret se assustou, decerto os pensamentos interrompidos.

— Meu irmão se alistou nos Cadetes do Ar. — Ela suspirou.

— É só um grupo de crianças — comentou Emma, com gentileza.

— Sim, mas eles estão sempre marchando por aí. — Margaret puxou um dos cachos perfeitos e o enrolou no dedo. — São como soldadinhos de verdade. O que significa que estão sendo treinados para ir lutar na guerra. Quanto tempo até ele se alistar no exército também?

Ela soltou o cabelo e levantou a cabeça, com os olhos cheios de preocupação.

Emma entendia os temores de Margaret em relação ao irmão mais novo. Era um garoto doce que ajudava em casa fazendo tudo, desde consertar o que o pai estava bêbado demais para arrumar até realizar várias tarefas domésticas enquanto a mãe trabalhava na fábrica Raleigh fazendo invólucros de munição para as armas Hispano dos *Spitfires*.

— Só o que podemos fazer é torcer para esta guerra terminar nos próximos dois anos, antes de ele fazer 18 — disse Emma. — Você ficou sabendo da nova cantina que vai abrir na estação Victoria?

— Já está pronta? — Margaret se sentou mais reta e interessada, como a outra esperava que acontecesse.

A distração havia funcionado.

A cantina na estação de trem estava nos projetos do SVM havia algum tempo, como forma de ajudar a manter o moral dos soldados em alta com uma refeição quente, uma xícara de chá e um sorriso amigável quando eles passassem por Nottingham.

— Fiquei sabendo de fontes confiáveis — falou, querendo dizer que a sra. Pickering havia contado — que vai abrir daqui a três dias. E estão procurando voluntárias.

— Acha que talvez consigamos alguma posição lá? Tem tantas mulheres interessadas.

Emma sorriu para Margaret, sabendo que sua senhoria estava mais do que ciente das intenções delas.

— Com certeza nós duas vamos estar na cantina no dia da grande inauguração.

29

Emma estava sentada no meio da sala de estar lotada da sra. Pickering no dia seguinte, com Tubby roncando aos seus pés, enquanto abria a caixa à sua frente.

— Mais roupas.

A sra. Pickering juntou-se a ela e examinou os pertences do marido.

— Ele ia querer isso, que os pertences fossem para pessoas necessitadas.

— Com certeza — disse Emma. Ela não conhecera o sr. Pickering, mas estava disposta a oferecer apoio. — É uma tristeza pensar em quanta gente escapou sem nada.

Refugiados estavam chegando à Inglaterra, em fuga de países que Hitler continuava atacando, procurando asilo numa terra intocada por horrendas bandeiras com suástica e pela violência. Muitos haviam deixado tudo para trás na fuga, optando pela segurança para si mesmos e para a família acima de qualquer outra coisa.

Que escolha difícil devia ter sido, abandonar empregos, casas e fotografias ligadas a lembranças de pessoas que talvez nunca mais vissem. Emma torcia para jamais ter que tomar uma decisão tão angustiante.

Ela vasculhou o conteúdo da caixa mais uma vez para garantir que não houvesse, enterrado sob as calças e os suéteres bem dobrados, nada que a sra. Pickering quisesse manter.

— Estas doações vão liberar várias caixas também.

A sra. Pickering examinou a sala de estar atulhada, onde uma poltrona reclinável mais do que gasta encontrava-se em meio às poltronas de veludo cor de ameixa e várias prateleiras criavam uma espécie de labirinto no espaço antes aberto.

— Eles também vão precisar de mobília.

— Vão mesmo — concordou Emma.

Seguiu-se um silêncio enquanto a sra. Pickering mordia o lábio inferior. Tubby levantou a cabeça de onde dormia aos pés dela, como se sentindo sua intranquilidade.

Emma temia que a amiga fosse mudar de ideia e ficar com tudo, continuando enterrada sob as lembranças do passado.

— Tem tanta coisa — comentou a sra. Pickering, por fim. — Como é que vamos levar tudo? Já estamos tentando restringir o uso de combustível.

O que ela tinha para doar era significativo, de fato, e as preocupações com o combustível não eram inválidas. Mas Emma se recusava a deixar algo como o transporte dos itens ser um empecilho.

— Eu conheço alguém que talvez possa ajudar — disse, devagar, pensando no sr. Fisk e nos grandes caminhões e carroças com que ele trabalhava regularmente. Sem dúvida, o homem deveria poder oferecer algum auxílio. Talvez até pudesse ajudar a mover alguns dos itens mais pesados. — Enquanto isso, vamos subir e ver quais roupas Olivia separou para doar.

— Com certeza vai ser bastante, considerando como ela cresceu rápido. — A sra. Pickering deu as costas para a bagunça da casa lotada e bateu na coxa para chamar Tubby.

Olivia tinha mesmo bastante coisa. A maioria das peças estavam pequenas demais, mas, no topo, havia uma saia xadrez usada apenas uma vez, porque ela dizia que o tecido pinicava muito para vestir de novo, e um vestido azul-gelo de cetim e tule comprado com desconto e desnecessariamente chique.

Emma conteve uma pontada de irritação pelo desperdício, lembrando a si mesma de que as roupas iriam para crianças que precisavam delas mais que Olivia, que tinha mais do que o suficiente.

— Podemos perguntar ao sr. Sanderson também — sugeriu a sra. Pickering.

Emma se lembrou do apartamento vazio dele.

— Acho que não é necessário. Ele é um homem solitário. Duvido que tenha roupas sobressalentes.

— Que bobagem! — declarou a sra. Pickering. — Todo mundo tem itens de que pode abrir mão.

Ela marchou para a porta.

— Fique de olho em Tubby — disse Emma a Olivia enquanto se levantava de onde estava encaixotando as roupas para doação e corria atrás da sra. Pickering. Quando a mulher botava uma ideia na cabeça, nada era capaz de dissuadi-la.

A senhoria estava dando batidinhas eficientes na porta quando Emma a alcançou. Do outro lado, ouviram um som de pés se arrastando antes que a porta se abrisse e revelasse a carranca familiar do sr. Sanderson.

— Estou aqui em nome do SVM — anunciou a sra. Pickering com uma autoridade formal. — O senhor tem roupas sobrando para doar?

Ela não esperou pela resposta e, em vez disso, começou um discurso que tinha feito primeiro na reunião do SVM e depois ao dono da mercearia no caminho de casa, assim como para as mulheres que tinham estado na fila de racionamento ao lado delas.

— Os refugiados entraram neste país, muitos só com a roupa do corpo, sacrificando tudo pela segurança. Precisam da nossa contribuição com isso e de quaisquer coisas que pudermos doar. Consegue imaginar como deve ser perder tudo numa tacada só?

Uma expressão estranha cruzou o rosto do sr. Sanderson. O suéter castanho que ele usava estava puído na barra e a calça era quase um tamanho maior do que deveria ser.

Emma sentiu uma pontada de vergonha pela eficiência cega da sra. Pickering.

— Só se o senhor tiver algo sobressalente — completou ela num tom mais gentil e simpático. — Não é obrigatório, claro.

A sra. Pickering lhe lançou um olhar rígido que Emma fez questão de ignorar.

— Vou ver o que posso fazer — murmurou o sr. Sanderson.

Antes que mais uma palavra pudesse ser dita, a porta se fechou com um clique, enviando uma mensagem rápida e firme.

Fim da história.

Só que não era.

Mais tarde naquela noite, Emma estava sentada à frente da sra. Pickering com uma xícara de chá fumegante e Olivia no chão, fazendo um carinho lento num Tubby adormecido, enquanto "We'll Meet Again" tocava no rádio. Não importava o quanto estivesse ocupada com o SVM, a sra. Pickering sempre insistia em pelo menos tomarem uma xícara de chá juntas no fim da tarde — mesmo que às vezes fosse à noite.

Houve uma batida à porta, quase hesitante.

A sra. Pickering colocou a xícara na mesa.

— Quem poderia ser?

Ela desapareceu na cozinha. Tubby levantou a cabeça e a abaixou com desinteresse enquanto mudava de posição para alongar a barriga cor-de-rosa na direção de Olivia, num convite insistente. O murmúrio de vozes na porta da frente do apartamento foi breve e indiscernível.

A sra. Pickering voltou à sala com uma caixa nas mãos.

— Era o sr. Sanderson com algumas roupas. Mal aceitou meu agradecimento antes de ir embora. Que homem estranho, aquele ali.

Emma olhou a caixa.

— É muito gentil da parte dele compartilhar o que tem.

Mas a mulher desdenhou.

— Estamos todos fazendo nossa parte. É o esperado.

Ela pôs a caixa na mesa e tirou vários itens.

A curiosidade fez Emma chegar mais perto e espiar o conteúdo.

— O que tem aí? — perguntou.

— Roupas velhas. A maior parte de criança, além de alguns vestidos femininos. Tudo meio fora de moda, devo dizer, mas mesmo assim de boa fabricação. — A sra. Pickering colocou as roupas de volta na caixa e a fechou antes de adicioná-la à pilha ao lado da porta, que esperava a ajuda do sr. Fisk. — Serão muito úteis.

A mulher não mencionou mais a caixa de itens, mas Emma não conseguiu tirá-la da cabeça. Seriam roupas de quem? E o que no discurso da sra. Pickering tinha apelado tanto ao sr. Sanderson a ponto de ele se sentir compelido a levar tudo aquilo?

No sábado seguinte, Emma estava de folga, e por acaso era o dia em que, dissera o sr. Fisk, a carroça poderia ser usada para coletar os pertences do sr. Pickering.

De sua parte, a senhoria ficou andando em torno das caixas enquanto esperavam, mexendo nelas ansiosamente e tirando lá de dentro vários itens antes de estalar a língua para si mesma e colocá-los de volta.

Depois de um tempinho, ela parou no meio da sala e deu um olhar ansioso para Emma.

— Acho que devo ficar com alguma coisa.

— Fique com tudo o que quiser — respondeu Emma com delicadeza, sabendo como aquilo devia ser difícil para a viúva mais velha.

— Mas há refugiados necessitados! — exclamou a sra. Pickering, aflita e melancólica.

Um toque alegre soou na frente do prédio, e Emma deixou a mulher vasculhando freneticamente as caixas pela última vez.

O sr. Fisk estava na porta com outro homem, um senhor mais velho de cabelo branco bem penteado para o lado e braços do tamanho de troncos de árvores. Emma o reconheceu do exercício de bombardeio na Radford Road.

Ambos usavam calças pesadas e suspensórios, as mangas arregaçadas revelando antebraços fortes. Um calor inesperado preencheu a barriga de Emma, especialmente quando o sr. Fisk sorriu para ela, mostrando aquela covinha na bochecha.

— Muito obrigada por vir, sr. Fisk — disse Emma, depressa.

Depressa demais?

Um desconforto flutuou por seu corpo. Estava sendo tola, e Olivia provavelmente perceberia qualquer comportamento incomum. Podia até questioná-la abertamente. Um temor se infiltrou na mente dela.

Aquilo era uma má ideia.

— Charles, por favor — disse o sr. Fisk, e sorriu mais uma vez. — Este é meu chefe, Francis Fletcher. Francis, esta é a srta. Taylor.

— Prazer, sr. Fletcher.

O homem mais velho inclinou-se à frente e apertou a mão dela com uma delicadeza surpreendente, apesar da mão enorme.

— Só Francis.

— Então, por favor, Francis, fique à vontade.

Emma empurrou a porta e deixou os dois entrarem.

Ela foi atrás. Enquanto isso, os olhos da sra. Pickering percorriam a casa, sem dúvida vendo-a da perspectiva deles. A bagunça bloqueava a luz das janelas altas, deixando o apartamento atulhado e escuro.

— Sr. Fisk. — Olivia abriu um enorme sorriso para os dois, os olhos brilhando como era comum em crianças em idades influenciáveis ao verem figuras de autoridade que conheciam.

Emma correu para fazer as apresentações necessárias e distrair a sra. Pickering da vergonha pelo estado da casa. Afinal, o motivo para os homens estarem lá era levar tudo embora.

Com sorte.

Enquanto Emma apresentava o sr. Fisk — Charles —, Francis se ajoelhou para fazer carinho em Tubby, dando uma risada rouca quando o cachorrinho começou a pular e dar beijinhos no maxilar dele.

O homem se ergueu quando Emma o apresentou à sra. Pickering, assomando sobre todos, inclusive Charles, que de forma alguma tinha uma estatura diminuta.

— A senhora é a chef que fez aquelas tortas deliciosas para o exercício — elogiou Francis, e apertou a mão da sra. Pickering, com os olhos azul-gelo fixos nos dela.

— Ah, puxa, eu não sou chef. — A mulher ficou vermelha. — O senhor se lembra das minhas tortas?

— Quem esqueceria uma torta daquelas?

— Foi a manteiga. — A senhoria fez um gesto envergonhado.

Ele balançou a cabeça, com uma apreciação genuína.

— Uma massa quebradiça assada a ponto de derreter na boca de um homem, com a quantidade exata de frutas. Foi a senhora que fez a compota de cerejas?

A sra. Pickering piscou. Ou estava batendo os cílios?

— Ora, fui eu, sim.

— Perfeição.

— Este aqui é capaz de passar o dia todo conversando — disse Charles, e deu um tapinha no ombro do chefe, com um tom leve e brincalhão. — O que têm para nós?

— Bastante coisa — disse Emma, meio que pedindo desculpas.

Claro, dado o tamanho dos braços de Francis, ele provavelmente conseguiria carregar tudo de uma vez só.

O sorriso desapareceu dos lábios da sra. Pickering.

— Os pertences do meu falecido marido. — Ela engoliu em seco. — Eu... bem, provavelmente fiquei apegada a eles por tempo demais. Agora há pessoas necessitadas, e certamente não tenho necessidade de tantas estantes de livros nem destas roupas. De nada disso, na verdade.

A risada que se seguiu estava aguda de nervoso.

Francis pôs a mão na cintura.

— Quanto tempo faz?

— Dez anos no outono — respondeu a sra. Pickering baixinho. — Ele era um bom homem.

— Eu perdi minha Jenny mais ou menos na mesma época — disse Francis, e assentiu. — Sem dúvida é uma perda difícil. Levei quase o mesmo tempo que a senhora para finalmente tirar os vestidos dela do guarda-roupa e doá-los. Mas sei que ela não iria querer que eu ficasse suspirando por tantos anos. "Dê uma utilidade a essas coisas", diria — comentou com uma risadinha, o olhar distante. — Imagino que o sr. Pickering fosse dizer o mesmo.

A mulher deu um sorriso suave para si mesma, a tensão nos ombros suavizando.

— Ele falaria exatamente isso.

Francis cruzou os braços na frente do peito enorme e analisou a sala.

— Então, o que vamos levar?

— Tudo — respondeu a sra. Pickering, decidida.

À tarde, exatamente tudo tinha sido levado para a carroça à espera. Até a mesa robusta fora tirada da cozinha, os homens carregando a monstruosidade com a mesma facilidade com que ergueriam um brinquedo de criança.

Um tempo depois, quando foram embora após um copo de limonada e a promessa de voltarem para comer torta, a sra. Pickering finalmente tinha recuperado o apartamento. E, a julgar pelo olhar tímido que trocara com Francis quando ele foi embora, talvez ela tivesse ficado com algo mais.

30

Quando a nova cantina abriu na gloriosa estação Victoria, com três andares de tijolo vermelho em estilo Renascença, Emma e Margaret estavam lá e se candidataram para turnos de duas e três horas ao longo da semana. Por mais opulente que que a estação de trem fosse, a cantina era um cômodo azulejado simples, cheio de panelas tão novas que as superfícies reluziam como espelho.

Além disso, a sra. Pickering tinha conseguido alguém para cuidar das crianças, de modo que as mães pudessem auxiliar o SVM. Com tantos homens em guerra, as mulheres se viam com frequência na mesma posição em que Emma estivera por tantos anos, criando os filhos sozinhas.

A guerra resultava em pouquíssimas coisas boas, mas, naquela pequena parte de sua vida, não ser ostracizada como mãe solo oferecia a Emma um lugar na sociedade que antes nunca abrira espaço para ela.

Ela pendurou o avental depois de um dos turnos de voluntariado.

— Eu fiz mais chá — disse a Margaret por cima do ombro, acenou em despedida e saiu do cômodo.

Os oitocentos metros que separavam a estação Victoria da casa de habitação social em que Olivia estava sob os cuidados do SVM era uma caminhada rápida e fácil.

Quando chegou, Emma encontrou a filha presidindo uma brincadeira de pega-pega para as crianças mais novas.

A menina abriu um sorriso ao ver a mãe e correu para ela assim que o jogo terminou.

— Desculpe por ter atrasado uns minutos. — Emma deu um beijo no topo da cabeça de Olivia. — Um dos trens chegou no último segundo.

Elas nunca recebiam os horários dos trens em que os soldados chegariam, já que esse tipo de informação podia ser usada pelo inimigo para atacar os rapazes.

"Em boca fechada não entra mosca" e tudo o mais.

Então, as mulheres da cantina ficavam à mercê das chegadas dos trens, mas sempre prontas com fatias de bolo de frutas secas, fáceis de pegar, e chá feito. Os homens chegavam aos montes, bem-humorados e cheios de flertes. Especialmente com Margaret, que sempre contornava as inúmeras ofertas de sair para dançar quando os soldados estavam de licença.

— Não me importo de você estar atrasada. — Olivia tirou o cabelo do rosto e pegou a jaqueta, pendurando-a nos ombros. — Eu gosto de ajudar.

Sendo uma das crianças mais velhas, Olivia tinha assumido o papel de assistente. Seus deveres eram coisas pequenas — ajudar a preparar refeições, coordenar e liderar atividades —, mas a responsabilidade era importante para ela e a deixava orgulhosa.

Durante todo o caminho para casa, Olivia contou a Emma sobre as aventuras da sala de brincadeiras, uma saga sem fim, mas relatada com tamanha exuberância que Emma se pegou sorrindo diversas vezes.

A rotina que elas haviam estabelecido era confortável, ambas fazendo sua parte pelo esforço de guerra e ambas se tornando melhores por isso. Era como funcionava ser mãe solo com uma filha única: elas eram uma equipe, capazes de ficar em completa sincronia uma com a outra.

Eram só as duas contra o mundo, como o pai de Emma sempre lhe dissera que os dois eram.

Dias como aquele tornavam a terna camaradagem entre mãe e filha aparente, deixando Emma grata pela conexão especial de que compartilhavam.

— Você já viu algum homem voltando da França? — perguntou Olivia quando o prédio ficou visível. — Ouvi dizer que logo eles vão estar nos trens.

Um arrepio percorreu as costas de Emma. Havia notícias de uma grande derrota na França, de soldados ilhados nas margens de Dunkirk precisando ser acompanhados de volta ao solo britânico. O que significava que os franceses estavam perdendo a guerra.

Emma não queria pensar sobre aquilo. Nem no que a perda de um país tão próximo poderia significar para a Inglaterra.

— Como você sabe disso?

— As moças do SVM e eu estávamos conversando — respondeu Olivia, com um ar maduro em excesso.

Emma escondeu a carranca de preocupação.

— Não é algo a se discutir perto de crianças.

— Não deixamos elas ouvirem — garantiu Olivia.

Mas Emma não estava falando só das crianças menores. Também se referia à própria filhinha, que de repente se considerava adulta. Com apenas 8 anos, Olivia ainda era uma criança, mesmo que parecesse mais velha do que outras meninas da mesma idade.

— Eu não vi nenhum homem da França ainda, mas você precisa saber que, se os soldados começarem a vir pela estação Victoria, pode ser que eu tenha que trabalhar até tarde — alertou Emma enquanto elas subiam os três degraus baixos até a porta principal. — Mais tarde do que hoje.

— Eu não me importo. O SVM vai precisar de mim também.

Olivia puxou a chave do bolso e destrancou a porta do prédio antes que Emma conseguisse pegar a dela na bolsa.

O chá estava pronto em grandes recipientes, com uma pilha de canecas limpíssimas à direita e bandejas de sanduíches simples de pão com geleia cortados em triângulos perfeitos à espera dos soldados.

Os jornais tinham contado que as tropas britânicas ilhadas nas praias da França estavam finalmente sendo resgatadas — não por grandes navios militares, mas por pescadores ingleses, que o governo havia alistado para ir até lá em suas pequenas embarcações.

A BIBLIOTECA DOS AMANTES DE LIVROS

Os soldados recuperados estavam em trens, sendo transportados por toda a Inglaterra. O SVM não sabia aonde eles iam nem quando passariam por Nottingham, mas as mulheres estavam preparadas para fornecerem a hospitalidade britânica.

Margaret entrou correndo na cantina, batendo palmas.

— Tem um trem chegando.

A cozinha entrou num furor de atividade enquanto as mulheres corriam para lá e para cá, enchendo canecas de chá e aprontando bandejas. A experiência havia mostrado a elas que a breve parada do trem era insuficiente para os homens irem até a cantina. Era bem melhor levar os itens até eles, com um esforço coordenado para manter uma rotação de bandejas descendo em ritmo regular.

Emma juntou-se às outras, equilibrando com cuidado uma bandeja de canecas com chá fumegante, o coração batendo forte de expectativa. O trem parou e as janelas revelaram não fileiras de homens sentados de maneira organizada, mas um amontoado deles, espremidos lá dentro como sardinhas enlatadas.

A porta deslizou, e o grupo de soldados saiu, correndo na direção das mulheres em busca de comida e bebida. Mas não eram os homens animados e limpinhos que tinham partido com kits organizados jogados nas costas e largos sorrisos enquanto acenavam em despedida.

Aqueles homens estavam encanecidos e sujos, alguns com curativos em torno dos membros e da cabeça ou com manchas de sangue na pele e nos uniformes. Carregavam o cheiro oleoso de armas e lã úmida, além do odor pungente de corpos não lavados.

Um soldado se aproximou com um cachorro marrom magrelo e puxou dois sanduíches de uma bandeja. Levou o primeiro à boca e estendeu o segundo ao cachorro.

— Só um — repreendeu a mulher que segurava a bandeja.

O soldado devolveu o que estava prestes a comer e deu o outro ao cachorro, olhando feio para a voluntária.

— Este cachorro salvou minha vida.

Antes que pudesse ir embora, Emma pegou o sanduíche da bandeja e o devolveu.

O homem aceitou, acenando a cabeça em agradecimento, e dividiu o sanduíche com o cachorro, que engoliu a comida sem nem mastigar.

A mulher com a bandeja lançou um olhar afiado a Emma, mas ela nem ligou.

Um homem com uma arma pendurada no ombro agarrou uma xícara de chá da bandeja de Emma.

— Posso pegar duas?

— Claro — respondeu, alto o bastante para a mulher ao lado escutar.

Quem era ela para dizer a um homem que havia arriscado a vida pela Grã-Bretanha que ele não podia tomar um pouco de chá a mais?

Com duas xícaras em mãos, ele partiu depressa.

— Você vai entregar todas as nossas provisões rápido demais — disse a outra, irritada.

Emma observou o homem entrar e entregar a xícara adicional a um soldado sentado no trem, que tateou cegamente antes de agarrá-la entre as mãos.

— *Era* para duas pessoas — disse Emma, com um nó na garganta.

Mas suas palavras foram engolidas enquanto as xícaras eram levadas com acenos de agradecimento mais rápidos do que ela conseguia acompanhar.

Com a bandeja vazia, deu um passo para trás para pegar mais e se viu presa numa muralha de soldados e voluntárias do SVM. O chão rangia e estalava, e só então ela percebeu que todos ainda tinham areia da praia nas botas, a qual estava sendo espalhada por toda a plataforma.

— Café? — pediu um homem, com um uniforme estrangeiro e um sotaque forte que ela supunha ser francês.

Emma fez que não.

— Só chá.

Um lado dos lábios do homem se curvou para baixo e ele fez um aceno de cabeça derrotado.

Outro apareceu na frente de Emma, tão jovem que ela se perguntou se os pais tinham precisado assinar seus papéis de alistamento, como alguns faziam para os garotos com menos de 18 anos.

Seus cílios pálidos se abaixaram quando pousou os olhos sobre a bandeja vazia antes de erguê-los para ela de novo.

— Tem mais chá? — perguntou ele.

— Sinto muito.

Ela balançou a cabeça em negativa. Ele foi substituído por outro soldado com uma pergunta similar, e então outro.

Tão logo chegaram, os soldados se foram, batendo em retirada como uma onda que volta para o mar. As mulheres do SVM ficaram olhando ao redor, chocadas e exaustas. Bandejas estavam espalhadas pelo chão e as poucas canecas que sobraram estavam caídas em meio a diversos sanduíches pisoteados.

Em nenhum momento qualquer uma delas conseguiu subir para pegar mais bandejas de sanduíche ou chá, o que significava que alguns daqueles homens foram embora sem receber nada. A voluntária ao lado de Emma lhe deu um olhar irritado, como se a coisa toda fosse culpa dela por conceder um sanduíche e uma caneca de chá a mais.

Elas precisariam achar outra forma. Uma forma melhor.

Na noite seguinte, as mulheres do SVM estavam mais preparadas. Tonéis haviam sido levados para a plataforma pelos carregadores da estação. A maioria continha chá, mas vários tinham sido enchidos com café para os aliados franceses resgatados junto aos soldados britânicos. Em vez de canecas, que tinham praticamente desaparecido, com o segundo trem houvera uma coleta de potes de geleia por toda a cidade, que serviam perfeitamente para as bebidas. Os soldados não reclamavam.

Conforme os trens continuavam chegando, a condição dos soldados piorava. Os homens que desembarcavam tinham roupas manchadas de fuligem e sangue, e os olhos fundos se enchiam de lágrimas ao verem o SVM esperando por eles.

As mulheres com as bandejas de sanduíches, bolos de frutas secas e chá eram um vislumbre de paz, como um homem disse a Emma ao pegar seu pote de geleia cheio de chá, comentando como as boas-vindas eram um contraste surreal ao inferno da guerra. Ele disse que era lindo. E que ela também era.

Alguns dos homens estavam cheios de elogios, em especial para Margaret, cujos sorrisos eram incansáveis e ilimitados. Mas, apesar de seu comportamento, Emma sabia que a preocupação com Jeffrey cobrava da amiga seu preço. Segundo a última notícia que ela tivera do noivo, ele também estava na França.

Ninguém imaginaria seu turbilhão interior só de vê-la desviar, com sutileza, de pedidos de casamento e dar encorajamentos espirituosos às tropas abatidas.

Foi por isso que Emma quase não ouviu o soldado dizendo:

— Eu conheço você.

Alguém apoiou a mão no ombro dela.

— Que bom ver um rosto familiar.

Quando se virou, encontrou um homem que reconhecia, embora precisasse vasculhar a memória para identificá-lo.

— Você trocou de bilhete comigo na véspera de Natal do ano passado. — O jovem ofereceu um sorriso encantador, do tipo que os homens davam quando sabiam o efeito que isso tinha nas mulheres.

— Sim — respondeu Emma, atingida pela memória.

O soldado que tia Bess dissera que provavelmente tinha tirado vantagem dela. Pelo jeito como ele olhava para Emma, tinha toda a pinta de ser bom de lábia.

Uma onda de raiva se ergueu nela por ter perdido aquele Natal com Olivia — mais de si mesma do que dele, por quanto tinha sido ingênua.

— Você é mesmo um anjo. — O homem deu uma piscadela.

— Como está sua mãe? — perguntou ela, fingindo preocupação com uma mãe que provavelmente não existia.

O charme sumiu e o soldado engoliu em seco, parecendo de repente mais jovem que o Casanova que estivera diante dela apenas um segundo antes.

— Morta, senhorita — respondeu ele, e mudou o peso do corpo como se tentasse desalojar as palavras. — Minha mãezinha se foi uma hora depois que eu cheguei. Se a senhorita não tivesse me dado seu bilhete... — O jovem baixou os olhos, por um instante dominado pela emoção. — Eu teria perdido minha chance de dizer adeus.

Ele segurou a mão dela e a olhou com uma sinceridade que a tocou profundamente.

— Você é meu anjo, de verdade. Obrigado.

E, com isso, a maré da partida do trem o levou embora, deixando mais areia francesa espalhada em solo britânico.

31

Naquela noite nublada, os pensamentos de Emma estavam pesados enquanto caminhava para casa. Não só pelo encontro com o soldado cuja mãe realmente estivera no leito de morte, mas pelo estado dos homens que voltavam da França. Havia neles uma expressão de derrota. Olhos vidrados que não miravam nada, ombros caídos em desânimo, todo o sangue e os ferimentos.

Por mais que o governo mantivesse os ânimos em alta falando sobre como os garotos eram corajosos e como a Grã-Bretanha continuaria lutando, Dunkirk tinha sido uma perda inegável e excepcional.

A guerra não estava indo bem.

Será que a França conseguiria resistir?

Só quando estavam quase em casa Emma percebeu que Olivia também estivera incomumente quieta.

— Sem aventuras da sala de brincadeiras para me contar hoje? — perguntou Emma.

— Estava tudo quieto.

— E você também está, Olive. — Emma apertou a mão dela, delicada e encorajadora. — Como foi a escola?

Com Olivia, se as perguntas recebiam uma resposta sucinta era porque não haviam sido perguntadas corretamente. Neste caso, o questionamento tinha ido direto ao ponto.

A menina abaixou a cabeça.

— Edmund foi mau hoje.

— O que ele disse?

Olivia deu de ombros, a mesma reação de sempre.

— É por causa do seu desempenho na escola? — insistiu Emma.

— Mãe, por favor. — Ela soltou um resmungo de irritação.

Enquanto as perguntas certas abriam portas, as erradas incitavam uma ira que fechava por completo a conversa. No que dizia respeito a como Edmund tratava Olivia, a abordagem de Emma nunca parecia estar correta.

Ela se sentia muito desamparada ao ver a filha sofrer com a crueldade do garoto. O fato de seu algoz ser uma criança era especialmente frustrante, porque Emma não podia descontar a ira no menino, mesmo que ele fosse um valentão.

Olivia passava a impressão de força por ser muito mais alta e maior do que as outras crianças, mas, por dentro, era frágil como vidro soprado. E aquelas interações com Edmund deixavam rachaduras profundas.

— Eu queria que ele me deixasse em paz — disse a garota, e suspirou. — Sempre tento ser legal com ele, como sei que devo ser, mas ele nunca larga do meu pé.

Elas chegaram ao prédio. Em geral, Olivia já estaria com a chave pronta para abrir a porta, mas, naquele dia, ficou olhando para o prédio ao lado, onde Edmund morava.

— O que ele diz para você? — perguntou Emma, tentando manter a voz o mais leve possível.

Olivia olhou nos olhos da mãe por um longo momento, como se ponderando a resposta.

— Nada.

Ela puxou a chave do bolso e abriu a porta.

Enquanto repassava a conversa naquela noite, Emma percebeu que havia mais de um jeito de lidar com a questão. Na manhã seguinte, esperou até Olivia estar na escola, depois foi ao prédio ao lado e tocou a campainha.

A sra. Mott abriu a porta e deu um sorrisinho cruel.

— Aquele cachorro saiu de novo?

O sangue rugiu nos ouvidos de Emma. Ela nunca tinha sido de entrar em conflito, mas faria qualquer coisa por Olivia — até enfrentar de cara alguém como a sra. Mott. A implicância já tinha durado o suficiente.

— Estou aqui para falar com você sobre a forma como seu filho trata minha filha. Em mais de uma ocasião, Olivia voltou da escola chateada com coisas que ele disse.

A sra. Mott cruzou os braços.

— E o que ele disse?

O rugido nos ouvidos de Emma se intensificou.

— Ela se recusa a me contar.

— Você veio aqui reclamar do comportamento do meu filho, mas não consegue nem dizer o que foi dito? — A sra. Mott balançou a cabeça. — É sempre assim com mães que nem você.

A mulher começou a fechar a porta, mas Emma enfiou o pé na soleira e a impediu com a larga sola de borracha.

— Como assim "mães que nem eu"?

Toda a raiva e injustiça que ferviam em Emma havia anos saíram na pergunta veemente.

A sra. Mott arregalou os olhos de surpresa, depois os estreitou.

— Mulheres egoístas demais para acharem um marido que as ajude na criação dos filhos. Mulheres tão ocupadas com empregos e com a própria vida que não conseguem cuidar das crianças direito. Se Olivia fosse próxima de você, provavelmente teria contado o que é que meu filho anda dizendo. A não ser, claro, que só esteja tentando chamar sua atenção, o que deve ser o caso. E não vou censurar meu filho por causa da sua incapacidade de ser uma boa mãe.

Com isso, a sra. Mott empurrou a pantufa de casa na ponta do mocassim de Emma. As palavras mordazes da mulher a fizeram perder o ânimo para a luta, e ela cedeu, tirando o sapato do caminho e liberando a soleira para que a vizinha batesse porta em sua cara.

O ardor da acusação seguiu Emma no trabalho naquele dia e durante o turno no SVM. Por mais que pudesse dizer a si mesma que era uma boa mãe, precisava se perguntar se havia verdade nas palavras da sra. Mott, especialmente pelo fato de Olivia não confiar em Emma a ponto de contar com exatidão o que estava sendo dito.

Os problemas com Edmund terminaram alguns dias depois, ou pelo menos foram adiados, mas não porque a mãe teve uma atitude responsável, e sim porque acabaram as aulas. Infelizmente, as férias de verão traziam para Emma mais uma série de dificuldades em relação a Olivia.

O que fazer com ela?

Com uma afiada pontada de compreensão, Emma percebeu que a maioria das mães estaria em casa com os filhos ao longo do verão, organizando atividades ou mandando-os brincar na rua. Mas Olivia hesitava em sair toda vez que via Edmund da janela — e ele sempre estava lá.

Ela passou a primeira semana das férias aconchegada no sofá, ouvindo o rádio, só comendo o que podia ser consumido frio até chegar a hora de ajudar no SVM cuidando das crianças enquanto Emma trabalhava na cantina.

Sempre que Emma saía para o trabalho, deixava a filha dormindo, embora mais tarde ficasse sabendo, por confissão da própria Olivia, que em geral ela só acordava lá para o meio-dia. Dormir tanto não parecia saudável, ainda mais considerando quanto tempo a menina passava ouvindo o rádio. Emma tinha passado a odiar o zumbido constante da transmissão depois que a escuta de um programa acabava na de cinco.

Se Olivia amasse ler, poderia se distrair com livros em vez de com aquele aparelho infernal.

— Emma, ele está seguro! — exclamou Margaret certa manhã ao entrar na Sala de Encomendas.

Emma, perdida em pensamentos, sobressaltou-se.

— Jeffrey?

— É. — O rosto de Margaret quase reluzia de alegria. — Fiquei sabendo pela mãe dele ontem à noite. Ela veio me ver assim que recebeu a carta. Ele saiu de Dunkirk, embora não pudesse dizer onde está agora.

— Que alívio.

A BIBLIOTECA DOS AMANTES DE LIVROS 211

Emma se levantou e abraçou Margaret, derrubando sem querer o livro na mão dela.

— Desculpa.

Ela riu e se abaixou para pegar o livro derrubado.

Mulherzinhas. Era um de seus favoritos quando criança. Na ausência da própria mãe, ela tinha suplantado aquele vazio com uma imagem de como a mãe seria — e Marmee parecia a substituição perfeita.

Imaginar-se envolvida nas travessuras da irmandade e num lar amoroso tinha sido tão fácil para Emma. Não que o próprio lar não tivesse sido amoroso. O pai a amava infinitamente e o vazio em sua vida fora preenchido com livros.

Sim, se Olivia amasse ler, também poderia encontrar nas páginas de uma história parte do que achava que lhe faltava.

— Eu estava indo guardar — respondeu Margaret. — Estava no lugar errado.

— Eu não mexi nesse livro hoje de manhã. — Emma puxou o caderno de bolso, onde registrava cada título que devolvia às prateleiras da biblioteca.

Folheou as páginas antes de parar na lista dos livros do dia, tirados da caixa de devoluções. Margaret espiou por cima do ombro enquanto fazia isso.

— Quem está mudando os livros de prateleira?

— Vou descobrir uma hora dessas — jurou Emma, pegando o livro. — Eu guardo isso. Estava mesmo indo para o salão.

A amiga rapidamente escreveu *Mulherzinhas* no caderno e devolveu a obra ao lugar correto.

— É um dos meus favoritos — comentou uma voz ao lado dela.

Emma levantou os olhos e encontrou a sra. Chatsworth sorrindo para ela, com uma pena roxa balançando em cima da cabeça, espetada em um chapéu *pillbox* azul afixado aos cachos.

— É um dos meus também — admitiu Emma, sorrindo.

— Sabia que eu não gostava de livros até ler esse?

A mulher mais velha riu, perturbando a cesta ao lado. Pip abriu um olho, dando um olhar irritado para a dona antes de se acomodar mais fundo na almofada.

— Sério? — perguntou Emma, incrédula.

A sra. Chatsworth era uma leitora tão voraz que imaginá-la não gostando de livros era quase impossível.

— Sério. — A sra. Chatsworth levantou as sobrancelhas finas. — Eu tinha tentado vários, principalmente os que mandavam ler na escola ou os que meus pais amavam. Mas achava todos um tédio, então supus que não fosse muito de ler. Foi só quando entrei naquela livraria antiga que ficava em Beeston... — O olhar dela ficou distante quando balançou a cabeça, sem conseguir recordar o nome. — Sabe, aquela que pegou fogo faz uns anos. Uma história terrível; aquele homem era tão gentil.

Emma ficou com a boca seca.

— Tower Bookshop?

O rosto da sra. Chatsworth se iluminou e a pena balançou, ecoando seu deleite.

— Sim, essa mesma. Quando o proprietário perguntou se podia me ajudar, eu disse que não gostava muito de ler, e ele disse... — A sra. Chatsworth fez um *tsc* com a língua. — Sabe, foi mesmo uma tristeza a loja pegar fogo. Era um lugar adorável. Eu não conseguia passar por lá sem entrar pelo menos para olhar a papelaria. Eles sempre tinham as cartolinas mais bonitas. E tinha uma tinta cerúlea...

Pela primeira vez nas inúmeras horas que ouvira a sra. Chatsworth, a irritação arranhou o usual verniz de paciência de Emma.

— O que ele lhe disse?

A mulher parou de falar e piscou, surpresa com a interrupção.

— Como é?

Emma deu um sorriso de desculpas.

— A senhora contou que o proprietário disse alguma coisa ao ouvir que não gostava de ler. Estou muito curiosa para saber o que foi.

— Ah, sim. — A sra. Chatsworth olhou para o alto e deu uma risadinha, como se zombando da própria incapacidade de controlar o diálogo fugitivo. — Ele me disse que o mundo é cheio de leitores, alguns só não acharam o livro certo ainda.

Um calor encheu o peito de Emma. Sim, era bem algo que o pai teria dito. E ouvir aquelas palavras ali era como ouvi-lo dizê-las.

— Ah, mas aquela tinta cerúlea era linda — continuou tagarelando a sra. Chatsworth. — Sabe, eu nunca mais achei outra cor tão única...

Mas Emma mal estava ouvindo. Em vez disso, repassou na mente o catálogo de livros da Booklover's Library, tomando um tempo para avaliar por completo a própria filha, como fazia com os assinantes Classe A.

Por que nunca pensara em fazer isso antes?

Olivia só precisava do livro certo. E Emma sabia exatamente qual era.

32

O exemplar de *Anne de Green Gables* não tinha saído do lugar em que Emma o colocara na bancada da cozinha três dias antes.

— Você não está interessada em ler esse livro? — perguntou ela, inocentemente. — Achei que fosse amar.

— Eu não gosto de ler.

Olivia nem levantou a cabeça do desenho que estava fazendo — a imagem de uma fazenda com uma casa grande e uma cabra dentro do celeiro, com um grande sorriso antropomórfico ocupando metade do rosto.

Outro desenho da casa de tia Bess.

A afinidade de Olivia pelo alojamento de curta duração magoava Emma mais do que gostaria de admitir. Provavelmente, para Olivia, a estada com tia Bess parecera algo como férias, um tempo longe de casa e da chatice da rotina diária.

Ainda assim, seu óbvio amor pela experiência doía.

— Você gostaria de ler se tentasse este livro. — Emma apoiou a mão na capa do livro de L. M. Montgomery. — Tem uma órfã que é nova na cidade e tem problemas com os colegas de turma.

Olivia continuou colorindo, desenhando uma garota com cabelo castanho ondulado que parecia extraordinariamente feliz, parada no meio da fazenda.

Emma engoliu a decepção com o óbvio desinteresse da filha. Se o apelo de uma personagem passando por problemas na escola como Olivia não a atraía, tinha que haver outro ângulo.

— Anne é muito esperta e meio temperamental, então se mete em muitas encrencas. Tipo quando ela acha que está sendo provocada e quebra a ardósia na cabeça de um menino.

— O que é uma ardósia? — perguntou Olivia, num tom entediado.

— Algo que as crianças usavam na escola para...

— Ah, é hora de *The Children's Hour*.

Olivia pulou tão rápido que topou na mesa e fez os lápis caírem no chão com barulho. Sem nem perceber, ela esbarrou em Emma na pressa de ligar o rádio.

Enquanto Olivia cantava as notas de abertura do programa infantil com a vozinha aguda de menina, Emma suspirou, desejando ter jogado aquele negócio no lixo antes de Olivia ficar sabendo da existência da porcaria do rádio. Será que havia algo pior que o falatório sem fim daquela programação banal?

— Vou descer na sra. Pickering para tomar um chá — avisou.

Olivia, sentada na frente do rádio, nem respondeu, completamente concentrada no programa.

A sra. Pickering abriu a porta bem quando Emma pisou no último degrau.

— Olivia não está com você?

— Está passando *The Children's Hour*.

A sra. Pickering desdenhou.

— Rádios vão ser o fim da próxima geração, vou lhe dizer. Nós não crescemos ouvindo programas e ficamos perfeitamente bem.

Tubby passou correndo por Emma, claramente procurando Olivia. Na ausência da menina, voltou a atenção para Emma, lambendo suas pernas e ganindo de alegria.

Apesar de várias semanas terem se passado desde que a sra. Pickering doara os pertences do falecido marido ao SVM, o espaço livre no apartamento ainda era meio chocante. Por sua vez, a mulher parecia se mover melhor por ali — embora Emma notasse que ela mantinha o hábito de levar o quadril bem para a direita ao entrar na cozinha, como se desviasse de uma mesa imaginária.

— Pelo jeito vai ter um anúncio importante hoje — disse a sra. Pickering, ligando o próprio rádio.

Emma conteve um sorriso com a hipocrisia da amiga e, em vez disso, ouviu a transmissão. Parecia que toda noite havia um anúncio importante. Recentemente, haviam anunciado que a Itália entrara na guerra e optara por ficar ao lado da Alemanha. Depois, houvera a declaração de que não soariam mais sinos de igreja na Grã-Bretanha a não ser que houvesse um ataque. Verdade fosse dita, Emma sentia falta do repicar alegre a cada hora.

Depois disso, foi o fim da Batalha da França, quando o país cedeu ao controle nazista, seguido pelo início oficial da Batalha da Grã-Bretanha.

A guerra falsa parecia estar chegando ao fim enquanto todos esperavam em suspense, perguntando-se se enfim haveria um ataque do outro lado do Canal.

Todos os dias que a invasão não começava, a antecipação ia piorando, até ficar difícil respirar.

A sra. Pickering colocou o chá na frente de Emma.

— Eu coei as folhas três vezes para tirar quase tudo.

Com o chá racionado desde março, ninguém mais jogava fora folhas usadas. Coá-las várias vezes, porém, garantia que as sobras fossem quase tão fortes quanto a primeira infusão.

A outra viúva empurrou um prato de pão na direção de Emma.

— É margarina — alertou, com um aceno para o produto gorduroso passado nas fatias. — Estou guardando a manteiga para uma torta que planejo fazer para Francis no fim de semana.

— Para Francis? — perguntou Emma, dando à amiga um olhar malicioso.

A sra. Pickering ficou com o rosto extremamente corado.

— Bem, para agradecer pela ajuda em levar todas as minhas doações, claro. É muito bom ter o apartamento livre de novo.

Emma só pegou uma fatia de pão, sabendo que a margarina também estava sendo racionada. Quando fosse lá novamente, levaria alguma comida do próprio estoque.

No fim, o anúncio importante no rádio era mais um alerta para ficarem de olho em paraquedistas alemães que pudessem se infiltrar em solo britânico. Não ter nenhuma notícia séria, pelo menos, era um bom sinal.

A BIBLIOTECA DOS AMANTES DE LIVROS 217

E a expectativa de em breve receber novas informações deu a Emma uma ideia.

Ela se despediu da sra. Pickering e de Tubby antes de subir e encontrar Olivia exatamente onde a deixara, na frente do rádio.

— Já chega por hoje. — Emma desligou o rádio enquanto as notas de fechamento do programa se concluíam. — Eu vou ler para você.

— Eu não sou bebê.

De fato, Emma tivera o hábito de ler para Olivia quando ela era muito pequena, parando prontamente quando ela passou a se interessar mais por brinquedos.

— Mães podem ler para os filhos em qualquer idade.

Olivia enrugou o nariz.

— Eu não estou na escola.

— Não, não está. Vou fazer um leite com chocolate para você tomar enquanto eu leio.

Foi o suficiente para convencer Olivia. Minutos depois, estavam aconchegadas no sofá com o leite quente e um pouco de achocolatado de uma lata de Bournville Cocoa na caneca de Olivia.

O aroma era reconfortante, e tão familiar quanto mãe e filha apertadas no sofá com um livro no meio. Eram assim as noites com o pai quando Emma era criança — uma caneca de leite quente com chocolate e uma história.

Ela inspirou fundo, numa tentativa de afastar a dor da perda, e abriu o exemplar de *Anne de Green Gables* que pegara da Booklover's Library.

Quando o pai lia, usava uma nova voz para cada personagem, tomando cuidado para oferecer inflexão durante momentos pungentes. Não havia no mundo nada mais mágico que o encanto de uma boa história lida por um narrador cativante.

Emma nunca seria tão boa quanto ele, mas deu seu melhor enquanto começava a leitura. No início, Olivia não parava de se mexer, bebendo ruidosamente da caneca e balançando as pernas. Mas, quando o primeiro capítulo deu lugar ao segundo e Anne se apresentou a Matthew com sua explicação balbuciante de como teria dormido numa árvore se ele não tivesse ido à estação de trem pegá-la, ela chegou mais perto, interessada.

Quando Anne chegou a Green Gables e anunciou que a fazenda parecia uma casa, a bebida de Olivia estava esquecida e ela estava acomodada no braço da mãe.

Naquele lindo momento, a dor da perda do pai havia sumido, substituída por um amor tão grande que o peito de Emma parecia pequeno demais para contê-lo, como se, ao ler para a filha, o pai estivesse junto a elas.

Talvez, naqueles primeiros anos lendo para Olivia, ela tivesse sentido a reticência e a dor de Emma. No luto, a mulher lhe havia negado a alegria da leitura.

Naquele momento, porém, era diferente. O tempo na Booklover's Library havia ajudado Emma a se curar, mudando o tom de suas lembranças, da agonia à beleza.

Era hora de consertar as coisas com Olivia.

Emma continuou lendo, com a filha arrebatada. Um a um, os capítulos foram passando até o começo do Capítulo 8, quando Marilla planejava contar a Anne que ela podia continuar com eles. Mas, bem quando Marilla pretendia confessar isso a Anne, Emma suprimiu um bocejo fingido e fechou o livro.

Olivia ergueu o rosto para ela.

— Você não vai ler mais?

— É tarde, Olive.

— Mas eu preciso saber o que acontece.

Emma alongou os braços exageradamente acima da cabeça.

— Talvez amanhã, se tivermos tempo depois de voltarmos do SVM.

Ela colocou o livro de lado e não deixou de perceber o olhar de Olivia o seguindo com interesse.

— Então, você está gostando da história? — perguntou casualmente enquanto iam para a cama, meia hora depois.

Olivia podia ficar acordada até um pouco mais tarde já que estava de férias, e Emma preferia ir deitar-se cedo por causa do blecaute.

De olhos bem abertos e sem um pingo de sono, Olivia subiu na cama que compartilhavam.

— Eu gostei muito da Anne. Ela também não tem um papai. Eu pelo menos tenho você, ainda bem.

Ela abraçou Emma.

Embora esperasse que Olivia se conectasse com Anne, Emma havia imaginado que o laço se formaria por causa da implicância na escola. Estupidamente, não havia nem considerado que o fato de Anne ser órfã poderia impactar Olivia.

Emma havia crescido sem mãe, e o resultado era que o pai a criara com muitos mimos. Ela tinha tudo o que queria, incluindo sua atenção incondicional.

Mas não havia livraria embaixo da casa delas, como na do pai. Emma precisava ir trabalhar longe do apartamento para as sustentar. As palavras da sra. Mott ecoaram em sua mente, cutucando pensamentos dolorosos.

Mulheres egoístas demais para acharem um marido que as ajude na criação dos filhos. Mulheres tão ocupadas com empregos e com a própria vida que não conseguem cuidar das crianças direito.

Aquelas palavras machucavam porque Emma via verdade nelas.

— Que bom que tenho você também, Olivia.

Emma abraçou a filha e apagou o abajur ao lado da cama.

Antes de sair para o trabalho na manhã seguinte, ela deixou *Anne de Green Gables* ao lado do rádio e torceu para o poder da literatura ser forte a ponto de atrair Olivia para a leitura.

33

Quando Emma chegou à Booklover's Library no fim daquela manhã, a srta. Bainbridge chamou-a em sua sala.

A gerente a recebeu com um sorriso.

— Fico feliz de anunciar que você executou seus deveres na biblioteca com habilidade e diligência tão exemplares que recebemos permissão de contratar mais viúvas.

Emma se endireitou, surpresa.

— Achei que ninguém soubesse.

— Não sabiam, até surgir o assunto e eu mencionar você e seus esforços. Não por nome, não se preocupe. Mas meu gerente ficou tão impressionado que falou com o gerente dele e assim por diante, e, bem, você vai conhecer a sra. Upton hoje. Eu gostaria de sua ajuda para treiná-la.

Sra. Upton.

Aparentemente, Emma tinha feito um trabalho tão incrível que futuras viúvas tinham passado a ter permissão de serem tratadas como mulheres casadas. Ela talvez pudesse ter se posicionado, defendido o direito de usar a aliança no dedo, de ser chamada de "senhora". Mas o anel tinha ficado frio em sua pele muito antes de ser forçada a vendê-lo.

Em seu tempo na Booklover's Library, havia se tornado mais do que a esposa de um homem — mais até do que uma mãe. Era leitora, uma amante de livros capaz de encontrar a história certa para a pessoa certa no momento certo. Ao fazer isso, tinha começado a recuperar quem fora, e uma parte dela havia se sentido livre com a ausência do anel e do título de casada.

— Estou animada para conhecê-la — respondeu Emma com sinceridade.

A srta. Bainbridge estalou a língua, pensativa.

— A coitadinha perdeu o marido em Dunkirk. Seja gentil com ela.

Muitas mulheres haviam perdido homens em Dunkirk, filhos e maridos e pais. A notícia devastadora era entregue da pior forma: na letra impressa de um telegrama.

Emma havia passado pela agonia de perder um pai que amava e um marido em quem confiava. Apesar da vida com Arthur ter sido tumultuosa, perdê-lo ainda fora devastador.

— Ah, claro.

A gerente pausou com um sorriso gentil.

— Eu devia saber que nem precisava pedir.

Vários minutos depois, Emma encontrou uma mulher examinando com cuidado a biblioteca, o cabelo escuro preso para trás revelando o rosto bonito. As sobrancelhas estavam pintadas a lápis em dois arcos perfeitos, e os lábios tinham um vermelho similar ao que Margaret usava.

No entanto, apesar dos cosméticos, o roxo característico de uma noite insone aparecia na pele delicada sob os olhos. Ela se iluminou quando pousou os olhos em Emma.

— Srta. Taylor?

Seu olhar era avaliador, mas não continha uma crítica mordaz. Era como algumas mulheres miravam outras, procurando gentileza e não julgando a competição.

Emma ofereceu seu sorriso mais acolhedor.

— Sra. Upton, suponho.

— Por favor, me chame de Irene. A sra. Upton é minha sogra — respondeu ela, e deu a Emma um sorriso rápido. — É uma ótima mulher, cuida do meu pequeno William enquanto eu trabalho, mas tenho morado na casa dela desde que Tom e eu nos casamos, logo antes do início da guerra. Bem… — A tagarelice foi parando conforme ela voltava a atenção ao salão. — Bem, imagino que vou ficar aqui por um tempo, até poder pagar por minha própria casa. Nem acredito que me contrataram.

Ouvi falar que mães viúvas nunca conseguiam achar empregos, exceto em fábricas, mas eu sou velha demais... Enfim, corri o risco e perguntei, e fiquei chocada quando recebi o aviso de que pretendiam me contratar.

Ela retorceu as mãos, nervosa.

— Mas ainda gostaria de ser só Irene, se não tiver problema por você.

— Eu estava numa posição similar à sua, e antes era chamada de sra. Taylor. — Emma piscou um olho para tranquilizar Irene e mostrar que ela não estava sozinha. Afinal, mães e pais solo com frequência se sentiam totalmente sozinhos. — E por mim não tem problema algum, desde que me chame de Emma.

— Eu gostaria muito.

— Bem, você não vai gostar muito de *mim* quando descobrir quanto tempo vai passar tirando pó nesses primeiros dias.

Ela deu uma risadinha e levou Irene pela biblioteca, mostrando todos os pontos mais difíceis de limpar e instruindo-a a tomar cuidado com o posicionamento dos livros para saber a localização caso um assinante perguntasse.

Havia algo revigorante em deixar de ser a funcionária mais nova da Booklover's Library e saber que havia outra aliada em potencial contra a censura da srta. Crane.

Naquela noite, quando subiu as escadas do prédio após a caminhada para casa, não detectou o zumbido do rádio, sempre presente. Até perdeu o fôlego de tanta animação e subiu dois degraus de cada vez.

Quando abriu a porta, viu Olivia aconchegada no sofá com *Anne de Green Gables* apoiado nas mãozinhas.

Emma entrou no apartamento com uma indiferença fingida.

— O livro é bom?

Olivia se assustou e abaixou o livro, com os olhos arregalados de empolgação.

— É bom demais. — Então deixou a sra. Chatsworth no chinelo ao detalhar cada momento que Emma havia perdido desde que parara de ler. — Não consigo ler tão rápido quanto você, mas não tem problema.

— Você gosta de ler sozinha?

Emma levou até a cozinha a sacola de compras do mercadinho. Não havia muita carne disponível naquele dia, mas ela daria um jeito, especialmente porque o jardim da sra. Pickering na frente do prédio tinha dado muitos vegetais naquele verão. As revistas andavam cheias de novas receitas para criar alguma coisa com quase nada, mas Emma fazia aquilo havia anos. O racionamento era só mais um obstáculo a superar com tenacidade.

— Eu gostei, sim — disse Olivia. — Parece que meu cérebro está bebendo uma coisa gostosa, tipo leite com chocolate.

Emma amava as frases estranhas que a filha usava para descrever o mundo ao seu redor. Aquele contexto único lhe dava uma mostra da vida pelos olhos de Olivia dos jeitos mais maravilhosos.

— Parece incrível.

Enquanto Emma preparava o jantar, a filha nem ligou para o rádio. Em vez disso, imediatamente pegou o livro e voltou para a fazenda dos Cuthbert com Anne. O pai de Emma tinha razão — as pessoas só precisavam do livro certo para virarem leitoras.

Várias semanas depois, quando Emma subiu as escadas para casa, o silêncio na entrada do prédio já não era incomum. De fato, quando abriu a porta, lá estava Olivia, sentadinha no canto direito do sofá, com o rosto obscurecido por um livro com capa de linho verde e uma etiqueta da Booklover's Library na capa.

No fim das contas, a filha não era uma leitora qualquer. Era uma leitora voraz.

— Oi, oi, Olivia — chamou Emma, cantarolando.

A menina abaixou o livro com um sorriso, revelando o buraco do canino do outro lado. Pelo menos os novos dentes pareciam estar crescendo tão rápido quanto os antigos caíam.

— O dia na biblioteca foi bom? — perguntou Olivia.

Mesmo enquanto falava, ela olhava a bolsa de Emma em busca do formato característico de um livro.

Emma escondeu a bolsa, travessa.

— Foi, sim. E, se você tiver se comportado, talvez eu tenha uma surpresa.

— Eu sempre me comporto. — Olivia inclinou a cabeça, pensativa. — Sou melancólica, mas comportada.

— "Melancólica", que palavra boa — disse Emma.

Olivia se endireitou onde estava encurvada no encosto do sofá, claramente adorando o elogio, mas depois franziu a testa.

— O que quer dizer "bem-apessoado"? Eu sei que tem a ver com a pessoa, mas não entendi o significado.

Emma tirou a capa de chuva do mancebo, colocou-a sobre os ombros como uma capa e entrou na sala de estar como uma atriz deslizando para o palco.

— É quando alguém, ou algo, é bonito.

Ela piscou, batendo os cílios.

Olivia deu uma risadinha.

— Você sempre está bem-apessoada, mamãe.

— E você também, Olive, querida.

Quase todos os dias, a menina perguntava sobre uma nova palavra. O que queria dizer "engenhosamente"? Que cor era "alabastro"? O que exatamente era uma "extensão" de tempo? Essa última ela pronunciou como "e-quis-tensão" e aprendeu a lição muito importante de que palavras lidas na mente podem ser usadas de forma adequada no discurso, mas pronunciadas incorretamente.

Era uma coisa linda ver Olivia, que tivera dificuldade na escola por tanto tempo, abraçando o aprendizado. E da melhor forma possível: desfrutando de uma história.

Emma pegou as rações da semana e analisou os vegetais de verão, recém-colhidos pela sra. Pickering na horta estreita, para montar o jantar. Era a parte da noite delas em que Olivia falava. E falava. E falava. Ela contava à mãe, com vívidos detalhes, tudo o que havia lido, provavelmente falando mais palavras do que estavam escritas em *Anne de Avonlea*.

Verdade fosse dita, Emma tinha se perguntado se o livro sobre Anne crescendo e tornando-se professora teria algum apelo, em especial pelo desinteresse de Olivia pela escola. Surpreendentemente, sim. Ela ficou igualmente hipnotizada pela história de Anne como adulta começando a carreira quanto pela vida de Anne como garotinha órfã procurando um lar.

Naquela noite, quando foram para a cama, Olivia observou a mãe, pensativa.

— Como nós duas amamos livros, isso significa que somos almas gêmeas.

— É mesmo — respondeu Emma, e bagunçou o cabelo de Olivia. — Seu avô amava ler. Tínhamos até uma livraria.

— Vocês eram donos de uma livraria? — Olivia ficou boquiaberta, uma leitora imaginando um baú do tesouro.

— Morávamos em cima dela — respondeu Emma.

— E ela também pegou fogo, com a sua casa? — concluiu Olivia, solenemente.

Emma assentiu. Tinha contado como sobrevivera a um incêndio que destruiu a casa deles quando era jovem, mas escondera de Olivia os piores detalhes. Na época, não estava pronta para mencionar a livraria.

— Seu pai também amava ler.

Emma havia esquecido essa parte de Arthur, o quanto ele gostava de falar de livros com um entusiasmo similar ao de Olivia. Mas, na época, a morte do pai ainda era um assunto sensível para Emma, e suas partes tenras e vulneráveis não conseguiam suportar nem o mais leve toque das lembranças dele.

Arthur tinha sido obrigado a ler sozinho, a pensar em seus livros sozinho. De repente, ela percebeu que, em muitos sentidos, não havia dado ao casamento a chance de florescer.

Era curioso como o dia a dia da vida às vezes enterrava o passado.

Olivia se animou.

— Meu pai amava ler?

Emma fez que sim.

— Você acha que ele estaria orgulhoso de mim? — Olivia apertou os lábios, como fazia às vezes, quando estava ansiosa.

— Eu sei que estaria. — Ela deu um beijo na testa da filha e a puxou para mais perto. — E eu também estou.

Emma não sabia havia quanto tempo estava dormindo quando o mundo tremeu violentamente. Olivia gritou e a arranhou enquanto Emma tentava segurar os membros que a filha contorcia freneticamente em seus braços.

Tudo estava escuro, deixando-as às cegas. O medo explodiu no fundo da mente dela. Hitler estava consumindo tudo no caminho, e elas eram as próximas.

A sirene de ataque aéreo não tinha tocado.

Por que a sirene não tinha tocado?

Emma pegou a lanterna que havia passado a deixar ao lado da cama depois que a sirene tinha disparado em setembro, após a declaração de guerra. Apertando um botão, um facho de luz cortou a escuridão.

O estrondo embaixo delas não parou. Algo na cozinha caiu no chão e quebrou.

— A gente vai morrer! — berrou Olivia, segurando a mãe tão apertado que seus bracinhos magros tremiam de esforço. — Eu te amo. Eu te amo. Eu te amo.

O pânico na voz da filha disparou um instinto de proteção primitivo em Emma, fortalecendo-a.

— Shhh, está tudo bem — acalmou-a, com um tom tranquilizador apesar da batida errática do próprio coração.

O chão continuava tremendo e balançando.

Aquilo não era uma bomba.

Mas também não era normal.

Carregando Olivia, correu até a escada enquanto a sra. Pickering a chamava em meio aos latidos frenéticos de Tubby.

— Sr. Sanderson! — gritou Emma.

No andar de cima, o som da porta se abrindo ecoou pelo corredor.

— Vocês precisam da minha ajuda?

Emma segurou a filha, que tremia.

— Não, mas não é seguro.

— Então é melhor ir para aquelas porcarias de abrigo? — Ele bufou, desdenhoso. — Eles não têm nem argamassa.

O som da porta sendo fechada ecoou abruptamente pela escada.

— Lá para fora, vamos! — gritou a sra. Pickering.

Ela esperou ao pé das escadas, como se temesse deixar Emma e Olivia para trás, depois as levou para a noite de verão com Tubby. Elas tinham concordado em não ir ao depósito de carvão, já que, se a casa caísse em cima delas, ia matá-las exatamente como uma bomba.

Várias pessoas já estavam em frente aos outros prédios, com o rosto refletindo o mesmo medo e a mesma confusão que crepitavam em Emma.

Embora o tremor no chão enfim tivesse parado, todos foram para os grandes prédios quadrados no meio da rua, numa miscelânea de pijamas, cabelos enrolados, pantufas e pés descalços. Uma fileira de bancos estreitos corria paralela a cada lado do abrigo. Emma puxou Olivia para o colo enquanto a sra. Pickering fazia o mesmo com a bolsa grande, dentro da qual Tubby estava escondido.

Assim que se sentaram, o tremor recomeçou — sem uma sirene de ataque aéreo para alertá-los. Os tijolos se moveram uns contra os outros, criando uma nuvem de poeira, e Emma não pôde deixar de se lembrar do que o sr. Sanderson dissera sobre a falta de argamassa. Olhando mais de perto, percebeu que havia alguma, mas muito pouca, como se os construtores tivessem economizado preciosos recursos.

Talvez a custo de vidas alheias.

O jornal da noite seguinte citou um terremoto, seguido por um abalo secundário. Embora fosse um alívio saber que Nottingham não havia sido atacada, o terror passara perto demais. Especialmente à luz da reação de Olivia.

Ver a filha tão assustada mostrou a Emma que chegara o momento de fazer algo que esteve adiando desde o início da guerra. Algo que achava que não fosse fazer nem em um milhão de anos.

Era hora de entrar em contato com os sogros para ver se estariam dispostos a aceitar Olivia em sua casa, em Chester. Não naquele exato momento, mas caso a evacuação se tornasse necessária.

34

Várias semanas depois, Emma estava esperando o ônibus de Barton, a caminho do trabalho, depois de se atrasar naquela manhã. A estranha bolsa inflada em cima do veículo, que o abastecia com gás de carvão, parecia prestes a murchar.

— Pelo jeito, você está precisando reabastecer — disse o homem na frente de Emma à motorista enquanto eles subiam.

— Deve durar mais várias paradas. — A jovem com um cabelo loiro em um elegante corte Chanel embaixo do quepe de motorista deu um sorrisinho maroto. — Mas eu também sempre levo até o limite.

Aquela era outra mudança que a cidade estava testemunhando: mulheres preenchendo os cargos que os homens haviam deixado. Era uma mudança bem-vinda, que lhes abria muitas portas — muitos campos em que podiam encontrar uma carreira antes barrada para elas.

Outro dia, saíra no jornal um anúncio em busca de engenheiras, oferecendo um salário inicial mais alto do que jamais se tinha visto na carreira.

O fato de a Europa estar em guerra mudava tudo, e, em alguns sentidos, as mudanças eram para melhor.

Emma saiu do ônibus e não pôde deixar de notar que o saco em cima do veículo já estava praticamente murcho.

A manhã era um de seus horários favoritos do dia na Pelham Street, quando as únicas pessoas nas calçadas eram as que iam ao trabalho, em vez de compradores vagando e enchendo o ar de falatório estridente. O sol jogava uma luz dourada matinal na rua, prometendo um dia quente de agosto, enquanto o cheiro fermentado de pão assando enchia o ar e se mesclava com a tentação fragrante de chá fresco.

Aquele era o tipo de momento que prometia que a guerra logo ficaria para trás, que prenunciava paz e animava os espíritos.

Os pais de Arthur haviam respondido à pergunta de Emma, afirmando que aceitariam Olivia em casa alegremente caso as coisas ficassem perigosas em Nottingham. A resposta imediata incomodou a consciência de Emma, após ter esperado tanto para entrar em contato. Afinal, Olivia era neta deles. A única neta.

Por outro lado, ela se lembrou da forma como a haviam tratado após a morte de Arthur, quando tentara ir morar com eles — as respostas grossas, a forma como trocavam olhares irritados quando ela falava, os constantes comentários depreciativos —, e a culpa se amenizou.

Com sorte, Nottingham continuaria em paz e Olivia não precisaria ir para Chester.

Ela entrou na Booklover's Library e encontrou Irene já a postos. As últimas semanas pareceram aplacar o luto dela, como se a distração do trabalho lhe tivesse feito bem.

— Tinha um livro na prateleira errada hoje de manhã — disse Irene, com os olhos arregalados de pânico. — Encontrei Charles Dickens em romance e, bom...

Sua expressão se tornou mais leve quando deu uma risadinha e estendeu *Oliver Twist*.

Fazia um tempo que não apareciam livros fora do lugar.

— Acontece de tempos em tempos — respondeu Emma, com mais descontração do que sentia. — Só nunca deixe a srta. Crane ver.

Naquela tarde, o sr. Fisk apareceu pela primeira vez no que pareciam meses. Emma já estava se virando para ajudá-lo quando viu a srta. Crane atravessando a biblioteca direto na direção dele. Ela prendeu a ponta do pé num tapete e tropeçou bem quando Emma abriu a boca para oferecer assistência ao sr. Fisk — Charles.

— Andei treinando novos recrutas no corpo de bombeiros e levei um tempo para terminar este último livro. — Ele lhe entregou o exemplar de *Os miseráveis*, de Victor Hugo.

— É longo, mas vale a pena — disse ela.

Emma usou as duas mãos para levar o livro até a cesta de devoluções no chão.

— Sem dúvida. Mas confesso que quase vim antes de ter terminado. — Charles sorriu, e fixou o olhar nela de uma forma que fez tudo o mais desaparecer. — Estava atrás de uma desculpa para ver você. Mas não podia fazer isso com Victor Hugo.

— Com certeza Victor aprecia sua diligência — respondeu Emma enquanto um calor lento e bem-vindo se espalhava em seu peito.

Céus, estava flertando?

Se sim, a sensação era bastante gostosa. Borbulhante e efervescente, mais leve do que ela sentia havia tempo demais.

— Eu já li *Guerra e paz* — praticamente berrou um homem do outro lado do salão.

Ela olhou de relance para lá e encontrou o sr. Beard com o rosto tão vermelho quanto o cabelo era branco, erguendo-se sobre uma Irene aterrorizada.

— Também li *Um conto de duas cidades*. E *Middlemarch*. E todos os outros clássicos que você me trouxer — continuou ele. — Eu não quero ler os mesmos livros sem parar.

Irene se encolheu, afastando-se do homem.

— Mas o senhor disse que mistérios estão degradando a educação na Grã-Bretanha e...

Emma abriu um sorriso de desculpas para Charles e correu para intervir.

— Sra. Upton, poderia guardar a nova entrega na Sala de Encomendas? — pediu Emma com gentileza, depois voltou-se para o sr. Beard. — Sei que o senhor não gosta de mistérios, mas temos um tão terrivelmente formulaico que com certeza vai querer explorar a prosa entediante que muitos alegam ser de tirar o fôlego.

O forte vermelho no rosto do homem desapareceu quase que de imediato.

A BIBLIOTECA DOS AMANTES DE LIVROS   231

— Preciso ver esse livro de que você está falando agora mesmo — bufou ele, enfim superando a raiva.

Emma fez uma anotação mental para depois ter uma conversa com Irene sobre a afinidade do sr. Beard por mistérios, apesar da repulsa fingida em relação a eles. Quando finalmente tinha deixado o homem um pouco menos irritado e com um novo mistério de assassinato em mãos, a srta. Crane já estava cuidando de Charles, levando-o à mesa de empréstimos.

A interrupção acabou sendo boa. Emma não tinha tempo para interlúdios românticos.

Porém, enquanto se aproximava da Sala de Encomendas um pouco depois, após a saída do sr. Fisk, a voz da srta. Crane surgiu da porta entreaberta.

— É terrível mesmo ele não ter se alistado. Um homem forte como ele fugindo da responsabilidade? Especialmente considerando os muitos homens corajosos que estão por aí arriscando a vida e os membros pela Grã-Bretanha.

Emma não era de escutar escondida, mas, naquela circunstância, estava curiosa para saber qual personagem a srta. Crane estava eviscerando. Certamente não era o sr. Fisk.

— Sem dúvida os homens têm seus motivos — respondeu Irene, num tom cauteloso, claramente desconfortável com a imposição do assunto. — Meu marido vinha de uma longa linhagem de soldados, então sempre teve vontade de se alistar.

— Bem, o sr. Fisk deveria conhecer as próprias obrigações, pelo menos é o que acho.

Emma se endireitou com um movimento brusco, como se tivesse sido ela mesma alvo do escárnio da srta. Crane. Antes que mais uma palavra pudesse ser dita, empurrou a porta e entrou na Sala de Encomendas.

— Nossos assinantes conseguem ouvir tudo o que está dizendo.

A srta. Crane, em geral, sempre tinha uma réplica afiada. Ali, porém, só balbuciou de vergonha e indignação, com o rosto vermelho:

— Você não devia ficar ouvindo a conversa dos outros.

Em seguida, saiu altivamente da sala, deixando um silêncio pesado em seu rastro.

— Acho que ela estava tentando fazer amizade comigo — disse Irene, baixinho. — Ela queria conversar sobre como meu marido era um herói e mencionou os homens que não estavam lutando, como o sr. Fisk. — Ela cutucou um canto da unha onde o esmalte vermelho estava descascando. — Não concordo com ela. Com certeza ele tem seus motivos.

— Com certeza — respondeu Emma.

Mas ela não elaborou sobre como o sr. Fisk claramente havia rejeitado o interesse da srta. Crane e como esse fato podia ter um papel nos comentários degradantes da outra. Ainda assim, o lado maternal de Emma estava decepcionado com a mesquinharia da srta. Crane, a forma baixa como ela menosprezara alguém tentando tirar da atitude uma amizade.

Apesar de o dia ter começado tão auspicioso, as têmporas de Emma latejavam com uma enxaqueca. Felizmente, ela tinha a noite de folga na cantina da estação Victoria e planejava se acomodar no sofá ao lado de Olivia e reler *Mansfield Park*. De fato, não havia nada melhor que o silêncio companheiro que caía entre leitores num cômodo tranquilo, cada um inteiramente perdido nos próprios mundos.

Enquanto passava pelo pequeno jardim na frente do prédio, um garoto se aproximou, fazendo-a parar de repente no meio do caminho.

Edmund.

— Sra. Taylor?

Havia uma reticência no garoto, uma docilidade provavelmente fingida para os adultos.

Ele era pequeno para a idade, sem dúvidas menor que Olivia, e um punhado de sardas pintavam a pele pálida na ponte do nariz.

Emma o olhou com seriedade. Tantas palavras lotaram seus pensamentos naquele momento, anos de frustração impotente com a mágoa que ele causava a Olivia e que Emma queria despejar em cima do garoto.

Mas, apesar de toda a crueldade, Edmund ainda era criança, portanto ela conteve a ira e esperou para ver o que ele queria dizer.

— Eu quero que a senhora saiba que sua filha é…

Ele engoliu em seco e olhou para o chão, de modo que o cabelo escuro caiu na frente do rosto.

Emma ficou tensa, a dor na cabeça latejando no ritmo do coração.

A BIBLIOTECA DOS AMANTES DE LIVROS   233

Para surpresa dela, quando ele levantou a cabeça, estava com os olhos brilhantes de lágrimas.

— Eu provoquei a Olivia porque ela não tem pai.

Emma ficou tensa. Todos aqueles anos em que a filha chorara por causa dos abusos do menino, a forma como havia se recusado a contar o que Edmund dizia a ela.

Por fim sabia. E o que machucava mais fundo do que a filha sendo provocada por não ter pai era ela ter aceitado todo o peso sozinha, para não machucar a mãe.

— Agora eu também não tenho pai. Os alemães… — disse Edmund, e fungou, esfregando a manga da roupa no nariz. — Os alemães… — Ele sacudiu a cabeça, incapaz de completar o que ia dizer. — Quando Olivia descobriu, ela…

A voz dele falhou, e seus lábios se viraram para baixo.

Emma se preparou, pensando em todas as formas como toda a injustiça daquela implicância poderia se equilibrar.

— Ela me abraçou e disse que tudo ficaria bem.

O menino inspirou fundo, contorcendo o rosto. Antes que Emma pudesse responder ou mesmo oferecer compaixão, ele lhe deu as costas e correu na direção do prédio ao lado.

Emma o viu se afastar, triste por conhecer o duro caminho de luto que o esperava. E, embora não gostasse da sra. Mott, também sabia como podia ser dura a perda de um marido.

Quando entrou no apartamento, sentiu que havia algo errado.

— Olivia?

Ela estava encolhida no sofá, com o livro ao lado e os olhos vermelhos de tanto chorar.

Emma sentou-se ao lado da filha, que se endireitou e começou a soluçar de verdade.

— O pai do Edmund morreu — disse a menina, com as palavras entrecortadas por soluços robustos. — Eu vi ele chorando lá fora e fui ver o que tinha acontecido.

Emma havia mesmo se perguntado quando a filha tinha conversado com o menino. Saber que o tinha procurado ativamente era ainda mais chocante.

Ela esfregou as costas de Olivia em pequenos círculos para acalmá-la.

— Foi muito gentil da sua parte.

— Eu sei como é não ter pai. Não quero que ele se sinta que nem eu.

A voz de Olivia falhou, e o coração de Emma se partiu.

Ajoelhando-se em frente à filha, ela a abraçou.

— Sinto muito por ter sido tão difícil, por você não ter seu pai sendo que todo mundo tem um.

Olivia abraçou Emma.

— Eu tenho você.

— Nós duas contra o mundo — disse Emma, e beijou o topo da cabeça da filha. — Foi muito legal da sua parte pensar em outra pessoa, especialmente alguém que já foi tão cruel com você.

— Anne teria feito isso — respondeu Olivia, e se afastou com os olhos arregalados e sinceros. — Ela sempre pensava nas pessoas e em por que elas fazem as coisas. Eu sei que o Edmund é mau comigo, mas mesmo assim quero ajudar, que nem Anne.

Emma acariciou o cabelo da filha, afastando-o da testa úmida. Ela havia levado *Anne de Green Gables* para Olivia na esperança de que a filha se conectasse com a protagonista, visse a si mesma ali e não se permitisse ser intimidada.

No fim, a leitura havia lhe ensinado uma lição ainda mais importante: gentileza e empatia.

Naquele fim de noite de agosto, com um longo e alto lamento, a sirene de ataque aéreo fez as duas saírem voando da cama. Mais eficiente com a prática, Emma agarrou a lanterna da mesa de cabeceira com uma das mãos e Olivia com a outra. Juntas, desceram a escada correndo até encontrarem a sra. Pickering, que já estava esperando de roupão e pantufa, com Tubby enfiado numa bolsa generosa para ser levado escondido ao abrigo, onde animais de estimação não eram permitidos.

Elas nem ligaram para os abrigos decrépitos na frente do prédio. Não, correram por várias ruas até a entrada das cavernas.

Havia uma rede de cavernas sob a cidade. Dizia-se que haviam abrigado trabalhadores de curtume e leprosos na época medieval, e mais tarde contrabandistas de álcool, mas naquele momento eram usadas para armazenagem e como abrigos antiaéreos.

Emma confiava mais nas escoras da pedra com séculos de idade do que nos abrigos construídos às pressas que cuspiam argamassa ao menor estrondo.

A temperatura esfriava conforme desciam às profundezas úmidas e geladas. Luzes ladeavam um caminho que dava numa área principal, onde centenas de pessoas estavam perambulando de pijama. Algumas com travesseiros já haviam se acomodado contra a parede rústica nos fundos, ansiosas para voltar a dormir.

O cômodo era bem-iluminado. Não era preciso se preocupar com o blecaute no fundo de uma caverna, afinal. De um dos lados, uma parede estava pintada com as palavras "Damas" e "Cavalheiros", cada uma com uma seta indicando um lado. Provavelmente para os que precisavam cuidar das necessidades.

Eles tinham mesmo pensado em tudo.

— Outro terremoto? — perguntou um homem, irritado.

Seu cabelo grisalho estava espetado do lado direito da cabeça, onde claramente havia se deitado no travesseiro.

— Ou outro alarme falso — reclamou mais alguém.

Os resmungos chegavam de todos os lados, de pessoas que tinham sido tiradas do sono no meio da noite.

Olivia continuava em silêncio, com a mão suada agarrada à de Emma, olhando ao redor, fascinada.

— Por que o Robin Hood não usou as cavernas em vez da Floresta de Sherwood?

— É uma ótima pergun…

Antes de conseguir terminar a frase, o cômodo esculpido ao redor deles ribombou — não com a trepidação prolongada de um terremoto, mas com o tremor rápido de algo duro e pesado atingindo o solo.

O lugar ficou em silêncio, mergulhado numa espessa camada de medo.

Um arrepio levantou os pelos da nuca de Emma, e não tinha nada a ver com a temperatura da caverna.

A mão de Olivia apertou a dela ainda mais forte.

— Mãe? — falou a menina.

Houve outro tremor, um mais forte, acompanhado pelo som abafado de algo explosivo do lado de fora. As luzes piscaram e várias mulheres gritaram.

Emma puxou a filha para o colo, algum instinto primitivo reconhecendo o som que nunca ouvira enquanto as entranhas se tensionavam com a certeza.

Nottingham estava sendo bombardeada.

35

As bombas caíram pelo que pareceram horas.

Uma vez que o aviso de sinal verde soou e todos finalmente puderam sair, um distinto odor de fumaça tingia o ar noturno. Por sorte, não havia incêndios por perto, o que significava que, onde quer que as bombas tivessem sido jogadas, não era por ali.

Depois, os jornais relataram que toda a Inglaterra fora atingida por explosivos e bombas incendiárias. Embora algumas tivessem caído na zona rural sem causar danos e se apagado em jardins, muitos dos ataques errantes causaram estragos. Vítimas.

No dia seguinte, elas não saíam dos pensamentos de Emma enquanto fazia as tarefas de maneira automática na Booklover's Library. Um garotinho em Nottingham tinha sido morto e a mãe estava inconsolável. Emma queria não ser capaz de imaginar tal dor, mas a verdade era que a história não saía de sua mente.

O novo primeiro-ministro tinha razão: a batalha da Grã-Bretanha de fato havia começado.

E se mais um ataque aéreo acontecesse enquanto Emma estava no trabalho?

Ela havia deixado Olivia com instruções detalhadas sobre o que fazer no caso de um ataque aéreo, explicando para pegar Tubby pela coleira e correr para as cavernas, levando uma bolsa para escondê-lo dentro.

Mas e se não houvesse tempo suficiente? E se ir às cavernas em vez de ao abrigo na frente de casa demorasse demais? Um abrigo construído de qualquer jeito era melhor que nada. Ou não?

Tudo isso significava que, por mais que ela temesse enfrentar a verdade, Olivia precisaria ir para o interior com os pais de Arthur. Onde ficaria segura.

A mala sobre a cama de Emma era emprestada de Irene. A de Arthur estava com Olivia em Chester, aonde ela chegara em segurança na fazenda dos avós, segundo o telegrama que prontamente haviam enviado, vários dias antes.

O apartamento estava mais uma vez silencioso, de um jeito que não era natural. O tipo de silêncio sem vida que tomava uma casa quando seu coração parava de bater pela ausência da ocupante mais amada.

Assim que a srta. Bainbridge descobriu que Olivia seria enviada de novo ao interior, logo garantiu um lugar para Emma na filial da Booklover's Library em Aldgate, Londres.

Pelo menos, não ficaria sozinha. Margaret iria também.

Ela vasculhou as roupas, certificando-se de que as peças mais elegantes já estivessem guardadas, assim como a escova e outros itens de higiene necessários.

Um toque alto soou na porta principal do prédio.

Margaret, provavelmente, já que havia prometido buscá-la para poderem ir juntas à estação de trem.

Emma fechou a mala com um clique e a levantou da cama, resmungando pelo peso surpreendente. Como meia dúzia de vestimentas e alguns itens de higiene podiam ser tão pesados?

Ela a carregou do lado direito, já que aquele braço sempre fora mais forte. Era o que costumara usar para carregar Olivia e que passara a empregar para levar compras e coisas assim.

Saindo às pressas do apartamento, trancou a porta e desceu.

— Minha meia-calça não! — remoeu-se Margaret no andar de baixo.

Emma chegou ao térreo e viu uma cena e tanto: Margaret, vestida com elegância em um casaco vermelho e um chapéu chique combinando, inclinado de modo jovial por cima de um olho, dançava para afastar as pernas de Tubby. Mas o cão era incansável, contorcendo-se contra a sra. Pickering para tentar chegar até ela, esticando o pescoço enquanto lambia o ar com a língua cor-de-rosa.

Após uma pequena luta, a senhoria empurrou Tubby para dentro de casa e fechou a porta. Seu cabelo, em geral bem penteado, era uma massa louca de fios grisalhos espetados para todo lado, e o rosto corado refletia sua exasperação. Atrás dela, Tubby, endiabrado, arranhava a porta.

— Bem — disse a sra. Pickering, e pôs as mãos na cintura, olhando para Margaret como se ela tivesse uma segunda cabeça. — O que raios deu em você para cobrir as pernas com molho de carne?

Emma olhou para as pernas de Margaret e viu que as "meias" tinham pontos sem cor do tamanho de uma língua, revelando a pele pálida embaixo.

— Todo mundo faz isso. — A mulher esfregou as pernas, como se pudesse distribuir a cor de maneira mais uniforme. — Especialmente agora que a Windly não produz meias como antigamente.

Ela se referia à fábrica local Windly & Co Hosiery, que parara de fabricar meias-calças havia pouco tempo à luz dos esforços de guerra.

— Não existe um tipo de maquiagem especial para as pernas? — perguntou Emma, incrédula.

Até ela tinha visto os anúncios da marca Henry C. Miner sobre as meias-calças líquidas.

Margaret suspirou.

— A cor dizia Gold Mist, então achei que fosse ser mais dourada, mas parecia laranja quando passei. Eu não podia sair por aí com as pernas laranja.

— Não com esse casaco vermelho — disse a sra. Pickering, fazendo todas rirem com o julgamento de moda enquanto estava lá parada de roupão com o cabelo desgrenhado.

— Você tem os detalhes para ligar para a hospedaria? — perguntou Emma à senhoria, ansiosa.

— Pela décima vez: tenho — respondeu ela, paciente como sempre. — Vou telefonar assim que você receber uma carta ou telegrama de Olivia ou dos avós dela.

Os ombros de Emma relaxaram um pouquinho. Já tinha recebido notícias de Olivia, que contou estar fingindo ser Anne na fazenda em Green Gables. Quando a filha foi embora, estivera ansiosa para saber mais sobre o pai através da conexão com os avós. Emma só torcia para que a menina não experimentasse a mesma frieza que ela, para não acabar decepcionada e magoada.

Por enquanto, Olivia estava abraçando por completo a vida em Chester e tinha começado a ler *Uma casa na floresta* — um dos favoritos de Emma.

Margaret arrumou a "meia-calça" o melhor que pôde, e por fim as duas seguiram para a parada de ônibus para começar a longa jornada até Londres.

A filial da Boots em Aldgate incluía uma farmácia que nunca fechava, ficando aberta vinte e quatro horas por dia, todos os dias da semana, para oferecer auxílio médico aos clientes.

Emma nunca ouvira falar de nada do tipo, mas ficou feliz por a Booklover's Library não ter o mesmo horário. Além do mais, todo mundo sabia que um leitor que perdia a hora de dormir para terminar o livro saboreava seus momentos finais enquanto caía no sono — não saía às três da manhã para uma nova aventura.

Arthur tinha morado em Londres depois de escapar de Chester e descrevera a cidade como grande e cheia demais, em especial depois da quietude enervante da vida na fazenda dos pais. Mas Emma havia crescido em Nottingham, que Arthur considerava a mescla perfeita de agitação e tranquilidade. Para ela, Londres era uma aventura louca que tinha esperado a vida inteira para experimentar.

Havia teatros a ir, enormes museus com artefatos fascinantes a explorar e tantas lojas que nem Margaret seria capaz de fazer compras em todas nas duas semanas que passariam lá. E os livros!

Tinha uma área inteira conhecida como Paternoster Row, ocupada por gráficas e livrarias e armazéns com pilhas altas de todos os livros imagináveis.

De fato, nenhuma cidade no mundo era tão incrível quanto Londres.

Emma e Margaret tiveram o primeiro dia livre para se acostumarem com a cidade. A princípio, Emma entrou e saiu de inúmeras lojas de cosméticos atrás da amiga. Mas havia um limite para a quantidade de tons de batom vermelho que conseguia ver antes de Persian Red, Cherry Ripe, Garnet, Firefly e todos os outros nomes atraentes começarem a parecer exatamente iguais.

Prometendo juntar-se a Margaret de novo mais tarde, Emma achou o caminho para o distrito dos livros, tirando um tempo para olhar as vitrines criativas atrás de grandes vidraças planas marcadas apenas por faixas diagonais de fitas teladas.

De certa forma, a guerra havia deixado sua marca na linda cidade, além de em cada superfície plana coberta de cartazes encorajando as pessoas a fazer uma coisa ou outra.

Por enquanto, Emma estava fazendo o que as placas instruíam e caminhava, em vez de usar o transporte público. Um passo errado a levou a perambular por uma rua estreita, encontrando por acaso uma lojinha aconchegada entre dois prédios grandes, como uma criança espremida no abraço afetuoso dos pais.

A loja era relativamente discreta, com uma fachada branca e preta desgastada pelo tempo até um amarelo pálido e cheia de rachaduras. Tinta brilhante numa placa branca exibia o nome do estabelecimento numa caligrafia livresca cheia de floreios.

Primrose Hill Books.

Era precisamente o tipo de lugar que teria visitado com o pai em busca de itens raros para a coleção deles.

Havia fita colada com cuidado em forma de X nas vitrines, deixando um pedaço no meio para revelar uma cena outonal com folhas feitas de papel que pareciam cair do teto antes de se acomodarem suavemente nos volume expostos. Muito cuidado fora dedicado à criação de uma estética tão atraente.

Algo se contorceu no peito de Emma. Ela havia encontrado consolo entre outros leitores na Booklover's Library, mas ainda não havia entrado sozinha em uma livraria. Aquilo também seria parte de seu caminho de cura após a morte do pai.

Emma entrou pela porta da frente e um sininho tocou. A Tower Bookshop tivera um igualzinho. E, como a livraria do pai, aquela tinha fileiras e fileiras de livros em oferta. Bonitos cartazes de papelão indicavam os gêneros, enquanto mesas organizadas estavam diligentemente arrumadas pelo espaço.

Respirando devagar, ela saboreou o aroma de milhares de livros novos e velhos, da poeira que caía nas rachaduras para nunca mais ser limpa, do couro que continha um milhão de aventuras entre as capas.

O nó em seu peito relaxou com a certeza de que era exatamente o lugar para ela.

Uma jovem loira de grandes olhos castanhos se aproximou com um sorriso amigável.

— Posso ajudar?

Emma levantou os olhos para o segundo andar da livraria, onde as estantes subiam até o teto.

— Acho que gostaria de dar apenas uma olhada.

— Claro — disse a mulher, e apontou para a seção de história. — Vou estar bem ali se precisar de mim.

A caminho das prateleiras, ela passou por um balcão castanho--avermelhado lustroso e casualmente pegou um pedaço de papel amassado, que se abaixou para jogar no lixo.

Uma mesa à direita tinha vários exemplares do novo livro de Nancy Mitford, *Pigeon Pie*, com uma placa declarando: *Escrito enquanto Chamberlain ainda era primeiro-ministro*. O livro, que tirava sarro da guerra falsa, tinha sido lançado num momento terrível, logo antes de a França ser derrotada pelos nazistas. Mas culpar o ex-primeiro-ministro que deixara a Inglaterra irritada com sua passividade era simplesmente genial.

Emma riu sozinha.

— Srta. Bennett — disse uma voz áspera atrás de Emma. Ela virou-se e viu um homem com um suéter solto, uma cabeleira branca e sobrancelhas tão grossas que praticamente se apoiavam no topo dos óculos. Ele estendeu um livro-caixa à jovem funcionária. — O que diabos diz isto aqui?

A srta. Bennett pareceu inteiramente inabalada pelo comportamento grosseiro dele e chegou mais perto para ler.

— Charles Dickens para a vitrine de Natal.

— Natal? — Ele olhou de novo a página. — O que eu estava pensando?

— Em se preparar com antecedência — sugeriu a srta. Bennett.

— Ah, então provavelmente foi algo que você pôs na minha cabeça — disse o homem. E embora soasse rabugento, havia um brilho alegre em seus olhos.

Se Emma não o tivesse ouvido chamar a jovem de srta. Bennett, talvez imaginasse que a funcionária era filha dele.

A BIBLIOTECA DOS AMANTES DE LIVROS 243

Deixando-os trabalhar, partiu em sua exploração.

Uma porta nos fundos tinha uma pequena placa de latão que dizia: *Primrose Hill Books — onde leitores encontram amor.*

Emma sorriu, sentindo amor naquele momento — o amor por livros e o amor pelo pai, como se a presença dele residisse ali, entre o fragrante aroma de livros e a promessa de tantas histórias a serem descobertas.

— Sr. Evans, o correio já chegou? — perguntou a srta. Bennett.

De um corredor mais adiante, veio a resposta:

— Sim, e não havia nada nele do seu sr. Anderson.

— E eu esperando um pedido de casamento no correio de hoje. — A jovem deu um suspiro pesado.

— Espero mesmo que seja uma piada — respondeu o homem, seco.

A srta. Bennett respondeu com uma risada suave.

Emma sorriu, lembrando como ela e o pai se provocavam. Andando pelo corredor de clássicos, ela se deparou com o tal sr. Evans examinando uma cópia de *Os miseráveis.*

Ele levantou as sobrancelhas grossas.

— É... se precisar de ajuda para achar um livro, sugiro que peça à srta. Bennett. Ela é bem mais astuta nesse tipo de coisa do que eu.

Emma considerou a sugestão.

— Acho que vou fazer isso, obrigada.

— Você é melhor do que acha que é — disse a atendente, aparecendo no fim do corredor e dando ao sr. Evans um olhar cético.

— Eu sou só o proprietário. — Ele acenou a mão em desdém e voltou a se concentrar em Victor Hugo.

— O que você está procurando? — perguntou a srta. Bennett.

— Estou disposta a tentar qualquer coisa — respondeu Emma. — O que você costuma recomendar?

A srta. Bennett estendeu a mão para a prateleira na frente delas.

— Este mudou minha vida.

Ela puxou um livro e o entregou, com um sorriso.

O conde de Monte Cristo.

A filial da Booklover's Library em Aldgate era bem mais movimentada do que a da Pelham Street em Nottingham. No andar de baixo, na farmácia, enfermeiras com quepes brancos andavam de um lado para o outro atrás do balcão, preparadas para dar conselhos de primeiros socorros e distribuir medicamentos dia e noite.

A Booklover's Library ficava no andar em cima, um porto seguro da agitação da farmácia, embora de forma alguma menos movimentada. A gerente de lá era do tipo sério, com o cabelo puxado para trás num coque liso e as sobrancelhas desenhadas num arco surpreso acima dos afiados olhos azuis. Era uma mulher elegante, mesmo com o avental verde amarrado por cima do vestido, brincos de pérola de pressão nas orelhas e os lábios num tom de vermelho só um pouco mais profundo e maduro que o de Margaret.

— Você provavelmente não vai rever a maioria dos nossos clientes — explicou, num tom levemente arrogante. — Ao contrário das bibliotecas de cidades menores, a nossa está sempre cheia de viajantes de passagem. Eles pagam o livro em nossa filial e devolvem onde forem parar.

Assim que pisaram no salão, uma senhora idosa se aproximou de Margaret.

— Eu gostaria que esta aqui me ajudasse a encontrar um livro.

Margaret olhou para a gerente, que acenou com a cabeça em aprovação.

O gemido de uma sirene de ataque aéreo quebrou o silêncio sereno da Booklover's Library. Emma e Margaret se encolheram.

— Fiquem à vontade para irem a um abrigo — disse a gerente, em um tom entediado. — Posso apontar a direção correta.

Tudo em Emma gritava para que buscasse proteção, em especial depois do bombardeio em Nottingham poucos dias antes. Ignorando o instinto primitivo, ela continuou estoicamente parada na frente da gerente, esforçando-se para não parecer tão provinciana quanto a gerente a fizera se sentir.

— Tem avioes lá fora! — exclamou uma mulher, apontando para as janelas de vitral.

A vibração provocada pelas aeronaves reverberou nos ossos de Emma, puxando-a na direção da janela.

O coração se acelerou.

Lá, em meio ao vidro colorido em vermelho e laranja, estava um enxame de aviões que parecia ocultar o sol de fim de tarde.

— Devem ser da nossa RAF. — A gerente puxou uma pilha de livros e abriu a boca para falar.

O que quer que fosse dizer foi obliterado por um estrondo podesoso que fez o chão tremer. A mulher ao lado da janela gritou e se abaixou, erguendo os braços para proteger a cabeça. À distância, para além das vidraças coloridas, chamas violentas explodiram.

Londres estava sendo atacada.

36

Emma e Margaret passaram a maior parte do dia enfurnadas num abrigo antibombas próximo, junto a todos que estavam na Boots no momento do ataque. A gerente ficou sentada sem dizer uma palavra, olhando para longe, com o cabelo levemente despenteado e os lábios ainda mais pálidos na ausência de batom. Já não parecia nada elegante.

Quando o sinal verde finalmente soou, Emma se levantou com as pernas rígidas por ter ficado sentada por tempo demais, as juntas rangendo com o movimento. Margaret também se ergueu devagar e as duas foram cambaleando até a saída.

Havia no ar um odor chamuscado que cutucou Emma com alfinetadas de alarme.

Elas subiram o curto lance de escadas do abrigo e quase esbarraram na gerente, que havia saído primeiro, antes de pararem em um solavanco.

A cidade estava pegando fogo.

Chamas brilhantes em vermelho e laranja, lançando uma luz dourada reluzente, iluminavam uma área a mais ou menos três quilômetros dali. Acima da enorme conflagração, o céu estava engasgado com uma fumaça preta que subia do fogo em colunas altas e grossas.

Com tal destruição, provavelmente haveria muitas vítimas.

— Os alemães finalmente vieram atrás de nós — falou um homem ao lado de Emma. — Depois de tanto tempo, é a nossa vez.

Um estremecimento sacudiu Emma.

Não podia ser verdade. A Inglaterra caindo nas mãos de Hitler era inconcebível. Mas ele tinha começado na Polônia com bombas e claramente havia fixado as vistas na Grã-Bretanha.

De repente, ela se viu grata pelos sogros de quem nunca gostara, pela disposição em aceitar Olivia na tranquilidade da fazenda. A casa deles ficava no interior, numa área cheia de campos vazios. O último lugar em que Hitler planejaria um ataque.

Seguro.

Entre as sirenes dos veículos de emergência gritando a distância e o murmúrio de vozes preocupadas, a cliente que notara os aviões pela primeira vez começou a chorar.

Não havia eletricidade nem água na hospedaria naquela noite. A senhoria pelo menos colocara algumas velas e uma panela de água no quarto compartilhado por Emma e Margaret, para lavarem o rosto e escovarem os dentes — e para a segunda engolir alguns comprimidos pretos de uma lata chamada Bile Beans.

Emma levantou uma sobrancelha.

— Bile Beans? — perguntou ela.

— Tomado na hora de dormir para se manter saudável, animada e magra.

Margaret colocou a mão embaixo do queixo, inclinando o rosto para cima enquanto dava um sorriso beato, parecendo e soando como um anúncio de revista.

— Animada? — Emma pegou o frasco com interesse.

Quando fora a última vez que ela se sentira animada? Cozinhar, limpar, passar, costurar, todas as tarefas domésticas ficavam mais pesadas com os obstáculos da guerra. Para não mencionar o trabalho na cantina com o SVM e na Booklover's Library.

— Isso dá energia? — questionou Emma.

Margaret deu de ombros.

— Parece ajudar. Mas tem um para mães também. — Ela levantou o dedo e vasculhou a mala antes de se endireitar com uma revista na mão. As páginas ficaram amassadas enquanto as folheava, até parar abruptamente. — Aqui. Beecham's Pills.

Emma chegou mais perto, apertando os olhos sob a luz fraca enquanto Margaret lhe entregava a revista. Comprimidos para a "mãe moderna", dizia o anúncio, para ajudá-las a se manterem magras, ativas e nunca exauridas.

O aspecto "nunca exaurida" sem dúvida era atraente. Mas, ainda que Emma provavelmente devesse perder um pouco de peso, não queria confiar num comprimido para se manter magra.

— Você é bem mais que sua aparência — disse ela, e devolveu a revista. — Espero que saiba disso.

Margaret piscou, surpresa.

— Você é gentil e empática, como quando rejeita delicadamente os soldados que ficam encantados por você na cantina. E é sempre tão esperta, com respostas sagazes e conselhos sobre quais livros e cosméticos vão ajudar as mulheres que entram na biblioteca, até as mais vis.

Margaret abaixou a cabeça e deu uma risadinha.

— Ninguém mais usa a palavra "vil".

— Leitores que amam Austen e Brontë usam. — Emma sorriu, ciente de que a amiga estava tentando afastá-la dos elogios com humor. — Por falar nisso, precisamos descansar para poder oferecer sugestões literárias aos clientes de Aldgate amanhã.

Ela caiu na cama, causando um rangido de molas enferrujadas.

Margaret assoprou a vela e o gemido das molas disse a Emma que a amiga havia se acomodado na própria cama do outro lado do quarto.

— Obrigada — disse Margaret, no escuro. — Por falar essas coisas. Você me vê de um jeito melhor do que eu mesma. Do mesmo jeito que Jeffrey me vê. E minha mãe. Meu pai... — Ela deu uma risadinha de desdém. — Ele sempre está mais interessado em cerveja que em coisas como a própria família. Você devia vê-lo andando por aí de pub em pub até as torneiras secarem e ele ter que se arrastar para qualquer lugar que ainda esteja servindo.

— Ele é quem perde — respondeu Emma, que conhecia muito bem as alegrias de ser mãe ou pai. — E espero que seu Jeffrey sempre fale o quanto você é mais que livros e beleza.

— Ele faz tudo o que pode — respondeu Margaret, com um sorriso que fez Emma gostar ainda mais do noivo da amiga.

A BIBLIOTECA DOS AMANTES DE LIVROS 249

Os sons da rua encheram o silêncio confortável que caiu no quarto com as sirenes de emergência que estavam soando havia horas.

— Ainda dá para ver as chamas? — perguntou Margaret na escuridão.

Emma, cuja cama ficava ao lado da janela, abriu as cortinas blecaute. Embora fosse impossível ter qualquer luz no quarto porque ainda não havia eletricidade, o ato pareceu estranhamente errado depois de um ano mantendo-as fechadas.

Ao longe, o East End brilhava em chamas.

Ela virou-se para Margaret e viu o rosto da amiga iluminado pela luz dourada bruxuleante. A mulher dera um jeito de enrolar o cabelo com grampos mais cedo, à luz de velas, e uma camada leitosa de creme hidratante fazia sua pele brilhar.

Emma fechou a cortina.

— Você acha que o que aconteceu na Polônia vai acontecer com a gente? — perguntou ela.

Assim como abrir as cortinas depois de constantemente lhe mandarem mantê-las bem fechadas, dar voz a seus medos parecia errado. Mas Emma não precisava se manter forte e positiva para Olivia naquele momento. Havia algo libertador em colocar as preocupações em palavras, ver como elas soavam em voz alta e não apenas ricocheteando na mente.

— Ou com a Bélgica, ou com a França… — falou Margaret, baixinho. — É melhor não esperarmos nada diferente.

Sim, era melhor. E era o que mais preocupava Emma.

Na manhã seguinte, o céu ainda estava enevoado de fumaça, tornando difícil respirar aquele ar. As cinzas caíam em torno delas como uma neve suave e se agarravam ao cabelo e ao casaco das duas.

— Centenas de mortos, muito mais feridos! — gritava um garoto de boné enquanto exibia um jornal. As lanternas que eles usavam nas lapelas à noite brilhavam mesmo ali, de dia, para torná-los visíveis no ar poluído. — Descubra os detalhes do bombardeio de ontem em East End!

Uma ambulância passou, chamando a atenção de todos os transeuntes, os olhares a acompanhando por mais tempo que o normal.

— Você acha que realmente morreram centenas? — perguntou Margaret.

Emma olhou para trás, na direção do East End e das espessas nuvens pouco naturais de fumaça que pareciam tão erradas ali. Seu estômago se revirou.

— Sim, acho.

A gerente havia mais uma vez assumido a postura polida.

— Com certeza o que aconteceu ontem foi uma circunstância extraordinária. Vocês, claro, têm permissão de voltarem a Newark se preferirem.

— Nottingham — corrigiu Margaret.

— E não temos problema nenhum em ficar — mentiu Emma, que queria mais que tudo voltar ao pequeno apartamento na Moorgate Street.

A casa dela não era a única coisa que queria. Ela ansiava por tomar um bule de chá com a sra. Pickering mais uma vez e ter Olivia consigo, aconchegada no canto do sofá com Tubby, segurando um livro na frente do rosto e dando risadinhas agudas ao ler partes que achava engraçadas — partes que Emma sabia que a filha lhe contaria depois.

A gerente deu um sorriso tenso.

— Muito bem. Como veem, os clientes já estão entrando, prontos para se distraírem desta… bagunça toda com um bom livro.

"Bagunça" não era bem o jeito de descrever centenas de mortos e feridos, além de provavelmente milhares que teriam perdido suas casas. Apesar do comportamento indiferente, a mulher quase pulou de susto quando alguém derrubou um livro sem querer. Evidentemente, não era tão imune à preocupação como alegava.

O dia seguiu sem incidentes, até aquela tarde, quando a sirene de ataque aéreo soou na biblioteca lotada. Desta vez, não houve comentário condescendente sugerindo que Emma e Margaret podiam ir a um abrigo se sentissem a necessidade. As pessoas logo estavam se empurrando e acotovelando para sair, incluindo a gerente.

Só ficaram isolados no abrigo por duas horas, mas foi suficiente para deixar todos à flor da pele. A maioria dos assinantes não voltou à Booklover's Library depois do sinal verde, provavelmente indo para casa em vez disso, e a gerente não era a única sobressaltada com qualquer coisinha. Todos pareciam estar esperando outro ataque. Outra bomba.

E os incêndios no East End seguiam intensos.

Não era daquele jeito que Londres deveria ser. Margaret fora à filial da Booklover's Library em Picadilly um ano antes e estava ansiosa para mostrar a Emma as partes da cidade que conhecia. Os balcões de cosméticos, claro, mas também os teatros, os restaurantes, os museus, as casas de chá e todos os marcos turísticos, do Big Ben ao Palácio de Buckingham.

Emma sonhava em ver o palácio, em contemplar uma propriedade tão grandiosa e saber que o rei e a rainha residiam lá.

Só que explorar o esplendor que Londres tinha a oferecer não parecia mais a coisa certa a se fazer, não com tanta gente perdendo a vida e a casa.

Elas nem se deram ao trabalho de ir a um restaurante, optando, em vez disso, por entrar na fila para comer peixe com fritas num cone feito de papel-jornal, rindo de como o pai de Emma costumava contar a refeição como uma das poucas que ele sabia "cozinhar". E, embora Margaret alegasse que as frituras não eram mais tão boas quanto antes da guerra, a comida oleosa estava uma delícia. E saiu rápido, permitindo que voltassem à hospedaria antes do blecaute.

Quando chegaram, ficaram gratas ao ver que a água e a luz tinham voltado. Emma encheu a banheira até a linha preta que alguém tinha se dado ao trabalho de desenhar no interior e saboreou o luxo da água quente, à qual ela nunca havia percebido que não dava o devido valor. Quando voltou ao quarto compartilhado, encontrou Margaret com algo verde e molhado no rosto, domando o cabelo em rolinhos com grampos para ter cachos perfeitos no dia seguinte.

— Está melhor? — perguntou Margaret, tendo se banhado mais cedo naquela noite.

— Muito. — Emma suspirou e soltou a toalha que havia amarrado em torno do cabelo molhado. — Acha que vão nos mandar para casa?

— Bom, é difícil aprender com todo mundo se encolhendo a cada barulhinho. — A amiga abriu um grampo com os dentes e se olhou no espelho redondo enquanto prendia mais uma mecha de cabelo. — Você quer ir para casa, né?

Emma prendeu o roupão em torno do pijama e sentou-se na beira da cama. As molas do colchão soltaram um gemido cansado.

— Estou preocupada com Olivia lá com meus sogros. Sei que ela está segura, mas eles são tão... frios.

— Será que são mesmo tão ruins assim?

— No começo, achei que só eram diferentes do meu pai. Aí, percebi que simplesmente não gostavam de mim. — Emma deu de ombros. — Não que você vá ter que se preocupar com isso. Com certeza os pais do Jeffrey a amam e vão ser sogros maravilhosos.

— Bom, eu vou descobrir em breve.

Emma levantou uma sobrancelha.

— Isso quer dizer que decidiu marcar uma data para o casamento?

— Não foi o que eu disse. — Margaret riu, enrolou uma mecha do cabelo loiro e ficou olhando o grampo por um longo momento antes de colocá-lo no lugar. — Sinceramente, estou com medo. E se eu não gostar de ser dona de casa? Não posso voltar atrás. — Ela se virou na cadeira. — Você gostava? De ser dona de casa?

— Eu era tão jovem... — E era mesmo. Com só 17 anos, Emma, na verdade, era mais adolescente que adulta. — No começo, achei emocionante. E o casamento me deu um propósito depois da morte do meu pai. Aí, tivemos Olivia, e ela era meu mundo inteiro. Não tive tempo de considerar se gostava da minha vida ou não. Depois Arthur morreu... — Emma suspirou. — Eu tive sorte de ele ter economias para nos manter por um tempo. E de ter feito um seguro para Olivia e eu podermos receber uma pensão.

Ela não comentou que o dinheiro não era o suficiente para sobreviver nem como era complicado coletá-lo. Toda terça, o dia dedicado às viúvas no correio, podia entregar as ordens de pensão e receber os estipêndios. Mesmo assim, Emma só receberia o dinheiro até fazer 70 anos, e Olivia até os 14.

— Acho que passei a maior parte da minha vida adulta sendo dona de casa — disse Emma, e deu de ombros. — Até começar na Booklover's Library.

Estava prestes a dizer o quanto gostava do trabalho lá quando o grito estridente da sirene de ataque aéreo encheu o quarto.

— De novo? — resmungou ela, exasperada.

A BIBLIOTECA DOS AMANTES DE LIVROS　　253

Margaret deu um pulo.

— Não posso sair assim.

Metade do cabelo dela estava em rolinhos e a outra metade era basicamente uma nuvem de frizz despenteado. Seus olhos azuis estavam arregalados no rosto verde e o roupão aberto revelava uma camisola de seda cor-de-rosa por baixo.

Se o bombardeio na véspera não tivesse sido tão terrível, talvez a cena fosse hilária.

Emma entregou a toalha úmida a Margaret.

— Esfregue o rosto com isso.

Enquanto limpava a máscara verde, Emma agarrou o chapéu vermelho da amiga. Quando Margaret tirou o rosto da toalha, com a pele rosa de tanto esfregá-la, a amiga colocou o chapéu nela.

Uma batida brusca soou na porta.

— Se este lugar for atingido, vai explodir que nem um barril de pólvora — alertou a senhoria, com a voz desaparecendo pelo corredor enquanto batia na porta ao lado.

Emma e Margaret não precisaram de mais incentivo; enfiaram os pés nos sapatos mais próximos que conseguiram encontrar e correram escada abaixo enquanto amarravam o cinto dos roupões na cintura.

As pessoas saíam na rua em vários estágios de vestimenta — algumas de roupão e pijama, como Emma e Margaret, outras ainda com a roupa do dia. Várias estavam com travesseiros embaixo do braço, ou pequenas sacolas de itens pessoais que queriam manter em segurança.

Juntos, correram para um prédio de tijolos com vários metros de espessura e desceram as escadas para o abrigo em parte submerso na terra. Emma não pôde deixar de verificar a argamassa, notando que era tão fina quanto a de Nottingham.

Todos se aglomeraram, enchendo o espaço rapidamente, até o ar ficar úmido e quente com a proximidade de tanta gente. Gente demais.

O pânico a apertou de todos os lados. O lugar era pouco mais que uma caixa de tijolos unida malemá por uma camada de argamassa.

Se uma bomba o atingisse, todos estariam mortos.

— Se abrissem as estações de metrô, não precisaríamos fazer isso — disse uma mulher, com desdém, a quem quisesse ouvir.

— Espere — disse um homem, e levantou o indicador, silenciando-a.

No silêncio resultante, o zumbido familiar de motores de avião.

O coração de Emma bateu mais rápido, mais forte, e as bombas começaram a cair.

37

O bombardeio continuou ao longo da noite. Grandes baques que faziam a terra tremer, assim como os estrondos da Força Aérea Real lutando contra os bombardeiros no céu e o tremor de sacudir os ossos das enormes armas antiaéreas espalhadas por Londres. O sinal verde soou apenas às cinco da manhã.

Várias pessoas conseguiram dormir, seus roncos altos nas pausas silenciosas de explosões e tiros, mas Emma e Margaret não pregaram os olhos, emergindo do abrigo com os olhos coçando e pesados de exaustão.

Ainda assim, estavam entre os sortudos.

O East End tinha sido atingido de novo, pobres almas. Por horas, bombardeiros esvaziaram aviões naquela seção de Londres já danificada.

Se centenas tinham morrido antes, certamente haveria mais centenas de vítimas.

De volta à hospedaria, Emma ajudou a torcer em um coque simples o cabelo de Margaret, cacheado pela metade, e a amiga maquiou o rosto dela com habilidade, para não parecer tão completamente acabada como se sentia. Depois de beberem uma xícara de chá fortificante — tão fortificante quanto era possível com o racionamento —, as duas entraram na Booklover's Library parecendo apresentáveis.

Quase apresentáveis, pelo menos.

A gerente as recebeu com a boca apertada numa linha tensa.

— À luz dos recentes bombardeios, foi determinado que não é seguro para vocês ficar em Londres no momento. — Ela puxou um envelope de baixo do balcão. — Aqui estão seus bilhetes de trem de volta a... — A mulher olhou de relance para os bilhetes. — Nottingham.

Elas não precisavam ouvir duas vezes. Depois de fazerem as malas, chegaram a uma estação abarrotada com o que parecia ser a maior parte dos habitantes de Londres tentando fugir da cidade sitiada.

— A última vez que vi uma estação lotada deste jeito foi no Natal, quando Olivia estava na casa da tia Bess.

Emma olhou ansiosa para Margaret.

Elas esperaram e esperaram, tomando um pouco de chá e comendo uns sanduíches de margarina quase incomíveis antes de enfim poderem embarcar. Enquanto o trem saía da estação, o alerta já familiar da sirene de ataque aéreo soltou um lamento atrás delas. O rosto de Margaret estava com uma palidez estranha sob a iluminação azul, por causa do blecaute, no vagão, mas Emma ainda conseguia ler o pânico escrito ali com clareza.

O trem fez uma rota serpenteante para longe da cidade, seguindo os trilhos imensamente visíveis que cortavam a paisagem inglesa. Um alvo ideal para uma bomba bem calculada.

Mas a exaustão e o embalo da locomotiva venceram o medo, e as duas acordaram algum tempo depois com um sobressalto, percebendo que estavam de volta a Nottingham.

Emma ficou decepcionada ao chegar em casa à meia-noite e ver que não havia cartas de Olivia. Claro, apenas pouco mais de uma semana tinha se passado desde que a filha fora a Chester, e o correio era terrivelmente lento.

Ignorando a correspondência restante, ela se apoiou na bancada. Como aquele bombardeio em Nottingham só tinha sido uma semana antes?

A tranquilidade do apartamento, o maravilhoso conforto de ter Olivia ao lado — como tudo aquilo havia estado a seu alcance tão recentemente?

No trabalho, no dia seguinte, Margaret apareceu adorável como sempre. Saudável, animada e magra, exatamente como prometiam os Bile Beans.

A BIBLIOTECA DOS AMANTES DE LIVROS 257

Irene cumprimentou as duas com muita preocupação.

— Vocês estavam em Londres durante o bombardeio. Estavam perto da área que foi atingida?

Emma e Margaret trocaram um olhar.

— Estavam, não é? Ah! — Irene pôs a mão no peito. — Vocês ficaram terrivelmente assustadas?

— Terrivelmente aterrorizadas — corrigiu Margaret.

— Aqueles pobrezinhos no East End. — Emma estremeceu. — Estamos gratas por estarmos em casa.

— Ontem à noite não foi só o East End — disse Margaret, e puxou um jornal largado sobre a bancada. — Aparentemente, dois hospitais também foram alvos.

A srta. Crane se aproximou.

— Vocês deveriam estar trabalhando — sibilou.

— Essas duas quase morreram em Londres — protestou Irene, levantando as sobrancelhas desenhadas.

— E mesmo assim estão aqui em boas condições. — A srta. Crane fez um gesto brusco com a cabeça. — Andem logo, vocês todas.

— Ela está mal-humorada — murmurou Margaret enquanto a outra se afastava.

— Eu encontrei um livro na prateleira errada enquanto vocês não estavam. — Irene fez uma careta. — Não fui eu, porque tinha acabado de chegar naquele dia, ou seja, só pode ter sido a srta. Crane. Ela está furiosa desde então.

Margaret encontrou o olhar de Emma e deu um sorrisinho irônico.

— Tomara que pelo menos agora eu seja absolvida de qualquer culpa — disse Emma, e a amiga deu uma risada indelicada, que saiu pelo nariz, antes de voltar ao trabalho.

Embora estar de volta à filial em Nottingham fosse um alívio, a fadiga fez Emma se arrastar durante o turno e todo o caminho para casa, até que a única coisa que ela queria era deitar-se na cama e dormir por uma eternidade.

Mas, ao chegar, a sra. Pickering a parou com um envelope na mão.

— Tenho uma carta muito especial para você de Olivia. Tentei ligar na hospedaria em Londres hoje de manhã, mas disseram que você já tinha ido embora. Céus, como devem ter sido os ataques! — Ela puxou Emma num abraço com cheiro de rosas e lhe entregou o envelope. — Desfrute da carta e descanse bastante, está bem?

Emma a agradeceu e subiu as escadas com um vigor renovado. Quando a porta se fechou, se afundou numa cadeira à mesa de jantar e abriu o envelope deslizando o dedo pela aba.

Uma exalação de dor lhe escapou durante a leitura.

Olivia não estava feliz.

Não importava o quanto fingisse ser Anne em Green Gables, via os avós "como duas Marillas duras que nunca amolecem". Emma suspirou. Com ela, os dois eram do mesmo jeito. Qualquer esperança de que talvez fossem mais calorosos com a neta sumiu no ar, como mariposas saindo de um velho baú.

Pelo menos, naquela carta Emma notou menos erros gramaticais e ortográficos. A compreensão vocabular de Olivia estava mais forte, com palavras antes desconhecidas usadas corretamente para articular a profundidade de seus sentimentos.

Isso fez Emma sorrir, pois era influência dos livros na filha.

Mas o pedido de voltar para casa não podia ser atendido. Não depois do que Emma testemunhara em Londres, não quando aqueles horrores também podiam recair sobre Nottingham facilmente.

Por mais que doesse, Emma respondeu explicando que ela precisava permanecer com os avós até a Inglaterra voltar a estar segura.

Mas quando seria isso?

Os dias passaram em um borrão, como faziam quando Olivia não estava lá. O tempo corria num infinito turbilhão de trens carregando soldados pela cantina da estação Victoria e com o influxo de clientes visitando a Booklover's Library, uma vez que as pessoas estavam passando a noite em casa, assustadas.

Emma entrou na Sala de Encomendas e encontrou Irene debruçada sobre uma caixa de livros, com os ombros tremendo. Naqueles tempos, todo mundo precisava de um momento para si de vez em quando.

A BIBLIOTECA DOS AMANTES DE LIVROS   259

Ela deu um passo para trás, querendo conceder privacidade à colega em seu sofrimento, quando sem querer bateu numa prateleira. Um livro apoiado de forma precária virou e caiu com um baque audível.

Irene se endireitou de repente e virou-se.

— Emma?

— Desculpa, não quis interromper — disse, hesitante, sem saber se devia ir embora ou ficar e oferecer consolo. — Você está bem?

Claro que Irene não estava bem. Não estaria chorando se estivesse. Por que aquela pergunta era sempre a reação automática quando alguém obviamente estava chateado?

— É que... todas aquelas crianças... — Irene secou os olhos com um lenço que tinha as iniciais *TU* bordadas.

Emma ficou paralisada.

— Aquelas... crianças...?

— O *SS City of Benares*, você não ouviu falar? Todas aquelas crianças que estavam sendo enviadas ao Canadá para ficar em segurança? — Irene fungou e secou embaixo dos olhos, enxugando as lágrimas e poupando a maquiagem. — Minha prima disse que quase colocou a filha naquele navio, mas na última hora decidiu não fazer isso, graças aos céus...

Emma tinha ouvido falar do *SS City of Benares*, sim. Será que todas as mães liam sobre navios que levavam crianças ao Canadá sem desejar, por um momento, que os filhos pudessem ser enviados ao país distante — onde ficariam inteiramente a salvo de Hitler? Afinal, ele não podia dominar o mundo inteiro.

Podia?

— O que aconteceu com o navio? — perguntou.

— Foi atacado por um submarino alemão. — Os olhos de Irene estavam arregalados, os cílios pontilhados de lágrimas. — Quase todas as crianças morreram.

A mente de Emma começou a girar quando imaginou os pais daquelas crianças. Tinham feito o sacrifício de enviar os filhos a outro continente, sabendo que meses — possivelmente anos — se passariam até que pudessem ver seus bebês de novo. E o tinham feito para mantê-los seguros.

Só para que no caminho fossem assassinados por um submarino alemão.

Emma pressionou a mão no peito, como se fosse capaz de conter a dor que irradiava ali por aqueles pobres pais.

— Eu sei — disse Irene, e apoiou a mão na frente do avental verde. — Me dói toda vez que penso nisso.

A porta se abriu com um rangido e Margaret entrou alegremente. Ela olhou primeiro para Irene, depois para Emma.

— Céus. O que aconteceu?

Antes que pudessem responder, a porta voltou a se abrir e a srta. Crane entrou na sala.

— Tinha alguma reunião de que eu não fiquei sabendo?

Irene se encolheu de leve, indicando como estava indo mal a tentativa da mulher de fazer amizade com ela.

— Estávamos conversando, só isso — respondeu Margaret com tranquilidade.

Mas seu charme só fez a srta. Crane ficar mais brava.

— Vocês não têm nenhuma integridade? Só ficam enfiadas aqui dentro como um círculo de tricô em vez de estarem no salão para ajudar nossos clientes a selecionarem seus livros?

Aquela tirania já havia perdurado por tempo demais.

Emma deu um passo na direção da srta. Crane.

— Nós temos bastante integridade. E, embora eu entenda que a biblioteca seja uma grande preocupação sua, tem muito mais coisa acontecendo no mundo além deste cantinho da nossa existência.

A mulher se afastou como se tivesse levado um tapa.

— Claro que você acha isso. Tem sua filha a distraindo. Tem a cantina para tirá-la do trabalho. Tem um monte de peças móveis na sua vida. — Ela olhou para todas com raiva. — Todas vocês têm. Famílias e filhos e amigos e trabalho voluntário.

— Você poderia se voluntariar com a gente — sugeriu Irene, com cautela.

— Voltem ao salão, senão vou chamar a srta. Bainbridge aqui.

Com isso, a srta. Crane saiu empurrando a porta e deixando um silêncio ressoante em seu rastro.

Foi só depois daquele discurso que as peças faltantes para entender a mulher finalmente se encaixaram. Ela não estava simplesmente sendo cruel — estava com inveja.

Uma inveja terrível.

Uma emoção bem, bem mais complicada de manejar.

38

As longas e frias noites de novembro foram marcadas pela queima de barris de combustível, a qual produzia uma fumaça oleosa e tóxica que empesteava o ar do nascer ao pôr do sol. Os tambores redondos tinham chaminés com topos inclinados, como tetos em miniatura, e emitiam nuvens sujas e asfixiantes que serpenteavam pelas ruas, cobrindo todos com uma neblina fedorenta para esconder a cidade de potenciais bombardeiros.

A precaução não era a única medida tomada para poupar Nottingham de ser atacada. Grandes fogueiras acesas em campos distantes da cidade, longe de casas e fábricas de munição, levavam os aviões a jogarem a carga explosiva em terrenos vazios.

Até aquele momento, as táticas haviam sido eficazes — o suficiente para a determinação de Emma ir erodindo a cada carta enviada por Olivia. Depois que os pedidos para voltar para casa fracassaram, ela tinha passado a exigir, algo que raramente fazia. Depois veio a barganha.

Aquelas eram as piores cartas.

As promessas suplicantes de tirar notas mais altas em matemática, nunca mais tentar faltar na escola, fazer o que fosse necessário para ter permissão de voltar a Nottingham.

A BIBLIOTECA DOS AMANTES DE LIVROS   263

Na mais recente, Olivia havia melancolicamente perguntado se Emma por acaso ainda a amava.

Era o suficiente para partir o coração de uma mãe.

Ela encarava a carta, completamente dividida. Londres estava sendo bombardeada todos os dias. Outras áreas da Inglaterra eram atingidas com regularidade. Até aquele momento, Nottingham não havia sido atacada de novo, mas por quanto tempo isso duraria?

— Emma — chamou a sra. Pickering do andar de baixo.

Um olhar de relance para o relógio confirmou que ela estava atrasada para a xícara de chá da noite. Deixou a carta de lado, temendo escrever uma resposta de que Olivia certamente não gostaria.

Com o coração pesado, desceu as escadas até o apartamento da sra. Pickering. Mas Tubby não a cumprimentou como sempre fazia. Estava ocupado demais arranhando a porta dos fundos, que levava à área do alpendre atrás do prédio, compartilhada por todos.

— O que deu no Tubby? — perguntou Emma.

— Está atrás da nossa ceia de Natal.

A senhoria fez um aceno para Emma segui-la e a levou pela sala de estar, apagando as luzes pelo caminho para não violar o blecaute ao abrir a porta dos fundos.

— Natal? — Ela a seguiu, confusa. — Ainda estamos no meio de novembro.

A sra. Pickering abriu a porta e empurrou Tubby um pouco para trás.

— Anda, rápido, para aquela fumaça infernal não entrar no apartamento.

O ar frio atravessou o suéter de Emma quando saiu depressa para uma noite que, se não fosse pela névoa de fumaça oleosa, seria fresca e limpa.

Uma lua quase cheia iluminava o alpendre dos fundos, mostrando uma gaiola cheia de palha que abrigava um coelhinho marrom com grandes olhos cor de ônix.

— Arrumou um coelho, veja só — disse o sr. Sanderson atrás de Emma.

Ela se virou, assustando-se ao encontrá-lo sentado numa das velhas cadeiras.

— Boa noite, sr. Sanderson — disse a senhoria, num tom que sugeria que ele com frequência estava lá fora.

Ele respondeu com um aceno de cabeça.

Emma espiou dentro da gaiola de novo. O coelho a olhou com insolência, mastigando uma folha de repolho murcha.

— Ah, sra. Pickering, ele é fofo demais para ser comido.

— Não diga isso. — A sra. Pickering agitou a mão como se afastasse as palavras. — Não quero um Natal sem carne este ano.

— Ela vai se apegar — disse o sr. Sanderson, e cruzou os braços. — Pode escrever o que eu digo.

— Não vou, não. — A mulher voltou-se ao coelho e pegou uma cabeça de repolho do avental. — E foi por isso que não lhe dei um nome, não é mesmo, Anônimo?

Ela jogou a cabeça de repolho na gaiola.

Anônimo arrastou os pés até lá e farejou a oferta, estremecendo o focinho antes de dar uma mordida tímida, seguida por uma mastigação voraz.

— Tem mais de onde veio este — cantarolou a mulher, com a mesma voz que usava ao falar com Tubby.

O apito de uma chaleira soou dentro da casa.

— Ah, pelo jeito nosso chá está pronto — falou a sra. Pickering, e hesitou na porta. — Sr. Sanderson, gostaria de se juntar a nós?

Ele erguera o olhar para o céu. Voltou-se para a mulher e fez que não.

Ela desapareceu no apartamento, deixando que Emma desse uma última olhada em Anônimo. A ferinha encantadora não parou de mastigar enquanto a encarava com aqueles olhos luminosos.

— Acha mesmo que ela vai comer o coelho?

— Sem chance — respondeu o sr. Sanderson sem hesitar.

Ela se endireitou e sorriu para o vizinho, que voltou a mirar o céu.

— Boa noite, sr. Sanderson.

Ele resmungou em resposta.

Emma voltou para dentro e encontrou uma xícara a mais na mesa.

— Ah, por favor, leve para o sr. Sanderson. — A sra. Pickering apontou a xícara com a cabeça. — Eu o convido para sentar-se conosco toda noite, mas ele prefere ficar lá fora olhando o céu. Mesmo assim, está frio demais para um homem ficar do lado de fora praticamente só de pantufa e uma jaqueta leve.

— Eu não sabia que você o convidava toda noite.

Emma levou a xícara para o alpendre.

O sr. Sanderson não desviou o olhar do céu quando ela se aproximou e pôs o chá numa mesa ao seu lado.

— Seria muito bom tê-lo conosco algum dia.

O sr. Sanderson não respondeu, com o olhar fixo em um ponto acima, onde as estrelas pareciam iluminadas com alguma tinta fosforescente no sedoso céu escuro.

— É lindo — sussurrou Emma.

— É, sim.

Será que sua mente lhe estava pregando peças ou a voz dele havia falhado um pouco?

Quando voltou para dentro, a sra. Pickering já estava com o chá servido.

— Tenho uma questão a discutir com você hoje — disse a sra. Pickering, e o tom assumiu o tenor autoritário que ela usava em reuniões do SVM. — Notei que, na sua folha de inscrição, você colocou que sabe dirigir.

Emma levantou as sobrancelhas, surpresa. Havia se passado uma vida desde o preenchimento daquele formulário. O fato de a mulher se lembrar de cor de suas respostas, ou ter a página à mão para consultar, não surpreendeu Emma nem um pouco.

— Coloquei, sim. Arthur me ensinou a dirigir.

— O que você acha de ficar responsável pela nossa cantina móvel?

A sra. Pickering levantou o chá e deu um gole longo e cheio de propósito, deixando o silêncio aplicar a pressão por ela.

Era mesmo uma mestra em convencer as pessoas a fazerem o que era preciso, motivo pelo qual era tão boa liderando sua seção do SVM.

Emma tinha visto as cantinas móveis em Londres. Eram veículos grandes, quadradões, com uma janela que abriam do lado para entregar comida e bebida aos homens e mulheres que trabalhavam nos turnos de voluntariado até tarde.

Dirigir um Baby Austin era uma coisa — aquele mamute era algo totalmente diferente.

— É um veículo bem grande, não é? — Ela nem se deu ao trabalho de esconder a trepidação na voz.

A sra. Pickering deu um murmúrio de concordância delicada.

— Decerto nada com que você não consiga lidar. Pode praticar um pouco antes. E, claro, Margaret pode ir junto. Vocês duas seriam um time e tanto, com rostos tão adoráveis sorrindo para os homens e as mulheres exaustos que precisam de sustança e ânimo.

Emma deu uma risadinha e colocou o chá de lado.

— Elogios não vão levá-la a lugar nenhum, sra. Pickering.

— É aí que você se engana. — A senhoria a olhou com sinceridade. — Elogios me levam a absolutamente qualquer lugar.

— Com uma boa dose de autoritarismo — provocou Emma.

— O que for preciso para que o trabalho seja feito. — A vizinha curvou a cabeça em reconhecimento. — E então?

O silêncio caiu de novo, implorando por uma resposta para preencher o vazio.

Sério, Churchill devia contratar a mulher para pressionar prisioneiros de guerra por informações.

Emma suspirou.

— Muito bem, mas não à noite. Eu me recuso a dirigir no blecaute.

— Então a resposta é sim. — Animada, ignorou descaradamente a parte de não dirigir no escuro. — Agora que isso está resolvido, queria perguntar se você acha que maçã vai bem com cenoura numa torta. É aniversário de Francis semana que vem…

A sra. Pickering se moveu rápido, como só ela conseguia. No dia seguinte, após o turno de Emma na Booklover's Library, ela a estava esperando na estação Victoria com Margaret e um molho de chaves na mão.

— Está pronta?

Com certeza não estava, mas ainda assim aceitou as chaves.

— Está cheia de itens para vocês levarem ao corpo de bombeiros — anunciou. — Eles voltarão a qualquer momento agora, estão terminando de ajudar em um pós-bombardeio aqui perto.

— A qualquer momento? — perguntou Emma, e olhou boquiaberta para a sra. Pickering.

A mulher mais velha era só formalidade e profissionalismo com seu casaco de botões duplos do SVM e o chapéu verde de feltro por cima do cabelo grisalho bem-penteado.

— Você vai ficar bem — tranquilizou ela.

— Confio em você para não matar nós duas. — Margaret piscou um olho para Emma.

— Pelo menos uma de nós confia.

Elas desceram a escada até o estacionamento, onde uma grande van branca as esperava.

As duas subiram e Emma pressionou os pedais, testando-os antes de inserir a chave e acordar o motor.

Houve alguns solavancos duros e bruscos que sacudiram o conteúdo na traseira antes de o motor morrer. Mas, depois de algumas tentativas, seguiram caminho, batendo no meio-fio ao sair.

A van toda se inclinou e endireitou quando algo na traseira fez barulho.

— O que foi isso? — perguntou Emma, ofegante.

Margaret apenas riu.

— Fique de olho na rua para não nos matar.

A alegria dela era contagiosa, e logo o nervosismo de Emma deu lugar a um ataque de riso.

Havia pelo menos uma vantagem do racionamento de gasolina: quase não havia outros veículos na rua.

Uma batida frenética à porta acordou Emma naquela mesma noite.

Ela se sentou de repente, com a visão turva e confusa. O mundo não estava tremendo com um terremoto; o quarto estava em silêncio, sem qualquer sirene de ataque aéreo.

A batida continuou, arrancando-a da cama. Ela parou para olhar o relógio com a lanterna antes de correr para atender. Sete da manhã. Quase hora de acordar.

Ao abrir a porta, encontrou a sra. Pickering de roupão e pantufa.

— Preciso de você imediatamente.

Emma sacudiu a cabeça.

— Céus, para quê? Tenho que ir trabalhar hoje.

— Eu falo com sua gerente. Ah, Emma, é terrível. — A sra. Pickering tocou a testa com a mão trêmula. — Eles fizeram um chamado para quem puder ajudar. Você precisa vir agora mesmo.

— Não entendo — disse Emma, numa voz lenta e paciente.

O que quer que estivesse aborrecendo a senhoria devia ser mesmo horrível para deixá-la naquele estado.

— Coventry foi bombardeada — falou ela. — A cidade quase toda... — Ela afastou uma mão da outra. — Sumiu.

39

O trajeto até Coventry levou pouco mais de uma hora, uma destruição próxima demais para ser tolerável.

A grossa fumaça preta escondia o sol matinal, transformando o começo de um novo dia na continuação de um pesadelo. Coventry não estava inteiramente destruída, mas o bombardeio tinha sido considerável. Quarteirões e mais quarteirões de prédios estavam reduzidos às cinzas. Os olhares atordoados e vazios de quem andava sem rumo por ali lembrava Emma dos homens que passaram pela estação Victoria depois de Dunkirk, os olhos esvaziados por horrores que nenhum ser humano deveria ter que testemunhar.

Margaret deu as direções para a estação do SVM para a qual elas tinham sido instruídas a dirigir, com a voz baixa e frágil.

Estações de socorro médico improvisadas estavam montadas pelas calçadas, onde enfermeiras faziam curativos em quem podiam, enquanto outras vítimas esperavam a vez com panos sujos em cima dos ferimentos. Tais esforços de primeiros socorros faziam Emma desejar ter feito aulas na Cruz Vermelha, ter mais a oferecer do que somente as provisões que carregavam.

Ela estacionou a van na frente de um prédio que parecia ainda intacto apesar de ter perdido todas as janelas, provavelmente estouradas pelas explosões. Uma mulher saiu correndo para recebê-las, com o casaco do SVM todo abotoado apesar do suor que brilhava na testa.

— Estacione e monte tudo aqui. Espero que tenham trazido bastante comida e tudo o mais que não fosse fazer falta.

— Mais de duzentos e vinte quilos de comida — respondeu Margaret. — Vários sacos de roupas, todas remendadas, lavadas e prontas para serem usadas imediatamente.

A decepção passou pelo rosto enrugado da mulher.

— É um começo. Venham, então, vamos pegar essas roupas.

Emma carregou os pesados sacos até o prédio. Homens, mulheres e crianças arrastavam os pés lá dentro, guiados pelo tom tranquilizador das voluntárias do SVM.

— O nome dele era Harold Baker — disse em voz alta uma mulher com um curativo na cabeça. — Harold Baker — repetiu, com a voz falhando. — Eu não o vejo desde ontem à noite.

As palavras dela viraram soluços cansados.

A mulher que conduzia Emma lhe deu um olhar pesaroso.

— Talvez seja difícil — alertou ela.

— Eu aguento — respondeu Emma, citando as palavras de Churchill. Se a Grã-Bretanha aguentava, ela também.

Quando voltou à cantina móvel, Margaret já estava com a produção encaminhada, distribuindo canecas e potes de geleia o mais rápido que conseguia. Quando Emma se aproximou, ouviu nas palavras da amiga uma suavidade reverente e empática com as inúmeras pessoas que faziam fila para a pequena refeição de chá, sanduíche de margarina e um pouco de sopa de legumes.

Elas tinham recebido estoques extras de açúcar, sabendo que seria preciso mais que um pouco de chá puro para enfrentar o choque que os habitantes de Coventry tinham sofrido. Ver as mãos trêmulas se estendendo para as canecas fez Emma e Margaret jogarem colheradas cheias de açúcar.

Enquanto as pessoas recebiam bebida e comida, compartilhavam histórias. A casa do vizinho que havia caído. A mãe que correu para pegar a filha e nunca mais voltou. Os garotos que ficaram lá fora para ver as bombas e coletar os estilhaços perdidos e de quem ninguém mais tivera notícias.

A BIBLIOTECA DOS AMANTES DE LIVROS

Cada um havia sofrido uma perda. Ninguém estava imune.

Nem Emma e Margaret.

Qualquer que fosse o poder que mantinha a compostura delas, era um fio cuidadoso que Emma sabia que se romperia assim que estivesse sozinha. Mas, por enquanto, era suficiente. Ela e a amiga podiam seguir em frente. Podiam absorver aquelas histórias que as pessoas precisavam descarregar, curando corações enquanto os médicos curavam corpos.

Elas *podiam* aguentar.

No entanto, como a fila de pessoas não diminuía, os mais de duzentos e vinte quilos de comida que tinham parecido tão abundantes naquela manhã de repente eram insuficientes. Em apenas uma hora, metade do estoque tinha sido consumido e o açúcar estava perigosamente perto de acabar.

— Podem me dar um recipiente de água quente? — pediu uma enfermeira.

— Podemos fazer um chá para você, se quiser — ofereceu Emma.

A enfermeira negou com a cabeça.

— É para os médicos. Eles precisam de água limpa e a rede não está funcionando.

— Claro — respondeu, e pegou o recipiente vazio que a mulher estendia. — Podemos ferver o quanto você precisar.

Uma expressão de alívio passou pelo rosto da mulher.

Ela voltou várias vezes ao longo do dia, até bem depois de a comida ter acabado.

— Pode ir — disse Emma enquanto esperava a panela infernal ferver. — Eu levo para você quando estiver pronta.

A enfermeira imediatamente correu de volta ao hospital improvisado, segurando o chapéu branco para não cair. Ela encheu o recipiente quando a água tinha fervido o bastante e carregou a bacia cheia até o hospital.

Lá dentro, o aroma medicinal de ácido carbólico se misturava a outros cheiros que ela não queria identificar. Por todo lado havia gritos de dor. E de perda.

Ela entregou a água à enfermeira e tentou sair depressa de lá.

No meio de todo o caos, havia uma menininha usando o vestido que Olivia tinha doado, aquele feito de cetim e tule azul-gelo que era chique demais para o dia a dia. A garota não tinha sapatos nos pés sujos, mas não foi isso que chamou a atenção de Emma — e sim como ela girava para a saia se levantar em torno das canelas, uma criança revelando a alegria simples de um vestido bonito entre os horrores da guerra.

Algum dia, contaria a Olivia o que aquele vestido havia significado para aquela garota.

— Meu filho! — gritou uma mulher. — Ajudem, por favor!

A mãe frenética correu até Emma, com o filho no colo, grande demais para ser carregado, mas pendurado frouxo nas mãos dela, escapando do abraço. Ela ficou paralisada, sem saber o que fazer, profundamente chocada com a imobilidade da criança.

Uma enfermeira chegou antes que pudesse chamar por uma, pegando o garoto da mãe e o carregando na direção do corredor.

Uma vez lá fora, Emma foi cambaleando até a cantina móvel, a força que a impelira ao longo do dia tão drenada que as pernas não pareciam capazes de sustentá-la por mais um segundo que fosse. A comida tinha acabado, o chá se esgotara, o açúcar era pouco mais que um sonho doce e mal havia combustível no tanque para levá-las de volta a Nottingham.

Não havia mais nada que pudessem oferecer.

Ela e Margaret não conversaram na volta para casa, ambas processando os terrores de Coventry, inteiramente absorvidas pelas histórias escutadas e pelo sofrimento que tinham testemunhado. O blecaute estava em vigor quando chegaram a Nottingham, mas Emma já não ligava para as próprias estipulações de não dirigir no escuro. Na verdade, estava grata por ter outra coisa em que se concentrar. Deixou Margaret em casa primeiro, depois dirigiu até a estação Victoria para estacionar a cantina móvel.

Ela saiu da van, com as pernas fracas e os pensamentos girando.

— Srta. Taylor?

A voz familiar a fez se virar, e ela encontrou Charles Fisk com o casaco e as botas de bombeiro manchados de fuligem preta. Um caminhão da instituição estava vários metros atrás dele, estacionado na estação de trem como parte da distribuição de veículos de emergência pela cidade, para evitar que fossem todos destruídos de uma vez só por uma bomba direcionada.

— Charles. — Ela cambaleou na direção dele, sem nem sentir os pés se movendo.

O homem a segurou quando chegou perto, puxando-a para a solidez do próprio corpo, fechando os braços ao redor dela. Fazendo-a se sentir segura.

— Emma — sussurrou em seu ouvido.

Ela se agarrou a Charles, desfrutando da força tranquila. Não tinha percebido como precisava desesperadamente daquilo até aquele momento.

— Você também estava em Coventry? — A voz de Charles soou forte na bochecha dela, que estava com a cabeça apoiada em seu peito.

Assentindo, Emma ergueu os olhos para ele.

— É tão terrível. Esta guerra. O que aconteceu com aquela gente.

O homem flexionou o maxilar e sua expressão endureceu.

— Poderia acontecer com Nottingham — continuou, dando voz aos piores medos. — Tinha uma mulher com um filho que... Podia ter sido minha filha.

— Não — disse ele, mantendo os olhos nos dela com uma expressão determinada. — Não vai ser Nottingham. Não vai ser Olivia.

Emma engoliu em seco.

— Como você sabe?

Ele continuou com os olhos fixos nos dela e Emma tentou achar os pontinhos âmbar e verdes na escuridão.

— Porque eu sempre vou garantir que vocês duas estejam seguras. — Suas sobrancelhas estavam baixas em uma expressão sincera.

Antes que pudesse pensar no que estava fazendo, Emma ficou na ponta dos pés e pressionou os lábios nos dele. Charles fechou os braços ao redor dela, igualmente delicados e firmes, enquanto a boca quente se movia na dela, capturando o beijo.

Ela foi tomada pela adrenalina, acesa como fogo pelo lembrete de que estava viva. De que Olivia estava viva. De que havia uma parte dormente de si mesma que ansiava em desespero por aquilo.

Charles terminou o beijo com um sorriso, devagar e tranquilo, soltando-a por fim. Ela voltou a se apoiar nos calcanhares, mesmo sentindo que estava flutuando para longe. Aquele meio sorriso ameaçou levantar mais o canto do lábio dele e fez o coração dela estremecer.

— *Agora* você aceita jantar comigo alguma noite da semana que vem?

Todos os motivos que ela tinha para negar deram cambalhotas para trás em sua cabeça, afastados pelo calor persistente da boca dele na dela, o leve ardor do atrito da barba por fazer no queixo dela.

— Não vou trabalhar na cantina depois do trabalho na quarta.

O sorriso dele se alargou, mostrando aquela covinha na bochecha direita.

— Que coincidência. Eu também não vou trabalhar quarta à tarde.

40

No dia combinado, Emma esperou por Charles ao lado da casa de habitação social. Os dois enormes leões de pedra na frente da construção estavam quase cobertos por uma camada de sacos de areia. Ela parou ao lado do leão da esquerda, o mais perto de onde os ônibus de Barton, com as bolsas de gás infladas, deixavam as pessoas, o que o tornava um ponto de encontro popular.

Ela tinha acabado de parar ali quando Charles se aproximou, usando um casaco de lã preto e um chapéu fedora combinando, lindo como um ator de cinema. O coração dela quase parou.

— Você está linda. — Ele lhe deu um sorriso tranquilo e ofereceu o braço, tão charmoso quanto elegante. — Vamos?

Emma não estava diferente do normal, com o sobretudo de lã cinza e sem maquiagem, embora tivesse passado um tempo extra prendendo o cabelo para trás naquela manhã.

Ainda assim, o elogio fez um calor subir pelo pescoço e pelas bochechas, apesar do frígido fim de tarde de novembro.

Ela deslizou a mão enluvada pela parte interna do braço dele, aconchegando-se no calor dali. A força sob seus dedos a fez se lembrar de como Charles a tinha envolvido, quão perfeitamente se encaixara no abraço. Na verdade, ela tinha se recordado com frequência do beijo que se seguira. Bem mais do que deveria, provavelmente.

— Eu fiz uma reserva num restaurante perto do Palais — disse ele. — Confesso que nunca fui, mas achei que, depois de comermos, você pudesse gostar de ir lá.

O Palais de Danse era um salão de bailes popular em Nottingham, conhecido por apresentar grandes artistas, como Louis Armstrong e Jack Hylton, e pelas noites especiais festas temáticas.

— Eu também nunca fui ao Palais — admitiu ela.

Mas a cidade andava falando bastante sobre como os soldados que passavam a noite em Nottingham saíam para dançar com as jovens que moravam na cidade. Havia uma grande pista giratória e enormes lustres que reluziam como diamantes.

— Margaret me falou sobre — acrescentou Emma. — Antes de o noivo dela ser despachado, eles iam bastante.

Duas mulheres passaram, olhando feio para Charles.

— Ainda não está lá com o restante dos nossos garotos, mesmo com os irmãos dele arriscando a vida — disse uma à outra, sem se dar ao trabalho de abaixar a voz.

O antebraço dele ficou tenso sob a mão de Emma, mas o homem não disse nada para se defender.

Bem, se ele não faria aquilo, Emma faria.

Ela parou e virou-se para as mulheres, o corpo rígido de indignação.

Mas, antes que pudesse retrucar, Charles pôs a mão na dela e balançou a cabeça em negativa.

— Não importa — falou ele.

— Importa, sim. Elas não podem falar de você desse jeito.

Emma olhou feio de volta para as duas que estavam juntinhas, cochichando palavras venenosas uma para a outra.

Charles apertou com gentileza a mão dela, sua palma quente enquanto voltava a conduzi-la em frente pela praça.

— A sra. Emerson, a da direita, é minha vizinha. Eu a conheço desde que nasci. O filho dela e eu éramos colegas quando crianças, mas acabamos nos afastando. Ele gostava de dar umas escapadas para tomar um gole disso ou daquilo, o que não me interessava, e eu comecei a jogar rúgbi, o que não o interessava. Simplesmente éramos pessoas diferentes. Mas Randal era filho único, e a sra. Emerson o mimava. Ela nunca entendeu por que não éramos mais próximos como antes.

— Charles se calou, e a batida de seus sapatos nos paralelepípedos encheu o silêncio. — Ela recebeu um telegrama em junho passado. Randal morreu em Dunkirk.

Emma fechou os olhos, sentindo a dor da mulher. Apenas ouvir a palavra *Dunkirk* lhe trazia à mente todos aqueles soldados enlameados com membros cheios de curativos e olhares assombrados.

— A sra. Emerson não está brava comigo — continuou Charles. — Quer dizer, provavelmente está, por eu não ter ido lutar pela Grã-Bretanha. Mas sua raiva vem de um lugar de luto avassalador. Eu estou em casa com a minha mãe, ajudando meus pais. Enquanto o filho dela... nunca mais vai voltar.

Emma analisou o perfil de Charles, o maxilar rígido e quadrado, a linha reta do nariz embaixo da aba do fedora. Ele se parecia muito com o jogador de rúgbi que disse que era, mas tinha uma alma de leitor — alguém capaz de olhar além do que era apresentado e ver o que havia sob a superfície.

— É muito atencioso da sua parte pensar nela e não em si mesmo — disse Emma, suavemente.

— Nosso país está sofrendo agora — respondeu ele, e engoliu, flexionando a garganta. — Pelos soldados que não voltarão e por aqueles que voltam, mas com ferimentos horríveis. E por todos os bombardeios. Há tanta dor. — Charles parou de falar abruptamente e balançou a cabeça. — Bom, eu sei mesmo levantar assuntos agradáveis no jantar.

Ela deu uma risadinha e apertou a mão no antebraço forte para mostrar apoio, na esperança de que não se calasse. Aquele homem tinha sido um mistério para Emma por tanto tempo, um mistério que ela havia se proibido de tentar desvendar.

— Ainda não estamos no jantar.

O sorriso grato de Charles sumiu em um semblante mais sério, e ele desacelerou o passo até parar.

— Você nunca perguntou por que eu não estou na guerra.

Ela não se esquivou do escrutínio repentino.

— Cada um tem suas razões para fazer o que faz. — Emma citou as palavras que ele mesmo dissera ao perceber que ela era mãe solo. — E não é da minha conta.

Ele a observou por um longo momento.

— Rúgbi — falou, enfim. — Eu me lesionei jogando rúgbi. É uma longa história e temos que nos apressar para não perdermos a reserva.

Charles voltou a caminhar, mas Emma diminuiu o ritmo e puxou seu braço delicadamente em um pedido não verbal para que parassem.

— Eu não estou aqui para jantar. Estou aqui para conhecer você, e acontece que hoje tenho todo o tempo do mundo. Só para você.

Com o canto dos olhos se enrugando, ele sorriu com tanta sinceridade que Emma sentiu a expressão atingindo seu peito como algo físico, visceral.

— Você é uma mulher incrível.

— Você ainda não me conhece — alertou ela. — Pode ser que mude de ideia.

— Eu a conheço melhor do que você imagina. Você é gentil, sempre arrumando tempo para ouvir os assinantes na biblioteca e os soldados na cantina. É paciente ao lidar com o sr. Beard, por mais que ele esteja furioso ou seja grosso. Você é uma mãe excelente para Olivia e em tudo o que a vi fazer por ela no curto tempo em que nos conhecemos. O amor de uma mãe sempre é aparente na forma como os filhos a olham, e Olivia acha que o Sol gira ao seu redor. Eu *conheço* você, Emma, e é por isso que gosto tanto de você.

A mulher desviou o olhar, envergonhada por tudo o que o outro via nela, coisas que ela mesma não via em si.

— E você é linda — completou ele, baixinho. — A mulher mais linda que já vi. Não alguém se escondendo atrás de maquiagem e roupas extravagantes. É natural e absolutamente adorável.

Charles segurou o queixo dela e o ergueu com delicadeza para que Emma o olhasse. Passou-se um momento entre eles, repleto com uma intimidade silenciosa. Ela sentiu um frio na barriga nascido da empolgação, da expectativa e de todos os outros sentimentos gloriosos no meio.

— Acho que vamos perder o jantar — disse Charles, suavemente.

Emma riu.

— Eu vi uma banca de peixe com fritas na esquina.

— Peixe com fritas, então.

Vários minutos depois, após refazerem seus passos, ambos estavam com os cones de papel-jornal cheios de peixe e fritas escaldantes,

A BIBLIOTECA DOS AMANTES DE LIVROS

sentados num banco perto da casa de habitação social. Apesar do frio, que fazia sair vapor da comida, Emma mal sentia o vento entre o cone quente na palma da mão e a euforia cálida e efervescente que a percorria.

Ela quebrou um pedaço de peixe para deixar esfriar e quase queimou a ponta dos dedos.

— Me conta sobre sua lesão de rúgbi?

Charles fez uma careta.

— Ainda quer ouvir essa história, então?

— Ah, quer dizer que os elogios eram uma distração? — perguntou ela, e cutucou o pé dele com o próprio pé.

Ele arregalou os olhos.

— Imagina, é que…

Emma piscou um olho para ele, mostrando que era só uma provocação, e o homem balançou a cabeça, sorrindo. Várias pessoas passaram com a cabeça baixa no casaco para se protegerem do frio da noite. Ele as observou em um silêncio contemplativo.

— Eu estava jogando rúgbi com meus colegas, quando tinha 18 anos, e uma bola perfeitamente chutada bateu na minha cara. — Ele apontou para o olho esquerdo. — Bem aqui.

— No seu olho? — perguntou Emma, horrorizada.

Charles assentiu.

— Perdi a visão desse olho por quase um mês. Quando finalmente voltou, eu só conseguia ver o que estava bem na minha frente, nada na visão periférica. Não tinha o que fazer.

— Sua visão chegou a voltar por completo? — quis saber Emma, praticamente esquecendo a comida.

— Não. Tive que aprender a tomar mais cuidado com coisas como atravessar a rua e até aprender a ler de novo, com a visão prejudicada.

Emma balançou a cabeça em negativa, impressionada.

— Deve ter sido difícil.

— Valeu o esforço. — Charles pôs uma batata na boca e a mastigou. — Eu queria ir para a faculdade.

O peixe já não estava mais tão escaldante, e Emma deu uma mordida cuidadosa na massa quente e crocante envolvendo os pedaços de peixe perfeitamente preparado.

— E foi?

Ele apontou a cabeça para um prédio do outro lado da praça, com os nomes Essex & Sutherland gravados numa grande placa em cima de uma porta pintada de vermelho. Uma firma de contabilidade local.

— Eu me formei com notas altas e trabalhei como contador ali por vários anos. Quando todos sabíamos que a guerra estava chegando, tentei me alistar, mas fui dispensado. Imediatamente pedi demissão e assumi um cargo no corpo de bombeiros, supondo que, se fosse necessário, eu podia ajudar por aqui mesmo. Meus irmãos não tinham nada que os impedisse. Todos se alistaram.

Charles baixou os olhos para as últimas poucas batatas que continuavam no embrulho de jornal.

— Eu passei a vida os protegendo. Agora, quando é mais necessário e eles estão em lugares incrivelmente perigosos, não posso cuidar deles. — Ele tensionou a mandíbula. — Tentei me alistar várias vezes. Seis, para ser exato. Cheguei a decorar o quadro oftalmológico de papelão. Mas o médico me reconheceu e percebeu meu truque. Eles me mandaram não voltar. Então, meus irmãos estão lutando contra os nazistas, todos ainda vivos e saudáveis, graças a Deus, e eu estou aqui, incapaz de fazer qualquer coisa para mantê-los assim.

Havia nas palavras dele um amargor pungente, como o de alguém que sentia seu quinhão de injustiça na vida e como isso impactava os entes queridos.

Era um gosto que Emma conhecia bem.

— Mas você ajuda as pessoas aqui — protestou ela. — Todas aquelas em Coventry, os vários vilarejos e cidades para os quais viaja. E inclusive me ajudou naquele dia do exercício da PAA. Sei que tentei ser forte e esconder como estava abalada, mas, se você não estivesse lá, eu podia até ter desmaiado.

Ele deu um sorrisinho torto.

— Você estava mesmo bem pálida.

— Devia estar. — Emma riu. — Eu estava mal.

A conversa deles seguiu, tranquila e fácil, até o céu passar das delicadas notas do crepúsculo para o azul aveludado da noite, e suas palavras virarem fumaça no ar gelado.

— Eu odeio que esteja escurecendo tão cedo ultimamente — lamentou Emma.

A BIBLIOTECA DOS AMANTES DE LIVROS 281

Mas, na verdade, não estava decepcionada porque o dia estava passando — e sim porque o tempo que tinham juntos em breve chegaria ao fim.

Charles amassou o cone de peixe com fritas frio e o jogou na direção da lata de lixo, onde caiu perfeitamente dentro da borda de metal.

— Só porque está escuro, não quer dizer que já precisamos ir para casa. Podemos andar pela cidade.

— Não tem nada que eu gostaria mais — respondeu Emma, ansiosa para continuar com ele.

Os dois passaram o restante do encontro passeando pelas ruas de Nottingham escurecidas pelo blecaute, evitando as áreas onde as cortinas de fumaça estavam soprando nuvens tóxicas. O tempo inteiro, Charles ficou do lado da calçada mais perto da rua, protegendo-a com o corpo de qualquer carro errante que pudesse não ver a tinta branca que os direcionava para longe do meio-fio.

Felizmente, os dois permaneceram seguros, e a noite passou com conversas agradáveis que giravam em torno de lembranças da vida deles em Nottingham, histórias de infância de Charles e dos irmãos, anedotas sobre Olivia — incluindo a surpresa de que ambos faziam aniversário no mesmo dia — e, claro, discussões sobre livros. Houve até uma breve menção a *O amante de Lady Chatterley* que deixou Emma grata ao blecaute por esconder suas bochechas coradas.

Quando Charles finalmente a levou pela passarela até o prédio em que Emma morava, deixou-a com um beijo que rivalizava com aquele trocado após Coventry e prometeu vê-la de novo, mas no restaurante que originalmente reservara para o jantar naquela noite.

Emma flutuou escada acima, leve, com uma animação otimista que jamais experimentara. Charles despertou nela uma sensação agradável que a deixou com réplicas insinuantes e rubores imediatos. E depois do que tinham visto em Coventry, depois de saber como a vida era efêmera e incerta, ela estava ansiosa para vê-lo de novo e de novo e de novo.

41

Emma olhou a caixa no chão com incerteza, especialmente dada a óbvia trepidação da srta. Bainbridge.

— Os assinantes vão odiar isso — disse a gerente, com um suspiro, e levantou uma tesoura.

Ela havia chamado todas as funcionárias à sua sala naquela manhã, antes mesmo de poderem dizer uma palavra uma à outra.

Margaret estava lá, não parecendo nada abalada depois do dia delas em Coventry. Pelo contrário, parecia bem alegre, com os olhos brilhando e as bochechas rosadas por baixo do ruge. Irene ficou para trás com os braços cruzados, o rosto enrugado de exaustão depois de uma longa noite com o filho, cujos dentes estavam nascendo. A srta. Crane espelhou a preocupação da srta. Bainbridge, apertando os lábios numa carranca azeda.

Com mais um suspiro pesado, a mulher cortou a caixa e revelou os livros no interior. As capas pareciam as mesmas de sempre — linho azul impresso com o grande "B" verde do selo da Booklover's Library.

— Eles não parecem diferentes — comentou Margaret, esperançosa.

— É o papel — respondeu a srta. Bainbridge, com pesar. — E a fonte.

Ela abriu o primeiro livro, soltando um arquejo que fez todas debruçarem-se à frente.

Não só as palavras eram incrivelmente pequenas, mas as margens também, com as letras minúsculas chegando mais perto da lombada do que nunca.

— O que os assinantes vão dizer? — resmungou a srta. Bainbridge. — Especialmente os Classe A.

— Não há o que fazer — disse Irene em um tom prático que era fácil de fingir quando se estava verdadeiramente exausta. — Todos temos que fazer sacrifícios pelo esforço de guerra.

— Mas não nossos livros! — exclamou a gerente, parecendo mais desequilibrada do que Emma jamais a vira.

A srta. Crane pegou um livro.

— É tão leve.

Segurando-o de lado, Emma viu o que ela queria dizer: as páginas entre as capas não eram tão grossas quanto as de um romance comum. Por outro lado, não era exatamente esse o objetivo? Reduzir o tamanho da fonte e as margens num esforço de economizar o máximo possível?

O racionamento de papel tinha sido anunciado em julho daquele ano, quando o *Evening Post* imediatamente foi reduzido a só quatro páginas, com papel frágil demais para ficar reto. A restrição sobre o papel tinha levado alguns meses para chegar aos livros, pois as editoras usaram seus estoques, mas por fim estavam sentindo o impacto.

— Vejam como as páginas são finas. — A srta. Crane segurou uma única página longe da lombada, deixando a luz atravessar o papel. — E não parecem tão macias quanto antes.

Emma pegou um livro e passou a mão pela página, cujo papel era um pouco mais áspero que o normal.

A srta. Bainbridge fez o mesmo, depois deu um gemido sofrido e jogou o livro na pilha com um lamento antes de sair da sala.

Margaret olhou para Emma.

— Não posso dizer que já a vi nesse estado.

Irene suprimiu um bocejo e piscou devagar, abrindo bem os olhos, como se isso pudesse ajudá-la a ficar acordada.

— Vocês sabem como podem ser os assinantes Classe A.

De fato, todas sabiam como eles podiam ser, esperando tudo de todo mundo em troca da soma adicional que pagavam pela assinatura — como se ser assinantes Classe A os tornasse reis e rainhas.

— Nem a taxa que pagam os exime do racionamento — disse a srta. Crane, endireitando-se indignada.

Margaret examinou as próprias unhas.

— Mesmo assim, eles não vão gostar disso.

— É pegar ou largar — disse a outra, dando de ombros, e saiu da sala.

— Agora que estamos sozinhas… — Margaret deu um olhar animado entre Emma e Irene. — Eu estava muito ansiosa para contar. Escrevi para Jeffrey ontem à noite. — Ela sorriu. — E disse que vou me casar com ele.

Irene deu um gritinho de alegria e bateu palmas, a exaustão deixada de lado no entusiasmo pela notícia de Margaret. Emma puxou a amiga querida para um abraço, sabendo o sacrifício que ela fazia por amor.

— Vou contar tudo, mas primeiro vamos pegar um pouco de chá antes que acabe. — Margaret as chamou com um aceno para fora da sala da srta. Bainbridge.

O chá que a Boots fornecera antes do racionamento era farto, e a infusão, perfeita. Naquele momento, a bebida tinha mais uma cor de caramelo, e quem não chegasse rápido o bastante ficava sem.

Mas chá aguado ainda era melhor que não ter chá.

— Preciso ir tirar pó dos livros — disse Irene. — Mas depois quero todos os detalhes.

— Vamos guardar um pouco de chá para você — prometeu Emma, o que lhe rendeu um olhar de gratidão. — Prometo que as coisas melhoram depois que os dentes param de nascer.

— Espero que sim — disse Irene com um novo bocejo.

— O que fez você decidir se casar com Jeffrey? — perguntou Emma enquanto deixavam Irene tirando pó, um trabalho que Emma estava mais que feliz de entregar em suas mãos.

— Coventry — respondeu Margaret. — Ver o que as pessoas perderam, ouvir as histórias delas, perceber que estamos todos em perigo, mas meu Jeffrey mais do que eu. Mal posso esperar pela resposta dele.

Havia um brilho em todo o seu ser, indicando que estava feliz de verdade com a decisão, e só aquilo já a deixava feliz também.

— Vou começar a guardar porções do racionamento para o seu bolo — prometeu Emma.

A BIBLIOTECA DOS AMANTES DE LIVROS   285

Afinal, naqueles tempos era preciso de uma família grande ou todo um bairro economizando manteiga e açúcar para se fazer um bolo de casamento decente.

— Fico muito grata por ter uma amiga como você. — Margaret apertou a mão de Emma enquanto se aproximavam da mesa onde o antigo tonel de chá tinha sido substituído por vários bules. Ela deu um sorriso tímido. — Eu nunca tive muitas amigas. As mulheres em geral não gostam muito de mim, e aprendi que homens frequentemente têm segundas intenções.

— Eu também nunca tive muitas amigas — respondeu Emma, e entregou uma xícara de chá a Margaret, que a encheu. — Em geral, éramos só papai e eu.

— E agora são você e Olivia.

Emma sorriu para a amiga, grata por como ela a entendia de verdade.

— Exato. Porém… confesso que também tenho notícias.

Margaret passou o bule para Emma e levantou uma sobrancelha perfeitamente feita.

— Ah, é?

— Eu vi Charles, o sr. Fisk, depois que voltei de Coventry… nós tivemos um encontro.

Margaret arregalou os olhos e fechou a mão no braço de Emma, quase a arrastando até uma das mesinhas onde todas tomavam o chá antes do início do turno.

— Quero saber tudo.

Como esperado, os clientes não ficaram felizes com os novos livros com papel racionado, e os assinantes Classe A de fato reclamaram. Pelo menos os assinantes Classe B teriam um ano antes de serem submetidos aos livros recém-lançados com o papel inferior e a fonte apertada.

Até a sra. Chatsworth tinha ficado irritada com a letra pequena, e suas reclamações estridentes foram o suficiente para acordar Pip e deixá-lo rosnando com tanta ferocidade que a srta. Bainbridge teve que intervir. Todas estavam lidando com assinantes difíceis, mas a coitada da gerente era a mais azarada.

Emma se viu imensamente feliz por estar em casa naquela noite — em especial ao encontrar uma carta de Olivia. Como sempre, era agridoce. Cheia de amor, mas também implorando para voltar para casa.

Aquela declarava que a filha andava recebendo notas altas na escola, que tinha até aprendido a cozinhar e que podia ajudar Emma a fazer as refeições se ela a deixasse voltar para casa. No mínimo, queria que a mãe fosse visitá-la no Natal no mês seguinte. Mesmo enquanto Emma se perguntava se os sogros seriam receptivos à ideia, percebeu que, na verdade, havia duas cartas. A que estava atrás da de Olivia era da mãe de Arthur, com a caligrafia inclinada e arrojada imediatamente reconhecível.

Olivia quer que você venha para casa no Natal, e nós também gostaríamos da sua presença, sabendo o que significaria para ela tê-la aqui.

Emma abaixou a carta com um aperto no fundo do estômago. Não havia saída — ela finalmente teria que visitar os sogros.

42

Chester parecia estar praticamente igual à última visita de Emma, cinco anos antes, com seu charmoso centro histórico de prédios medievais caiados e artisticamente emoldurados com vigas de madeira escura. A ausência de luzes de Natal, porém, projetava uma sombra apropriada aos tempos sobre toda a cidade. A fazenda dos Taylor era ainda mais desoladora, com um céu leitoso sobre um campo coberto de uma camada de neve branca e a casa de madeira simples gasta pelos anos até ficar de um cinza-escuro e sem graça.

Emma bateu à porta e o trovejar de pés correndo em sua direção significava que Olivia tinha ouvido. A porta se abriu com força suficiente para lançar uma onda de ar aquecido em Emma, levando o aroma de carne assada. A boca dela se encheu de água. O chá que tomara no trem havia deixado de segurar a fome horas antes.

— Feliz Natal, mãe! — gritou Olivia, jogando os braços ao redor dela.

— Só será Natal daqui a dois dias. — Emma riu e abraçou a filha. — Você cresceu de novo?

— Cresci.

Olivia se afastou para que a mãe pudesse analisá-la.

De fato, tinha crescido pelo menos mais dois centímetros nos últimos quatro longos meses. E todos os dentes adultos tinham nascido direitinho, deixando seu sorriso ainda mais largo no rosto encantador.

O melhor de tudo era o brilho saudável nas bochechas de Olivia. Havia comida em abundância para ela, já que a fazenda fornecia bastante ovos, leite, vegetais e até carne várias vezes por semana. Mais do que ela teria em Nottingham.

— Já, já você vai ficar do meu tamanho — declarou Emma.

A menina deu uma risadinha, com os olhos brilhando de animação.

— Não deixe a porta aberta por tempo demais, hein — chamou uma voz masculina, com o sotaque de Chester bem marcado.

Olivia acenou para que a mãe entrasse, abrindo mais a porta e revelando uma casa que não tinha mudado nem mesmo uma cortina desde a última visita dela. Os móveis eram simples e impecavelmente limpos, incluindo a mesa de madeira e os bancos de cada lado que o sr. Taylor se orgulhava de dizer que tinha feito com Arthur. Várias cadeiras estavam perto da lareira, parecendo mais usadas que nunca. Claro, numa noite fria, estar perto do calor do fogo deixava a pessoa menos crítica a cadeiras de costas duras já lisas com o desgaste do tempo. Uma mesinha ao lado da escada estava arrumada com um único porta-retratos de Arthur, o cabelo escuro penteado para longe do rosto jovem, lembrando a Emma do homem que conhecera tantos anos antes, após a morte do pai.

Apesar de o marido ter falecido havia mais de cinco anos, e de o casamento deles não ter sido feliz, ela ainda sentia uma dor na consciência pelos encontros com Charles. Eles tinham saído mais várias vezes, passando o tempo em conversas animadas em que cada um devorava ansiosamente tudo o que o outro dizia — como acontecia em relacionamentos florescentes.

Ou pelo menos era assim nos livros que tinha lido quando era mais nova. Só então começava a vivenciar essa realidade.

— Ele é tão lindo. — Olivia fechou a porta e foi até a foto de Arthur, abaixando-se para analisá-la com as mãos unidas reverentemente atrás das costas.

Emma assentiu. Porque realmente achava Arthur bonito — sua beleza nunca estivera em dúvida. Quem dera isso fosse suficiente para um bom casamento.

O sr. Taylor surgiu da sala dos fundos.

— Emma, que bom ver você de novo.

A linha do cabelo dele tinha recuado um pouco desde a última visita dela e as mechas escuras estavam raiadas de fios prateados. Seus olhos eram escuros, como os do filho, e ainda iluminados por uma inteligência afiada.

— Obrigada por me convidar. — Ela foi até o homem mais velho e o abraçou cordialmente.

O sr. Taylor deu um tapinha nas costas dela com a mão grande, uma ação paternal e gentil.

— Faz tempo demais.

Ela assentiu, um pouco arrependida por ter esperado tanto tempo antes de fazer outra visita. Por outro lado, tinha se sentido mais bem-vinda naqueles poucos minutos dentro da residência Taylor do que nos seis meses que tinham morado lá.

— A vida urbana combina com você. — O sr. Taylor lhe deu uma piscadela quase informal.

— Eu nunca fui muito da lavoura. — Emma tentou imitar o tom amigável dele.

— A vovó e o vovô me contaram tudo — disse Olivia, e enrugou o nariz. — Tipo da vez que você escorregou em esterco de vaca e caiu em cima. E a vez que aquele porco fugiu e você precisou correr atrás dele e sem querer deixou todos escaparem porque não trancou direito o portão.

O sorriso que Emma tinha estampado no rosto pareceu tão quebradiço quanto o repentino arrependimento por ter passado anos longe.

Sem dúvida a sra. Taylor não tinha mencionado como obrigara Emma a esfregar o cocô de vaca da pele com neve e a ficar de calcinha antes de poder entrar. Nem teriam informado a Olivia como não fizeram esforço algum para ajudá-la a recuperar os porcos fugidos, ou como ela tinha se esforçado para trazer todos de volta.

Seu tempo na fazenda tinha consistido em decepções constantes e castigos incessantes.

— Não pegue demais no pé da sua mãe. — O sr. Taylor deu um tapinha no ombro de Emma. — Ela fez o melhor que podia.

Emma virou-se para o homem, surpresa com o tom de apoio.

— Reg, eu costurei aquela parte da sua calça — disse a sra. Taylor, descendo a escada com a vestimenta nas mãos, mas parou de repente ao ver Emma, o rosto uma máscara sem expressão.

— Minha mãe está aqui — cantarolou Olivia.

— Estou vendo — disse a sra. Taylor, em tom queixoso. — E vejo também que você está toda agitada por causa disso.

A menina de fato estava feliz, o rosto aberto num sorriso largo enquanto colocava a mãozinha na de Emma.

— Obrigada por vir. — As palavras pareceram causar dor à sra. Taylor, e ela pressionou os lábios numa linha fina de que Emma se lembrava bem da época em que morava com eles. Era uma expressão que vira com frequência.

Uma expressão de óbvia decepção.

— Obrigada por me receber — respondeu Emma, com mais carinho do que sentia.

— Que tal ir mostrar seu quarto para sua mãe? — sugeriu a sra. Taylor antes de dar as costas para subir de volta, com a calça do marido ainda na mão.

O comportamento dela não se suavizou durante a estadia de Emma, e qualquer pedido lhe era dirigido por meio de Olivia, que alegremente fazia o que avó pedia.

O Natal foi tranquilo, com Olivia recebendo mais uma barra de chocolate que a sra. Pickering havia conseguido, com um exemplar de *Caddie Woodlawn* comprado por Emma e um novo par de sapatos robustos dado pelos avós. Ela tinha tricotado cachecóis para os ex-sogros, numa mostra de boa-vontade. O sr. Taylor havia colocado o dele, modelando-o com uma inclinação da cabeça que fez Olivia rir, enquanto a sra. Taylor julgou criteriosamente os pontos no dela antes de deixá-lo de lado com uma leve curva dos lábios.

Os quatro dias que Emma passou com a filha acabaram rápido, cheios de quebra-cabeças e conversas sobre livros, além de histórias sobre as caminhadas de Emma com Tubby e do trabalho da sra. Pickering com o SVM.

— Uma vez, Tubby subiu uma árvore correndo atrás de um esquilo, antes de eu conseguir detê-lo — disse Emma.

Aquilo tinha feito Olivia morrer de rir.

— Eu sei qual árvore é, aquela que fica logo na frente de onde era o portão.

Emma riu.

— Essa mesma.

— Que saudade dessa árvore. — A menina de repente ficou solene, suas sobrancelhas caindo. — Eu sinto saudade de Tubby e da sra. Pickering. E sinto saudade de você. — Seus olhos se encheram de lágrimas. — A vovó e o vovô são legais, e eu adoro ouvir histórias sobre meu pai e sobre a gente morando aqui, já que não lembro, mas quero ir para casa.

Se as cartas suplicantes escritas por Olivia eram difíceis para Emma, não eram nada em comparação à dor agonizante de ouvir aquelas palavras ditas na doce voz da filha. Tudo no peito de Emma queimava de mágoa e arrependimento, um golpe visceral de angústia no coração de uma mãe.

— Eu queria que você pudesse ir para casa — respondeu Emma, com delicadeza. — Mas precisa esperar só um pouquinho mais.

— Quanto tempo?

Só que Emma não tinha resposta.

No dia da partida da mãe, Olivia usou o suéter vermelho, cujas mangas já deixavam os pulsos à mostra.

— Essa blusa está pequena demais para você — repreendeu a sra. Taylor, com o tom sempre crítico.

Olivia abraçou a si mesma, enrolando os braços longos e esguios no torso.

— Eu o amo mais que qualquer outra roupa que já tive. Minha mãe que fez para mim.

— Bom, isso explica muita coisa. — O comentário frio da sra. Taylor não era um elogio.

Apesar do comportamento deplorável da mulher, Emma desejava poder ficar um pouco mais em Chester. Pelo bem de Olivia.

Aqueles dias rindo com lembranças de Nottingham e ouvindo Olivia contar de cada livro que lera, de *Uma casa na floresta* ao antigo exemplar de *A família suíça Robinson* — todos aqueles lindos momentos enchiam o buraco na alma de Emma que estava vazio na ausência da filha.

Ela abraçou a filha mais uma vez e a soltou com muita relutância.

— Eu te amo, Olive.

A menina assentiu, com os olhos cheios de lágrimas enquanto Emma se virava para a porta.

— Deixa eu ir com você — pediu Olivia de repente.

O silêncio na sala ficou pesado, pesado com a tristeza que cada indivíduo sentia à própria maneira.

— Por favor. — Havia um estremecimento na voz de Olivia. — Por favor, me deixa ir para casa. Prometo me comportar. Eu vou ir bem em matemática. Vou passear com Tubby todo dia. Vou ajudar a fazer o jantar. E o SVM, eu posso ajudar de novo no centro infantil. — As palavras saíam entre soluços, os olhos azuis brilhando com lágrimas. — Por favor, não me abandona, mamãe. Por favor. Eu te amo. Não me abandona.

Emma se ajoelhou no chão e puxou a filha para um abraço apertado, com a própria garganta fechada demais para falar.

— Você tem tudo de que precisa aqui — disse a sra. Taylor com a voz calma, mas suas bochechas estavam coradas de emoção após a explosão de Olivia. Havia gelo em seus olhos enquanto fitava Emma de cima. — Você mima essa menina. Mimava antes e continua mimando agora.

— Ficar longe de casa é difícil para as crianças — disse Emma, gentilmente.

— Sim — disse a sra. Taylor, cuspindo a palavra. — É doloroso quando uma mãe se separa do filho.

A mulher jogou a acusação como uma cobra aos pés da nora e saiu batendo os pés.

Os soluços de Olivia preencheram o silêncio que se seguiu.

— Você ainda não pode voltar para casa — falou Emma com gentileza, enquanto acariciava as costas da filha em círculos lentos, a ponta dos dedos deslizando por cada um dos pontos que ela meticulosamente tricotara com todo o amor que sentia por Olivia. — Vamos torcer para que a guerra acabe e você possa voltar logo. Mas, por enquanto, precisa ser corajosa por mim, tudo bem?

Olivia apertou os lábios com tanta força que o queixo pontudo ficou ainda mais proeminente, mas ela assentiu com a cabeça, resoluta e resignada.

— Com certeza sua avó pode usar um pouco da ração de açúcar para fazer um pudim mais tarde — disse o sr. Taylor, e piscou um olho para Olivia.

Mas as lágrimas não paravam de escorrer pelo rosto dela, que olhava suplicante para Emma.

— Por favor, não me abandona.

As palavras se acomodaram em Emma como uma pedra afiada e a fizeram sentir que estava mesmo largando a filha. E, de certa forma, *estava* — era o que mais doía.

Houvera mais ataques em Nottingham, incluindo um no mês anterior que mantivera todos nas cavernas sob a cidade por toda a noite e deixara um rastro de destruição. Com tantos perigos em casa, como podia permitir a volta de Olivia?

— Eu te amo — falou Emma, com a voz rouca.

Então beijou o topo da cabeça de Olivia e saiu às pressas antes de perder a coragem.

Mesmo enquanto a porta se fechava, o grito da filha atravessou a madeira sólida e lhe atingiu diretamente no coração.

— Ela vai ficar bem daqui a um ou dois dias — disse o sr. Taylor, e ajudou Emma a entrar na carroça, tomando o próprio assento em seguida.

Ela não deixou de notar que o homem estava usando o cachecol azul--turquesa que ela tinha tricotado.

A mala já estava na traseira e os dois cavalos tinham sido arreados e batiam as patas com impaciência, as orelhas de pé com os berros de Olivia.

— Será que tomei a decisão certa?

Emma olhou de volta para a casa, onde o rosto de Olivia estava pressionado na vidraça com as palmas das mãos, como se pudesse tocá-la mesmo com a distância entre elas. A janela ficou embaçada com os soluços ofegantes, mas ainda assim Emma não desviou o olhar.

— Como pais, nunca temos como saber se tomamos as decisões certas ou não — disse o sr. Taylor, devagar, como se selecionando as palavras com cuidado.

Ele fez um estalo com a língua, e a carroça começou a andar.

Emma esperou até o rosto de Olivia desaparecer na distância e então se voltou ao sr. Taylor.

— Fico grata a vocês por aceitarem ficar com ela.

— O prazer é nosso. — O sogro esfregou a mão na boina. — Sei que não foi fácil para você escrever para nós. Nem mandá-la para cá, aliás.

— Ele franziu a testa enquanto olhava para o horizonte. — Especialmente depois de ter sido tratada como foi durante seu tempo conosco, depois que perdemos nosso garoto.

Emma mordeu o lábio, sem saber o que dizer.

— Ficamos decepcionados quando Arthur deixou a fazenda. — O sr. Taylor fungou e ajustou os cotovelos nos joelhos. — Achamos que podíamos forçá-lo a assumir este lugar, como meu pai fez comigo. Mas ele foi embora. Primeiro para Londres, para fazer faculdade, depois para Nottingham, para trabalhar como advogado. Aí começou a pensar em voltar a Chester, mas conheceu você.

Emma sentiu um vazio na barriga.

— Ele ficou por minha causa?

O sr. Taylor fez que sim com a cabeça.

Arthur nunca havia contado que estava considerando voltar a Chester. Se tivesse voltado à fazenda, se não tivesse se casado com ela... ainda estaria vivo.

— A decisão era dele — continuou, como se lendo os pensamentos dela. Ele pigarreou, um grande som rouco no ar claro da manhã. — Também sabíamos que, perto do fim, você não estava feliz com o casamento. Seu luto ainda era recente demais quando se casou, falamos isso ao Arthur, mas ele não escutou. Eu sei que meu filho amava Olivia, que se alegrava com ela, e é fácil ver por quê. De nossa parte, tenho vergonha de dizer que culpamos você. Injustamente. Não era culpa sua. Precisei conhecer minha neta e ver como você é uma boa mãe para entender quem *você* realmente é. Sinto muito por isso. E sinto muito por minha esposa ainda ter dificuldade em fazer a mesma coisa.

Emma abraçou o próprio corpo, embalando uma nova dor que nascia dentro de si. Quantas vezes tinha pensado nas mães dos soldados que perderam os filhos? E, mesmo assim, estivera tão escaldada de mágoa pela falta de acolhida dos pais de Arthur após sua estadia na fazenda que não dera um passo para trás para pensar neles, os pais cujo filho tinha ido embora de casa para nunca mais voltar.

— Eu sou mãe — disse Emma, se suavizando, enchendo-se de compaixão pela sogra. — Eu entendo.

— Você é uma boa pessoa. — O sr. Taylor sorriu para ela. — Obrigada por nos dar esse tempo com Olivia. Sei que provavelmente fomos a última opção, mas mesmo assim amamos tê-la com a gente.

Emma retribuiu o sorriso, genuinamente feliz por ter dado aos Taylor a chance de conhecer a neta.

Independentemente do apaziguamento que o pai de Arthur lhe oferecera e da promessa dele de que Olivia se recuperaria em alguns dias, Emma não conseguia tirar da cabeça as súplicas da filha. Nunca a tinha visto tão terrivelmente desesperada.

Com sorte, a paciência dela aguentaria um pouco mais. Afinal, não havia mais nenhum outro recurso, e Nottingham ainda era perigosa demais.

43

Durante toda a jornada para casa, Emma foi assombrada pelos gritos de Olivia atravessando a porta da casa dos Taylor, implorando a ela que não a abandonasse.

No entanto, foi exatamente o que ela havia feito.

Embora tivesse a deixado aos cuidados de familiares que a amavam, não conseguia se livrar da sensação desconcertante de abandono.

O romance mais recente de Barbara Cartland estava aberto em seu colo, na mesma página que ela lera dezenas de vezes sem processar uma única palavra.

Queria estar em casa. Sozinha.

Mas, ao entrar no prédio, Tubby anunciou sua chegada e o burburinho de vozes no apartamento da sra. Pickering cessou de repente, seguido pelo anúncio:

— Ela chegou!

Emma se encolheu inteira. Apesar das boas intenções, queria desesperadamente evitar os votos felizes tão incongruentes com a escuridão opressiva de seu humor. Queria se enrolar na cama e se afundar naquela mágoa, abraçando e alimentando a dor até que a consumisse.

A sra. Pickering abriu a porta com um sorriso iluminado.

— Surpresa!

A BIBLIOTECA DOS AMANTES DE LIVROS

Atrás dela estavam Margaret, Charles e o chefe dele, Francis. Tubby saiu correndo do apartamento e se lançou tão alto na direção de Emma que quase tocou sua cintura. Ela se dobrou para abraçar o cachorrinho, inspirando o conforto familiar do pelo sedoso enquanto se recompunha.

Eram os amigos dela, que a conheciam melhor que quase todo mundo. Que a amavam.

Ela conseguiria.

Emma se endireitou para olhá-los, mas o sorriso que tentou lhes dar pareceu frágil.

E talvez fosse mesmo, pois a expressão feliz da sra. Pickering murchou.

— Puxa vida.

A senhoria a puxou para o apartamento e para um abraço sincero que carregava o cheiro de pão recém-assado e Tubby e aquela deliciosa fragrância de rosas que sempre usava.

Emma nunca conhecera o abraço de uma mãe, mas imaginava que seria bem daquele jeito — macio e abrangente, com cheiro de lar. Lágrimas arderam em seus olhos e se lembrou da sacolinha no bolso, o pequeno presente que tinha levado da fazenda. Era a desculpa perfeita para se libertar do abraço reconfortante antes que aquilo acabasse com ela. Emma soltou a sra. Pickering e puxou a sacola.

Atrás da sra. Pickering, Charles piscou um olho para Emma, uma distração bem-vinda que fez seu coração bater um pouco mais forte no peito.

— O que é isso? — perguntou a mulher, indicando a sacola.

— As sobras de vegetais do nosso jantar de Natal em Chester — respondeu Emma. — Para Anônimo.

A sra. Pickering bufou e pôs as mãos na cintura.

— E como é que você sabia que ainda estou com ele?

— Porque eu a conheço.

Ela entregou a sacola à senhoria, que de imediato a levou para fora, falando carinhosamente com o coelhinho sobre o banquete iminente antes mesmo de a porta se fechar. Francis pegou Tubby no colo antes que corresse atrás do bicho e segurou o cachorro com um braço enorme, fazendo-o parecer pouco maior que um ursinho de pelúcia.

Margaret assumiu na mesma hora o lugar da sra. Pickering na frente de Emma, com um grande broche cintilante de árvore de Natal no suéter verde. Ela pôs a mão no ombro da amiga.

— Você está mais linda do que nunca, querida Emma, mas parece muito cansada. E quem não estaria, depois de uma jornada tão longa? — Ela virou-se para Charles. — Pode fazer o favorzinho de pegar a mala de Emma e ajudá-la a subir para casa?

Francis deu um aceno de cabeça para Charles, que já estava dando um passo à frente para pegar a mala de Emma pela alça, içando o peso significativo com facilidade. Ela deu a Margaret um sorriso grato antes de seguir para a escada.

Charles indicou que ela fosse à frente e a seguiu, deixando um silêncio confortável entre eles.

— Dissemos para a sra. Pickering que uma festa talvez não fosse boa ideia — disse ele, em tom de desculpas, quando chegaram à porta dela.

— Eu sei como ela é — respondeu. Tentar ficar no caminho da sra. Pickering quando ela enfiava uma tarefa na cabeça era quase impossível. — Mas tem boas intenções.

— Ela estava preocupada com você. — Charles soltou a mala, com aflição no olhar. — Eu também estou preocupado com você.

Um nó de emoção apertou a garganta dela, doendo tanto que Emma mal conseguia falar.

— Eu estou bem.

Ela não se permitiria se debulhar em lágrimas na frente de Charles, sendo que fazia mais de uma semana que não o via. Não quando tudo no início do relacionamento deles estava indo tão bem. Não quando era uma mulher adulta que deveria ter um controle firme das emoções.

— Sei que você estava ansiosa com a visita a seus sogros. — O tom dele era delicado como uma carícia. — Espero que a tenham tratado bem.

— Meu sogro foi gentil — disse ela, tensa.

— E sua sogra? — perguntou ele, com aquele tom cuidadoso e carinhoso.

Emma deu de ombros, impotente.

— Agora eu a entendo melhor.

Charles baixou os olhos para o chão e ficou em silêncio por um momento. Quando voltou a levantar a cabeça, abriu a boca algumas vezes, como se tentando capturar as palavras exatas que queria dizer.

— Sei que foi difícil deixar Olivia — falou, enfim. — Seu amor por ela é óbvio, e se despedir de uma pessoa que você ama sem saber quando a verá de novo... — Ele franziu as sobrancelhas. — É uma das coisas mais difíceis que existem.

Charles mudou o peso de um pé para o outro.

— Quando estou com você, não quero só seus sorrisos e seu bom humor. Quero tudo de você, a Emma *real*. Aquela que às vezes tem dias ruins, que talvez nem sempre esteja com vontade de sorrir. Estou aqui para tudo o que você é. Se quiser que eu a deixe em paz, só precisa pedir. Mas, se precisar de mim, se estiver sofrendo, saiba que pode contar comigo.

Ele estendeu as mãos com as palmas para cima, como se fisicamente se entregasse a ela.

As lágrimas que estava segurando ferozmente desde que se forçara a dar as costas a Olivia pinicavam em seus olhos, quentes e determinadas.

— Eu a abandonei, Charles — disse Emma, engasgada. — Ela me implorou para não ir embora, e eu a abandonei.

Ele abriu os braços e ela caiu se apoiando em seu tronco como tinha feito após Coventry. E, mais uma vez, relaxou em seu abraço firme, no calor e conforto que oferecia.

Emma tinha passado a maior parte da vida de Olivia sozinha, sendo a própria rocha. Sempre forte. Sem nunca desmoronar.

Ela não podia desabar.

Não sem ter ninguém.

Mas, naquele momento, tinha apoio e força. E finalmente não estava mais só.

44

Emma segurava em uma mão uma pilha de convites em branco e, com a outra, inclinou a borda de madeira lascada de um grande espelho para mostrar a Margaret seu reflexo. O vestido de casamento precisava ser um pouquinho ajustado na cintura, mas, fora esse pequeno detalhe, a peça com decote em coração tinha um caimento perfeito.

Vários meses tinham se passado, cheios de trabalho na biblioteca e no SVM, encontros com Charles quando eles estavam livres e, claro, o fluxo de cartas magoadas de Olivia. Aquilo era uma boa distração, algo positivo e alegre.

A sra. Avory cruzou os braços na frente dos seios generosos e ficou olhando a filha, com um sorriso puxando o canto dos lábios.

— É difícil acreditar que eu já fui magrinha assim. Mas caiu como uma luva em você.

A mãe de Margaret tinha os mesmos olhos castanhos aveludados da filha e mantinha o cabelo escondido embaixo de um lenço, como tantas trabalhadoras de fábrica tinham começado a fazer nos últimos tempos.

— Estou tão feliz por você tê-lo guardado — disse Margaret.

Ela se virou para a mãe, e a seda cor de creme farfalhou como um sussurro no quarto silencioso. Havia uma centelha de admiração em seu olhar, uma ansiedade de aprovação que a mãe lhe deu prontamente.

— E vai lhe trazer boa sorte. — A sra. Avory piscou um olho, exibindo o mesmo charme da filha. — Eu suguei todo o azar dele no dia em que me casei com seu pai.

A mulher jogou a cabeça para trás e riu.

— O que será que ele diria se ouvisse isso?

— Ele teria que voltar para casa primeiro, e mais cedo alguém disse que tinha cerveja na torneira do Bell Inn — respondeu a mãe, puxou uma lata de cigarros e a chacoalhou. — Eu apostaria um dos meus Woodbines que aquele homem vai ficar lá até o blecaute.

— Ah, para com isso, mamãe. — Margaret estalou a língua. — Você nunca entregaria seus Woodbines.

Elas se olharam e riram outra vez, compartilhando uma sororidade familiar e fácil.

Emma ficou imaginando uma Olivia adulta se preparando para o casamento e qual tipo de relacionamento elas teriam.

Se a ligação de mãe e filha delas tivesse metade da força que testemunhava ali, ela se consideraria imensamente sortuda.

Também era grata por ter ido naquela hora buscar os convites de casamento que Margaret a deixara ajudar a preencher. Se tivesse chegado mais cedo, teria perdido a amiga em seu vestido.

Tinham acabado de ficar sabendo da licença aprovada de Jeffrey, e havia muitos preparativos a fazer em pouco tempo antes da chegada dele e das bodas iminentes.

— Não acredito que vou estar casada daqui a menos de duas semanas. — Margaret se virou de volta para o espelho, com as bochechas coradas de animação. — Eu sei que enrolei por um tempo.

— Um tempo? — A sra. Avory deu um risinho carinhoso.

— Um bom tempo — admitiu a filha. — Mas finalmente estou pronta. Ainda que a srta. Bainbridge jamais vá me perdoar.

Era verdade: a gerente não havia conseguido segurar as lágrimas quando Margaret contou que não poderia mais trabalhar na biblioteca depois de casada.

— Ela vai perdoá-la — disse Emma com segurança, lembrando-se da mulher cujo cargo havia assumido. — Depois de ver como está feliz com Jeffrey, vai perdoá-la.

— E você promete que vai me visitar sempre? — falou a amiga, e a encarou pelo espelho.

— O tempo todo — prometeu Emma. — E com a sra. Pickering, quando eu conseguir afastá-la do SVM.

— Afastá-la? — Margaret lhe deu uma cotovelada brincalhona. — Eu provavelmente vou estar trabalhando bem ao lado dela para não enlouquecer de tédio.

— A não ser que tenha um bebê do qual cuidar — disse a sra. Avory, e apertou as mãos junto ao peito, com um suspiro melancólico. — Ah, só de pensar agora nos pequeninos... Eu estava a ponto de desistir de ter netinhos, sabia?

— Já ouvi isso uma ou dez vezes. — Margaret colocou o véu por cima do cabelo e deu à mãe um sorriso pelo reflexo do espelho.

Emma pegou a lista de convidados do casamento. Esperava-se um grupo grande, que provavelmente não caberia na igreja modesta.

— Tem certeza de que não posso ajudar com mais nada?

Ela guardou os convites e a lista com cuidado na bolsa.

— A não ser que consiga magicamente conjurar açúcar e manteiga, acho que estamos bem — respondeu a sra. Avory.

— Não consigo — admitiu Emma. — Mas acredito que a sra. Pickering esteja cuidando disso.

Margaret deu um gritinho de deleite e bateu palmas.

— Vamos ter um bolo do tamanho do Palácio de Buckingham.

Emma quase podia sentir o gosto do doce delicioso. Várias semanas praticamente sem açúcar a tinham deixado ansiando por qualquer gostinho. Mas o sacrifício de suas porções do racionamento valeria a pena para tornar o casamento de Margaret perfeito.

— A gente avisa se precisar de alguma coisa, Emma — disse ela, tirando o véu, e ofereceu as costas para a mãe desabotoar as dezenas de minúsculas pérolas que desciam por toda sua coluna. — Obrigada por ser tão querida.

Emma fechou a porta com um sorriso no rosto graças à alegria contagiosa de Margaret. Era bom ver a amiga tão genuinamente feliz.

O próprio casamento tinha sido pequeno, um evento fácil de administrar para uma noiva órfã e um noivo afastado dos pais. O dia fora lindo, com um belo céu azul cheio de nuvens fofas que pareciam terem sido pintadas num livro infantil. O começo auspicioso parecia uma promessa de coisas boas no futuro, a esperança de que, após o sufoco do luto, ela talvez conseguisse voltar a respirar. Sorrir. Viver.

Mas os bancos vazios em seu lado da igreja tinham sido um lembrete difícil do abismo em seu mundo, onde antes havia o pai.

Ela não tinha vestido materno para usar — havia pegado fogo junto ao resto da vida de Emma — nem família para oferecer votos de felicidade e amor.

Eram apenas ela e Arthur, além dos outros advogados com quem ele trabalhava e as esposas, tentando fingir que Emma tinha um lugar entre elas. E tentaram de verdade, unindo-se para pentear o cabelo dela, aplicar uma maquiagem leve e até lhe emprestaram um lindo colar de pérolas.

Quem sabe algum dia Emma pudesse ter algo como a celebração de Margaret, talvez até com Charles. Ela abriu a porta da amiga para sair, puxando a jaqueta em torno dos ombros para se proteger do friozinho do ar de início de abril, e o encontrou ainda a esperando.

— Eu disse que não precisava esperar — repreendeu de brincadeira, embora na verdade estivesse feliz.

— Ver você me olhar assim fez o tempo valer a pena. — Ele lhe deu um sorriso maroto. — Eu estava pensando que, se você estiver livre, podemos ir ao cinema hoje à noite.

Emma bateu um dedo no queixo e lhe lançou um olhar sugestivo.

— No ABC Cinema?

Eles andavam querendo ir juntos, especialmente depois de descobrir que, sem saber, ambos haviam ido à exibição do filme *Poliana* na época em que o cinema abriu e ainda se chamava Elite Picture Theatre.

— Com certeza no ABC Cinema.

Charles lhe ofereceu o braço, e ela o aceitou imediatamente.

O corpo dele estava tão próximo que seus quadris roçaram quando começaram a caminhar, em uma intimidade tranquila que mergulhou na alma dela como a quente luz do sol. Eles tinham passado muitas noites e fins de semana fazendo trabalho voluntário juntos em eventos, como o dos Jardins da Vitória, e ajudando o SVM com seus vários projetos. Charles sempre se oferecia para carregar itens mais pesados, para a enorme gratidão das senhoras, em mais de um sentido.

Os dois tinham criado algo como uma rotina nos meses desde que ela voltara de Chester. E, embora estar em juntos acalmasse uma parte de Emma que ela não sabia estar inquieta, anda não conseguia se sentir sentia inteira sem Olivia. Na verdade, o relacionamento com Charles a fazia desejar ainda mais a presença da filha, uma peça final para encaixar no quebra-cabeça de sua vida a fim de torná-la gloriosa e maravilhosamente completa.

Dado o tom suplicante das cartas da filha, cujo desespero só aumentava, a menina provavelmente estava sentindo a separação tanto quanto Emma.

Mas houvera mais bombas em Nottingham. Mais mortes.

Ainda que os ataques não fossem nem de perto tão agressivos quanto em Londres, onde os bombardeiros voavam sobre a cidade como urubus quase todas as noites, Nottingham certamente tinha suas cicatrizes.

Doze bombas haviam caído na Ribblesdale Road em março e, justo na semana anterior, explosivos e bombas incendiárias haviam sido lançadas em Beeston.

Emma e Charles não estavam a mais de dez passos da porta de Margaret quando um jovem com uma cabeleira escura e desgrenhada passou correndo tão rápido que quase esbarrou em Emma. Charles pôs a mão no ombro dela, protetor, e olhou para trás com seriedade.

Mas o rapaz de cabelo escuro não estava prestando atenção a eles ao parar na porta de Margaret e bater a aldrava com força. O jovem olhou desesperado na direção de Emma.

— Margaret está em casa?

Havia na voz dele um tom agudo e no olhar uma selvageria que dispararam sinais de alerta na mente dela. Charles também devia ter sentido o humor agitado do homem e deu um passo à frente, colocando-se na frente de Emma para protegê-la.

Ele olhou ao redor de Charles, com as sobrancelhas arqueadas.

— Por favor, é urgente.

— Está — respondeu Emma, relutante. — Espere um momento. Ela estava provando o vestido de casamento.

— O vestido de casamento — murmurou o rapaz, mais para si mesmo que para Emma, depois cobriu a boca com a mão e puxou o ar nervosamente.

A BIBLIOTECA DOS AMANTES DE LIVROS 305

Emma foi até ele, levando Charles consigo.

— O que é que está aconte...

A porta se abriu, e a sra. Avory arqueou as sobrancelhas, surpresa.

— Ele não amarelou, né? — Ela apontou o polegar para o rapaz e dirigiu-se a Emma: — Este é o irmão de Jeffrey.

O jovem engoliu um soluço, e a mãe de Margaret virou a cabeça de volta para ele de repente, a centelha brincalhona nos olhos embotada pela preocupação.

— Entre. — Ela acenou para o garoto. — Vocês também — disse para Emma e Charles. — Deus nos ajude, acho que minha garota talvez precise de todos nós.

A srta. Avory se virou e gritou por cima do ombro chamando por Margaret, pedindo que descesse imediatamente.

Emma e Charles entraram na casa estreita a tempo de ver o irmão de Jeffrey puxando um telegrama, o papel tremendo nos dedos.

Telegramas raramente carregavam boas notícias. Aqueles pedacinhos de papel aparentemente inofensivos inspiravam medo no coração de cada cidadão britânico com as notícias que traziam — que um soldado havia sido capturado ou estava desaparecido. Ou pior — que tinha sido morto.

Significava que o homem cujo nome estava impresso na fonte austera não voltaria para casa tão cedo. Se é que voltaria.

O significado daquele papel atingiu Emma com tudo, pousando bem no centro do peito dela. Charles a abraçou com força, como se para se certificar de que ela estava perto. Ela ficou feliz pela presença dele, não só por tê-lo ao seu lado, mas também, de maneira egoísta, por saber que nunca precisaria se preocupar com um telegrama daqueles.

Margaret desceu as escadas e seu sorriso morreu ao ver o telegrama.

— Não — disse Margaret, e sacudiu a cabeça, o cabelo loiro caindo pelos ombros e os olhos já se enchendo de lágrimas. — Não, não posso ler. Me recuso.

O irmão de Jeffrey deu um soluço rouco e sua voz falhou quando disse:

— Ele está desaparecido, Margaret. Não sabem onde ele está.

Margaret inspirou, trêmula, e a mãe imediatamente a puxou para um abraço, como Emma fizera tantas vezes com Olivia quando queria protegê-la de toda a mágoa do mundo.

— Eu aceitei tarde demais. — Margaret ofegou, como se a dor fosse tão grande que não conseguisse falar, e caiu nos braços da mãe numa crise de choro e soluços que pareciam sacudi-la até a alma. — Ele queria se casar comigo, e eu aceitei tarde demais.

45

Emma entregou o exemplar de *Anne de Green Gables* a uma assinante Classe A.

— Minha filha ama este livro. Com certeza a sua vai amar também.

A mulher o segurou junto ao peito como um tesouro precioso a ser guardado.

— Era um dos meus favoritos.

Apesar das bombas que continuavam a atingir Nottingham, os pais ainda estavam levando as crianças do interior para casa. Toda vez que Emma via mais uma delas na biblioteca com a mãe ou brincando no bairro, a saudade de Olivia lhe causava uma dor física.

Mas a sensação de perda havia se manifestado de outras formas também, permitindo que Emma encontrasse o tipo certo de livro para as crianças que estavam voltando para casa e tinham tempo livre em excesso. Sua habilidade excepcional de encorajar qualquer criança a ler a tornara popular com os pais, o que incomodava profundamente a srta. Crane.

Enquanto a assinante se afastava, Margaret entrou tranquilamente na biblioteca, os lábios pintados com o Firefly da Number Seven abertos num sorriso que partiu o coração de Emma.

Um mês tinha se passado desde o desaparecimento de Jeffrey, um assunto que ela se recusava a discutir. Só afastava as perguntas sobre o casamento com a mão esquerda de aliança e uma risada leve, dizendo que só precisava de um tiquinho mais de tempo para os preparativos.

Mas a exaustão lhe causava olheiras contava outra história, uma história de noites insones assombradas pela dor do luto e do arrependimento, o mais inclemente dos fantasmas.

Um tempo depois, Emma entrou na Sala de Encomendas e a encontrou olhando para o espaço vazio, com a postura encurvada e sem vida, como uma marionete sem titereiro. Ela se sobressaltou com a entrada da amiga, mas foi trazida de volta à vida animadamente como se alguém tivesse puxado suas cordas, e abriu um sorriso. Largo demais. Iluminado demais. Falso demais.

Emma sentou-se na banqueta ao lado da amiga. A caixa no chão aos pés de Margaret não tinha nem sido aberta, embora estivesse na sala havia bem mais de uma hora.

— Fale comigo — disse Emma, abriu a caixa e com cuidado começou a registrar o nome de cada título que tinham recebido.

— Sobre o quê? — perguntou Margaret, como se lesse um roteiro.

— Sobre como você realmente está.

Emma a olhou a tempo de ver um lampejo de dor cruzar os grandes olhos castanho-escuros. Ela pegou a mão a outra mulher e viu que estava gelada, com os dedos mais ossudos que esguios, mais uma evidência do peso que perdera no mês anterior.

Usando a tática da sra. Pickering, Emma focou a caixa de livros e deixou que o silêncio conduzisse a conversa.

— Ele não vai voltar, Emma — disse Margaret suavemente. — Ou pelo menos tenho que dizer isso a mim mesma, porque, se ele não voltar mesmo... — Ela balançou a cabeça. — A mãe dele acha que vai. Ela quis continuar planejando o casamento para depois da guerra, mas meu coração não suporta. — A voz dela falhou.

Emma abraçou a amiga, que começou a chorar, até que a porta se abriu e a srta. Crane entrou na sala. Emma a apertou ainda mais, protegendo-a da ira da outra. Mas a expressão dura da srta. Crane inesperadamente se suavizou e ela saiu com discrição, sem nenhuma reprimenda.

Não havia nada a invejar na posição de Margaret.

A BIBLIOTECA DOS AMANTES DE LIVROS   309

No fim, a mulher se acalmou e os soluços trêmulos deram lugar à respiração funda e estável que tão frequentemente se seguia a um bom choro.

— É sempre bom desabafar — disse Emma, esfregando as costas da amiga em pequenos círculos, como fazia com Olivia. — Você não pode guardar essa dor.

— Eu me sinto melhor mesmo. Um pouco, pelo menos. — Margaret se afastou e limpou o nariz com um lenço. — Obrigada.

— Não precisa passar por isso sozinha. — Emma colocou a mão no ombro magro dela. — Estamos todos aqui com você.

Ela assentiu, e desta vez seu sorriso — por menor e mais trêmulo que fosse — foi sincero.

— Tire um tempinho. Eu dou alguma desculpa se alguém perguntar. — Emma deu mais um abraço na amiga e a deixou ter um pouco de privacidade.

A srta. Crane e Irene estavam ocupadas com assinantes quando Emma saiu da Sala de Encomendas. A única outra cliente na biblioteca era a sra. Chatsworth, que recentemente pegara emprestado *O jardim secreto*, e Emma se viu ansiando por uma boa dose de feedback loquaz.

A mulher mais velha estava de costas para ela, de cabeça baixa, de forma que a pluma do chapéu, de um azul vivo, apontava diretamente para a estante de livros à frente.

— Boa tarde, sra. Chatsworth.

A outra se assustou e se virou tão rápido que Pip soltou um grunhido ofendido com a dona.

— Ah, srta. Taylor. — Manchas rosadas surgiram em suas bochechas.

Emma deu um passo para trás, tanto para se afastar do irascível Pip como para dar espaço à mulher sobressaltada.

— Não quis assustá-la.

— Imagine. — A mulher deu uma risada nervosa. — Estava só procurando livros. Você sabe como amo meus livros. Sempre fui das leitoras mais vorazes...

Havia uma qualidade frenética em sua tagarelice enquanto ela pontificava sobre as sutilezas da leitura, antes de terminar com um rápido bom-dia e se retirar apressada.

Emma continuou ali, pensando sobre o comportamento curioso da mulher. Foi então que notou um livro na prateleira errada na seção de mistérios. A lombada se destacava entre os títulos de mistérios de assassinato e espionagem, o título impresso em uma fonte simples: *O jardim secreto*.

46

Uma semana depois, quando levou Tubby para passear, Emma encontrou uma pilha de correspondência a esperando. O envelope no topo da pilha era de Olivia.

Uma mescla de animação e temor encheu Emma. As cartas da filha andavam ficando cada vez mais melancólicas, ela já não se dava mais ao trabalho mais ao trabalho de mencionar os livros que lera ou as atividades que realizava na fazenda.

Diversas vezes Emma tinha pedido para visitá-los novamente, mas a cada vez a sra. Taylor escrevia de volta com uma rápida rejeição, citando a melancolia que havia recaído sobre Olivia após a partida dela no Natal.

Ema sentiu um aperto no peito, composto de culpa materna e a saudade perpétua da filha.

Ela abriu o envelope e descobriu que, desta vez, não havia preâmbulo nem súplica ou mesmo sentimentos. Só havia uma frase.

Eu quero ir para casa.

Algo na simplicidade pura da afirmação fez a nuca de Emma se arrepiar: uma intuição de mãe que aprendera a obedecer muito tempo antes e que a fez correr para a estação de trem e comprar um bilhete para ir a Chester no dia seguinte.

Naquela noite, Emma ficou acordada, olhando o escuro opressivo aquela única frase se repetindo sem parar na cabeça.

Eu quero ir para casa. Eu quero ir para casa. Eu quero ir para casa.

Ela apertou os olhos contra o peso premente da escuridão, depois aceitou o conselho que antes tinha direcionado a Margaret e libertou as lágrimas. Chorou por todos os meses que tinham se passado desde que vira a filha, pelo que o abismo da separação poderia causar no relacionamento delas, pela profundidade da mágoa de Olivia.

A sirene de ataque aéreo começou seu lamento exasperante.

Emma colocou um travesseiro em cima da cabeça, embora a camada fina não ajudasse muito a abafar o alarme estridente.

Deus, como estava cansada de tudo aquilo. O racionamento, as porcarias das sirenes, a ameaça de perigo sempre pairando, a exaustão constante que nunca melhorava quando havia tantos turnos para assumir na cantina, e cachecóis a tricotar, e comida para cozinhar, e... e...

Olivia.

Qualquer estoque de energia a que Emma tivesse se agarrado em todos aqueles meses finalmente secou. Ela ficou deitada embaixo do travesseiro, respirando o próprio ar quente e estagnado, e ignorou a sra. Pickering batendo à porta e os latidos de Tubby.

Eles finalmente foram embora, e momentos depois a sirene parou também, deixando para trás um silêncio que era espesso e tangível como a escuridão que a cercava.

Um zumbido alfinetou as partes mais internas do ouvido dela através do acolchoamento abafado. O coração de Emma pulou enquanto levantava o travesseiro da cabeça para discernir melhor o som.

O ronco de motores — não o zumbido estável de aviões britânicos, mas o latejar rítmico de aeronaves alemãs.

Ela pulou da cama e saiu do apartamento, correndo escada abaixo tão rápido que quase caiu. Emoldurada contra a face de uma lua quase cheia, havia uma formação de aviões tão grande que Emma não conseguia ver onde terminava no céu noturno.

Aquele não era um ataque pequeno.

47

O sinal verde soou somente depois das quatro da manhã. Emma tinha conseguido chegar às cavernas, onde a sra. Pickering estava com Tubby em sua bolsa discreta, abrigando-se com centenas de outros. Tinha sido impossível dormir com a terra tremendo sob a investida de um ataque que continuava sem pausa.

— Vão precisar da cantina móvel — disse a senhoria com uma leve oscilação na voz autoritária enquanto elas eram arrastadas com a multidão a caminho da saída. — Está cheia de gasolina e rações, totalmente preparada para ser usada de imediato.

Emma subiu as escadas, com o cuidado de garantir que a sra. Pickering continuasse à sua frente, de modo que a mulher mais velha não fosse empurrada. Especialmente segurando a bolsa com Tubby.

— Não posso dirigir a cantina móvel — disse Emma, em um tom de desculpas. — Tenho meu trem para Chester em duas horas.

Mesmo enquanto falava, sentiu aquele odor distinto de fumaça e destruição. Um arrepio familiar de suor frio formigou em suas palmas e o coração começou a latejar como uma frota de aviões alemães.

Parando ao lado da amiga, ela respirou fundo. A escuridão noturna da madrugada estava iluminada por incêndios queimando perto. Próximos o suficiente para o calor expulsar o frio da madrugada e cinzas caírem sobre elas como uma neve macabra.

A sra. Pickering pôs a mão no ombro de Emma.

— Não acho que você vai a Chester hoje.

Quando Emma chegou à estação Victoria, já havia uma fila na frente da cantina móvel. Margaret estava lá dentro fervendo água, com o cabelo amarrado embaixo do mesmo tipo de lenço que a mãe usava em fábricas de munição.

— As redes de água foram atingidas e estamos sem eletricidade.

Ela correu pelo pequeno espaço, dispondo canecas e potes de geleia para o chá.

Emma foi pegar os estoques de açúcar enquanto chamava uma das mulheres do SVM para pegar o bolo de frutas secas da cantina da estação que tinha sido assado na véspera.

— Não há água nem luz em nenhum lugar de Nottingham? — perguntou.

Margaret lhe lançou um olhar preocupado.

— Nenhum. Minha mãe não estava na fábrica de Raleigh ontem à noite, mas o lugar também foi bombardeado.

Emma correu para encher as canecas e os potes e começou a entregá-los às pessoas que se aglomeravam na frente da janelinha da van. A maioria dos que iam pedir chá não eram civis, mas homens e mulheres da linha de frente de Nottingham. Guardas da PAA com os pesados capacetes cobertos de cinzas, enfermeiras com uniformes imundos e aventais brancos com manchas vermelhas, e bombeiros com o equipamento pesado e rosto, pescoço e mãos manchados de fuligem.

— Como estão as coisas? — perguntou Emma a um bombeiro, entregando-lhe um prato de bolo.

— Mal. Muitos mortos. Ainda mais feridos. — Ele engoliu em seco, e seu pomo de adão subiu e desceu. — Perdemos alguns dos nossos.

Emma se arrepiou como se tivesse sido mergulhada em água com gelo.

— Quem? — Ela entregou um pote com chá com movimentos automáticos.

— Não sei. — O homem pegou a bebida e se foi.

A certeza que tivera da segurança de Charles se esvaiu de repente como fios de fumaça deslizando entre os dedos. Sabia que o trabalho dele era perigoso, mas não tinha reconhecido isso de verdade. Não até aquele momento.

E nunca havia considerado que a visão prejudicada poderia colocá-lo numa desvantagem fatal nas circunstâncias erradas.

As mãos dela tremiam ao distribuir comes e bebes, a atenção fixa na fila, verificando cada rosto na esperança de ver Charles. As horas se arrastavam em inúmeros potes e canecas cheios de chá, os fundos com uma camada de açúcar ainda a ser dissolvida.

Sempre que homens do corpo de bombeiros se aproximavam, ela perguntava por Charles. E, a cada questionamento, eles só balançavam a cabeça indicando que não sabiam. Margaret não parava de lançar olhares preocupados para Emma, o medo mútuo delas pairando na pequena cantina móvel como uma massa densa.

Quando haviam entregado as últimas gotas de chá e não sobrara mais nem uma migalha de bolo de frutas secas, Emma se ocupou fazendo o possível para não abaixar a portinhola da van.

— Não temos mais nada para distribuir — comentou Margaret baixinho. — Ele provavelmente está ocupado em outra parte da cidade.

Emma parou de mover potes vazios. Não havia propósito em seus esforços, já que não tinham chá para distribuir. Margaret tinha razão. O corpo de bombeiros estava bastante ocupado, e Charles devia estar em outro local. Mas, por algum motivo, fechar a cantina móvel parecia um ato muito final, como se fazer aquilo fosse extinguir a possibilidade de qualquer comunicação sobre o paradeiro dele.

Emma engoliu, mas sua boca estava impossivelmente seca.

— Podemos esperar só mais um pouquinho?

— Não vejo por que não manter a van aberta enquanto limpamos. — Margaret entregou um pano à amiga.

Quando o último prato foi lavado, guardado no armário e trancado, enfim chegou a hora de fechar a cantina móvel e voltar para casa. O céu de fim de tarde estava manchado de fumaça e cinzas, e a lombar de Emma tinha começado a doer várias horas antes. Ela passou pela porta estreita, seguindo Margaret, e virou-se para trancá-la atrás delas.

— Emma.

A voz familiar a fez virar-se.

— Charles.

Ela saiu correndo pelo estacionamento da estação Victoria, os saltos fazendo barulho no asfalto, e praticamente deu de cara com o abraço dele. Charles era sólido no corpo dela, real. Vivo.

— Você está bem? — ofegou ela.

Charles assentiu, com o maxilar tenso.

— Mas Francis...

O coração de Emma deu um solavanco.

— Ele está...

— Está vivo, mas ferido. — Charles torceu a boca para o lado, obviamente precisando de um momento para se recompor. — Eu nunca vi algo assim antes, nunca estive no meio de um bombardeio desse jeito. As bombas incendiárias caíam tão rápido que não conseguíamos extingui-las. Quando menos esperávamos, estavam assoviando, fazendo a terra explodir ao nosso redor. Tinha um cachorro preso no segundo andar, e você conhece Francis. — Charles deu um sorriso sem alegria. — Eu nem tinha visto o cão, mas ele já estava correndo para a casa em chamas mesmo com o lugar desmoronando. Saiu com o cachorro embrulhado num cobertor, assustado, mas perfeitamente ileso. Foi aí que a casa ruiu. O cão pulou para longe a tempo, mas as pessoas não se movem tão rápido assim, especialmente um cara do tamanho de Francis. O prédio caiu em cima dele, que quebrou a perna e bateu a cabeça com força suficiente para desmaiar.

— Ele vai se recuperar? — perguntou Emma.

— Claro que vai. É de Francis que estamos falando. — Mas, apesar da resposta confiante, havia uma sombra de dúvida no profundo olhar castanho de Charles. Ele segurou a mão dela e a olhou como se quisesse gravar seu rosto na memória. — Emma, quando aquelas bombas estavam caindo, eu só conseguia pensar em você. Sabia que minha mãe e meu pai estavam nas cavernas, seguros. Mas não conseguia parar de me preocupar com você, de me perguntar se também estava segura. Eu...

Ela o encarou, a respiração presa no peito.

— Você o quê?

— Eu quero me casar com você — disse ele, com pressa. — Não agora, porque sei o quanto você perdeu na vida e meu trabalho é muito perigoso. Mas quando a guerra acabar, quando eu voltar a ser um contador tedioso analisando livros-caixa e o maior ferimento que sofrer for um corte de papel, aí, Emmaline Taylor, quero me casar com você, se me aceitar.

— Se eu o aceitar?

O medo e a dor anteriores transcenderam nela para uma alegria atordoante, e Emma se viu rindo mesmo com lágrimas quentes molhando o canto dos olhos.

— E se Olivia aprovar — completou ele.

Emma não conseguiu falar por um momento, imensamente grata pela consideração dedicada à menina como a que ela mesma tinha.

— Se ela disser sim, eu também digo.

De algum lugar no fim da rua, alguém chamou Charles. Ele levantou a mão para avisar que já estava indo.

Emma agarrou a jaqueta dele, desejando poder puxá-lo a si e impedi-lo de voltar. Mas Charles jamais faria aquilo.

Ela o soltou e pressionou um beijo em seus lábios.

— Tome cuidado.

— Sempre.

Ele piscou um olho e saiu correndo na direção de outros bombeiros.

Emma acompanhou Margaret até o ponto de ônibus e então percorreu o resto do caminho sozinha. Várias casas nas ruas pelas quais passava estavam com as janelas estouradas, um prédio até sem a porta da frente. Mas, fora esses poucos exemplos, o restante das ruas tinha ficado basicamente intocado.

O prédio da Moorgate Street continuava de pé, com as janelas intactas.

Emma abriu a porta principal e foi recebida com silêncio total. A sra. Pickering ainda não tinha voltado, senão Tubby estaria latindo boas-vindas amigáveis. Estava quase no segundo andar quando o som de uma porta se abrindo surgiu do apartamento do sr. Sanderson.

— Sra. Taylor — disse ele, e desceu a escada de pantufa, movendo-se com uma pressa surpreendente. — Alguém deixou um telegrama para você.

Ele pôs a mão no bolso do casaco e tirou o envelope dobrado.

Embora Emma não tivesse ninguém na guerra sobre quem receber um telegrama, o envelope fez um alerta disparar no fundo de sua mente. Ela puxou a única página de dentro e ficou olhando o papel nas mãos, sem acreditar no que lia.

Olivia fugiu, provavelmente para ir para casa. Mande um telegrama imediatamente se a encontrar.

Sr. e Sra. Taylor

Emma encarou a mensagem, boquiaberta, o corpo ficando frio. Olivia estava em algum lugar da Inglaterra entre Chester e Nottingham.

E, dependendo de quando tivesse saído, poderia muito bem ter estado na cidade na noite anterior, ao ar livre em meio ao pesado bombardeio.

48

Cinco dias.

Olivia estava desaparecida havia cinco dias.

Emma estava sentada na alegre cozinha com estampa de rosas da sra. Pickering, sentindo-se completamente impotente. Os músculos das coxas se contraíam de exaustão após ter subido e descido aparentemente todas as ruas de Nottingham. Em vão.

Talvez a filha estivesse em algum lugar entre Chester e Nottingham, mas sempre podia ter se perdido ou sido levada. Ela podia estar em qualquer lugar da Inglaterra.

Uma garota pequena sozinha.

Emma cobriu a boca, mas não a tempo de sufocar um soluço. Havia um abismo em seu peito no lugar do coração, que tinha sumido com a filha.

A sra. Pickering esfregou as costas de Emma e colocou uma xícara de chá à sua frente. Ou talvez tivesse reaquecido a de mais cedo, que ela não tomara. Mal conseguia pensar em fazer qualquer coisa que não buscar Olivia e ir em busca de atualizações.

Por enquanto, não houvera nenhuma.

— A sede do SVM em Chester ligou — disse a senhoria, num tom delicado que sugeria que tinha medo de ver Emma desabar. — Eles falaram com seus sogros, e a sra. Taylor confirmou que havia dinheiro faltando. Então, pelo menos Olivia tem meios para pagar trem, ônibus e comida.

Emma assentiu, infeliz.

— Ela não vai passar fome — completou numa cadência persuasiva.

Ela assentiu de novo, mas as lágrimas começaram a brotar quentes nos olhos.

Quando aquela guerra acabasse, quando Olivia estivesse em casa — e Emma se recusava a acreditar em qualquer outro resultado —, ela pagaria para instalar um telefone no apartamento. Independentemente do custo. Recusava-se a ficar outra vez em uma posição tão vulnerável. Se a sra. Pickering não tivesse instalado o dela recentemente, era provável que Emma tivesse ficado acampada na sede do SVM.

— Todo o Serviço Voluntário de Mulheres da Grã-Bretanha está procurando por ela — continuou, indo à janela e abrindo a cortina para espiar do lado de fora, como se vasculhasse a rua atrás de Olivia. — Distribuí um alerta para cada vilarejo e cidade. Dei uma descrição detalhada da aparência dela e avisei que provavelmente estará usando um suéter vermelho um tamanho menor.

Só de pensar naquele suéter o vazio no peito de Emma se escancarava, deixando-a em carne viva ali enquanto lembrava como Olivia ficara orgulhosa ao ganhá-lo e se recusava a se livrar da roupa, embora quase não servisse mais.

Emma não conseguia falar sobre isso nem por mais um momento. Conversar só tornava a agonia da situação ainda mais insuportável.

— Como está o Francis? — perguntou Emma.

A senhoria estava cuidando dele desde o ferimento, passando no hospital em várias ocasiões com sopa fresca e lendo para ele à noite.

— Ainda tem muito a melhorar, mas está otimista. — A sra. Pickering ficou corada. — Ele disse que minha sopa de legumes é tão boa quanto minha torta.

O telefone tocou, um som estridente no apartamento sombrio.

A senhoria correu tão rápido até lá que tropeçou, depois se endireitou e tirou o aparelho do gancho.

— Sra. Pickering falando.

Ela permaneceu em silêncio enquanto a outra pessoa falava, a voz do outro lado pouco mais que um murmúrio metálico discordante de onde Emma estava.

A BIBLIOTECA DOS AMANTES DE LIVROS 321

— Sim — disse antes de ficar quieta de novo. — Sim.

A segunda vez saiu em um tom mais agudo.

Animado.

Ela se endireitou, prestando atenção, e a sra. Pickering assentiu vigorosamente.

Emma se encheu de esperança, zonza de tão rápido que o coração batia.

— Canal Street, você disse? — Ela assentiu de novo, movendo o fone preto reluzente com a cabeça. — Sim, por favor, tente pegá-la. Chegamos já.

Quando desligou, Emma já estava de sapato e jaqueta, abrindo a porta para sair correndo.

— Uma menina alta que atende à descrição de Olivia foi vista na Canal Street — falou ofegante enquanto tentava alcançar Emma. — Ela estava atravessando a rua, mas, quando a mulher chegou até onde estava, tinha sumido. Provavelmente entrou numa das lojas ou desceu a rua.

A sra. Pickering parou no ponto de ônibus.

— Não temos tempo. — Emma seguiu em frente. — Podemos andar os dois quilômetros antes de o ônibus chegar.

— Vá na frente! — gritou a sra. Pickering. — Você vai ser mais rápida sem mim.

Emma acelerou o ritmo, já não andando com passos curtos, mas correndo de verdade.

— Vá achar nossa menina! — berrou a sra. Pickering atrás dela.

O ar queimava os pulmões de Emma, e os saltos baixos oscilavam precariamente a cada batida no chão, mas ela não desacelerou. Não quando sabia que Olivia estava em Nottingham, e em um lugar que não conhecia bem, ainda por cima.

Um pico de alarme fez a coluna de Emma formigar uma fração de segundo antes de perceber um som que seu corpo reconhecia por instinto: o zumbido rítmico de aviões alemães.

Não.

Não tinha havido uma sirene de ataque aéreo. Como podia haver aviões sem um aviso?

A adrenalina disparou em seu corpo, fazendo-a correr mais rápido. Um dos saltos ficou preso na calçada e ela torceu o pé, sentindo uma pontada de dor subir pelo tornozelo. Seguiu correndo, com o tornozelo mais fraco a cada passo.

Apoiando-se no outro pé, mancou o mais rápido que conseguia. Ia se arrastar até Olivia com as unhas se fosse preciso para encontrá-la a tempo.

O latejar dos aviões ficava cada vez mais alto, e Emma virou a última esquina na Canal Street. Estavam quase em cima dela, a vibração dos motores tão alta que reverberava na medula dos ossos.

Foi aí que viu um *flash* vermelho na multidão de pessoas que corriam pela rua em busca de abrigo.

— Olivia! — gritou Emma.

Ignorando a dor aguda no tornozelo, correu o mais rápido que a lesão permitia.

Mas os aviões estavam altos demais. Próximos demais.

Emma estava mais perto do pontinho vermelho, conseguia ver o suéter perfeitamente, como ele subia pelos braços longos, deixando os punhos esguios expostos, e as ondas bagunçadas de cabelo castanho que caíam pelas costas. A garota bateu com força primeiro na porta de um prédio particular, depois correu até outro, o punho golpeando em desespero.

Olivia.

Um assovio soou no céu, e o sangue de Emma gelou.

Ela não precisava levantar os olhos para saber o que o som significava. Uma parte dela, mais basal e primitiva, já sabia.

Os alemães estavam jogando bombas.

Uma explosão estourou atrás de Emma, tão alta que deixou seus ouvidos zumbindo e o crânio parecendo que iria se estilhaçar. Ela se curvou, cobrindo a cabeça, enquanto ainda mantinha o foco no suéter vermelho.

A porta na frente de Olivia se abriu e um par de braços a puxou às pressas para o prédio residencial.

Pelo menos, Emma sabia a localização exata dela. E Olivia estaria fora da rua, longe das bombas.

Bem quando teve esse pensamento, os aviões bloquearam o sol. A parte de baixo de um se abriu, revelando um tubo cilíndrico que saiu voando da barriga do bombardeiro, caindo, caindo, caindo.

Ela ficou paralisada, incapaz de se mover enquanto a bomba mergulhava diretamente na direção do prédio em que Olivia acabara de entrar.

49

A bomba caiu com uma explosão de fogo que jogou Emma para trás num violento muro de dor e calor. Ela bateu a cabeça na calçada e pontos brancos dançaram em sua visão como estrelas embriagadas. Ficou imóvel por um momento, perplexa com a fumaça que subia para o céu, a mente espessa como lama e os ouvidos zumbindo.

Olivia.

O pensamento foi instantâneo. Emma se sentou bruscamente e o mundo girou ao seu redor.

Ela rosnou de frustração pela própria incapacidade, rangendo os dentes num esforço para afiar a mente enevoada. O prédio em que Olivia tinha entrado ficou borrado na visão de Emma. O fogo lambia janelas quebradas e faltava parte do terceiro andar, mas fora isso estava intacto.

As duas construções à direita, porém, tinham praticamente desaparecido, com a terceira sendo pouco mais que um trecho de terra nua e chamuscada.

No fim, a bomba não tinha caído diretamente onde Olivia estava.

Emma se ergueu cambaleante, fazendo uma careta de dor quando seu peso caiu no joelho recém-machucado, e atravessou a rua mancando até o prédio.

A BIBLIOTECA DOS AMANTES DE LIVROS 325

O primeiro andar estava pegando fogo, como evidenciado pelas cortinas queimadas que reluziam com brasas ao esvoaçar das janelas quebradas, revelando uma torrente de chamas lá dentro.

Olivia estava naquele prédio em chamas. Assim como Emma estivera com o pai.

Um uivo de dor subiu daquela profunda ferida emocional.

Emma havia perdido o pai. Não perderia a filha também.

Seu coração estrondeou nos ouvidos e tudo nela gritou para correr.

Sem pensar duas vezes, Emma abafou todos os instintos e atravessou o véu de fumaça, entrando num inferno flamejante.

O interior do prédio parecia a casa de alguém, com um sofá pegando fogo, o papel de parede chamuscado e um relógio de pêndulo virado de lado como algo morto. O rugido das labaredas bestiais fez um calafrio descer por sua coluna, apesar do calor avassalador.

Ela se lembrava do som com clareza até demais — de uma década antes, quando estivera à mercê dele. Quando aquele incêndio fatídico tirara tudo dela.

Havia um familiar gosto metálico no fundo de sua língua, e sua mente ficou entorpecida de pavor.

— Olivia! — berrou Emma, chamando o nome da filha, rompendo o horror das memórias e a paralisia de seu terror.

O ar fazia sua garganta arder e descia queimando para os pulmões. Ela puxou o cachecol na frente da boca, como o pai tinha feito com o cobertor naquele dia do incêndio.

Passando os olhos pela casa, buscou o suéter entre as chamas vermelhas e laranjas que estalavam e crepitavam e faziam ondas invisíveis dançarem em sua visão.

A fumaça ardia nos olhos, e a intensidade do calor a fez sentir que a pele ia estourar em bolhas. Mesmo assim, ela avançou para o interior do prédio, decidida a encontrar a filha.

Olivia *estava* ali. Emma tinha visto com os próprios olhos. E não iria embora sem ela.

Emma chamou a filha de novo, sufocando com o ar ácido. A arfada engasgada a levou a uma crise de tosse violenta enquanto engolia golfadas de fumaça na tentativa de recuperar o fôlego.

Sua cabeça girou, doendo com os tremores ferozes do corpo. Ela inalou, desesperada para engolir ar limpo, e só recebeu mais fumaça asfixiante. Seus membros de repente ficaram pesados demais e ela cambaleou, o tornozelo machucado cedendo, e então estava caindo, batendo no chão onde o ar era mais fresco, mais fácil de respirar.

Ela inspirou fundo.

— Olivia. — O nome da filha foi dito numa exalação, suave demais para ser ouvido, mas foi tudo que conseguiu. O rugido da fera flamejante encheu seus ouvidos, prometendo finalmente levá-la como prêmio.

Seus olhos tremularam e se fecharam, recusando-se a vê-la chegando.

Olivia...

Emma inspirou com força, o ar tão frio que fez seus olhos se abrirem de choque. A luz do sol piscou para ela em meio a uma nuvem de fumaça.

— Ela está acordada — disse alguém.

— Emma. — Outra voz. Familiar.

Ela afastou os olhos do sol e piscou para Charles, confusa. A boca tão seca que a garganta parecia grudada.

— Olivia?

Ele estava agachado ao lado de Emma, junto a uma enfermeira com a mala médica aberta.

— Todos ainda estão procurando por ela — respondeu Charles, gentilmente. — Lembra? Ela foi embora da casa dos seus sogros.

— Não, ela estava no prédio.

O prédio!

— Ela está lá dentro, Charles.

Emma ficou de pé num salto, tão rápido que quase caiu.

Charles a pegou pelo braço, delicado, mas firme.

— Você não pode entrar lá, Emma. Não é seguro.

O prédio residencial estava engolfado em chamas, uma conflagração furiosa. Mas Olivia estava lá dentro. Naquele momento, podia estar caída entre as chamas, engasgando com o ar ardente como havia acontecido com Emma.

Perguntando-se onde estava a mãe.

Aquele último pensamento fez Emma se soltar de Charles e correr na direção do prédio. Ela deu dois passos antes que ele a alcançasse outra vez. Quando desviou, ele colocou os braços em volta dela, não para abraçá-la, mas para contê-la.

— Sinto muito, Emma. — A voz dele estava cheia de pena. — Você não pode entrar lá.

Algo primitivo explodiu dentro dela. Ela o atacou como um animal, se contorcendo e debatendo, mas Charles a segurava com um aperto de aço. Emma não parou, berrando e esperneando na tentativa de escapar. Uma mãe lutando para proteger a filha.

— Por favor, não faça isso — suplicou para Charles, soluçando. — Por favor, me deixe ir até minha bebê.

— Emma, você não pode... — As palavras dele foram sumindo, rachadas de emoção.

Houve um grande uivo arfante, um som que ressoou nas profundezas da alma de Emma e que ela só ouvira uma vez antes: quando a Tower Bookshop explodiu sobre si mesma.

Charles a puxou para trás bem quando o prédio começou a desabar.

Emma gritou e gritou e gritou, a garganta em carne viva, o som completamente afogado por um trovejar ensurdecedor quando o andar de cima afundou, enterrando tudo embaixo de uma pilha de destroços ardentes.

— Sinto muito. — Charles relaxou a pegada em torno de Emma, que perdeu as forças de lutar.

Ela tinha chegado tarde demais.

Emma engasgou com a dor. A intensidade era tão sólida, tão real, que era como se seu coração tivesse sido arrancado do peito por aquela fera de fogo selvagem.

E tinha mesmo.

Olivia.

Com o selvagem cabelo castanho e aqueles grandes olhos azuis que se aferraram à alma de Emma desde o momento em que ela nasceu. Uma filha perfeita e linda que a olhava com respeito. Com amor.

E Emma falhara com ela.

Olivia. Com a risada contagiosa, a adorável gentileza e empatia para alguém tão jovem, o entusiasmo por livros e toda uma linda vida pela frente.

Era para serem as duas contra o mundo.

Mas o mundo vencera.

Emma deslizou até o chão, com um lamento penetrante emanando de algum lugar profundo, um lugar irreparavelmente quebrado.

Olivia se fora.

50

— Emma — chamou Charles.

A agonia a atingia de todos os ângulos, a maioria de dentro do coração. Emma balançou a cabeça, não querendo estar em qualquer lugar em que Olivia não estivesse. Era uma escuridão da qual nunca mais queria acordar.

— Sinto muito, Emma — disse Charles, com a voz embargada. — Eu não podia deixar você...

— Você fez a coisa certa, rapaz — ressoou a voz grave de um homem acima de Emma.

A coisa certa.

Ela piscou e encarou um bombeiro parado acima dela, com a mão no ombro de Charles, sentado ao lado dela. Os olhos vermelhos e molhados de lágrimas. Ele os secou com o dorso da mão, espalhando fuligem por todo o rosto.

Uma sirene ecoou no ar, o longo e limpo gemido do sinal verde.

Embora nenhuma sirene os tivesse alertado do ataque, alguém pelo menos tinha pensado em avisar que o massacre tinha chegado ao fim.

Se tivesse havido um alerta, talvez Olivia houvesse procurado abrigo mais cedo. Ela não estaria...

Emma se curvou sob uma nova onda de dor, incapaz até de terminar o pensamento.

Pessoas começaram a emergir de vários abrigos e casas, exclamando horrorizadas com a devastação causada pelo ataque surpresa no meio do dia.

Emma via todos com olhos inchados, e lentamente se empurrou até ficar sentada.

— Podemos... — Ela engoliu o nó inclemente na garganta. — Ainda podemos tirá-la de lá? Mesmo depois?

— Sim — falou Charles, com a voz fraca. — Podemos, sim.

Multidões apareceram na frente de prédios queimados enquanto os bombeiros corriam para mantê-los a uma distância segura. Um casal chamou a atenção dela, um homem e uma mulher mais velhos com uma garotinha no meio, com cabelo castanho-claro caindo em ondas rebeldes e um suéter vermelho que parecia um tamanho menor.

Será que poderia ser...?

— Olivia — sussurrou ela, inclinando-se à frente.

Charles sustentou Emma, ajudando-a a ficar de pé enquanto se virava naquela direção.

— Olivia — chamou, mais alto, o desespero emergindo de um lugar fundo e em carne viva de sua alma. — Olivia!

A garota se virou, e seu lindo rosto familiar — que Emma tinha gravado na memória várias e várias vezes — se iluminou de surpresa.

— Mãe!

Emma correu para Olivia enquanto a filha corria para ela, as duas se encontrando num glorioso choque de abraços e lágrimas. A menina estava em seus braços, toda membros compridos e cabelo sedoso. Não morta. Viva.

Emma soltou um grito, uma mescla ininteligível de animação e descrença com a maravilha que era a filha segura em seus braços.

— Você entrou no prédio. Eu achei... Eu achei...

Inclinando-se para trás, analisou a filha, correndo o olhar por seu corpo para garantir que estivesse intacta.

Olivia fez o mesmo com ela, arregalando os olhos em choque.

— Mãe, o que aconteceu? Você se machucou?

Charles estava segurando o braço de Emma.

— Ela inalou bastante fumaça, mas vai ficar bem.

— Fumaça? — Os olhos da menina se encheram de lágrimas. — Você entrou no prédio atrás de mim?

— Claro que entrei, Olive.

Então Emma a abraçou de novo, confirmando que a filha estava lá, que estava verdadeiramente segura.

O casal que estivera com Olivia se aproximou.

— É sua filha?

Emma fez que sim, sem conseguir encontrar a voz.

— Estávamos descendo para as cavernas embaixo do prédio quando a ouvimos bater — disse a mulher.

— Vocês têm cavernas? — perguntou Emma, estupidamente.

Muitos residentes de Nottingham tinham, mas seus pensamentos estavam girando rápido demais para acompanhar.

Olivia estava viva. Nada mais parecia ser processado exceto aquele único fato glorioso.

Olivia estava viva.

— Sim, temos uma caverna embaixo do prédio — disse o homem. — Nada muito grande, veja bem, mas é um bom espaço para armazenamento que estamos usando como abrigo.

A mulher olhou para o prédio, o rosto contorcido com um sofrimento que Emma conhecia bem até demais.

— Que bom que as cavernas dos bairros são todas ligadas, senão talvez ficássemos presos lá embaixo.

— Vocês salvaram minha filha. — Emma estava zonza de gratidão. — Obrigada.

Olivia levantou os olhos para Charles, com uma expressão de espanto.

— Você salvou minha mãe?

— Não posso levar o crédito. — Ele apontou com a cabeça para uma fileira de homens lançando um jato de água nas chamas a partir de uma carroça portátil. — Foi um deles, mas estou aqui agora.

A menina sorriu para ele.

— Que bom.

Uma forma distante correu na direção deles, com movimentos ágeis, mas um tanto desajeitados. Em segundos, a forma se tornou a sra. Pickering, com as bochechas vermelhas e o cabelo grisalho voando para todo lado.

— Olivia. — Ela parou e apoiou as mãos nos joelhos, arfando. — Graças aos céus você está segura, menina. E Emma, o que raios aconteceu com você?

A sra. Pickering pegou um panfleto do SVM da bolsa e o abanou na frente do rosto, a pele brilhando de suor.

Emma explicou o que acontecera, como tinha visto Olivia e chegado tarde demais para alcançá-la. Como o casal que tinha perdido a casa salvara a vida dela.

— Aquele era o prédio de vocês? — perguntou a sra. Pickering, ficando séria, parando de abanar o panfleto.

— Era. — O rosto da mulher se enrugou todo outra vez e o homem estendeu a mão para a esposa, puxando-a para perto.

— Bem — disse a senhoria, com um tom seguro de si —, eu sou a sra. Pickering, do SVM, e vou garantir que tenham tudo de que precisarem. Roupas, alojamento, mobília básica, um estipêndio governamental. Vocês estão com seus cupons de racionamento?

O homem olhou ao redor, como se os livros de racionamento pudessem se materializar.

— Não importa, pegamos substitutos — falou a sra. Pickering com uma confiança que sugeria que era capaz de fazê-los aparecer como magia. — Vou resolver tudo para vocês.

Enquanto voltavam para casa no banco traseiro do caminhão de bombeiros de Charles, o choque avassalador e o profundo alívio de estar reunida com Olivia deu lugar a um horror furioso ao pensar no que podia ter acontecido. Seu tornozelo estava atado — era uma torção feia que levaria cerca de um mês para sarar.

Mas aquela era a última coisa na cabeça dela enquanto Charles a ajudava a subir a escada do prédio e se despedia das duas bagunçando o cabelo de Olivia, num ato que a fez sorrir. Emma esperou até estarem no apartamento com a porta bem fechada.

— Como você pôde fugir? — perguntou ela, as palavras tremendo sob todas as emoções que uma mãe podia sentir: medo, dor, raiva, ansiedade, descrença, compaixão e amor. Tanto amor que seu coração parecia que ia explodir fora do peito.

A BIBLIOTECA DOS AMANTES DE LIVROS   333

Olivia a olhou de frente, com as costas retas e os olhos presos nos de Emma, estoica e sem qualquer culpa.

— Eu estava com saudade de você. Estava segura em Chester, mas e você? — A menina levantou o queixo com uma ousadia muito atípica. — E se uma bomba caísse em você e você morresse? Eu não teria ninguém.

A raiva foi drenada de Emma e ela mancou até o sofá, chamando Olivia para ir junto.

— Se algo acontecesse comigo, seus avós teriam continuado a cuidar de você — disse, suavemente.

Olivia lhe deu um olhar de soslaio.

— Você sabe que não é a mesma coisa. — Mesmo assim, ela se juntou à mãe no sofá, acomodando-se ao seu lado, a peça faltante na vida de Emma se encaixando direitinho de volta. — Por favor, não me obrigue a voltar, mamãe. Por favor, me ajude a ficar aqui com você. Eu não suportaria perder você.

— Você quase foi morta hoje à tarde, pela exata coisa da qual tentei protegê-la. — A garganta de Emma se fechou. — Como pode pedir para ficar?

— Porque você sabe como é perder seu único pai.

Olivia não falou com despeito — as palavras eram gentis, demonstrando uma maturidade profunda que partiu o coração de Emma.

— Somos nós duas contra o mundo, mãe. — Ela fechou a mão na da mãe. — Não quero mais ficar longe.

Emma engoliu em seco, hesitando em admitir o quanto entendia o argumento da filha.

— Deixe-me pensar um pouco.

Embora não fosse a resposta que Olivia queria e seus lábios estivessem torcidos para o lado em um desgosto silencioso, a garota assentiu.

— Pelo menos você não disse não. — Ela deu um sorrisinho. — Podemos ir ver o Tubby?

Emma riu, grata por ter uma folga daquela conversa pesada.

— Depois de tomar banho. Eu sei que ele vai amar ver você outra vez. E você pode conhecer o coelho da sra. Pickering.

Olivia saiu do sofá e seu rosto se iluminou.

— Um coelho? Como ele se chama?

— Anônimo.

Olivia arqueou uma sobrancelha, um gesto novo que Emma reconhecia como pertencente ao sr. Taylor.

Ela ficou de pé, tomando cuidado com o tornozelo, e pegou a mão da filha.

— É uma longa história.

Mesmo enquanto começava a contar a história do coelho, pensamentos giravam em segundo plano, debatendo se deveria manter Olivia em casa depois de terem escapado por um triz — e se conseguiria suportar mandá-la embora de novo após quase perdê-la para sempre.

51

Mais tarde naquela noite, quando toda Nottingham estava dormindo, Emma ficou acordada na cama, os olhos bem abertos enquanto ouvia a respiração profunda e regular de Olivia ao seu lado.

Quantas horas tinha ficado acordada?

Olhou seu novo relógio — um presente de Charles com ponteiros que brilhavam com tinta luminosa, indicando que era pouco mais de uma da manhã.

Seus pensamentos eram altos demais, repassando os eventos sortudos que levaram à sobrevivência da filha, assim como o que podia ter dado errado e pesado a balança da vida precariamente na outra direção.

Ela não conseguia permanecer ali nem mais um segundo. Tomando cuidado para não acordar Olivia, saiu devagar da cama. Porém, mesmo na sala de estar aberta, o apartamento era abafado demais, fechado demais. Precisava sair, para pensar.

Depois de deixar um bilhete apressado caso a filha acordasse e a procurasse, Emma saiu rapidamente, sem se apoiar no tornozelo machucado. Só parou quando estava ao ar livre da noite, nos fundos do prédio, onde uma faixa estreita de grama havia sido transformada numa plantação de vagens bem-sucedida.

Uma exalação trêmula escapou dela e, na solidão quieta da noite, as lágrimas vieram — lágrimas terríveis e impotentes que ela não conseguia manter mais um segundo afastadas. As que lhe diziam que nenhuma solução manteria Olivia ao mesmo tempo segura e feliz.

Quando os olhos de Emma estavam secos e os soluços se acalmaram, um som rítmico de algo sendo amassado chamou sua atenção. Ela olhou para Anônimo na gaiola, mastigando exuberantes ramas de cenoura do jantar daquela noite, um pano de fundo audível em um cenário silencioso.

O som de uma garganta masculina pigarreando cortou a noite. Emma se endireitou e enxugou os rastros de lágrimas das bochechas com a base das palmas.

O sr. Sanderson se inclinou à frente, emergindo de onde estava sentado nas sombras, sua presença revelada à luz prateada do luar.

— Me desculpe — murmurou ela. — Não sabia que o senhor estaria aqui fora. Não tão tarde.

— Eu não durmo bem. — Ele apontou a cabeça para cima. — Prefiro ficar olhando o céu do que o meu teto liso.

— Sinto muito. Sei que o senhor já se cansou das minhas lágrimas.

— Sua menina está em casa agora? — perguntou, encarando-a.

— Está, e ela quer ficar.

O homem franziu a testa.

— Você não quer?

— Claro que quero. — A voz de Emma ficou aguda de incredulidade. — Mas como, com todos esses bombardeios? Especialmente depois de hoje, quando achei… quando achei que ela tinha morrido. — A voz dela ficou presa.

— Mas ela não morreu — falou o sr. Sanderson, e uma ferocidade iluminou os olhos dele com uma energia incomum. — E está bem aqui. Com você. Que é onde uma criança merece estar. Com a mãe.

Emma o encarou, perplexa com a resposta ríspida. Desde o início da guerra, as pessoas faziam julgamentos, criticando cada decisão que ela tomava a respeito de Olivia. Eis que, de repente, até o vizinho, que não tinha filhos — nem família, por sinal — a olhava com escárnio.

Por Deus, ela não aguentava mais.

O calor queimou as bochechas de Emma.

— Como o senhor ousa?

A BIBLIOTECA DOS AMANTES DE LIVROS

337

Ele bufou e desviou o olhar, sem se afetar pela ira dela.

— Eu ouso porque já estive na sua posição.

Emma ficou imóvel, de repente se lembrando da caixa de roupas para os refugiados que ele havia entregado à sra. Pickering. Todas eram mais velhas, pertencentes a outra época.

— Foi durante a Grande Guerra?

Embora tivesse sussurrado a pergunta, as palavras soaram nítidas no silêncio, enquanto Anônimo continuava mastigando.

— Logo depois de acabar. — Ele uniu as mãos. — Novembro de 1918. A gripe espanhola.

Um momento de silêncio caiu entre os dois, um silêncio que ela não quis interromper, para que o homem não parasse de falar. Bem quando achou que talvez ele não dissesse mais nada, ele continuou:

— Mais de seis mil pessoas morreram em Nottingham naquele novembro. Não dava para sair na rua sem ver um funeral passando. Precisávamos usar umas máscaras terríveis. — Ele se calou e olhou para baixo, mexendo os pés de modo que as pantufas rasparam no chão. — Na época, eu tinha dois meninos, com 11 e 7 anos. Sua Olivia me lembra meu mais novo. É animada e questionadora como ele.

Uma antecipação presciente apertou o coração de Emma. Ela podia adivinhar aonde a história terminaria.

O sr. Sanderson pigarreou antes de continuar:

— Ele ficou doente primeiro, o mais novo. Perto do fim de novembro. Minha esposa pegou dele, depois o mais velho começou a ficar com febre. O hospital estava lotado, então foram montadas tendas para os doentes. Eu os levei para lá. Como todos os cartazes e jornais mandavam fazer.

O peito do sr. Sanderson se inflou numa inalação profunda que ele soltou devagar.

— Eles morreram lá. Mal tinha se passado um dia depois que os levei. Fiquei esperando a gripe vir me pegar, mas não veio. — Ele abaixou a cabeça e apertou os olhos com a ponta dos dedos antes de levantá-los de novo. — Eu nunca devia tê-los levado. Os meninos estavam assustados. Jane também, eu via o medo nos olhos dela. Eu não estava lá quando eles…

A frase sumiu no ar. O homem engoliu em seco.

Emma colocou a mão em seu ombro. Era um gesto simples, inadequado frente a tal agonia, mas era a única coisa em que conseguiu pensar.

— Eles morreram assustados e sozinhos num lugar desconhecido.
— O sr. Sanderson olhou para cima, os olhos marejando de dor. —
Estamos numa guerra, sra. Taylor. Nenhum lugar da Grã-Bretanha é
verdadeiramente seguro. Não deixe que ela fique assustada e sozinha
num lugar desconhecido. Não sem você.

As palavras deixaram Emma tão aflita que ela quase se encolheu.

— Eu sei que você trabalha, o que faz com que manter sua filha em
casa seja difícil, principalmente quando ela tem que ficar sozinha depois
da escola — continuou ele. — Eu posso ajudar. Levá-la para as aulas,
buscá-la.

Emma começou a fazer que não com a cabeça. O que ele estava oferecendo era demais.

O sr. Sanderson colocou a mão quente e seca em cima da dela, ainda
apoiada no ombro dele para confortá-lo.

— Deixe que este velho tenha algum propósito, sim?

Havia gentileza nas palavras, e Emma se viu assentindo.

— Só se não for trabalho demais.

— Muito pelo contrário, sra. Taylor.

Ele sorriu, o primeiro sorriso real e genuíno dele que ela já vira.

Exatamente cinco dias depois, numa manhã ensolarada de segunda-feira, Emma e Olivia saíram do apartamento para caminhar até a escola.
Fiel à sua palavra, o sr. Sanderson estava no patamar do primeiro andar,
esperando-as quando desceram.

Emma quase perguntou de novo se realmente não era um incômodo,
mas Olivia saltitou até ele e lhe presenteou com um pouco do pão que a
havia ajudado a assar naquela manhã.

— Bom dia, sr. Sanderson — cantarolou a menina. — Eu fiz pão frito,
caso esteja com fome.

O vizinho sorriu, os olhos se iluminando ao aceitar a oferta de Olivia.

— Foi muito bacana da sua parte, pitica. Obrigado.

Olivia deu a mão para a mãe e pegou a do sr. Sanderson. Juntos, os
três caminharam até a escola, num passo lento por causa do tornozelo
de Emma, ainda sarando, enquanto a menina os presenteava com detalhes minuciosos da vida rural em Chester.

Emma nunca tinha ouvido nada tão maravilhoso na vida.

A BIBLIOTECA DOS AMANTES DE LIVROS   339

Quando enfim chegaram à escola, Olivia desacelerou um pouco, soltando a mão deles e fixando o olhar ansiosamente nos colegas de turma.

— Vá em frente — disse o sr. Sanderson.

Olivia avançou, arrastando os pés.

Emma conhecia a força das preocupações da filha e deu um passo à frente para pegar a mão dela de novo, mas o sr. Sanderson a parou com um toque delicado no antebraço. Balançou a cabeça e olhou incisivamente para uma criança que caminhava na direção deles. Na direção de Olivia.

Edmund parou na frente dela com um sorriso que revelava uma brecha nos dentes da frente.

— A gente vai apostar corrida antes de a aula começar. Quer vir?

A apreensão da menina se derreteu com um sorriso e ela assentiu. Edmund pegou a mão dela e, juntos, correram para o grupo de coleguinhas.

Emma olhou para o sr. Sanderson, que apenas deu de ombros.

Naquele momento, ficou genuinamente grata pela oferta de levar e buscar Olivia da escola, para que ela não ficasse perdida, assustada ou sozinha. E, pelo sorriso no rosto dele enquanto via as crianças brincando, suspeitou que o vizinho estivesse grato de enfim ter alguma companhia também.

52

— Shh, ela está chegando — disse a sra. Pickering, deixando a cortina cair de volta na janela.

Emma e Charles trocaram um olhar ansioso e foram para a porta da frente.

Vozes soaram na frente do prédio, o tom grave do sr. Sanderson murmurando em concordância e a falação incessante de Olivia. Só uma semana se passara desde o retorno à escola, mas, entre a generosidade do vizinho em levá-la e buscá-la e a recepção tão boa das outras crianças, houvera uma mudança notável na menina, como se tivesse de fato passado a gostar das aulas. Bem, da maioria, pelo menos. Especialmente com a ajuda paciente do sr. Sanderson com a lição de casa nas tardes em que Emma estava no trabalho.

Francis foi mancando até o lado de Emma. Eram um par e tanto — ele com a perna quebrada e ela com o tornozelo ainda imobilizado pela lesão.

As vozes estavam na escada, mais altas, e Tubby corria para a frente e para trás em meio a todos no apartamento da sra. Pickering, um rojão de animação.

Charles abriu a porta e todos gritaram:

— Feliz aniversário, Olivia!

— E feliz aniversário para você também — respondeu a Charles.

A BIBLIOTECA DOS AMANTES DE LIVROS

Ela tinha ficado animadíssima ao saber que faziam aniversário no mesmo dia e extasiada quando Charles perguntou o que ela achava de ele se casar com Emma.

A menina levantou o encarou.

— Quantos anos você tem?

— Ah, Olive — repreendeu Emma, gentilmente. — Esse tipo de coisa não se pergunta.

Mas Charles não pareceu se importar e acariciou a cabeça de Olivia, bagunçando o cabelo.

— Sou velho o suficiente para poder almoçar bolo.

— Tem bolo? — gritou Olivia, e entrou correndo com um Tubby empolgadíssimo logo atrás.

— Entre, sr. Sanderson. — A sra. Pickering o chamou com um aceno.

— Você sabia que o sr. Sanderson é um leitor excelente? — perguntou Olivia, sentando-se numa cadeira da cozinha com os olhos fixos no bolo com uma única vela enfiada bem no meio da cobertura.

— Ah, é? — Emma deu um olhar discreto ao vizinho, que só deu de ombros.

— Eu pedi para ele olhar a redação que eu tinha escrito e ele falou que o melhor jeito de saber se era boa era ler em voz alta — respondeu ela. — Então ele a leu. Foi tão bom que eu pedi para ele ler para mim um dia, que nem você fez com *Anne de Green Gables*, mãe.

— Eu falei que só se ela tirasse notas boas na escola — completou o sr. Sanderson.

— Incluindo matemática — disse Olivia, e fez uma cara feia, cruzando os braços de forma dramática. — Mas o sr. Sanderson falou que acha que eu vou gostar de Shakespeare e que vai começar por ele.

— Shakespeare? — Emma deu um olhar questionador ao sr. Sanderson, lembrando histórias de assassinato, vingança e humor inapropriadamente licencioso. — Não é meio maduro demais?

Antes que o homem pudesse responder, Olivia o fez por ele:

— O sr. Sanderson diz que as crianças de hoje são um grupo difícil porque crescemos numa guerra, e que Shakespeare vai nos ensinar coisas que já está na maldita hora de aprendermos.

Emma ofegou com a linguagem vulgar saindo da boca da filha.

Mas a sra. Pickering caiu na gargalhada, fazendo todos juntarem-se a ela na alegria.

Todos menos Emma.

— Olivia!

De sua parte, a menina pelo menos teve o bom senso de parecer envergonhada e pôs a mão na frente da boca.

A senhoria sorriu para Emma.

— Ah, vá, todas fazem isso em algum momento.

— E alguns de nós precisam tomar cuidado com o que falam na frente de ouvidos influenciáveis — disse Emma, e o sr. Sanderson fez uma careta antes de lhe dar um sorriso de desculpa.

Naquela última semana, ela o vira mais entusiasmado do que em todos os anos em que o conhecia, como se seu tempo com Olivia o tivesse ressuscitado. Emma se juntou à risada, balançando a cabeça.

— Agora, qual vai ser seu desejo? — perguntou ela, intencionalmente desviando o assunto de palavras inapropriadas e Shakespeare.

Seguindo a deixa, a sra. Pickering se aproximou com um fósforo e acendeu a vela.

Olivia mordeu o lábio inferior, levantando os olhos para o teto, pensativa.

— Eu já estou em casa — disse a si mesma. — E logo vou ter um novo pai. — Ela deu um sorriso para Charles, que sorriu de volta. — Acho... que preciso de um novo suéter vermelho.

Então ela soprou a vela, reduzindo a chama a um fio de fumaça cinza.

— Melhor tirar o pó daquelas agulhas de tricô, Emma — provocou a sra. Pickering.

— E você? — perguntou Olivia a Charles. — Precisa fazer um desejo também.

Ele assentiu, sério.

— Eu sei exatamente o que pedir.

A senhoria acendeu outra vez o pavio preto murcho.

Charles olhou a vela.

— Eu queria ter uma livraria para encher até o teto com todos os livros que amamos, e queria administrá-la com Emma como minha esposa, para ela poder ser casada e continuar trabalhando com leitores, como tanto gosta.

A BIBLIOTECA DOS AMANTES DE LIVROS

343

Então ele assoprou a vela e se endireitou, dando um tapinha no quadril, parecendo confuso.

— O que é isso?

— Seu bolso, seu bolso! — exclamou Olivia.

De repente, Emma percebeu que, embora a menina não soubesse do bolo surpresa, talvez tivesse havido uma espécie de ensaio entre os dois para aquela troca de desejos de aniversário.

— De fato tem alguma coisa no meu bolso. — Charles enfiou a mão lá dentro e tirou um molho de chaves. — Acho que meu desejo já está a caminho.

Emma arfou.

— Você realmente comprou uma livraria?

Ele negou com a cabeça.

— Não exatamente — disse Charles, e se ergueu, colocando as chaves na mão dela, ainda quentes do calor do corpo dele. — No momento, é só um prédio. Algo para arrumar e decorar como quisermos. Eu tinha algum dinheiro guardado dos meus dias na Essex & Sutherland e estou morando com meus pais até meus irmãos voltarem para casa, para que não fiquem solitários. Mais do que tudo, eu amaria usar esse dinheiro numa empreitada em que possamos embarcar juntos, centrada em torno dos livros que nos uniram. Especialmente porque sei o quanto você ama trabalhar na Booklover's Library e sinto muito por você precisar abrir mão disso para se casar comigo. Desse jeito, você pode ter tudo.

O coração de Emma inflou por aquele homem que a conhecia tão inteiramente, que ia a extremos para fazê-la feliz.

— Mas é seu aniversário. É você que deve ganhar presentes, não eu.

— Ver você feliz é o meu melhor presente.

Charles a olhou como os homens fazem quando estão verdadeira e profundamente apaixonados, e um calor correu pelas veias de Emma.

— Como vamos chamá-la? — perguntou Emma, com a mente girando em torno de todas as possibilidades para a livraria.

— Pensei em deixar isso por sua conta.

Emma levou um dedo ao queixo.

— Então, tenho muitas opções a considerar.

* * *

Uma semana depois, durante o turno na Booklover's Library, uma figura familiar chamou a atenção de Emma enquanto a sra. Chatsworth saía da mesa de empréstimos com um livro na mão. Mas a mulher não saiu da biblioteca com o novo item, continuando, em vez disso, a olhar as estantes. Que curioso.

Emma entrou na Sala de Encomendas, deixando a porta entreaberta poder vê-la.

A mulher foi a uma área da biblioteca onde não havia mais ninguém e olhou discretamente ao redor. A única outra funcionária no salão era Irene, que estava ocupada com outro assinante.

Em seguida, estendeu a mão na direção de Pip, enfiando-a embaixo da almofada azul em que ele se sentava, e puxou um livro. Ainda olhando ao redor, sem nem ligar para onde o inseria, guardou o livro numa prateleira e pegou outro que rapidamente deslizou para baixo da almofada.

A troca aconteceu em poucos segundos.

Claramente, aquilo andava acontecendo havia algum tempo.

Pelo menos Emma tinha desvendado o mistério dos livros no local errado. Rapidamente entrou no salão da biblioteca e se aproximou da sra. Chatsworth.

— Ah, céus, você é tão quieta que me assustou.

A assinante colocou a mão no peito e deu uma risadinha.

— Eu sei.

A sra. Chatsworth piscou com os cílios curtinhos.

— Oi?

— O que tem embaixo da almofada do Pip? — Emma indicou o cachorro, o que lhe rendeu um grunhido indignado do sempre irascível Pip. — Eu sei o que estava aí. E sei que a senhora anda fazendo isso já faz algum tempo.

— Eu... bom... é... é que...

Pela primeira vez, a mulher estava completamente sem palavras.

Ela parou, suspirou e recomeçou:

— Uma assinatura de dois livros está fora da minha realidade, mas eu leio tão rápido que preciso de um novo depois que acabo o primeiro.
— A preocupação uniu suas sobrancelhas. — Eu não vou perder minha assinatura por isso, vou?

A BIBLIOTECA DOS AMANTES DE LIVROS   345

As palavras pegaram Emma de surpresa. Na verdade, ela não havia considerado o que aconteceria com a sra. Chatsworth, só que o mistério dos livros mal localizados — e ocasionalmente sumidos — tinha finalmente sido resolvido.

Ela entendeu o silêncio de Emma como uma confirmação da revogação da assinatura.

— Por favor. — Os ombros dela caíram. — Meu marido me deixou faz vários anos. Eu não tenho nada na vida exceto o Pip. — A mulher baixou os olhos para o cachorrinho, que tinha prontamente voltado a dormir na almofada. — Pego dois livros de uma vez porque, bom, porque eu sei que quando venho aqui afasto vocês de outros assinantes, porque... — Ela mudou o peso de um pé para o outro. — Bem, eu falo demais. Sei disso. Ouvi a srta. Crane mencionar uma vez para outro assinante que eu precisava ter um funcionário só meu para ouvir minhas histórias. Não sou tão loquaz assim de propósito, juro. É que... bem... eu sou solitária. — Ela engoliu em seco, com uma expressão de dor. — Imagino que seja terrivelmente patético.

De repente, Emma ficou grata por todas as vezes que a ouvira em vez de tentar tirá-la às pressas da biblioteca.

— Eu gosto de ouvir o que a senhora acha dos livros que leu — disse Emma.

A sra. Chatsworth a encarou em aparente surpresa.

— Como?

— A senhora sempre tem opiniões tão boas sobre as leituras. — Ela sorriu. — Gostamos de vê-la aqui, sra. Chatsworth. Por favor, saiba que não precisa se preocupar em vir com frequência demais para selecionar novos livros. Preferimos ver a senhora e Pip mais vezes do que fazê-la sentir que precisa levar um livro a mais escondido.

A sra. Chatsworth deu um sorriso tímido.

— Verdade?

— Sim, claro. E acho que, se a senhora estiver disposta a só vir mais vezes e não submeter Pip ao desconforto de livros escondidos, talvez possamos esquecer que isso tudo aconteceu.

— Eu gostaria muito. — A mulher inclinou a cabeça graciosamente.

Emma estendeu a mão para pegar o livro.

A sra. Chatsworth sacou *A máscara de Dimitrios* de baixo da caminha de Pip com um sorriso envergonhado.

— Pode guardar este para mim?

Emma aceitou o livro.

— Posso, sim.

— Então, vejo você em dois dias.

E, com um giro alegre da pena do chapéu, a sra. Chatsworth se virou para sair da biblioteca com um só livro — retirado de modo adequado — na mão.

Enquanto saía, desviou de alguém. Um soldado.

Ele entrou na biblioteca mancando de leve e olhou ao redor, como se procurando alguém. Seu rosto estava anormalmente emaciado, e o uniforme caía solto no corpo magro.

Emma se aproximou, querendo ajudar, quando de repente o reconheceu e ficou boquiaberta de choque.

— Margaret está aqui? — Ele olhou pela biblioteca. — Quer dizer, a srta. Avory...

Bem naquele momento, a porta da Sala de Encomendas se abriu e Margaret saiu, depois parou abruptamente.

O livro que segurava caiu com um baque e ela pôs as mãos na frente da boca.

— Jeffrey?

— Margaret. — A voz dele estava rouca de emoção, e ele a alcançou em três longas passadas, puxando-a para seus braços.

Margaret tocou seu rosto, o olhando fundo nos olhos, e Emma soube que a amiga estava com medo de confiar que aquilo era real. Que *ele* era real.

— Achei que você estivesse morto — sussurrou Margaret. — Que nunca mais o veria.

— Capturado. — Jeffrey acariciou o cabelo e a bochecha dela. — Eu pensei em você todos os dias. Acho que foi o que me manteve vivo até eu conseguir escapar.

Irene parou ao lado de Emma, secando os olhos com um lenço enquanto a srta. Crane se aproximava, seguida pela srta. Bainbridge.

Jeffrey puxou Margaret para si e a beijou. Foi um beijo faminto e desesperado, sobre o qual se lê em livros, cheio de paixão, promessa e amor em meio à paisagem lancinante da guerra.

A BIBLIOTECA DOS AMANTES DE LIVROS

Como o que Emma tinha dado em Charles após Coventry.

— Isso é inaceitável — sibilou a srta. Crane. — No meio da biblioteca!

— Ah, fique quieta, srta. Crane — disparou a srta. Bainbridge. — Todos precisamos de um pouco de alegria ultimamente. Até você.

E todos precisavam mesmo de um pouco de alegria na escuridão da guerra, fosse com a volta de um ente querido, como Olivia e Jeffrey, fosse encontrando um novo amor, como Emma e Charles. Ou até na descoberta de uma amiga inesperada ou um novo romance fascinante, ambas coisas que podiam ser achadas na Booklover's Library.

Por tanto tempo Emma resistira a pedir ajuda ou até a aceitá-la quando lhe era oferecida. Por tanto tempo ficara dizendo a si mesma que eram só ela e Olivia, as duas contra o mundo.

Mas, na verdade, elas não estavam nem um pouco sozinhas. Também havia o sr. Sanderson, e a sra. Pickering, e Charles, e Margaret, e as mulheres do SVM, e os assinantes e funcionários da Booklover's Library. A comunidade deles era construída com base em amor, respeito e disposição de ajudar.

Era a única forma de todos conseguirem atravessar a guerra.

Isso e, claro, a ocasional distração de um bom livro.

EPÍLOGO

Junho de 1946
Cinco anos depois

Havia um conforto familiar na curta descida do apartamento até a livraria dois andares abaixo. Emma seguiu a rotina, acendendo as luzes e endireitando uma coisa e outra enquanto se preparava para abrir a loja. Uma xícara de chá quente a esperava no balcão ao lado do caixa, com um fio de fumaça subindo do líquido escuro.

Um sorriso tomou seu rosto quando ela envolveu o recipiente quentinho com as mãos frias. Charles sempre fazia um chá para ela antes de sair para buscar o jornal matinal.

Ela olhou a loja tranquila, parecida com o interior clássico de madeira e couro escuro da livraria do pai, mas com mais toques femininos, como janelas coloridas de vitral, carpetes nos pisos de madeira e flores frescas em vasos. Atributos que a lembravam da Booklover's Library.

A renovação do prédio antigo tinha sido intensa e feita com cuidado em meio ao racionamento de materiais, com trabalho duro e eficiência de custos.

Um estrondo de passos soou na escada e Olivia seguiu até a grande mesa da frente, com um ar confiante. Aos 14 anos, estava quase da altura de Emma, o cabelo ondulado enfim dera vez a cachos macios que emolduravam um rosto já sem o aspecto roliço da infância. Tinha uma beleza elegante, com maçãs do rosto altas e um sorriso adorável que sempre

A BIBLIOTECA DOS AMANTES DE LIVROS

fazia os garotos da escola a seguirem como cachorrinhos perdidos de amores.

— Bom dia, mamãe.

Olivia pôs a mala no chão — a mesma peça surrada que pertencera a Arthur — e roubou um gole do chá de Emma, como havia começado a fazer recentemente.

— Pegou tudo? — perguntou, repassando mentalmente tudo de que Olivia podia precisar para visitar os avós em Chester.

— Quase.

Ela se enfiou um dos corredores, passando os olhos pela fileira de lombadas organizadas.

— Tem certeza de que está confortável em viajar sozinha? — Emma tentou não demonstrar o nervosismo na voz.

Olivia ia à casa dos avós todo verão desde o ano em que tinha fugido. Afinal, não tinha ido embora por não gostar deles, mas por estar desesperada com saudade de casa. Ela já fora sozinha uma vez antes, no ano anterior — por insistência própria — e tudo correra perfeitamente bem. Mas será que uma mãe algum dia deixaria de se preocupar com os filhos?

— Vou ficar bem. — Havia uma nota de impaciência na voz de Olivia, que parecia dizer: *eu sou adulta agora*.

Mas ela não era adulta, por mais que tentasse ser. Aos 14, ainda tinha alguns anos até chegar lá. Não que alguém pudesse lhe dizer isso.

— Promete que vai ligar assim que chegar à casa dos seus avós? — perguntou Emma.

Os Taylor tinham arcado com os gastos de instalar um telefone no primeiro verão em que Olivia voltou para visitar, garantindo que ela pudesse ligar para Emma caso começasse a sentir saudade de casa. Tinha ajudado tremendamente e facilitado a situação para todos os envolvidos.

— Eu ligo assim que estiver lá.

Olivia pôs um livro sobre o balcão enquanto mexia na longa alça da mala pendurada no ombro.

— *Anne de Green Gables*? — Emma arqueou uma sobrancelha.

— A vovó diz que não gosta de ler. Achei que podia fazer ela se interessar, que nem você fez comigo.

As palavras foram música para o ouvido da mãe.

Durante toda a vida de Olivia, Emma questionara se estava fazendo a coisa certa a cada decisão tomada. Naquele caso em particular — em relação a livros e leitura —, estava feliz de saber que tinha de fato feito o melhor pela filha.

— E qual livro você está levando para ler? — Emma espiou a sacola grande que Olivia usava como bolsa.

A filha puxou um exemplar de *Hamlet*. Ela era uma ardente entusiasta de Shakespeare desde que a mãe finalmente permitira que o sr. Sanderson lesse *Macbeth* para ela vários meses antes. Ele havia se apresentado para todos no prédio da Moorgate Street e fizera uma leitura tão linda que não teve um deles que não se emocionou. Até Tubby permaneceu em um espanto silencioso, sentado aos pés da sra. Pickering.

Se bem que ela não era mais sra. Pickering. Não desde 1943, quando se casara com Francis e se tornara sra. Fletcher. A cerimônia devia ter sido tranquila, mas a força total do SVM e do corpo de bombeiros de Nottingham tinha aparecido, tornando-a o evento mais comentado da temporada. E, embora tivesse havido bolo, também houvera torta, que a sra. Pickering insistira em fazer sozinha, para o grande deleite de Francis.

— Charles já voltou? — Olivia olhou o relógio e se balançou na ponta dos pés com a impaciência da juventude. — Eu quero me despedir antes de ir embora.

— Espere um pouco.

Emma destrancou a porta e virou a placa para Aberta. Várias mulheres já estavam andando naquela direção, segurando a mão dos filhos.

A contação de histórias aos sábados de manhã era um dos eventos mais populares da livraria.

Um assovio alegre surgiu dos fundos da loja, seguido pela batida de uma porta que vivia emperrando em manhãs úmidas.

— Ah, aí está ele. — Emma alisou o cabelo, na antecipação de ver o marido.

Eles eram casados havia quase um ano, embora, em alguns sentidos, Emma não conseguisse se lembrar de uma época em que Charles não estivesse na vida delas.

O casamento fora tudo o que ela desejava, com Olivia e todos os amigos queridos dos dois testemunhando a ocasião feliz e o homem por quem ela se apaixonara a esperando no fim do altar. Num brechó do SVM,

A BIBLIOTECA DOS AMANTES DE LIVROS   351

Margaret tinha encontrado um lindo vestido azul com pequenas contas na saia que brilhavam e cintilavam como pedras preciosas quando Emma se movia. E, embora Charles tivesse dito que se casaria com ela até vestindo um saco de batatas, ela amou a forma como seus olhos se sobressaltaram ao vê-la com a roupa.

— Você vive assoviando — provocou Olivia quando Charles se aproximou da mesa da frente.

— Eu sempre estou feliz quando vejo vocês duas. — Ele pôs o jornal no balcão e deu um beijo na bochecha de Emma, com o rosto ainda frio do ar da manhã. — Já está na hora? — Ele olhou o relógio.

— Agora que posso me despedir direito, está.

Olivia o abraçou e o soltou com um sorriso antes de ir dar um último abraço e beijo em Emma.

— Eu vou com você até a estação — disse Charles.

Olivia cruzou os braços.

— Eu posso ir sozinha.

Havia em sua voz um tom de lamúria, o desejo de ser adulta, mesmo se comportando como criança.

Mas Charles não se abalou com a atitude. Nunca se abalava.

— Eu só quis dizer para levar sua mala. Parece pesada…

Ele a pegou e soltou um gemido exagerado.

Ela riu.

— Não está tão ruim.

— Não?

Ele cambaleou, colocando a mão na lombar como se estivesse com dor antes de encontrar o olhar de Emma com um sorriso brincalhão.

— Talvez esteja um pouco pesada — concordou a garota.

Charles se endireitou, ainda segurando a mala.

E, de repente, ele tinha feito de novo. Tinha conseguido cuidar de Olivia de uma forma que não fazia com que ela se sentisse uma criança que precisava ser protegida.

Os dois tinham uma ligação, criada de forma confiante e rápida como se Olivia realmente fosse filha biológica de Charles. E, embora o homem não tivesse intenção de jamais apagar a memória do pai dela, havia assumido o papel de figura paterna com um zelo que aquecia o coração de Emma.

Ela acenou para os dois enquanto saíam para a estação, sabendo que Charles só retornaria depois de ver o trem partindo em segurança. Ele sempre protegia as duas — especialmente após a morte do irmão mais novo em 1944. A notícia devastadora o deixara com uma mecha branca no cabelo e uma determinação de proteger todas as outras pessoas de sua vida.

Várias mulheres entraram com os filhos, acenando enquanto passavam. Em fila única, tomaram seus assentos numa área reservada perto dos fundos, onde grandes vitrais lançavam tons de rosa, amarelo e verde sobre um tapete felpudo.

Ver todas as crianças de volta a Nottingham era uma coisa maravilhosa. Algumas tiveram dificuldade no reencontro, com o período de quase seis anos criando um abismo entre elas e as famílias à medida que voltavam inteiramente diferentes de quem eram ao ir embora. Emma ficava grata de ter permitido que Olivia permanecesse em casa depois do dia fatídico em que quase a perdera.

Mas, por mais alegremente que todos tivessem celebrado o fim da guerra, também tinha havido grande tristeza. A devastação das famílias de muitos homens que não voltaram para casa. Os horrores dos campos revelados, além da atroz perseguição e do assassinato de tantas almas inocentes. A destruição do que ficou para trás, onde cidades outrora grandiosas haviam sido reduzidas a destroços e populações em declínio.

A guerra tinha acabado, e Hitler estava morto. Era hora de reconstruir da forma que fosse possível. Recuperar-se em meio a tanta dor.

Aquela reabilitação da vida deles era o que Charles e Emma tinham em mente ao finalmente abrir a livraria vários meses antes. Uma forma de curar, de trazer alegria a um mundo que parecia escuro e desolador demais.

A sra. Chatsworth entrou com um chapéu amarelo-vivo e um bom-dia cantarolado igualmente alegre para combinar. Ela ficou olhando uma estante, espiando o grupo de mães e filhos sentados no carpete.

— É a sra. Chatsworth — falou uma menininha.

Uma explosão de vozes se ergueu do chão.

— E o Pip — completou alguém.

A mulher levantou a cesta de Pip um pouco mais alto e foi recompensada com um coro de gritinhos e murmúrios de deleite.

A BIBLIOTECA DOS AMANTES DE LIVROS 353

— Divirta-se. — Emma entregou a ela o exemplar de *Peter Pan e Wendy*, marcado no ponto em que a sra. Chatsworth havia parado no sábado anterior.

— Sempre.

E ela agradeceu, não que fosse necessário. A alegria radiante em seu rosto todo sábado enquanto lia para as crianças era agradecimento suficiente.

Emma tivera a ideia de pedir para a sra. Chatsworth ser a contadora de histórias deles ao ver a felicidade do sr. Sanderson por sua amizade com Olivia. Como se estar perto da exuberância das crianças relaxasse o aperto da solidão e da perda.

Assim como trabalhar na Booklover's Library tinha ajudado a curá-la.

A porta soou de novo.

— Desculpa o atraso — disse Margaret, entrando na loja com um brilho saudável no rosto.

— Você sabe que todo mundo vem para ver a sra. Chatsworth mesmo.

Emma saiu da frente para Margaret colocar suas coisas atrás do balcão.

Com a bolsa e jaqueta guardadas, ela contornou o balcão e se apoiou na borda com a mão na barriga redonda. O anel de diamante da avó de Jeffrey reluzia em seu dedo, com uma aliança de casamento.

Ela ficara linda no vestido de casamento da mãe, e não houvera quem não chorasse na igreja quando enfim se casou. Jeffrey não voltara à guerra depois de reencontrar Margaret naquele dia na biblioteca. Os ferimentos sofridos durante a captura foram sérios demais.

Emma não estava por dentro de todos os detalhes, mas sabia que ele encontrava força em Margaret e que a amiga tinha amor, gentileza e paciência suficientes para os dois.

— Esta pequena andou agitada hoje de manhã. — Margaret esfregou a barriga com um sorriso carinhoso. — Mal posso esperar para conhecer ela, ou ele, e ter o tipo de relacionamento que você tem com Olivia.

O fato de Margaret ver a relação de Emma com a filha como algo a aspirar era realmente um dos melhores elogios que ela podia receber.

— Ah — disse Margaret abruptamente, como se tivesse acabado de lembrar algo importante. — Você não vai imaginar quem eu vi no caminho para cá.

— O sr. Beard?

Margaret riu.

— Não, mas estamos para receber um lote novo de mistérios na quarta. Suspeito que vamos vê-lo por aqui.

Ela abriu a boca para responder quando o sino da porta soou e a srta. Bainbridge entrou.

De todas as pessoas que podiam ter vindo à livraria, Emma não esperava a gerente da Booklover's Library. Por outro lado, não havia competição de verdade entre uma biblioteca e uma livraria.

— Srta. Bainbridge, que prazer em vê-la.

A mulher apertou a mão de Emma com carinho.

— Eu ia vir quando vocês abriram, mas ando tão ocupada. Deixei a srta. Crane cuidando da biblioteca hoje, e vocês sabem que ela não liga. — Ela olhou de Emma para Margaret. — Ah, como é bom ver vocês duas trabalhando juntas de novo.

Então, ela se virou para a livraria e ofegou suavemente.

— O que acha? — perguntou Emma, de repente ansiosa para agradar a ex-gerente, como tinha ficado todos aqueles anos trabalhando para ela.

A srta. Bainbridge fungou e levou a mão ao peito.

— Você está bem? — falou Emma.

A mulher piscou rápido, numa tentativa óbvia de se recompor.

— Perdão, srta. Tay… — Ela parou e sorriu ao continuar. — Sra. Fisk. É que…

Emma olhou-a com preocupação.

— O que foi?

A srta. Bainbridge balançou a cabeça, envergonhada.

— Sabe, seu pai e eu namoramos há um tempo.

Emma não sabia o que estava esperando, mas não era aquilo.

— Como é que é?

— Ah, não foi nada muito sério. — A mulher fez um aceno, como se não tivesse importância. — Vários jantares, algumas idas ao cinema, uma noite na Goose Fair.

A expressão melancólica em seu rosto não dizia "nada muito sério". E, a julgar pelo tom rosado que subia por suas bochechas, o relacionamento tinha sido bem mais que aquilo.

Emma pensou nos dias antes do incêndio, em todos os compromissos que o pai tinha ao final da tarde. Ela adorava a liberdade naqueles dias. Não que não sentisse falta da companhia, mas abraçava a responsabilidade de cuidar da livraria sozinha, sentindo um gostinho das primeiras notas de vida adulta e saboreando a sensação de ser crescida.

— Você gostava dele — concluiu Emma, com gentileza.

— Sim. — A srta. Bainbridge deu uma risadinha envergonhada. — Eu queria mais do relacionamento do que seu pai podia dar. Ele amava tanto sua mãe... — Havia na voz dela um toque de tristeza. — Acho que jamais poderia ter sentido por mim o que eu sentia por ele.

A mágoa em seu tom fez Emma se compadecer da ex-chefe, que tivera o terrível azar de um amor não correspondido.

— Você nunca me disse que o conhecia.

— Era doloroso demais. — A srta. Bainbridge uniu as mãos. — Depois da morte dele... — Ela suspirou, resignada. — Pensei muitas vezes em procurar você, mas não sabia se estaria me intrometendo. Afinal, ele nunca tinha sugerido me apresentar. Ah, mas ele a amava tanto. — Os olhos dela brilharam. — Quando não estávamos falando de livros, ele estava falando de você. Como era uma jovem gentil, adorável, muito esperta. Como a livraria ia florescer um dia sob os seus cuidados.

Quando estava vivo, o pai havia dito tudo aquilo a Emma. Mas ouvir as palavras ditas por outra pessoa e descobrir que ele não conseguia deixar de falar dela era realmente precioso.

— Ele teria ficado tão orgulhoso de você, minha querida. — A srta. Bainbridge secou o canto do olho com um lenço. — Do quanto você trabalhou duro na Booklover's Library, de como seus esforços abriram caminho para outras viúvas que contratamos. E agora isso... — Ela gesticulou para a grandiosa livraria. — O que você fez, o que criou aqui... ele teria ficado muito orgulhoso. — A mulher assentiu para si mesma. — Enormemente orgulhoso.

Emma secou os próprios olhos, emocionada pelas palavras da srta. Bainbridge.

— E o que acha do nome da livraria? — perguntou Margaret.

— A Booklover's Bookshop? — A srta. Bainbridge levantou as sobrancelhas de uma forma travessa. — Não podia ser mais perfeito.

E Emma tinha que concordar. Afinal, a Booklover's Library tinha sido uma espécie de santuário para ela e os outros leitores de Nottingham, fornecendo alívio da guerra e da dolorosa separação de tantos entes queridos. A biblioteca lhe dera a chance de fazer as pazes com a morte do pai, abrir o coração à leitura de novo e levar Olivia para um mundo de livros que outrora fora tudo para Emma e o pai.

Durante seu tempo na Booklover's Library, Emma se encontrara sem nem saber que estava perdida.

Ela torcia para a Booklover's Bookshop poder oferecer o mesmo às pessoas, uma comunidade construída em torno de cura e amor, além do gosto pelo poder de uma boa história.

As crianças no tapete riram juntas, e a sra. Chatsworth falou com a voz aguda de um dos personagens, fazendo todas gargalharem. Era o som da alegria, o som de uma nação se recuperando.

Mas talvez o mais lindo fosse o som de um lugar cheio de futuros amantes de livros.

NOTA DA AUTORA

Embora não existam muitas bibliotecas como a da Boots atualmente, elas costumavam ser populares na Inglaterra no final do século XIX e início do século XX, quando os livros eram menos acessíveis do que são hoje.

As bibliotecas públicas tendiam a ter mais clássicos da literatura e livros de pesquisa, com menos romances contemporâneos do que o público geral desejava. Esse e muitos outros motivos criaram a necessidade de bibliotecas que pudessem oferecer uma assinatura para o empréstimo de livros a um preço um pouco maior do que o custo de um livro novo.

Embora a Booklover's Library não exista mais, tive a oportunidade de visitar a Bromley House Library em Nottingham, Inglaterra, em minha viagem de pesquisa. A Bromley House data de 1816 e é uma biblioteca em pleno funcionamento que cobra uma taxa de assinatura e oferece uma variedade de livros e arquivos incríveis. Há uma linda escada em espiral, livros raros disponíveis para os assinantes examinarem, salas de leitura tão numerosas que me perdi ao passar por todas elas e até mesmo uma área de leitura para crianças com um armário secreto de Nárnia. A equipe foi extremamente gentil e respondeu a todas as minhas perguntas, me dando um tour e permitindo que eu estudasse lá por um dia. Ver uma biblioteca assim em ação foi muito útil para minha pesquisa.

Então, sim, a Booklover's Library da Boots era uma biblioteca real que começou em Nottingham e acabou tendo várias filiais em farmácias Boots em toda a Inglaterra. Tais locais mantinham um alto padrão de qualidade para oferecer um nível elevado de serviço aos assinantes. Enquanto a maioria das outras bibliotecas do tipo era relegada a porões e áreas sem janelas, a Booklover's Library oferecia conforto e elegância, com tapetes, flores frescas e vitrais. As Booklover's Libraries nas farmácias Boots geralmente ficavam no segundo andar ou nos fundos da loja, para criar uma experiência em que os clientes pudessem ficar imersos na alegria de escolher a próxima leitura longe da agitação da farmácia.

Além disso, as funcionárias eram incrivelmente bem-tratadas. A sra. Boots não apenas insistira desde o início que "suas meninas" recebessem chocolate quente ou chá pela manhã, mas, antes de se aposentar, também as visitava pessoalmente quando estavam doentes, ajudou a criar uma escola em Nottingham para educação superior delas e presenteava com uma Bíblia aquelas que se casavam e tinham que deixar o cargo na Booklover's Library.

Isso me leva a explicar por que achei a biblioteca um ambiente inspirador. As mulheres que trabalhavam na Booklover's Library adoravam seus empregos e não estavam dispostas a sair, mesmo que isso significasse adiar o casamento. Elas eram conhecidas por terem noivados notoriamente longos para não ter que sacrificar o trabalho que tanto amavam.

Muitas empresas incorporaram a barreira matrimonial, o que significa que, quando as mulheres se casavam, eram obrigadas a deixar o emprego para se tornarem esposas em tempo integral. A Boots continuou com essa prática até a década de 1950, e a barreira matrimonial tornou-se ilegal no Reino Unido em 1975, de acordo com a Lei de Discriminação Sexual. Embora nem todas as empresas tenham se submetido à barreira matrimonial, a maioria o fez, especialmente aquelas com uma clientela mais sofisticada, como a Booklover's Library, que atendia à classe média alta.

Infelizmente, a barreira matrimonial se estendia a viúvas com filhos, embora a mulher não fosse mais casada. Essa proibição foi uma grande parte da inspiração para esta história.

Sou divorciada e passei vários anos como mãe solo de minhas duas lindas meninas. Mesmo nos tempos modernos, quando se estima que o divórcio de casais com filhos chegue a 40%, há estigmas associados ao fato de ser mãe solo. Esses estigmas eram ainda mais pronunciados nas décadas de 1930 e 1940. Não entrarei em muitos detalhes, mas direi que muitas de minhas próprias experiências foram compartilhadas nesta história. Não apenas as ruins, mas também as boas. Porque, por mais que eu seja grata ao meu maravilhoso marido atual, que é mesmo meu próprio sr. Fisk, aqueles anos em que éramos apenas eu e minhas filhas ainda são preciosos e me deixaram muitas lembranças agradáveis.

Uma delas foi o advento das carinhas de café da manhã. Elas começaram em uma manhã, quando percebi que não havia leite — um item básico necessário para minhas filhas, que adoram cereais. Em um piscar de olhos, tive que pensar em uma maneira de atraí-las para o que tínhamos: ovos, bananas, uvas e cereais. A carinha de café da manhã nasceu e ainda as faz sorrir uma década depois.

Outra lembrança que eu queria compartilhar pelos olhos de Emma era o quanto os presentes significavam para ela quando voltava para uma casa vazia. Menos de um mês depois de me separar do meu ex-marido, participei de uma conferência e estava com medo de voltar para uma casa vazia enquanto minhas filhas estavam com o pai. Por acaso, no último dia da conferência, ganhei uma enorme cesta de presentes cheia de livros (montada por uma blogueira de livros de romance que agora é minha amiga, PJ Ausdenmore, do *The Romance Dish*). Voltar para casa e ver uma casa triste e vazia, quando antes era cheia de alegria e risos, é algo que eu não desejaria a ninguém. Mas aquela cesta era uma luz em meio à escuridão debilitante. Acho que levei duas horas para examinar cada item. Foi um presente tão significativo para mim, no momento em que eu mais precisava, que eu sabia que tinha de incorporá-lo à história da Emma.

Minhas filhas agora são adolescentes (onde foi parar o tempo?), então, para relembrar aqueles dias, procurei fotos de quando elas tinham de 7 a 9 anos, querendo acertar o comportamento de Olivia exatamente naquela idade. Bastou dar uma olhada naqueles momentos e as lembranças voltaram com tudo. A personagem é uma mistura de minhas filhas: a natureza artística e sensível da mais velha e os traços calmos e contemplativos da mais nova. Reviver esses aspectos delas ao escrever Olivia deixou meu coração cheio e feliz, e realmente me fez sofrer quando Emma teve que mandá-la embora.

Quando escrevi pela primeira vez sobre a Inglaterra em guerra em *A última livraria de Londres*, fiquei horrorizada ao saber da evacuação das crianças. Não consigo imaginar ter que escolher entre colocar minhas filhas em perigo ou mandá-las embora para viver com um estranho. Imediatamente, percebi que queria escrever um livro sobre o acontecimento em algum momento. Esse interesse aumentou ainda mais quando uma mulher chamada Joyce Harvey entrou em contato comigo com uma incrível história de evacuação. Ela estava tão desesperada para voltar para casa que fugiu do local onde estava abrigada ao longo da costa e conseguiu chegar até o sul de Londres, onde os pais e policiais estavam esperando ansiosamente por notícias sobre ela. Com uma inspiração tão incrível na vida real, eu tinha que escrever esta história. Obrigada por compartilhar sua incrível história, Joyce — você é corajosa e destemida!

Com relação a *A última livraria de Londres*, confesso que amo muito os personagens desse livro. Eles estão tão profundamente alojados em meu coração que, quando percebi que pretendia levar Emma a Londres para seu treinamento, tive que incluir uma participação especial. Espero que todos tenham gostado da pequena visita a Grace e ao sr. Evans na Primrose Hill tanto quanto eu.

Como em todos os meus livros, fiz uma extensa pesquisa para garantir que esta história fosse a mais precisa possível. Um elemento-chave dessa pesquisa foi algo que também usei ao escrever *A última livraria de Londres*: o projeto Observação em Massa. Essa iniciativa começou em 1937, quando centenas de pessoas foram solicitadas a registrar seus pensamentos diários, e continuou por quase trinta anos. Os pensamentos registrados tinham o objetivo de captar o sentimento geral do público em relação à abdicação do rei Eduardo VIII e, coincidentemente, seguiram até o início da Segunda Guerra Mundial e capturaram o clima, a reação e os detalhes gerais da vida cotidiana da população antes, durante e depois da guerra. Nem todo mundo apoiava o projeto, e algumas pessoas achavam que era uma invasão de privacidade de amigos, familiares e vizinhos que estavam sendo discutidos nesses diários. No entanto, a minúcia dos registros das pessoas foi inestimável para mim como autora. E, se você estiver se perguntando por que Emma confronta o sr. Beard sobre o que ele está escrevendo e descobre que ele está trabalhando com o Observação em Massa, a intenção foi totalmente irônica.

Sempre tento me manter fiel a todos os detalhes históricos que posso, com pouquíssimas exceções. Neste livro em particular, o ataque aéreo que ocorreu enquanto Emma estava correndo atrás de Olivia na Canal Street na verdade contou com o toque de uma sirene de ataque aéreo. Entretanto, nem todos os ataques aéreos tinham sirenes para avisar a população com antecedência. Esse foi um pequeno ajuste meu, não apenas para aumentar o perigo de Emma ver Olivia antes de as bombas caírem, mas também como forma de demonstrar o que algumas pessoas sofreram com ataques aéreos surpresa.

AGRADECIMENTOS

Embora escrever seja frequentemente visto como um esforço solitário, é preciso uma comunidade para trazer um livro ao mundo. Sou imensamente grata pela equipe de amigos, familiares e colegas que ajudaram *A biblioteca dos amantes de livros* a se tornar o que é hoje. Agradeço à equipe estelar da Hanover Square Press: a Peter Joseph e Grace Towery por suas edições diligentes para fazer meu romance brilhar, a Leah Morse e Dayna Boyer por seus imensos esforços de marketing e publicidade para ajudar a divulgar o livro e a Eden Railsback por ser sempre tão prestativa com tudo o que preciso — não importa se grande ou pequeno. Agradeço também à equipe de design da capa por mais uma capa linda e por ser sempre tão paciente comigo. E um enorme agradecimento a Kathleen Carter por amar tanto este livro e por colocar a publicidade por trás dessa paixão para ajudar a lançar *A biblioteca dos amantes de livros* no mundo. É um grande prazer trabalhar com cada um de vocês.

Nada disso seria possível sem meu agente — o incomparável Kevan Lyon. Obrigada por sempre acreditar em mim e por sua constante diligência e apoio com este e todos os meus livros. Sou grata por você todos os dias.

Agradeço a Felicity Whittle por reservar um tempo do seu dia para se juntar a mim em Nottingham e conversar sobre este livro. Também sou muito grata à equipe gentil e generosa da Bromley House Library, que me deu um tour em sua linda biblioteca e permitiu que eu trabalhasse lá durante o dia.

Tenho muita sorte de estar cercada do amor e apoio de minha família e de meus amigos. Obrigada a meus pais por sempre terem muito orgulho de mim e lerem meus livros, e à minha mãe, que é sempre uma das últimas pessoas a lê-los antes de serem impressos. Obrigada a meu marido, que me ajuda com o enredo de cada história e, portanto, está sujeito a mais fatos históricos do que ele jamais imaginou ouvir em uma vida — você é realmente o meu sr. Fisk e eu sou eternamente grata por tê-lo em minha vida. E obrigada às minhas queridas meninas, que foram uma grande inspiração para este livro, além de serem parte integrante da criação da personagem Olivia, já que ela é composta de muitas lembranças da infância de vocês. Obrigada à minha melhor amiga, Eliza Knight, por ter sido minha caixa de ressonância, minha tábua de salvação e minha companhia constante durante nossas carreiras. Obrigada à minha querida amiga Tracy Emro, que é a primeira pessoa a ler cada um dos meus livros enquanto os escrevo — suas sugestões e ideias são sempre muito úteis, assim como seu apoio incessante. E obrigada a Susan Seligman por dedicar seu tempo para ler este livro quando ele estava em um estado complicado e fornecer um feedback tão útil.

Obrigada às Lyonesses — minhas irmãs agentes —, que são o mais próximo de irmãs de verdade que já tive e cujos conselhos e apoio são sempre muito bem-vindos. A meu grupo de leitores, obrigada por estarem sempre tão empolgados quando compartilho detalhes de minhas ideias de livros e por serem sempre meus melhores incentivadores.

Obrigada aos bibliotecários e livreiros que aceitam meus livros e os recomendam a seus clientes. Além disso, obrigada por todos os anos em que vocês alimentaram meu amor pela leitura, fornecendo-me uma quantidade infinita de livros para amar.

A todos os blogueiros, resenhistas e *bookstagrammers*, obrigada por sua paixão por livros e seu talento para compartilhar essa paixão com os outros. Vocês são parte integrante da comunidade literária e seus esforços são muito valorizados por leitores e escritores.

Por fim, um enorme agradecimento aos meus leitores. Obrigada por estarem sempre tão entusiasmados com o próximo livro, pelo poder de seu apoio, por todo o tempo que passaram lendo minhas obras, compartilhando com amigos e escrevendo resenhas. Vocês carregam meus personagens no coração da mesma forma que eu, e isso significa mais para mim do que palavras poderiam dizer. Muito obrigada.

Este livro foi impresso pela Vozes, em 2025, para
a HarperCollins Brasil. O papel do miolo é avena 70g/m^2,
e o da capa é cartão 250g/m^2.